William Boyd, né à Accra (Ghâna) en 1952, a étudié à Glasgow, Nice et Oxford, où il a également enseigné la littérature. Il est l'auteur de plusieurs recueils de nouvelles, dont *La Chasse au lézard*, *Le Destin de Nathalie X*, *Visions fugitives*, *La Femme sur la plage avec un chien*, et de dix romans – *Un Anglais sous les tropiques*, *Comme neige au soleil*, *La Croix et la Bannière*, *Les Nouvelles Confessions*, *Brazzaville Plage*, *L'Après-midi bleu*, *Armadillo*, *À livre ouvert* (couronné par le Grand Prix des lectrices de « Elle » et le prix Jean-Monnet), *La Vie aux aguets* et *Orages ordinaires* – qui l'ont consacré comme l'un des écrivains les plus doués de sa génération. En tant que scénariste, il a adapté à l'écran *Mister Johnson* de Joyce Carey, *La Tante Julia et le scribouillard* de Mario Vargas Llosa et *Chaplin* pour Richard Attenborough. Il a aussi réalisé un film : *La Tranchée*.

# William Boyd

# ORAGES ORDINAIRES

ROMAN

*Traduit de l'anglais
par Christiane Besse*

Éditions du Seuil

TEXTE INTÉGRAL

TITRE ORIGINAL
*Ordinary Thunderstorms*
ÉDITEUR ORIGINAL
Bloomsbury Publishing, Londres
© William Boyd, 2009

ISBN 978-2-7578-2274-6
(ISBN 978-2-02-100103-7, 1ʳᵉ publication)

© Éditions du Seuil, 2010, pour la traduction française

*Pour Susan*

Les orages ordinaires ont la capacité de se transformer en tempêtes multi-cellulaires d'une complexité toujours croissante. Pareilles tempêtes ont une ampleur et une sévérité croissantes, et leur durée peut se multiplier par un facteur de dix ou plus. Mais l'ancêtre de tous les orages est l'orage super-cellulaire. Il faut noter que même les orages ordinaires peuvent se muer en orages super-cellulaires. Ces tempêtes se calment très lentement.

L.D. SAX et W.S. DUTTON,
*Dynamique des tempêtes*
*et des chutes de grêle*

# 1

Commençons avec le fleuve – toute chose commence avec le fleuve et nous y finirons, sans doute –, mais attendons de voir comment ça se passe. Bientôt, d'une minute à l'autre, un jeune homme va venir se poster au bord de l'eau, ici, au pont de Chelsea, à Londres.

Tiens, le voilà qui descend avec une certaine hésitation d'un taxi ; il règle le chauffeur, regarde machinalement autour de lui, jette un coup d'œil vers l'eau claire (la marée monte et le niveau du fleuve est inhabituellement haut). C'est un grand jeune homme au teint pâle, la trentaine, des traits réguliers, les yeux battus, les cheveux noirs coupés court, rasé de frais comme s'il sortait de chez le barbier. Il est nouveau dans la ville, un étranger, et il s'appelle Adam Kindred. Il sort d'un entretien d'embauche et il a eu envie de voir le fleuve (l'entretien ayant été la rencontre tendue classique, avec un gros enjeu) répondant à un vague désir de « prendre un peu l'air » comme s'il avait le projet de gagner la côte. Le récent entretien explique pourquoi, sous son imperméable coûteux, il porte un trois-pièces gris foncé, une cravate marron, une chemise blanche neuve, et pourquoi il trimballe un superbe et solide attaché-case noir avec grosse serrure et cornières

11

en cuivre. Il traverse la route, sans soupçonner à quel point, dans les heures qui viennent, sa vie va changer – du tout au tout, irrévocablement, sans qu'il en ait le moindre soupçon.

Adam s'approcha de la haute balustrade en pierre qui s'incurvait le long de la route jusqu'au pont de Chelsea et, se penchant par-dessus, examina la Tamise. La marée continuait à monter, le courant habituel à la renverse, les morceaux d'épaves remontant étonnamment vite, comme si, contrairement à son habitude, la mer se débarrassait de ses déchets dans le fleuve. Adam prit le large trottoir pour gagner le milieu du pont, son regard allant des quatre cheminées de la centrale électrique de Battersea (dont l'une était cachée par un entrecroisement d'échafaudages) vers l'ouest, en passant par la flèche d'or de la Pagode de la Paix, et les deux cheminées de l'usine de Lots Road. Les platanes de Battersea Park, sur la rive opposée, n'étaient pas encore très feuillus – seuls les châtaigniers affichaient un vert dense et précoce. Début mai, à Londres… Il se retourna pour regarder de nouveau du côté de Chelsea : des arbres encore – il avait oublié combien certains coins de Londres pouvaient être touffus, carrément broussailleux. Les toits des majestueux immeubles riverains s'élevaient au-dessus de l'avenue de platanes de l'Embankment. À quelle hauteur ? Vingt ? Vingt-cinq mètres ? À part l'incessant chuintement de la circulation, ponctué de temps à autre par un avertisseur ou une sirène hurlante, rien ne lui donnait l'impression d'être au beau milieu d'une immense ville ; les arbres, la force tranquille de la marée montante à ses pieds, cette luminosité particulière que dégage une masse d'eau l'apaisaient. Il avait eu raison de venir au bord du fleuve, songea-t-il. Curieux comme l'instinct vous guide mystérieusement.

Il revint sur ses pas, l'œil toujours accroché par le triangle mal défini d'un terrain en friche à l'ouest du pont, formé par le pont lui-même, la rive et les quatre couloirs de la voie de l'Embankment, et dense d'une végétation faite d'herbes hautes et de buissons ou d'arbres non taillés. Il se dit vaguement qu'un tel lopin de terre à cet endroit, même un long triangle mince à l'abandon, devait valoir un joli paquet, et il s'imagina y bâtissant un immeuble sur trois étages d'une douzaine de délicieux petits appartements avec balcon. Puis il s'avisa que pour y parvenir il lui faudrait abattre un énorme et antique figuier voisin du pont – âgé de plusieurs dizaines d'années, conclut-il en s'en approchant, les grandes feuilles brillantes poussant encore, fermes de fraîcheur. Un vénérable figuier au bord de la Tamise ? Étrange. Comment avait-il été planté là et qu'était-il arrivé aux fruits ? Adam eut soudain la vision d'une assiette de jambon de Parme entouré de demi-figues fraîches. Où en avait-il mangé ? Lors de sa lune de miel avec Alexa à Portofino ? Ou plus tôt ? Au cours d'une de ses vacances d'étudiant, peut-être… Une erreur que de penser à Alexa, il s'en rendit compte, son humeur sereine le cédant aussitôt à un mélange de colère et de tristesse ; il se concentra donc sur les petits accès de faim qui le taraudaient et ressentit, à l'idée de figues et de jambon de Parme, un besoin soudain de nourriture italienne : du genre simple, honnête, basique – *insalata tre colore*, *pasta alle vongole*, *scaloppine al limone*, *torta della nonna*. Voilà qui ferait rudement bien l'affaire.

Il s'aventura dans les rues calmes de Chelsea, derrière le Royal Hospital et, presque aussitôt, à son immense stupéfaction, découvrit un restaurant italien – comme dans un conte de fées. Niché sous une banne jaune frappée d'un lion vénitien, sur une rue étroite bordée de maisons mitoyennes en stuc blanc et brique beige, il semblait une anomalie, une illusion. Pas de boutiques, pas de pub, pas d'autre restaurant en vue : comment avait-il atterri là, en plein quartier résidentiel ? Adam consulta sa montre : 18 h 20. Un peu tôt pour dîner, mais il avait vraiment faim et d'ailleurs des clients étaient déjà attablés à l'intérieur. Sur ce, un type souriant, bronzé, vint à la porte qu'il tint ouverte en l'encourageant : « Entrez, monsieur, entrez, oui, nous sommes ouverts, entrez, entrez. » L'homme lui prit son manteau, le pendit à une patère et guida Adam le long du petit bar jusqu'à la salle en L, hurlant ordres et joyeuses réprimandes aux autres serveurs comme si Adam, son client préféré, risquait d'être importuné en quelque manière par leur inefficacité.

Il installa Adam à une table pour deux, le dos tourné à la rue. Il lui offrit de veiller sur son attaché-case mais Adam décida de le garder tandis qu'il s'emparait du menu et jetait un coup d'œil autour de lui. Assis à une grande table ronde, huit touristes, quatre hommes et quatre femmes, tous vêtus de bleu, un fourre-tout d'un bleu identique gisant à leurs pieds, mangeaient en silence. Deux tables plus loin, un autre client avait ôté ses lunettes et s'épongeait le visage ; il semblait agité, mal à l'aise, et lança un regard furtif sur la salle en remettant ses lunettes. Ses yeux croisèrent ceux d'Adam et il inclina la tête avec ce petit sourire de reconnaissance – la solidarité du dîneur solitaire – qui signifie : je ne me sens ni triste ni seul, c'est une situation que j'ai choisie avec plaisir, juste comme vous. Il avait deux dossiers et d'autres papiers étalés devant lui. Adam lui retourna son sourire et s'attela à la salade maison – épinards, bacon, parmesan avec une sauce crémeuse. Il se trouvait à moitié chemin de ses *scaloppine di vitello* (avec haricots verts et pommes sautées) quand le dîneur solitaire se pencha vers lui et lui demanda – accent américain, anglais impeccable – s'il avait l'heure exacte. Adam la lui donna – 18 h 52 –, l'homme régla avec soin sa montre et, inévitablement, entama la conversation. Il se présenta : Dr Philip Wang. Adam fit de même et ajouta que c'était la première fois qu'il revenait à Londres depuis son enfance. Le Dr Wang déclara que, lui aussi, connaissait fort peu la ville. Il habitait et travaillait à Oxford, ne faisant dans la capitale que de très rares et brefs séjours, un jour ou deux à la fois, quand il devait voir des patients prenant part à un projet de recherches qu'il dirigeait. Adam expliqua qu'il arrivait d'Amérique et que, désireux de se « relocaliser », de revenir au pays pour ainsi dire, il avait posé sa candidature pour un poste à Londres.

« Un poste ? s'enquit le Dr Wang, l'œil sur l'élégant costume d'Adam. Vous êtes dans la finance ? »

Sa supposition semblait trahir une note de désapprobation.

« Non, un poste universitaire – un poste de recherche – à l'Imperial College, ajouta Adam, se demandant s'il allait ainsi se racheter. Je reviens juste de l'entretien.

– Bonne école, dit Wang d'un ton distrait, comme s'il avait la tête ailleurs. Ouais… »

Puis, se reprenant, il demanda poliment : « Comment ça s'est passé ? »

Adam haussa les épaules : impossible pour lui de jamais prévoir ces choses. Les trois personnes avec qui il avait eu son entretien – deux hommes et une femme à la tête presque rasée, d'une politesse et d'une formalité touchant à l'absurde, ressemblant si peu à ses ex-collègues américains – n'avaient rien laissé paraître.

« Imperial College. Vous êtes donc un scientifique, dit Wang. Moi aussi. C'est quoi, votre domaine ?

– La climatologie. Et le vôtre ? »

Wang réfléchit un instant comme s'il n'était pas sûr de la réponse.

« L'immunologie, je suppose, oui… ou on pourrait prétendre que je suis un allergologue », dit-il.

Puis, avec un coup d'œil à sa montre tout juste remise à l'heure, il déclara qu'il lui fallait partir, il avait du travail, des coups de fil à passer. Il régla son addition en espèces, rassembla maladroitement ses papiers, en laissa tomber par terre, se baissa pour les ramasser, en marmonnant dans sa barbe, l'air soudain plus distrait, comme si, son repas à présent terminé, sa vraie vie recommençait avec ses pressions et soucis multiples. Enfin, il se leva et serra la main d'Adam en lui souhaitant bonne chance pour l'obtention du poste.

« Je le sens bien, ajouta-t-il, sans la moindre logique, j'ai vraiment une bonne impression là-dessus. »

Adam terminait son tiramisu quand il remarqua que Wang avait oublié quelque chose sur le siège entre leurs tables : une chemise en plastique avec fermeture à glissière, à moitié dissimulée par le pan de la nappe. Il s'en saisit et avisa sur le dessus, dans une petite pochette, la carte de visite professionnelle de Wang. Il l'extirpa et lut : Dr Philip Y. WANG MD, PhD (Yale), FBSI, MAAI, et en dessous : « Chef de la recherche et du développement, CALENTURE-DEUTZ plc ». Au revers figuraient deux adresses avec des numéros de téléphone, l'une dans Cherwell Business Park, Oxford (Unité 10), et l'autre à Londres : Ann Boleyn House, Sloane Avenue, SW3. Tout en payant son addition (ravi de se rappeler son nouveau code qu'il tapa sans hésitation sur la machine), Adam demanda si le Dr Wang était un habitué et on lui répondit qu'on ne l'avait jamais encore vu dans le restaurant. Adam décida qu'il déposerait lui-même le dossier – un geste amical et obligeant, lui semblait-il, surtout dans la mesure où Wang s'était montré si enthousiaste à propos de ses perspectives de carrière – et il se renseigna sur la manière de gagner Sloane Avenue.

En descendant King's Road, encore pleine de gens faisant leurs courses (presque exclusivement français ou espagnols, à première vue), Adam songea soudain que Wang avait peut-être fait exprès de laisser le dossier. Était-ce un moyen de le revoir ?... deux types seuls dans la ville, en quête d'un peu de compagnie... Peut-être même un truc de gay, un stratagème ? Adam s'était parfois demandé s'il avait quelque chose de séduisant pour les homosexuels. Il se rappelait trois occasions précises où on lui avait fait des avances et une autre où un homme l'avait attendu à la sortie des toilettes d'un restaurant de Tucson, en Arizona, et lui avait collé de force un baiser. Il ne croyait pas que Wang fût gay, non, c'était ridicule, mais il décida qu'il serait sage de lui téléphoner d'abord, et il sortit donc la carte de son étroite niche en plastique, s'assit sur un banc devant un pub, pêcha son portable et appela.

« Philip Wang.

– Dr Wang, c'est Adam Kindred. Nous nous sommes rencontrés au restaurant...

– Mais oui... et vous avez mon dossier. Merci infiniment. Je viens de les appeler et on m'a dit que vous l'aviez.

– J'ai pensé que ça irait plus vite si je vous le déposais.

– C'est si aimable à vous. Je vous en prie, montez prendre un verre – oh, il y a quelqu'un à la porte. Ce n'est pas vous, non ? »

Adam expliqua en riant qu'il était encore à cinq minutes de distance et ferma son portable. Montez prendre un verre – parfaitement amical, aucune allusion ambiguë – mais peut-être était-ce l'accent américain, professionnellement plat, ne laissant rien deviner, qui fit penser à Adam que Wang n'avait pas été très surpris d'apprendre qu'il arrivait…

Ann Boleyn House était un imposant immeuble art déco, une forteresse composée d'appartements avec services. On y accédait par une petite allée semi-circulaire bordée de bacs à fleurs. Dans le hall, un portier en uniforme était assis derrière un long comptoir de marbre. Adam inscrivit son nom dans un registre et fut dirigé sur l'appartement G14, au septième étage. Après son coup de téléphone, il avait réfléchi quant à la nécessité de revoir Wang – il aurait pu laisser le dossier en toute sécurité au portier –, mais il n'avait rien à faire et pas particulièrement envie de rentrer dans son modeste hôtel de Pimlico : un verre ou deux avec Wang contribueraient à tuer un peu le temps, et, par ailleurs, Wang semblait un homme intéressant et cultivé.

Il sortit de l'ascenseur pour pénétrer dans un long corridor tout à fait quelconque – parquet sombre, murs pistache, alignement de portes identiques ne différant que par leur numéro. Comme des cellules, se dit-il, ou alors, pour un film, la vision de la conformité kafkaïenne d'un directeur artistique paresseux. Il y régnait une odeur déplaisante qui chatouillait le nez – un mélange d'encaustique et de puissant détergent javellisé pour sanitaires. Enchâssées dans le plafond, de petites lumières aveuglantes éclairaient le chemin vers l'appartement G14 où le corridor tournait à angle droit pour révéler une autre longue perspective d'appartements sans âme. Au fond, un signal vert lumineux indiquait la sortie.

Adam s'aperçut que Wang avait laissé sa porte entrouverte – en signe de bienvenue ? –, mais il appuya quand même sur la sonnette, pensant qu'il ne serait pas convenable d'entrer sans prévenir. Il entendit Wang ouvrir une porte, la refermer, mais pas de : « Adam ? Entrez, entrez. »

Il sonna de nouveau.

« Hello ? »

Il poussa la porte.

« Dr Wang ? Philip ? »

Il ouvrit franchement et pénétra dans un petit living-room carré. Deux fauteuils près d'une table basse, un énorme écran plat, des fleurs séchées dans des vases en osier. Une minuscule kitchenette derrière deux battants à claire-voie. Adam posa son attaché-case au pied de la table basse, et le dossier de Wang près d'un éventail de revues de golf, des hommes souriants, vêtus de couleurs pastel et brandissant leurs clubs. Puis il entendit la voix de Wang :

« Adam ? Je suis ici, à l'intérieur… »

La pièce voisine. Non, pitié, pas la chambre à coucher, tout de même ? se dit Adam, qui alla vers la porte et l'ouvrit tout en regrettant vivement être monté.

« Je ne peux rester que cinq… »

Philip Wang gisait étendu sur son lit, dans une mare de sang qui s'élargissait. Il était vivant, tout à fait conscient, et il agitait la main comme une palme pour appeler Adam près de lui. La pièce avait été ravagée, deux petits classeurs renversés, les tiroirs d'une table de chevet basculés, une armoire vidée de son contenu, vêtements et cintres éparpillés.

Wang désigna son flanc gauche. Adam n'avait pas remarqué – le manche d'un couteau dépassait du chandail ensanglanté.

« Retirez-le », dit Wang.

Son visage portait les traces d'une raclée – lunettes tordues mais pas cassées, un filet de sang dégoulinant d'une narine, une lèvre fendue, un hématome sur une pommette.

« Vous êtes sûr ? s'étonna Adam.

– S'il vous plaît, maintenant… »

Avec des gestes tremblants, il parut guider sur la garde du couteau la main droite d'Adam qui la saisit mollement.

« Je ne crois pas que ce soit la sorte de chose…

– D'un seul coup rapide », ordonna Wang avant de tousser.

Un peu de sang coula de sa bouche sur son menton.

« Vous êtes absolument certain ? répéta Adam. Je ne sais pas si c'est la méthode qui convient…

– Vite ! »

Sans réfléchir davantage, Adam saisit le couteau et le tira aussi facilement qu'il l'aurait fait d'un fourreau. Un couteau à pain, nota-t-il tandis qu'un flot de sang suivait son geste, remontait le long de la lame et qu'un liquide tiède mouillait ses jointures. « Je vais appeler la police », dit-il. Il reposa le couteau et, sans réfléchir, essuya sa main trempée sur le dessus-de-lit.

« Le dossier, chuchota Wang, ses doigts agités nerveusement comme s'ils tapotaient un clavier invisible.

– Je l'ai.

– Quoi que vous fassiez, ne… »

Et Wang mourut à cet instant, dans un bref soupir d'apparente exaspération.

Atterré, horrifié, Adam recula, tituba contre une pile de pantalons et de vestes, et retourna dans le living-room où il avisa un téléphone posé sur une petite étagère, près de la porte. Il prit le récepteur et aperçut sur sa main du sang qui dégoulinait d'un doigt non essuyé. Quelques gouttes tombèrent sur le téléphone.

« Merde… », dit-il se rendant compte que c'était là la première manifestation orale de son état de choc. Bordel de merde, que se passait-il donc ?…

C'est alors qu'il entendit la fenêtre dans la chambre de Wang s'ouvrir et quelqu'un entrer d'un pas lourd. Sa terreur l'abandonna en un instant. S'agissait-il vraiment de la fenêtre ? Peut-être le bruit provenait-il de la salle de bains – mais il avait bien entendu le bruit sourd d'une de ces poignées en cuivre utilisées sur les châssis d'acier équipant les fenêtres à petits carreaux qui donnaient à Ann Boleyn House son air d'institution quelque peu déprimante.

Adam attrapa son attaché-case, le dossier de Wang, et quitta rapidement l'appartement en claquant la porte derrière lui. Il regarda du côté des ascenseurs, décida de ne pas les utiliser, prit le tournant dans le couloir et se dirigea d'un pas normal, sans courir, sans trop se presser, vers la lumière verte signalant la sortie et l'escalier de secours.

Il descendit sept volées de marches de pierre mal éclairées sans voir personne, et il émergea dans une petite rue derrière l'immeuble, à côté de quatre énormes poubelles à solides roulettes pneumatiques d'où s'échappait une forte odeur de nourriture en décomposition qui lui donna un haut-le-cœur. Il cracha, s'accroupit pour ouvrir son attaché-case et y glisser le dossier. Il leva les yeux et vit sous un porche deux jeunes cuisiniers en blouse blanche et pantalon bleu à carreaux en train d'allumer une cigarette.

« Ça schlingue grave ! » lui lança l'un d'eux avec une grimace.

Adam fit signe que tout allait bien et prit, toujours à ce qu'il jugeait une allure dégagée, la direction opposée.

Il erra un moment sans but dans Chelsea, tentant de mettre un peu d'ordre dans ses idées, de comprendre ce qu'il avait vu et ce qui s'était passé. Dans sa tête s'entrechoquait une mosaïque fracturée d'images récentes – le visage amoché de Wang, le manche du couteau à pain, le geste convulsif de la main –, mais il n'était pas affolé au point de ne pas se rendre compte de ce qu'il venait de faire, ni des conséquences de ses mauvaises réactions instinctives. Il n'aurait jamais dû obéir à Wang, il le voyait bien maintenant. Il n'aurait jamais dû retirer le couteau, jamais – il aurait simplement dû prendre le téléphone et faire le 911, ou plutôt le 999. À présent, il était couvert du sang de Wang et ses empreintes se trouvaient sur ce putain de couteau. Mais qui donc aurait agi différemment en pareilles circonstances ? lui hurlait une autre partie de son cerveau, saisi de frustration et de rage. Tu n'avais pas le choix : c'était la requête d'un mourant à l'agonie. Wang lui avait pratiquement mis les doigts autour du manche du couteau en le suppliant de l'ôter, en le suppliant...

Il s'arrêta une seconde et s'intima de se calmer. Il avait le visage en sueur, sa poitrine se soulevait comme s'il venait de courir deux kilomètres. Il expira bruyamment. Ralentis, ralentis. Pense, réfléchis... Il se remit en route. Avait-il interrompu le meurtrier de Wang ? Ou s'agissait-il plutôt d'un cambriolage qui avait horriblement mal tourné ? La porte qu'il avait entendu se refermer au moment où il était entré dans l'appartement, ce devait être l'auteur du crime quittant la chambre – et le bruit de la personne revenant sur ses pas, le meurtrier, de nouveau. Qui devait être passé par un balcon, il s'en rendait compte à présent en se rappelant avoir noté que certains des appartements dans les étages supérieurs d'Ann Boleyn House possédaient d'étroits balcons. L'homme s'était donc éclipsé en entendant Adam entrer, il avait attendu sur le balcon et quand Adam avait quitté la chambre pour aller téléphoner… Oui, la police, je dois appeler, se répéta Adam. Peut-être était-ce une terrible erreur que d'être parti, de s'être enfui par l'escalier… Mais si cet homme lui avait mis la main dessus ? Tout à fait compréhensible, fallait filer, il le fallait, et vite ou il aurait pu y passer lui-même, mon dieu… Il fouilla dans sa veste pour y prendre son portable et vit le sang séché de Wang sur ses jointures. Lave ça d'abord.

Il pénétra dans un espace dégagé, un vaste square menant à un terrain de sports et, bizarrement, à une galerie d'art, où de petits jets d'eau jaillissaient de trous criblant les dalles de pierre. Des couples étaient assis sur des murets et quelques gamins allaient et venaient à toute allure sur leurs luxueuses trottinettes.

Il s'accroupit à côté d'un jet et lava sa main droite dans l'eau froide d'une colonne verticale vacillante défiant les lois de la gravité. Sa main désormais propre – et tremblante –, il avait besoin d'un verre, il avait besoin de se calmer, de mettre de l'ordre dans ses idées, après quoi il téléphonerait à la police : quelque chose le travaillait, quelque chose qu'il avait fait ou pas fait, et il avait juste besoin d'un peu de temps pour y réfléchir.

Il demanda comment se rendre à Pimlico et, une fois certain de son itinéraire, se mit en route. En chemin, il trouva un pub, d'une médiocrité rassurante – comme si le terme « quelconque » subsumait toutes ses ambitions : un tapis à motifs moyennement taché, de la musique au mètre en boucle, trois machines à sous cliquetant et vibrant pas trop fort, une clientèle ouvrière un peu miteuse, un nombre de marques de bière parfaitement acceptables, de la nourriture de pub classique, pâtés, sandwiches et un plat du jour (mal effacé sur l'ardoise). Adam se sentit étrangement réconforté par cette décision affirmée de se ranger à la norme, de ne viser rien de plus haut que la moyenne tolérable. Il se rappellerait cet endroit. Il commanda un grand whisky avec des glaçons et un paquet de cacahuètes, emporta son verre à une table dans le coin et commença à réfléchir.

Il se sentait coupable. Pourquoi se sentait-il coupable ? – il n'avait rien fait de mal… Était-ce parce qu'il s'était enfui ?… Mais n'importe qui dans sa situation se serait enfui : le choc, la présence d'un tueur dans la pièce voisine… C'était une peur atavique, un sentiment de responsabilité illogique, quelque chose que tout enfant innocent connaît face à un sérieux problème. Vite s'enfuir, se mettre à l'abri et réfléchir avait été la réaction évidente et naturelle. Il avait besoin d'un peu de temps, d'un peu de recul…

Il sirota son whisky, goûtant avec délices la brûlure de l'alcool dans sa gorge. Il avala ses cacahuètes, lécha le sel resté dans sa paume, décrocha d'un ongle les bouts incrustés entre ses dents. Qu'est-ce qui le tracassait ? Ce que Wang avait dit, ses derniers mots ? « Quoi que vous fassiez, ne… » Ne pas quoi ? Ne prenez pas le dossier ? Ne laissez pas le dossier ? Puis il repensa à Wang mort, et, rattrapé de nouveau par le choc, il frissonna. Il alla au bar commander un autre whisky et un deuxième paquet de cacahuètes.

Adam but son whisky et, avec une vélocité et une voracité qui le surprirent, acheva ses cacahuètes. Il les versait dans sa paume et les expédiait dans sa bouche un peu à la manière d'un singe (les cacahuètes qui avaient manqué leur cible rebondissaient sur le dessus de marbre devant lui). Vidé en quelques secondes, le paquet fut froissé et posé sur la table où il tenta de reprendre sa forme initiale pendant quelques autres secondes, tandis qu'Adam ramassait et mangeait les cacahuètes qui avaient échappé à son furieux appétit. Tout en en savourant le goût ferme, salé, il se demanda s'il existait une denrée plus nutritive ou satisfaisante sur la planète – des cacahuètes salées, c'était parfois tout ce dont un homme avait besoin.

Il se rendit aux toilettes pour messieurs, en se baissant pour descendre un étroit escalier tournant – débutant en spirale avant d'abandonner son ambition – qui menait à un sous-sol puant où bière et pisse se livraient à un concours olfactif. Alors qu'il se lavait les mains sous l'éclat implacable du néon au-dessus des lavabos, il découvrit que sa chemise et sa cravate étaient criblées de minuscules pois noirs, des pois de sang, supposa-t-il, du sang du Dr Wang… Il sentit soudain ses genoux faiblir en se remémorant la scène dans l'appartement de Wang, le retrait du couteau à pain et le flot de sang qui avait suivi. Le choc à l'idée de ce qu'il avait fait et vu le reprit : il allait retourner à son hôtel, décida-t-il brusquement, changer de chemise (en gardant celle-ci pour preuve) et puis appeler la police. Personne ne lui reprocherait d'avoir quitté la scène du crime – vu le retour de cet homme, le meurtrier, sur le balcon. Impossible de rester calme et lucide en ces circonstances, non, non, non, pas de reproche, aucun.

Il se répéta son histoire tout en regagnant Pimlico et Grafton Lodge, son modeste hôtel, s'arrêtant une ou deux fois pour se repérer dans ces rues presque identiques de maisons mitoyennes aux façades de stuc, et puis, une fois certain d'aller dans la bonne direction, se remettant en route avec une confiance renouvelée, satisfait de la fermeté de ses décisions, content que cette horrible soirée, les faits terribles dont il avait été témoin auraient la conclusion judiciaire appropriée.

Grafton Lodge consistait en deux de ces maisons mitoyennes réunies pour former un petit hôtel de dix-huit chambres. En dépit des prétentions manifestes de son nom, les propriétaires, Seamus et Donal, avaient installé à une fenêtre du rez-de-chaussée un signe rose au néon qui clignotait en lettres cursives : *Chambres libres*, dans le meilleur style des films de série B, et la porte d'entrée était constellée de logos d'agences de voyages, de groupes de tourisme et de guides d'hôtels – un collage luisant de décalcomanies, de transferts et de décorations en plastique. De Vancouver à Osaka, Grafton Lodge était, apparemment, un second chez-soi.

Pour être juste, Adam n'avait pas à se plaindre de sa petite chambre bien propre donnant sur une ruelle d'anciennes écuries à l'arrière. Tout fonctionnait bien : la machine à faire le thé, la douche, le minibar, la télévision et ses 98 chaînes. Seamus et Donal étaient charmants, empressés et pleins de sollicitude quant à la moindre de ses requêtes, et pourtant, lorsqu'il tourna dans la rue de l'hôtel et vit le signe rose clignotant *Chambres libres*, un petit frisson de crainte vibra en lui. Il s'arrêta et se força à réfléchir : ça faisait plus d'une heure, presque deux, qu'il avait fui Ann Boleyn House. Cependant, il avait signé son nom – Adam Kindred – sur le registre des visiteurs que le portier lui tendait et inscrit comme adresse : Grafton Lodge, SW1. Voilà l'erreur énorme, catastrophique qui l'avait inquiété, voilà ce qui n'avait cessé de le tracasser… La dernière personne à rendre visite à Philip Wang avant sa mort avait obligeamment laissé son nom et son adresse sur le registre du portier. Il éprouva une brusque nausée en songeant aux implications de cette candide signature. Il approchait de Grafton Lodge. Tout semblait normal : à travers la porte vitrée de l'entrée incrustée de décalcomanies, il aperçut à la réception Seamus, qui parlait à une des femmes de chambre – Branca, pensa-t-il – et quelques clients dans le bar réservé aux résidents. En face de l'hôtel, un taxi noir était garé, son signal éteint. Le chauffeur sommeillait au volant, attendant sans doute la sortie d'un des hommes d'affaires en train de faire la fête au bar.

Adam s'encouragea : vas-y, monte dans ta chambre, change de vêtements, appelle la police et file dans un commissariat – mets un terme convenable, décent, à toute cette horrible affaire. Ça semblait la seule façon sensée de procéder, la seule conduite parfaitement normale, et il se demanda donc ce qui le poussait à prendre le passage au bout de la rue pour tenter d'apercevoir sa fenêtre depuis la ruelle aux anciennes écuries à l'arrière. Quelque chose d'autre le tourmentait maintenant, quelque chose qu'il avait fait ou pas fait, et cet acte ou ce non-acte le hantait. S'il parvenait à se rappeler de quoi il retournait et puisse l'évacuer, il se sentirait peut-être plus calme.

Il se posta dans la ruelle sombre derrière Grafton Lodge et chercha sur la façade arrière de l'hôtel sa fenêtre qu'il finit par repérer : noire, les rideaux à moitié tirés comme il les avait laissés ce matin en partant pour l'Imperial College. Dans quel monde vivait-il ? Tout était en ordre. Rien ne sortait de l'ordinaire, rien. Il était idiot de se montrer si soupçon…

« Adam Kindred ? »

Plus tard, il eut du mal à s'expliquer pourquoi il avait réagi si violemment à son nom. Peut-être était-il plus traumatisé qu'il ne le pensait ; peut-être les niveaux de stress qu'il venait de connaître avaient fait de lui un être de réflexe plutôt que de raisonnement. En l'occurrence, entendant une voix si proche prononcer son nom, il avait attrapé la poignée de son solide attaché-case tout neuf et l'avait balancé en arrière de toutes ses forces. L'impact immédiat et invisible ébranla à la fois son bras et son épaule. L'homme avait émis un bruit entre soupir et gémissement avant de s'écrouler avec un bruit sourd accompagné d'un cliquetis.

Adam pivota sur lui-même – saisi maintenant d'un souci absurde : qu'avait-il fait ? – et s'accroupit près du corps de l'homme à demi conscient. Il bougeait encore – tout juste – et du sang coulait de sa bouche et de son nez. La lourde ferrure d'angle en cuivre de l'attaché-case d'Adam avait frappé sa tempe droite sur laquelle, à la faible lueur de l'éclairage de la ruelle, on voyait une marque en L se former déjà, comme imprimée au fer rouge. L'homme gémit, remua et ses mains se tendirent pour attraper quelque chose. Adam, en suivant des yeux son mouvement, vit qu'il tentait de se saisir d'un pistolet automatique (avec silencieux, comprit-il une milliseconde plus tard) qui gisait sur les pavés à côté de lui.

Adam se releva, la peur et l'inquiétude remplaçant maintenant son sentiment de culpabilité, et puis, presque aussitôt, il entendit les glapissements d'une sirène de police. Mais ce type à ses pieds, il le savait, n'était pas un policier. La police, autant qu'il sache, ne distribuait pas de pistolets automatiques avec silencieux à ses inspecteurs en civil. Il s'efforça de rester calme pendant que le processus de réflexion logique livrait son verdict : quelqu'un d'autre était aussi après lui, à présent : cet homme avait été envoyé à ses trousses pour le tuer. Il sentit une bouffée de nausée lui monter à la gorge. Il expérimentait la peur à l'état pur, comme un animal, un animal piégé. Il baissa les yeux et vit que l'homme avait réussi tant bien que mal à retrouver une position assise et à s'y maintenir en vacillant avec incertitude comme un bébé, avant de finir par cracher une dent. Adam écarta le revolver d'un coup de pied, l'envoyant valser et cliqueter sur les pavés de la ruelle, puis recula de quelques pas. Cet homme n'était pas un policier mais les vrais policiers approchaient – il entendait à quelques rues de là une autre sirène en une véhémente discordance avec la première. L'homme rampait maintenant en direction de son arme. Très bien : cet homme le recherchait, la police aussi – il entendit la première voiture s'arrêter devant l'hôtel et le claquement précipité des portes –, la soirée avait mal tourné, à un point que même lui n'arrivait pas à imaginer. Il regarda autour de lui et vit que l'homme en rampant avait presque atteint son arme qu'il tentait d'accrocher d'une main incertaine comme si une vision très diminuée ne lui permettait pas de bien fixer son objectif. L'homme s'écroula puis se redressa avec peine. Adam comprit qu'il devait prendre une décision immédiate, dans la seconde, et cette certitude s'accompagna du sentiment déplaisant que ce serait sans doute une des décisions les plus importantes de sa vie. Devait-il se livrer à la police – ou non ? Mais une peur indéfinie en lui hurla : NON ! NON ! FUIS ! Et il sut que sa vie allait prendre un tournant sans qu'il puisse jamais faire marche arrière – il ne pouvait se livrer à présent, non, il n'irait pas : il avait besoin de temps. Il était terrifié, il s'en rendait compte, par l'affreuse tournure des circonstances à son égard, terrifié par les problèmes désastreux, complexes, que lui vaudraient les implications sinistres horribles de l'histoire – la vraie – qu'il raconterait. Le temps était par conséquent la clé ; en ce moment, le temps était son seul ami et allié possible. Avec un peu de temps, les choses pourraient alors se résoudre de manière méthodique. Il prit donc sa décision, l'une des plus importantes de sa vie. Il n'était plus question de savoir s'il avait choisi la bonne ou la mauvaise attitude. Il devait simplement suivre son instinct – être fidèle à lui-même. Il tourna les talons et partit en courant à toute allure, le long de la ruelle puis dans les rues anonymes de Pimlico.

Qu'est-ce qui le ramena à Chelsea ? Étaient-ce le figuier et son rêve momentané de coûteux appartements au bord du fleuve qui lui firent penser que ce triangle de terrain vague près du pont lui fournirait un abri sûr durant quelques heures, jusqu'à ce que cette nuit de cinglés finisse ? Il attendit qu'il n'y ait pas de voitures en vue sur l'Embankment pour sauter d'un bond par-dessus la clôture. Il s'enfonça dans les buissons et les arbustes, loin du pont et de ses perles de lumière dessinant les câbles de suspension. Il trouva un bout de terre entre trois épais buissons et étendit son imperméable. Il s'assit un moment, les bras autour de ses genoux, faisant le vide dans son esprit et sentant une irrépressible envie de dormir monter en lui. Il éteignit son portable et s'allongea, la tête sur son attaché-case en guise d'oreiller, les mains croisées sur sa poitrine. Pour une fois, il ne tenta pas de réfléchir, ni d'analyser et de comprendre : il laissa simplement les images de sa journée et de sa soirée défiler dans sa tête comme une folle séance de diapos. Repose-toi, lui répétait son corps, tu es en sécurité, tu t'es acheté un temps précieux, mais maintenant tu as besoin de te reposer – arrête de réfléchir. C'est ce qu'il fit, et il s'endormit.

## 2

Rita Nashe tentait d'expliquer à Vikram pourquoi elle détestait le cricket, pourquoi le cricket sous toutes ses formes, passée ou contemporaine, l'horripilait, quand vint l'appel. Ils étaient garés juste au coin de King's Road, près d'un Starbucks où ils avaient réussi à avaler deux cafés avant la fermeture. Rita prit la communication – ils devaient se rendre à une « cocktail party » à Ann Boleyn House, Sloane Avenue. Elle nota les détails dans son carnet puis démarra la voiture.

« Cocktail party, annonça-t-elle à Vikram.

– Pardon ?

– Un problème domestique. C'est comme ça qu'on les appelle à Chelsea.

– Cool. Je m'en souviendrai. "Cocktail party". »

Ils atteignirent tranquillement Sloane Avenue – sans gyrophare ni sirène. Une femme avait appelé le commissariat pour se plaindre de violents bruits sourds et de coups dans l'appartement du dessus, suivis de l'apparition de petites taches sur son plafond. Rita s'arrêta en face de l'entrée et se dirigea vers le hall, Vikram s'attardant car il semblait être coincé par sa ceinture de sécurité – pas le plus agile des garçons. Le portable de Rita sonna.

« Rita, je ne trouve plus mes bésicles.

« – Papa, je travaille. Et ta seconde paire ?

– Je n'ai pas de foutue seconde paire, c'est le problème. Je ne t'appellerais pas si j'en avais une. »

Elle s'arrêta à la porte d'entrée pour laisser à Vikram le temps de la rattraper.

« As-tu regardé, demanda-t-elle à son père, la voix pleine de suggestions impromptues, dans le placard à l'avant, là où on met les boîtes de conserve ? »

Elle entendait presque le cerveau de son père bouillonner plus vite.

« Enfin, répliqua-t-il, furieux, pourquoi seraient-elles dans le placard à l'avant avec les conserves ?

– Tu les as laissées là une fois, je m'en souviens.

– Ah oui ? Oh... OK, je vais voir. »

Elle éteignit son téléphone en souriant : elle avait elle-même caché les lunettes dans le placard à l'avant pour punir son père de son manque de politesse en général et de son comportement d'égoïste en particulier. Quatre-vingt-dix pour cent des désagréments qui l'asticotaient étaient le fait de sa fille – il n'en avait pas la moindre idée – et il n'avait jamais noté combien ces désagréments diminuaient dans la mesure où son humeur s'améliorait. C'était pourtant un homme intelligent, se dit-elle alors qu'avec Vikram ils poussaient la porte de verre pour pénétrer dans le hall, il aurait vraiment dû déjà s'en rendre compte.

Derrière son large comptoir de marbre, le portier parut surpris de se voir confronté à deux policiers – un homme et une femme – et, informé de la raison banale de leur présence, il dit son étonnement que la plaignante (une vieille femme assommante) ne l'ait pas simplement appelé. Après tout, il était là pour ça, non ? Rita expliqua qu'on avait mentionné des taches dans le plafond – elle consulta son carnet. Appartement F14.

« Quel est l'appartement au-dessus du F14 ?

– Le G14. »

Elle prit l'ascenseur avec Vikram.

« Un p'tit appart par ici me déplairait pas, dit Vikram. Un studio, dans Chelsea, King's Road.

– On est tous preneurs, Vik, on est tous pour. »

La porte du G14 était entrebâillée, ce que Rita trouva étrange. Elle demanda à Vikram d'attendre dehors et elle entra – les lumières étaient allumées et les lieux avaient été complètement saccagés. Cambriolage, pensa-t-elle, quoique le désordre général semblait indiquer que quelqu'un avait cherché quelque chose de précis sans le trouver. Télé toujours là, lecteur de DVD aussi. Peut-être pas…

En découvrant le mort dans la chambre à coucher, gisant sur le dos, les draps rouges trempés, elle comprit d'où venaient les taches au plafond du dessous – elle avait vu pas mal de morts et de blessés au cours de sa carrière, mais elle ne cessait d'être surprise par la quantité de sang qu'un être humain ordinaire pouvait répandre. Elle se pinça le nez et avala sa salive, soudain en proie à un léger étourdissement. Debout dans l'encadrement de la porte, elle respira à petits coups, attendant que cesse le brusque tremblement de son corps, et jeta un rapide coup d'œil autour d'elle – ici aussi tout avait été dévasté et la porte-fenêtre donnant sur l'étroit balcon était ouverte, elle entendait la circulation dans Sloane Avenue, et les rideaux de mousseline s'agitaient et se gonflaient comme des voiles sous la brise nocturne.

Elle retraversa l'appartement pour regagner l'entrée d'où elle appela l'inspecteur de permanence au commissariat de Chelsea.

« Quelque chose d'intéressant ? » s'enquit Vikram.

# 3

Caleçon ou pas ? s'interrogea Ingram Fryzer en contemplant la longue rangée de deux douzaines de costumes pendus dans le placard de son dressing. Il portait une chemise crème avec une cravate déjà nouée et ses habituelles chaussettes bleu marine, longues, des chaussettes qui lui arrivaient aux genoux. Ingram avait horreur d'exhiber, quand il s'asseyait jambes croisées, un mollet blanc poilu entre le haut de la chaussette et le revers du pantalon – c'était en quelque sorte le prototype du péché capital vestimentaire anglais. Péché vestimentaire ou fallait-il dire talon d'Achille vestimentaire ? Peu importait ; quand il siégeait dans des réunions avec des hommes riches et puissants et qu'il les voyait remuer les jambes, recroiser les cuisses et exposer cinq centimètres d'un jarret anémié, il se surprenait à avoir aussitôt une moins bonne opinion de ces gens – cette sorte de laisser-aller en disait long à leur sujet. Toutefois, l'affaire des caleçons était un problème irrémédiablement personnel, il était impensable que quiconque dans sa compagnie puisse jamais deviner que leur président et directeur général était nu sous son pantalon parfaitement coupé, sa queue et ses couilles s'y baladant en liberté.

Ingram continua à débattre de cet agréable dilemme – caleçon ou pas caleçon – imaginant le stimulant potentiel qui l'attendait ce jour-là. Il adorait la manière dont le gland de son pénis frottait contre l'étoffe de son pantalon ou se heurtait un instant à une couture en relief. À de tels moments, vous ne pouviez jamais être certain qu'une demi-érection ne puisse spontanément se produire et, bien entendu, cette possibilité plaçait la barre plus haut, surtout si vous étiez sur le point d'entrer dans une réunion importante. Que vous soyez nu sous votre pantalon, et toute la texture – chaque nuance – de votre journée de travail en devenait incommensurablement différente. *Une journée de frotti-frotta*\*[1], comme disait une amie française, et Ingram appréciait la prétention sophistiquée que cette expression conférait à son petit vice. Il avait pris sa décision – pas de caleçon – et il choisit un costume prince-de-galles, enfila le pantalon, l'équipa de bretelles rouges et passa la veste. Il chaussa une paire de mocassins marron foncé avec pompons et descendit prendre le petit déjeuner anglais que Maria Rosa lui préparait tous les matins du lundi au vendredi, pour 7 h 30 pile.

En route vers le bureau, il demanda à Luigi d'arrêter la voiture au métro Holborn. Il faisait souvent ça – prendre le métro pendant quelques stations tandis que Luigi continuait avec la voiture –, singulièrement les jours où il ne portait pas de caleçon. Il aimait à se mêler aux « gens », examiner autour de lui les divers types d'êtres humains en montre, et se demander quel genre de vie ils menaient. Non qu'il eût le moindre mépris pour eux, ou ressentît une confortable supériorité à leur égard – ce n'était qu'une affaire de curiosité anthropologique, aiguisée par ces autres spécimens de

1. Les mots en italique suivis d'un astérisque sont en français dans le texte. *(NdT)*

son espèce – et, pensait-il, en tant qu'individu il ne s'en portait que mieux, puisque personne de sa connaissance, dans sa classe économico-sociale, ne faisait la même chose. Durant dix minutes environ, il devenait un banlieusard anonyme quelconque se rendant au travail par la ligne 1.

Debout dans la rame bondée, il regardait autour de lui avec curiosité et innocence. Non loin, deux jolies filles en tailleur, branchées sur de minuscules oreillettes, écoutaient leur musique. Élégamment habillées, embijoutées, très maquillées… L'une d'elles lui jeta un coup d'œil absent, comme si elle avait conscience d'être observée, puis tourna la tête. Ingram sentit sa queue remuer, et il se demanda si ce ne serait pas aussi un jour pour Phyllis. Bon dieu, qu'est-ce qui clochait avec lui ? Est-ce que les autres hommes dans leur cinquante-neuvième année pensaient aussi constamment au sexe ? Quelle était cette expression, déjà, ce terme ? Oui – était-il un « érotomane » ? Pas la pire catégorie de délinquant sexuel, mais parfois il se demandait s'il y avait dans ses obsessions quelque chose de cliniquement mauvais ou nécessitant un diagnostic… Puis de nouveau, tout en montant les marches menant hors de Bank Station – et alors qu'il apercevait la tour de verre qui abritait sa compagnie – CALENTURE-DEUTZ PLC –, il se dit que dans plusieurs de ces étages, parmi ses quelque deux cents employés prêts à se mettre au travail, peut-être pareils sentiments, pareilles envies étaient-ils parfaitement sains et normaux.

Dès qu'il aperçut Burton Keegan et Paul de Freitas qui l'attendaient dans le hall, il comprit qu'il y avait un problème. En s'approchant d'eux, il passa consciemment en revue les pires scénarios possibles, histoire de se préparer : sa femme, ses enfants : estropiés, morts ;

un accident aux laboratoires d'Oxford, une contamination, la peste ; une terrible crise boursière ; une révolte du conseil d'administration – la ruine…

« Salut, Burton, salut Paul, dit-il gardant un visage aussi impassible que les leurs. Ça ne peut être qu'une mauvaise nouvelle. »

Keegan jeta un coup d'œil à de Freitas – qui serait le messager ? Sur un signe de Freitas, il s'avança : « Philip Wang est mort, marmonna-t-il à voix basse. Assassiné. »

**4**

Adam se réveilla à l'aube. Au-dessus de lui, les mouettes déchiraient l'air de leurs cris répétés, volant bas, piquant agressivement du bec et, un court instant, il songea : ah oui, bien sûr je rêve, rien de tout ça n'est arrivé. Mais le froid dans ses jambes, l'impression générale d'humidité et les démangeaisons de crasse l'obligèrent à se rappeler la dangereuse situation dans laquelle il se trouvait. Il se redressa, déprimé et au bord des larmes à l'idée de ce qui s'était passé. Il regarda le fleuve, constata qu'il était à marée haute, brun et fort. Il avait faim, il avait soif, il avait besoin de pisser, de se raser… L'envie d'uriner fut vite satisfaite et, tout en refermant sa braguette, Adam nota tristement que c'était la première fois de sa vie qu'il avait dormi à la dure. Et ça ne lui plaisait pas.

Il enfila son imper, ramassa son attaché-case et s'enfonça dans les buissons couverts de rosée en direction de l'Embankment. Il vit les premiers banlieusards foncer sur la route quasiment déserte pour devancer l'heure de pointe. Il sauta par-dessus la clôture, accrocha au passage son imper sur la grille et, une fois libéré, partit à l'aventure. Il faisait froid à cette heure matinale, et Adam le sentit en s'arrêtant pour débarrasser des feuilles et de l'herbe les pans de son imper déjà taché.

Dans un café de King's Road, il commanda un « breakfast anglais complet » et le dévora à toute allure. Il vérifia son portefeuille : billets et pièces pour un total de 118 livres 38 pence. S'il allait se rendre, autant avoir au moins l'air présentable ; il entra donc dans une pharmacie où il acheta des rasoirs jetables et de la mousse à raser – à présent qu'il n'avait plus faim, il avait pardessus tout envie de se raser – et prit le métro de Sloane Square jusqu'à la gare de Victoria où il paya 2 livres l'entrée dans les nouvelles toilettes « directoriales ». Il se rasa avec soin et de près, peigna ses cheveux en arrière de façon à les faire tenir en place, les marques des dents du peigne visibles comme des raies sur du velours côtelé – des cheveux avec déjà un air désagréablement graisseux après sa nuit à la belle étoile. Dans le hall de la gare il demanda à un employé où se trouvait le commissariat le plus proche et l'homme lui indiqua celui de Buckingham Palace Road, à quelques minutes à pied de là.

Il trouva sans difficulté, et s'arrêta un instant pour reprendre ses forces avant de grimper d'un pas assuré les marches menant à ce qui paraissait un poste de police plutôt récent – tout en angles, blocs de briques caramel et rampe bleue. Il avait délibérément évité de penser à ce qui allait suivre – ou aux conséquences immédiates d'une arrestation inévitable. Il y avait trop de preuves accablantes contre lui, c'était évident. En fait, c'était la raison pour laquelle il avait fui hier soir. Il avait eu la triste certitude qu'il serait arrêté et jeté en cellule avant de se voir attribuer un avocat. Il le savait : il collait trop bien à l'image de l'assassin, les policiers n'écouteraient même pas sa version des événements et ne le laisseraient pas rentrer à son hôtel y attendre leur appel. À propos d'appel, il se rappela soudain le poste, le poste d'enseignement et de recherche pour lequel il avait eu un entretien la veille. Ils avaient promis de l'appeler... Il n'y avait pas eu de signal sur son téléphone cellulaire ou plutôt son « portable » depuis l'entretien. Il le consulta une seconde : aucun texto autre que des spams publicitaires. Depuis son départ des États-Unis, sa vie, côté textos, avait été plutôt du genre moribond – plus de potins ni de blagues de la part d'amis, collègues ou étudiants – le silence de la culpabilité... Pourtant, il était tout de même curieux de savoir le résultat de son passage à l'Imperial College. Avait-il été choisi ? Voulaient-ils de lui ? Il se sentit misérable, malchanceux : mais le sort qui lui était réservé à présent, quel qu'il fût, ne risquait pas de faire impression sur son CV.

Il pénétra par une porte automatique dans un petit hall avec un bureau d'accueil lui faisant face, vide. Au-dessus, un signal rouge en boucle l'informait que « l'inspecteur de service sera à votre disposition d'ici peu ». Un homme et une femme attendaient aussi, le regard fixé au sol. Adam resta debout et se tourna pour examiner son reflet sur la vitre d'un des tableaux d'affichage – rempli d'avertissements, d'instructions au sujet des plaintes pour violence familiale, d'offres possibles de postes dans la police londonienne, d'annonces légales et de portraits-robots de bandits divers et variés. Son œil pivota aussitôt instinctivement sur son propre nom étalé là : ADAM KINDRED – RECHERCHÉ. SOUPÇONNÉ DE MEURTRE. Encore plus alarmant que de voir son nom était de voir son visage, une image familière de lui-même, découpée dans une autre photo (avec l'épaule d'un étranger dans le coin du bas à droite). En contemplant son moi plus jeune et souriant, Adam sut aussitôt où la photo avait été prise : à son mariage avec Alexa. Selon la tradition anglaise, il portait une queue-de-pie, un gilet gris

41

et une cravate en soie argent, bien que le mariage ait eu lieu à Phoenix, Arizona, et que tous les autres hommes aient porté smoking et nœud papillon. On l'avait gentiment charrié. Le sourire était large, le cheveu beaucoup plus long, et une mèche épaisse, déplacée par le vent du désert, pendait, désinvolte, sur son front. Timidement, Adam aplatit en arrière ses cheveux plus courts, plus gras. Il paraissait différent maintenant – plus mince et plus soucieux. Puis il se dit : où, nom de dieu, ont-ils dégoté si vite cette photo ? Chez son père ? Son père était en Australie avec sa sœur. Non… Il recula, choqué – elle devait venir d'Alexa, son ex-femme. Il repensa avec amertume à la chaîne des événements, pas étonnant que les policiers soient si vite à ses trousses – le nom et l'adresse dans le registre d'Ann Boleyn House les avaient conduits tout droit au Grafton Lodge Hotel (Seamus et Donald savaient tout de l'entretien pour le poste) ; après quoi courriels, appels téléphoniques à son précédent employeur, aux membres de la famille. Une photo fournie par l'ex-épouse (« Adam ? Vous êtes sûr ? » Il entendait sa voix, manquant juste assez de conviction), scannée et expédiée par Internet à Londres en un quart de seconde. Peut-être avaient-ils contacté son père aussi ?… Il commençait à se sentir malade. Il comprenait très bien la démarche des flics, ils ne recherchaient qu'un seul homme, celui qui avait signé son nom dans le registre d'Ann Boleyn House, le dernier à avoir vu Philip Wang vivant, l'homme dont les empreintes se trouvaient sur l'arme du crime – l'affaire était claire. Trouvez Adam Kindred et vous tenez votre assassin.

La poitrine serrée, Adam passa en revue une fois de plus les circonstances qui l'accusaient irréfutablement. On pouvait le placer dans la chambre du meurtre à l'heure de la mort, à l'heure même de la mort. Ses empreintes étaient partout. Ses vêtements étaient éclaboussés du sang de la victime. Il était le suspect évident – chacun, tout le monde penserait qu'il avait tué Philip Wang. Mais où était le mobile ? Pourquoi aurait-il voulu tuer un éminent immunologiste ? Pourquoi ?... Crime passionnel, voilà l'explication qui venait malheureusement à l'esprit. Plus tard, il déduisit que c'était la vue de son jeune visage candide qui l'avait poussé à réagir comme il le fit. Quelque chose de son évidente innocence était incarné dans cette photo et il se refusait à la souiller volontairement. Il s'interdit de réfléchir, se détourna de l'image de ce jeune Adam heureux, souriant, insouciant, refranchit la porte, redescendit les marches (sous le nez de trois policiers en uniforme qui montaient en bavardant avec animation) et, filant vers l'ouest, tourna à droite sur Pimlico Road vers la sécurité théorique qu'offrait Chelsea.

Alors qu'il s'éloignait du commissariat, attaché-case à la main, imper flottant au vent, presque fiévreux d'inquiétude, Adam comprit qu'il était arrivé à la croisée des chemins. Non pas à un carrefour, mauvaise métaphore, mais à un embranchement et de surcroît le plus dramatique des embranchements. Il pouvait soit se rendre et se soumettre à l'application de la loi et aux procédures prévues – accusé, détenu, liberté sous caution refusée, liberté sous caution accordée, procès, sentence –, soit il pouvait ne pas se rendre. Il était par nature un homme respectueux des lois, il avait toujours eu pleine confiance dans les institutions légales des pays dans lesquels il avait vécu – mais soudain tout avait changé. Ce n'était plus « le respect de la loi » qui lui semblait à présent primordial, fondamental. Non, c'était la liberté qui gouvernait ce choix instinctif : sa liberté personnelle. Il devait rester libre, à tout prix, pour se sauver lui-même. Rester libre semblait la seule décision qu'il pouvait et devait prendre. Étrange que cette épiphanie philosophique, mais il fut aussitôt conscient que la liberté individuelle qu'il possédait pour l'instant lui était infiniment précieuse – précieuse tant elle lui semblait ténue et vulnérable – et il n'avait pas l'intention de la livrer à quiconque même temporairement.

Et d'ailleurs, se dit-il tout en avançant péniblement, en nage, il était innocent, bon dieu de bon dieu. Il était innocent et il refusait d'être accusé d'un meurtre qu'il n'avait pas commis. La situation était simple, le choix qu'il avait fait, qu'il avait dû faire, était clair – le seul choix possible pour lui. Aucun dilemme, aucun doute : quiconque dans sa position pourrie, atroce, aurait fait la même chose. Et puis, il y avait cet autre facteur, ce facteur $x$, à considérer. Qui était l'homme dans la ruelle qui avait su son nom et brandi le revolver avec silencieux ? Ce devait être le tueur, non ? L'homme sur le balcon qu'il avait effrayé en arrivant dans l'appartement de Wang…

Il passa devant un pub sur sa gauche et fut tenté d'y entrer pour boire un verre, mais, en même temps que sa nouvelle foi en la liberté personnelle, il savait combien tout coûtait cher dans cette ville – il allait garder en réserve les fonds qui lui restaient tandis qu'il décidait de ce qu'il allait faire, en attendant que le vrai coupable soit identifié et arrêté.

Il s'assit sur un banc dans un petit square verdoyant et contempla vaguement la statue de Mozart enfant. Quel rapport Mozart avait-il avec cette partie de Londres ?… Adam se força à se concentrer : peut-être le mieux serait de se terrer un moment – quelques jours, une semaine –

pour voir comment les choses tourneraient. Quelle était cette expression déjà ? « Entrer dans la clandestinité » – oui, et s'il entrait dans la clandestinité pour un temps, juste le temps que les autres pistes soient convenablement étudiées ? Il pourrait suivre les événements dans les journaux, ou à la télé et à la radio – et puis l'idée lui vint tout à coup : et si Wang avait été gay ? Wang et Adam se rencontrent dans un restaurant, sont vus entamant une conversation, Adam se rend dans l'appartement de Wang, celui-ci lui fait des avances, ils se disputent, se battent – tout dégénère horriblement, terriblement… Il se sentit de nouveau pris de faiblesse, regarda Mozart enfant et tenta de se rappeler une aria mozartienne, n'importe quel air pour se distraire mais les mots qui lui vinrent en tête appartenaient à une chanson rock de sa jeunesse : « Clandestin, clandestin / l'orchestre joue ça si bien / Et les pieds font du potin ».

Un refrain prémonitoire : il entrerait dans la clandestinité plutôt que de se rendre docilement dans un commissariat et d'être accusé d'un crime qu'il n'avait pas commis. D'ici quelques jours, d'autres indices seraient relevés, la police se pencherait sur d'autres scénarios, d'autres suspects. L'air de Mozart lui revint, finalement, l'ouverture de *Cosi fan tutte* – qui le mettait toujours de bonne humeur. Il se leva, en la fredonnant doucement : il lui fallait maintenant aller acheter quelques provisions essentielles pour sa nouvelle vie.

Plus tard au crépuscule, Adam jeta ses trois sacs contenant ses possessions par-dessus la grille du triangle de Chelsea et les suivit promptement. Il retrouva l'endroit où il avait dormi la veille et l'examina de plus près : trois gros buissons et quelques arbres de taille moyenne, un platane et un genre de houx, près du sommet pointu du triangle – la pointe ouest, la plus éloignée du pont – formant une petite clairière. L'un des buissons paraissait presque creux à sa base, il pourrait facilement s'y faufiler en rampant sous les branches basses. Il s'accroupit – oui, s'il se glissait là, il serait parfaitement invisible de l'Embankment, du pont de Chelsea et de toute embarcation sur le fleuve.

Il vida les sacs en plastique, et contempla ses achats : un sac de couchage, un tapis de sol, une pelle pliante, un petit réchaud à gaz avec des recharges, une torche électrique, un coffret de métal, des couverts, deux bouteilles d'eau, une casserole et une demi-douzaine de boîtes de haricots blancs à la sauce tomate. Il avait été frugal dans ses acquisitions, n'achetant que les articles les moins chers et en promotion – il lui restait 72 livres et de la petite monnaie. Il pouvait se cacher ici dans la journée et s'aventurer hors du triangle la nuit pour faire les poubelles – il arriverait à survivre, tant bien que mal.

Il s'aménagea un abri dans le buisson creux, cassa quelques branches pour se faire un peu plus de place, et installa le tapis de sol par-dessus d'autres branches en un V inversé, créant ainsi une vague tente aplatie. Il déroula le sac de couchage et le poussa sous la tente improvisée – oui, il serait au sec, protégé des pluies les moins fortes. Il prêta soudain l'oreille en entendant une voiture de police passer sur l'Embankment, sirène hurlante, et sourit en son for intérieur : tous les flics de Londres seraient à ses trousses, des kilomètres de pellicule de caméras de surveillance seraient étudiés à la loupe, son ex-femme et sa famille en Australie seraient de nouveau interrogées par téléphone, on se lancerait à la poursuite de tous ses parents éloignés et de ses vieilles connaissances. Quelqu'un a-t-il vu Adam Kindred ? Comme ils riraient de cette aventure quand elle serait terminée ! Il était recherché mais introuvable. Ayant fait son lit, il alluma son réchaud pour réchauffer ses haricots qu'il enfourna directement dans sa bouche, en cuillerées chaudes et succulentes – délicieux. Un jour à la fois, Adam, se dit-il : garde la tête aussi vide que possible. Il était entré dans la clandestinité.

## 5

Huile de clous de girofle, songea Jonjo Case. Qui aurait jamais pensé… qui aurait imaginé ce coup-là ? Il prit le petit flacon, versa quelques gouttes de son contenu sur son index et en massa sa dent endommagée – il sentit la douleur aiguë s'atténuer presque instantanément. Le gros plombage avait sauté quand ce connard, Kindred, lui avait expédié son attaché-case sur le coin de la figure. L'autre dent s'était barrée tout net comme si un dentiste l'avait arrachée. En revenant à lui, il l'avait vue, là, sur les pavés, l'avait ramassée et fourrée dans sa poche – pour preuve.

Il se regarda dans le miroir. Il n'avait jamais aimé sa gueule, mais l'attaché-case de Kindred n'avait rien arrangé. Son nez n'était pas cassé, d'accord, mais il était enflé et il aurait des bleus de l'oreille à la mâchoire. Le plus rageant c'était la zébrure causée par une charnière ou une cornière de l'attaché-case qui s'était imprimée du même coup sur sa tempe droite. Il se tourna à la recherche d'un meilleur angle dans le miroir. Elle était là, une furieuse zébrure rouge sang en forme de L. L pour *loser* – perdant –, ça allait obligatoirement former une croûte et ça se terminerait avec une cicatrice blanche en L. Non, non, c'était pas possible, vraiment pas pour lui : il bousillerait ça avec la pointe d'un couteau, plus tard – pour le masquer. Il allait pas passer le reste de sa vie à se balader avec une cicatrice en L sur le front – rien à foutre, mon coco.

Il s'avança vers son bar, en écartant gentiment du pied Le Chien sur son chemin, et chercha parmi les multiples bouteilles son pur malt préféré. Qu'est-ce qui lui avait pris de recueillir le petit basset de sa sœur, se demanda-t-il en avalant une gorgée de whisky directement au goulot – un chiot avec de grands yeux bruns débordant d'accusations ? Cette bouille à l'air soucieux en permanence, ces oreilles veloutées ridiculement longues… C'était pas un animal, c'était un jouet, un truc à mettre sur votre couvre-lit ou devant la porte pour bloquer les courants d'air. Il fit la grimace en sentant le malt se marier désagréablement avec le goût puissant de clous de girofle dans sa bouche. Dégueulasse.

Il soupira et jeta un œil sur sa petite maison – la douleur se calmait vraiment. Fallait qu'il mette un peu d'ordre dans ce bazar : une semaine de vaisselle dans l'évier et quatre ans de *Yachting Monthly* empilés derrière la télé. Il se demanda ce que le sergent-major Snell dirait en voyant la crèche de Jonjo Case. Il y aurait eu de l'engueulade dans l'air… et plus. J'étais le soldat le plus soigné du régiment. Que s'était-il passé ?

Il balaya d'un revers de main quelques vêtements d'un fauteuil et s'assit. Le Chien s'approcha et resta là à le regarder. Il avait faim, bien sûr : avec tout le bordel d'hier soir, il n'avait pas nourri le pauvre bâtard depuis vingt-quatre heures. Il chercha et trouva sous un coussin du canapé la moitié d'un paquet de biscuits qu'il étala sur le tapis. Le Chien commença à les mâchonner, les envoyant dans sa gueule avec sa grosse langue rose.

Jonjo repensa à la veille au soir, se rejouant le film en tous les sens dans sa tête. Dieu merci, il avait retrouvé la dent et le revolver vite fait, les flics étaient partout. Puis il songea à Wang, comment il l'avait un peu bousculé puis allongé sur le lit, l'étouffant de la main gauche tout en lui enfonçant profond le couteau de cuisine avec la droite. Il devait avoir raté le cœur – Snell l'aurait torturé à mort pour cette erreur. Et puis cette foutue putain d'enflure débarquant dans l'appart. Dehors sur le balcon à tout berzingue en sachant que Wang n'est pas mort… Moche, moche, moche. Que s'était-il passé pendant qu'il était dehors ? Il se le demandait tristement. Tristement parce qu'il savait qu'il perdait la main. Deux ans plus tôt, il aurait tout bonnement liquidé l'autre gus. Brutal mais simple – foutrement plus efficace. À présent, ce Kindred était vivant, en liberté et quelque part au large dans Londres, d'après le journal. Il refila au Chien une barre chocolatée. Il reprit un coup de whisky et remit un peu d'huile de clous de girofle.

Liquide Wang, fous le bordel et rapporte-nous tous les dossiers que tu trouveras, ils avaient dit. Il l'avait fait, avait descendu Wang, foutu en l'air son appart et il avait tous les dossiers dans un sac-poubelle à l'arrière de son taxi. Ils devaient savoir maintenant que les choses avaient mal – très mal – tourné. Tout ce qui lui restait à faire, c'était d'attendre l'appel.

Jonjo poursuivit ses réflexions avec soin : Kindred avait filé par l'escalier de secours derrière. Jonjo avait suivi dès qu'il avait eu fini d'enfourner dans son sac-poubelle tous les dossiers qu'il avait pu trouver, et les deux cuistots en train de fumer avaient confirmé qu'un jeune type en imperméable, portant un attaché-case venait de partir, deux minutes auparavant. Disparu depuis longtemps, s'était dit Jonjo, regagnant son taxi et lançant le sac-poubelle à l'arrière. Puis il avait réfléchi un moment avant de repartir à pied vers l'entrée de Ann Boleyn House. Il avait sorti une pochette d'allumettes – il en avait toujours une demi-douzaine sur lui, d'origines différentes –, avait plié une allumette, qu'il enflamma avec son briquet, et laissé tomber toute la pochette dans la poubelle à moitié remplie placée près de l'entrée. Il avait entendu le petit sifflement des allumettes en train de prendre feu et, à l'apparition des premières bouffées de fumée, il s'était pointé, mine de rien, dans le hall. Le portier lui avait adressé un faux sourire.

« Désolé de vous déranger, mon vieux, avait dit Jonjo, mais y a des gamins qui viennent de foutre le feu à votre poubelle.

– Les salopards ! »

Tandis que le portier s'était précipité dehors, Jonjo avait fait pivoter le registre des entrées. C'était là : G14, visité par Adam Kindred, Grafton Lodge, SW1.

Dehors, le portier avait renversé les ordures en feu sur le macadam et tentait de les éteindre.

« Salut, lança Jonjo en s'en allant. Petits voyous, hein ?

– J'te leur couperais les couilles !

– Fonce dessus !

– Merci, vieux. »

Jonjo prit son taxi pour aller au Grafton Lodge à Pimlico et se gara exactement en face. Un jeune type en imperméable… C'était une belle soirée et il y avait peu d'hommes en imperméable dans les parages. Il dut pourtant attendre plus longtemps qu'il ne l'aurait pensé – deux bonnes heures – avant que la personne qu'il croyait être Kindred apparaisse. Jeune, cheveux bruns, grand, cravate, imper, attaché-case – mais il n'entra pas dans l'hôtel et c'est ce qui trompa Jonjo. Le vrai, l'authentique Kindred serait sûrement entré droit à l'hôtel, non ? Alors que ce type avait tourné dans la rue menant aux anciennes écuries derrière. Jonjo s'extirpa de son taxi, suivit l'homme discrètement et, au coin de la ruelle, l'avisa en train d'examiner les fenêtres de la façade arrière de l'hôtel. Était-il perdu ? Était-ce un agent immobilier ? Était-ce vraiment Kindred ? Il y avait un moyen facile de le savoir, et il avait donc simplement posé la question.

Sa dent recommençait à le faire souffrir. Du bout de son index, il traça la zébrure en L sur son front. Il espérait qu'ils lui demanderaient de tuer Kindred. Avec plaisir, mes bons messieurs. Le téléphone sonna – trois fois. Puis il s'arrêta et sonna de nouveau. Jonjo prit le récepteur. C'étaient eux.

## 6

Ingram étala le journal à plat tandis que Maria Rosa rôdait autour de lui avec la cafetière.

« Juste une goutte », dit Ingram, sans quitter la page des yeux. À la fois extrêmement intrigué et un peu étonné, il lisait l'article au sujet du meurtrier de Philip Wang : « Adam Kindred, 31 ans (photo ci-contre), a fait ses classes à la Bristol Cathedral School où il a été élu délégué adjoint des élèves. Il a obtenu une bourse pour l'université de Bristol où il a fait des études d'ingénieur. Sa mère est morte alors qu'il avait 14 ans, il a une sœur aînée, Emma-Jane ; son père, Francis Kindred, un ingénieur aéronautique, a longtemps travaillé sur le projet Concorde… »

Ingram scruta de nouveau la photo du jeune homme souriant. Une photo de mariage. Comment quelqu'un de ce genre devenait-il un assassin ? Ce Kindred avait ensuite obtenu une autre bourse – la bourse Clifton-Garth – pour l'Amérique et Cal-Tech où il avait fait un doctorat en mécanique expérimentale. Était-ce là une indication, se demanda Ingram, soudain suspicieux – les États-Unis d'Amérique ?… À Cal-Tech, Kindred a fait partie d'une équipe qui mettait au point de minuscules gyroscopes pour la NASA. Rien là concernant des médicaments ou des produits pharmaceutiques, aucune implication apparente dans le monde de la médecine, raisonna Ingram, rien pour suggérer un intérêt envers Calenture-Deutz et ses activités. Il poursuivit sa lecture.

Le Kindred en question acquiert donc son doctorat et occupe le poste de professeur associé à l'université Marshall Mc Vay de Phoenix, Arizona, où il aide à concevoir et construire la plus grande chambre à brouillard du monde à Painted Rock, le campus ouest de l'université, dans les monts Mohawk, près de Yuma. (Qu'est-ce que diable pouvait bien être une chambre à brouillard ? Ah, bon, un truc à voir avec la climatologie.) Kindred a été titularisé à la faculté de climatologie et d'écologie de l'université Marshall Mc Vay... Ingram sauta quelques lignes. L'université était une institution privée, deux mille étudiants riches, plus de la moitié diplômés avec une proportion d'élèves/enseignants de 1 à 6, fondée et dotée par un multimillionnaire qui avait fait sa fortune dans les mines de bauxite un peu partout dans le monde. Ingram sirota le café que Maria Rosa lui avait servi et calcula : Kindred avait donc vécu et travaillé en Amérique pendant huit, neuf ans, tout le loisir de se laisser corrompre par n'importe qui. Ingram fit mentalement la liste de ses quatre ou cinq rivaux les plus évidents, les grandes compagnies pharmaceutiques, celles avec d'immenses réserves d'argent, de temps et, surtout, de patience. Il lui faudrait vérifier si aucune d'entre elles n'était impliquée dans cette université de Marshall Mc Vay – une chaire financée, un programme de recherches. Mais ça n'avait ni queue ni tête : pourquoi s'adresser à un ingénieur/climatologue ? Ils auraient dû logiquement chercher un médecin, quelqu'un appartenant au monde médical. Pourquoi auraient-ils recruté un ingénieur ayant viré au climatologue pour tuer Philip Wang et tenter ainsi de détruire Calenture-Deutz ?

« Kindred a épousé une certaine Alexa Maybury, 34 ans (photo de gauche), de l'agence immobilière Maybury-Weiss, Phoenix, Arizona. Le mariage s'est terminé par un divorce voici quelques mois. Kindred a démissionné de son poste à l'université pour retourner à Londres où, le jour même où il a commis son meurtre, il s'est vu offrir le poste de professeur chargé de recherches en climatologie à l'Imperial College » (une offre qui avait été retirée en hâte, semble-t-il).

Ingram repoussa le café refroidi de Maria-Rosa. Tout ceci n'avait aucun sens. Il devait s'agir d'un pur hasard. Pourquoi ce jeune universitaire brillant aurait-il assassiné Philip Wang et saccagé son appartement ? Une histoire de sexe, peut-être ? Et de drogue ? (Ingram était encore vaguement impressionné par le nombre de drogues que consommaient les jeunes d'aujourd'hui, bien plus en quantité et en qualité que dans sa jeunesse à lui.) Quels indices du côté sombre, vicieux de la personnalité d'Adam Kindred se trouvaient-ils enfouis dans ce CV louangeur et sans reproche ?

Il leva la tête. Maria-Rosa était de retour.

« Oui, Maria-Rosa ?

– Luigi, lui ici. Avec voiture. »

En chemin pour Calenture-Deutz, Ingram appela Pippa Deere, la directrice de la communication, et demanda que copie soit faite du profil d'Adam Kindred dans le journal pour distribution avant la réunion extraordinaire à tous les membres du conseil d'administration. Chacun devait savoir à qui on avait affaire – le complot tout entier avait à l'évidence des ramifications étendues et compliquées.

Il prit l'ascenseur jusqu'aux étages Calenture-Deutz de la tour de verre, en proie – et heureux de le reconnaître – à un sentiment inhabituel d'importance et de force. Il avait convoqué tous les membres du conseil à cette réunion extraordinaire parce qu'il avait échafaudé un plan et désirait faire une déclaration qui aurait une grande portée sur la réputation de la compagnie. Il passa un bon moment dans son bureau à s'enquérir à maintes reprises auprès de sa secrétaire, Mrs Prendergast, des tenants et aboutissants des autres membres du conseil. Mrs Prendergast était une femme d'environ cinquante ans, peu souriante et très professionnelle. Au bout de deux ans de ses services, Ingram s'était rendu compte qu'il ne pouvait guère fonctionner – au sens « business » du terme – sans elle, en conséquence de quoi elle était traitée avec munificence, congés à gogo, stock-options et multiples augmentations de salaire. Il savait qu'elle avait pour prénom Edith et pensait qu'elle était la mère de deux enfants mâles adultes (photos sur le bureau), mais c'était à peu près tout – et ils demeuraient infailliblement Mr Fryzer et Mrs Prendergast l'un pour l'autre.

Quand elle lui annonça enfin que tout le monde était là, il prit l'escalier privé menant à la « suite présidentielle » comme il avait prétentieusement baptisé la petite pièce adjacente à celle du conseil (il l'avait meublée lui-même : une belle table en chêne et dix chaises, un long buffet bas en noyer, quelques jolis tableaux – un Craxton, un Sutherland, un grand Hoyland haut en couleur), où il avait l'intention d'avaler un petit cognac en douce, histoire de se requinquer avant de s'adresser aux administrateurs. Il sentait monter en lui une étrange attaque de nerfs, une sorte de méchante prémonition de ce qui allait se passer, de ce qui flottait dans l'air, pas du tout son genre – un petit coup pour se donner du courage ne serait pas de trop – bien qu'il s'excusât lui-même, en même temps, en sachant que ce n'était pas tous les jours qu'un de vos plus proches collègues était atrocement assassiné.

Il fut donc plus qu'un peu contrarié de trouver son beau-frère déjà installé dans la « suite » en train de se servir tranquillement un whisky bien tassé avec une des bouteilles regroupées sur un plateau d'argent et le buffet en noyer (sous le Hoyland aux couleurs vives).

« Ivo ! lança Ingram avec un énorme faux sourire. C'est un peu tôt, non ? »

Ivo se retourna.

« Non, pas vraiment – j'ai passé la nuit debout dans un studio d'enregistrement. J'ai eu ton message à 3 heures du matin. Merci, Ingram. »

Il avala une rasade de whisky et remplit de nouveau son verre.

« Si tu veux que je garde les yeux ouverts, il me faudra bien ça. »

Impossible maintenant pour Ingram de s'octroyer un remontant, et il se servit donc avec mauvaise grâce un jus de pomme. Il jeta un coup d'œil à son beau-frère – en train de descendre son deuxième whisky – et nota pour la millième fois qu'Ivo, malgré ses bamboches et ses prétentions idiotes, était encore un type absurdement séduisant. En fait, il y avait quelque chose de vaguement sinistre dans cette séduction : les épais cheveux noirs un peu longuets coiffés pour dégager le front, avec une mèche flottant en permanence sur la tempe, le nez droit, les lèvres pleines, la taille, la minceur – il était quasiment la version bande dessinée du bellâtre. Dieu merci, il n'était pas intelligent, pensa Ingram avec

57

bonheur. Et au moins il s'était rasé et portait costume et cravate. Tout le monde avait besoin d'un « d'un lord à vos ordres », lui avait-on affirmé lors de ses débuts dans les affaires – et acquérir un beau-frère qui entrait dans cette catégorie avait paru à la fois idéal et simple, mais, comme avec toute chose concernant Ivo, lord Redcastle, les complications étaient sans fin. Ingram consulta sa montre tandis qu'Ivo reposait son verre – pas tout à fait 9 h 40.

« Je vois que la main du coloriste n'a pas chômé, dit Ingram.

– Je ne te suis pas.

– Le nouveau reflet bleu corbeau de ta copieuse chevelure, Ivo.

– Impliques-tu, insinues-tu, que je me teins les cheveux ?

– Je n'implique ni n'insinue quoi que ce soit, répliqua Ingram d'un ton neutre. Je constate. Autant te pendre une pancarte autour du cou clamant JE TEINS MES CHEVEUX. Les mecs qui teignent leurs cheveux se remarquent à cent mètres. Toi plus que n'importe qui, tu devrais le savoir. »

Ivo tomba dans ce qu'Ingram ne put définir que comme une brève bouderie.

« Si t'étais pas de la famille, lâcha-t-il enfin, la voix tremblante, je te foutrais mon poing dans la gueule. C'est ma couleur naturelle.

– T'as quarante-sept ans et tu grisonnes, tout comme moi. Avoue.

– Va te faire foutre, Ingram. »

Mrs Prendergast ouvrit la porte de la « suite ».

« Tout le monde est prêt, Mr Fryzer. »

Pour commencer, la réunion se passa bien. Tout le conseil était là, les membres du bureau exécutif et les autres : Keegan, de Freitas, Vintage, Beastone, Pippa Deere, les trois professeurs d'« Oxbridge », l'ex-ministre conservateur, le haut fonctionnaire à la retraite, un ancien gouverneur de la Banque d'Angleterre. Ils écoutèrent gravement Ingram prononcer son bref laïus à propos de la mort tragique de Philip Wang et la dette que tout un chacun à Calenture-Deutz avait à son égard. Ce n'est qu'au moment où il passa aux hypothèses concernant l'avenir et le nouveau médicament sur lequel Philip travaillait que la première interruption se produisit.

« Le Zembla-4 n'est pas affecté, Ingram, dit Burton, en levant la main après coup. Je crois qu'il faut que tout le monde le sache : pas une miette du travail de Philip n'aura été perdue. Le programme continue – à marche redoublée. »

Irrité, Ingram se tut un instant. Keegan aurait dû sentir qu'il n'avait pas terminé.

« Eh bien, je suis certes ravi de l'entendre. Cependant, la contribution de Philip Wang au succès...

– En fait, Philip avait pratiquement terminé la phase 3, n'est-ce pas, Paul ?

– Ouais... Effectivement, dit de Freitas, donnant la réplique à Keegan. J'ai parlé à Philip deux jours avant la tragédie. Nous étions à la fin de la troisième étape des essais cliniques – et il était plus que satisfait des résultats. "En avant toute !", voilà ses mots exacts, si je me souviens bien. Il était très heureux.

– Mais il n'avait pas vraiment terminé le projet, que je sache », dit Ingram.

Un des professeurs (impossible pour Ingram de se remémorer son nom) ajouta son grain de sel :

« Philip était enchanté. Les données obtenues étaient vraiment superbes. Il me l'a dit lui-même la semaine dernière – superbes. »

Maintenant qu'Ingram avait été interrompu de toutes parts, un brouhaha de conversations se répandit autour de la longue table vernie. Ingram se pencha vers Mrs Prendergast.

« Rappelez-moi le nom de cet homme, Mrs P.

– Professeur Goodforth – Greene College, Oxford. » Elle consulta sa liste : « Professeur Sam M. Goodforth. »

Ingram s'en souvenait à présent, un autre nouvel arrivant au conseil, nommé en même temps que Keegan et de Freitas. Il s'éclaircit la gorge, bruyamment.

« Bonne nouvelle, excellente nouvelle, dit-il, conscient de la banalité de son propos. Au moins le travail de Philip lui survivra. »

Cette fois, Keegan eut l'élégance de lever la main.

« Burton, allez-y.

– Merci, dit Keegan avec un sourire poli. Je voudrais informer le conseil que nous faisons venir par avion le professeur Costas Zaphonopoulos pour assurer la supervision au jour le jour de l'étape finale des essais avant de soumettre notre demande de brevet à l'administration compétente. » Il se tourna vers Ingram : « Costas est professeur émérite d'immunologie à Baker Field. »

Marmonnements d'approbation respectueux de la part des autres universitaires autour de la table. Ingram ressentit une pointe de malaise : qui était ce type qu'on faisait venir, et à quel prix ? Pourquoi ne l'avait-on pas consulté ? Il avisa Ivo en train de se curer les ongles avec la pointe du crayon placé sur le bloc-notes devant lui.

« Tant mieux », dit-il, sentant qu'il lui fallait réaffirmer son autorité – il n'avait pas encore eu l'occasion de révéler sa *pièce de résistance*\*. « Bien, maintenant… », commença-t-il avant de s'arrêter net.

De Freitas avait levé le doigt.

« Paul ?

– Je me dois de signaler, pour mémoire, que certaines données manquent dans les dossiers de Philip. »

Ingram garda un visage impassible, autoritairement impassible.

« Des données manquent ?

– On pense (de Freitas brandit sa copie du profil Kindred) que Kindred pourrait les avoir. »

Les professeurs hoquetèrent. Ingram fut de nouveau saisi d'une nauséeuse prémonition. Un méchant problème allait surgir, il ne voyait pas encore exactement lequel mais cette mort abominable n'en était que le commencement.

« Quelle sorte de données ? » demanda-t-il d'une voix calme.

Keegan s'y mit à son tour.

« Des données incompréhensibles pour qui n'est pas parfaitement au courant du programme Zembla-4. Nous pensons que Kindred les a – mais qu'il ne sait pas à quoi elles correspondent. »

Tous ses instincts à présent en éveil, Ingram fut pris d'angoisse : l'insouciance de Keegan et de Freitas ne l'avait pas trompé – la situation était très sérieuse. Il fut soudain content d'avoir bu du jus de pomme et non du cognac.

« Comment savez-vous que ces données manquent, Burton ? » s'enquit-il, attentif.

Keegan le gratifia de son sourire de faux-cul.

« En faisant l'inventaire des papiers récupérés dans l'appartement de Londres, nous avons noté un certain nombre d'incohérences. Du matériel qui aurait dû y être ne s'y trouvait pas. »

Ingram se redressa sur sa chaise et croisa les jambes.

« Je croyais que l'appartement de Londres était traité comme la scène d'un crime.

– Exact. Mais la police s'est montrée très conciliante. Nous l'avons informée de l'importance du programme Zembla-4. On a eu un accès total.

– Je ne comprends pas, dit Ingram. La police sait-elle que des données manquent ? Est-ce que ça ne fournit pas un mobile ?

– Elle le saura, en temps voulu. »

Keegan se tut tandis que de Freitas lui murmurait quelque chose à l'oreille, puis il fixa Ingram de son regard noir intense.

« Pour le bien du programme Zembla-4, il vaut mieux que cette information ne franchisse pas les limites de cette pièce.

– Absolument, renchérit Ingram. Discrétion absolue. »

Des murmures d'approbation flottèrent autour de la table. Puis, après avoir répété trois fois « Bon ! », Ingram s'éclaircit la gorge, demanda à Mrs Prendergast une autre tasse de café et annonça enfin qu'il avait décidé que Calenture-Deutz offrirait une récompense de 100 000 livres sterling à quiconque aiderait la police à arrêter Adam Kindred. Il mit sa proposition au vote, persuadé qu'elle serait approuvée à l'unanimité.

« Je ne pourrais pas être plus ardemment contre, protesta vigoureusement Ivo, lord Redcastle, en lançant sur son sous-main son crayon qui en rebondit deux fois d'impressionnante manière avant de tomber par terre dans un petit cliquetis moins impressionnant.

– Ivo, s'il te plaît, dit Ingram réussissant à produire un sourire condescendant malgré la brûlure d'estomac qui refluait dans son œsophage.

– Laisse la police faire son boulot, Ingram, plaida Ivo. Ceci ne fait que brouiller les cartes. On offre ce genre de chose et tous les losers assoiffés de fric vont inonder les flics de fausses informations. C'est une terrible erreur. »

Ingram garda son sourire vissé en place, tout en se disant que c'était pas mal culotté pour un raté assoiffé de fric de dénigrer ainsi sa tribu.

« Ton objection est notée, Ivo, répliqua-t-il. Voulez-vous inscrire, Pippa ? (Pippa était en charge des minutes.) "Lord Redcastle est en désaccord avec la proposition du président…" Bien, c'est noté. On procède au vote ? Tous ceux en faveur de la récompense… »

Onze mains se levèrent, y compris celles de Keegan et de Freitas, remarqua Ingram.

« Contre ? »

Ivo leva lentement le bras, l'air dégoûté.

« Voté. »

Ingram savoura un instant son insignifiant triomphe, sachant fort bien que la petite révolution venue d'Ivo était un acte de vengeance malvenu contre l'accusation de cheveux teints – à l'évidence, ça chatouillait encore. Il clôtura la réunion et l'assemblée se dispersa.

« Rien de personnel, lui dit Ivo alors qu'ils quittaient la pièce. Je considère simplement les récompenses comme injustes et corruptrices. Pourquoi ne pas engager un chasseur de primes ? »

Ingram s'arrêta et tenta de regarder Ivo droit dans les yeux, mais l'autre était trop grand.

« Un de tes proches collègues a été atrocement assassiné. Et tu viens juste de voter contre la seule chose que nous, en tant que compagnie, en tant qu'amis, pouvons faire pour aider à retrouver son assassin. Honte à toi, Ivo. »

Il tourna les talons et rentra dans sa « suite », prêt pour son cognac.

« Bonne journée », lança-t-il en fermant la porte.

# 7

Rita réussit à la dernière seconde à éviter les lèvres et le baiser sur la bouche que le sergent Duke visait en fait d'adieu. Il aurait simplement droit à lui embrasser la joue, comme tout le monde au commissariat.

« Tu vas nous manquer, Nashe, dit-il. On va perdre tout notre charme. »

Elle savait qu'elle lui plaisait – Duke, marié, trois enfants – et il savait parfaitement que Gary et elle avaient rompu : sa commisération avait été à la fois sincère et enthousiaste. Il lui faudrait le surveiller tout à l'heure, lors du pot d'adieu. Le sergent Duke, hors service, après avoir picolé… Elle se sentit le cœur lourd, tout à coup : elle n'aimait pas les adieux.

Duke continuait à parler :

« Mais tu reviendras pour l'enquête, bien entendu. Et le procès.

– Comment ça, sergent ?

– Le meurtre Wang. Les projecteurs sont sur toi, Rita. Chelsea, une mort brutale, un éminent médecin étranger. La belle inspectrice Nashe témoigne à l'Old Bailey. La presse va se déchaîner.

– Ouais. Coinçons Kindred d'abord, répliqua-t-elle sèchement. Ou il n'y aura pas de procès du tout. À plus tard, chez La Duchesse.

– J'y serai, Rita, dit-il d'une voix chargée de sous-entendus érotiques. Raterais pas ça, chérie, pour tout l'or du monde. »

Merde ! pensa-t-elle en prenant son sac. Elle quitta le commissariat en regrettant déjà le pot. Vikram attendait à l'entrée, jouant mal la coïncidence.

« Tu vas me manquer, Nashy.

– Ne m'appelle pas Nashy, Vik. »

Il lui posa une bise sur la joue.

« Pardon. En tout cas, merci pour tout. Sans toi, je n'y serais pas arrivé. »

Vikram venait juste d'être confirmé dans le grade d'agent à plein temps, sa période d'auxiliaire – de flic stagiaire – terminée.

« À tout à l'heure, chez La Duchesse, 20 heures.

– Raterais pas ça pour tout l'or du monde. »

Rita sortit du commissariat de Chelsea pour la dernière fois et décida de prendre un taxi pour rentrer chez elle, aux Nine Elms. Cette mutation était un triomphe, quoique mineur – peut-être pas dans la catégorie « rêve réalisé » mais ça constituerait un changement majeur dans sa vie, et pour le mieux, espérait-elle –, ça justifiait donc de s'octroyer un petit luxe personnel.

Le taxi la laissa au chantier et, le cœur léger, elle prit la passerelle menant au bateau-école *Bellerophon*. La marée montait, le soleil brillait entre les tilleuls sur la rive, les peignant d'un vert d'une fraîcheur presque intolérable – et Rita eut soudain le sentiment que ce changement allait être un succès. À sa vague surprise, elle reconnut ce qu'elle était en train de vivre : du bonheur.

Puis elle aperçut son père sur le gaillard d'avant appuyé sur ses béquilles. Elle grimpa les marches pour le rejoindre.

« Salut, Papa.

– Je déteste que tu rentres à la maison en uniforme. Tu sais ça.

– Tant pis.

– Ça me fiche les chocottes.

– Dommage. »

Elle s'arrêta et posa son sac.

« Qu'est-ce qui t'arrive donc ?

– Je suis tombé, je me suis esquinté le dos de nouveau. Impossible de trouver mes béquilles et j'ai dû appeler Ernesto.

– Fallait m'envoyer un texto. Je sais où tout se trouve – pas besoin de l'embêter. »

Alors qu'ils descendaient à l'intérieur, elle remarqua que son père négociait sans histoire ni effort les marches raides. Il s'installa dans un fauteuil en face de la télévision, disant qu'il était complètement crevé, qu'il avait sans doute un disque lombaire de déplacé, avant de renvoyer sa queue-de-cheval par-dessus son épaule et de se mettre à farfouiller dans la petite commode près de son siège où il gardait ses affaires.

« Tu ne peux pas commencer à fumer du shit, Papa, l'avertit Rita prenant la coursive pour gagner sa chambre. Je serais obligée de t'arrêter.

– Sale flicarde ! » lui cria-t-il après qu'elle eut fermé sa porte.

Elle se changea, enfila des jeans et un T-shirt. En ressortant, elle fut contente de constater que son père ne fumait pas un joint, même s'il avait une bière extraforte à la main.

« C'est médical, dit-il.

– À la tienne.

– Alors, qu'est-ce qui t'arrive ? Tu deviens inspecteur ?

– Tu sais bien.

– Pour moi, ça ne veut rien dire.

– Je te l'ai dit : je suis transférée à la BAF.

– BAF, USB, USA… BOF !

– Brigade auxiliaire fluviale. On a un pot d'adieu chez La Duchesse. Pourquoi ne viens-tu pas ?

– Dans un pub plein de flics ? Tu plaisantes !

– À ton aise. Tu ne pourras pas dire qu'on t'a pas invité. »

Elle reprit sa montée vers le pont supérieur.

« Je ne veux rien savoir de ta vie de flic, dit-il. Ça me déprime. Que fait la Brigade auxiliaire fluviale ?

– On patrouille le fleuve. Je klaxonnerai en passant par ici. » Elle sourit en le voyant mal à l'aise : « Je garderai un œil sur toi, Papa-O. »

Elle remonta sur le pont. Le *Bellerophon* était un ex-dragueur de mines de la Royal Navy, datant de la Seconde Guerre mondiale. Réaménagé dans les années soixante et dégagé de tous ses appareils de combat – canons, grenades sous-marines, détecteurs de mines –, il s'était révélé un bateau simple et solide, offrant une habitation étroite et spacieuse ancrée de manière permanente et immuable au bord de la Tamise, à hauteur de Battersea, près de la jetée des Nine Elms.

Rita avait créé un jardin de bonne taille dans un container sur le pont avant, là où s'étaient trouvés autrefois les supports des canons Bofors. Elle brancha le tuyau d'arrosage sur la colonne d'alimentation et arrosa ses plantes avec soin – les palmiers, les hortensias, les tubéreuses, le plumbago et le laurier. Elle sentait sous ses pieds le *Bellerophon* bouger sur ses amarres tandis que la marée montait et soulevait la quille de la boue. Peu à peu, après les émotions engendrées par son départ et les interminables adieux, elle-même reprenait son calme. Elle regarda autour d'elle, goûtant le rayon de lumière argenté venu du fleuve en cette fin d'après-midi. Elle voyait en aval les blocs de verre de l'immeuble du MI6 et les toits en aile de mouette de St George Wharf. Par-dessus son épaule gauche s'élevaient les quatre cheminées de la centrale électrique de Battersea – l'une d'elles était couverte d'échafaudages ; en se tournant vers l'amont, elle aperçut un train traversant le Grosvenor Railway Bridge, et, au-delà, les pics jumeaux des câbles de suspension du pont de Chelsea.

La vue du pont de Chelsea lui fit penser à Battersea Park, à Gary et à ce jour où elle l'y avait surpris. Une vieille dame avait été renversée dans le parc par un cycliste, un gamin faisant du vélo en toute illégalité le long de l'Embankment. Le chien de la vieille dame ayant été blessé dans la collision, on avait appelé la police. Une fois le départ de la victime en ambulance et l'inculpation du cycliste assurés, Rita se mit en quête d'un cornet de glace. C'était un jour chaud du début de mai et le soleil brillait avec une force neuve, claire et vigoureuse. Rita prit un raccourci par le parking, en direction des courts de tennis où elle savait que se garait chaque après-midi un vendeur de glaces. Au moment où elle émergeait des arbres, elle avait vu Gary – son Gary, Gary Boland, l'inspecteur Gary Boland –, couché dans l'herbe avec une fille.

Ils étaient complètement allongés, la fille – blonde, cheveux courts – appuyée contre les genoux repliés de Gary. Rita se posta derrière le tronc d'un platane et les regarda se parler. Elle ne connaissait pas la fille, ne l'avait jamais rencontrée, mais tout dans la familiarité du couple racontait l'histoire et la nature de leur relation. Et leur intimité évidente. Jamais le Gary le plus plausible, le plus convaincant et le plus inventif n'aurait pu persuader Rita de son innocence. Mais ce qui la bouleversa vraiment, c'était la manière dont Gary avait posé sa main sur le genou de la fille : son pouce battait gentiment, pensivement la mesure sur la rotule de la blonde, au rythme d'un air dans sa tête. Un geste que Gary pratiquait sur les dessus de table, le rebord des chopes, les bras des fauteuils, à la manière du batteur frustré d'un orchestre de rock – le signe d'une vitalité contenue, se disait Rita. Un des gestes de Gary, le matin, alors qu'ils étaient encore couchés : de son pouce, il battait doucement la mesure sur son genou ou sur son épaule. Inconsciemment, elle l'avait associé dans sa tête avec lui : c'était un geste que Gary avait pour elle – un de ces gestes d'intimité banale qui rendaient leur rapport individuellement unique. Elle regarda la fille et l'imagina en train de l'enregistrer elle aussi dans sa tête : Gary Boland, battant toujours la mesure, peu importait le genou. Et maintenant que le geste avait perdu son exclusivité pour elle, il lui apparaissait soudain comme une habitude irritante et son cœur se fit froid et sans passion. Elle observa Gary cesser son tambourinage, changer de position et embrasser la fille en plein sur la bouche.

Elle l'avait attaqué bille en tête ce soir-là, et rompu cinq minutes plus tard – de manière raisonnable, résignée et triste, pensait-elle. Ils continueraient à se rencontrer souvent, leur travail de policiers les ferait se croiser inévitablement, il était donc inutile de tomber dans l'hystérie et les accusations. Peut-être était-ce ce qui lui donnait un supplément de plaisir à sa mutation à la BAF : elle ne verrait plus vraiment Gary et elle cesserait de songer continuellement à cet après-midi dans Battersea Park comme elle le faisait maintenant… Furieuse, elle se força à changer le cours de ses pensées et elle tenta de s'imaginer, d'ici un jour ou deux, remontant le fleuve dans une vedette Targa de la police, saluant au passage le *TS Bellerophon* sur ses amarres. Comme ce serait étrange – mais l'idée de maintenir l'ordre sur le fleuve plutôt que dans les rues de Londres lui plaisait, et, de fait, la perspective lui semblait tenir du miracle dans la mesure où elle avait vécu à bord de ce bateau sur le fleuve presque toute sa vie. Elle entendit son père l'appeler et ne répondit pas – elle ne voulait pas se gâter l'humeur : elle se sentait soudain bénie des dieux, personne ne pouvait avoir cette chance. Puis elle songea au pot chez La Duchesse – juste à quelques centaines de mètres de là. Gary viendrait-il ? Elle l'avait invité, ils étaient adultes, sans rancune et tout le reste. Comment s'habillerait-elle ? Quelque chose qui lui ferait comprendre ce qu'il avait…

« RITA ! Nom de dieu, j'ai besoin de toi ! »

Elle continua à arroser ses plantes.

## 8

« Cent mille livres de récompense pour toute information menant à l'arrestation d'Adam Kindred. » Adam contempla l'annonce pleine page dans le journal avec un étonnement non dissimulé et un obscur, encore que fugace, sentiment de fierté. Jamais il n'avait vu son nom écrit en si grosses lettres – et valoir 100 000 livres en plus ! Qui aurait cru ? Il y avait sa photo aussi et des détails concernant sa taille, son poids et sa race. Adam Kindred, 31 ans, blanc, mâle, anglais, cheveux bruns. Son imper et son attaché-case étaient également décrits comme s'il n'avait jamais possédé ni trimballé autre chose. Puis la réalité de la situation lui revint à l'esprit et il sentit la honte s'insinuer en lui, à l'idée de sa famille face à cela, de gens qui l'avaient connu en train de se demander : Adam Kindred, un assassin ?…

Il était assis dans sa petite clairière à la pointe étroite du triangle du pont de Chelsea. L'herbe était très aplatie maintenant et les trois buissons épais qui le protégeaient du regard des passants étaient comme les murs familiers de sa chambre secrète. Cinq jours s'étaient écoulés depuis sa brève et choquante rencontre avec le Dr Philip Wang dans Ann Boleyn House – cinq jours depuis qu'il se laissait pousser la barbe, une barbe dense et brune et, espérait-il, omni-camouflante. Jamais il n'avait encore porté de barbe, mais il était reconnaissant à ses poils d'avoir poussé si vite, même si ça le grattouillait fort. L'essentiel étant qu'il ne ressemblât en rien à l'homme sur la photo préférée de la presse.

Les démangeaisons autour de sa mâchoire, sa gorge et ses lèvres n'étaient qu'une partie des multiples irritations qui gouvernaient sa vie. Il n'avait plus pris de bain ni de douche depuis le jour de son entretien à l'Imperial College. Là encore, l'orgueil se mêlait au regret : apprendre par les journaux qu'on avait décidé de lui offrir le poste de professeur associé en charge des recherches était gratifiant (il était le candidat idéal, pleinement qualifié), mais se voir retirer l'offre quelques heures plus tard, une fois qu'il était devenu publiquement soupçonné de meurtre, était un coup dur, aussi prévisible fût-il. Il avait éteint son portable et se demanda si quelqu'un l'avait appelé : l'Imperial College, pour lui offrir le poste et puis l'annuler ? La police, pour le presser de se rendre ? Il ne tenait pas à utiliser son téléphone dans le triangle, ne sachant pas si cela pouvait trahir sa position, et désireux aussi d'économiser ce qui lui restait de charge dans sa batterie – qui était au plus bas. Il n'y avait cependant pas eu d'appels dans les dernières quarante-huit heures. Mais il se fichait plus qu'il ne l'aurait cru du poste, vu les complications et désastres supplémentaires de son étrange nouvelle vie de clandestin. Pour l'instant, il aurait préféré une bonne demi-heure de trempette dans un bain chaud à un titre de directeur de la recherche à l'Imperial College – ce qui donnait la mesure du cauchemar éveillé qu'était devenue son existence.

Il se lavait autant et aussi bien qu'il le pouvait dans les toilettes publiques – il se débrouillait tout juste pour les mains, le visage et le cou –, mais ses cheveux étaient désormais lourds et graisseux (dans une autre vie il se lavait la tête tous les jours – quel luxe ridicule ça paraissait aujourd'hui !) et ses vêtements prenaient cet aspect encroûté, froissé du sans-abri, collant vaguement à la forme du corps comme un tégument d'étoffe, une autre peau. Il dormait et vivait dans la même chemise, le même pantalon, le même caleçon, et il savait qu'il commençait à sentir tout en acquérant de plus en plus cette allure caractéristique – de pauvreté, de négligence.

Lors de ses vadrouilles le soir dans son triangle – évitant aisément les drogués occasionnels et les amants qui prenaient avantage de ces sous-bois sombres pour s'accorder quelques moments d'intimité –, il s'était rendu compte que, à marée basse, un long ruban de plage de sable et de galets apparaissait sous le mur à pic de la rive. Trois rouleaux de chaînes avaient été attachés l'un au-dessus de l'autre sur ce mur, pour un supplément de sécurité, se dit-il, quelque chose à quoi se rattraper si on s'échouait sur le fleuve ou qu'on était emporté en aval, selon les marées. Ces chaînes lui permettaient aussi de descendre sans problème sur sa plage, ce qu'il avait déjà fait à deux reprises, et, la première fois, vers les 2 heures du matin, il avait été pris d'une irrépressible envie de se déshabiller, de se jeter à l'eau et de se laver. Mais la marée continuait à baisser et il en sentait l'énorme puissance : il ne connaissait pas encore suffisamment le fleuve. Peut-être pourrait-il s'y risquer sans trop de danger au moment de la renverse, pendant les quelques minutes durant lesquelles le flot ralentissait ou diminuait passagèrement de violence. En se hissant sur les chaînes pour regagner son refuge, il fut content de penser qu'il avait désormais une plage à lui, deux fois par jour – le fleuve devenait un élément particulier de son petit monde triangulaire.

Étendu sur son tapis de sol à l'ombre du buisson, il se faisait discret dans la journée. Il écoutait le bruit de la circulation sur les quatre voies du macadam juste à quelques mètres de distance, songeant sans cesse à ce qui lui était arrivé et ébauchant plan après plan pour un tas d'avenirs potentiels. Il observait les nuages qui filaient au-dessus de la Tamise, notait vaguement leurs types et leurs transformations. Un jour, il vit le ciel se couvrir peu à peu d'une fine couche d'*altostratus translucidus*, le soleil devenant un disque noyé de nacre ; tandis que la couche nuageuse s'épaississait inévitablement en *altostratus opacus*, il sentit l'humidité se rassembler devant un front de chaleur et, deux heures avant que la pluie inévitable se mette à tomber, il prépara et imperméabilisa sa chambre sous le buisson du mieux qu'il put. Allongé dans sa tente improvisée, il écouta le crépitement de la pluie avec un sentiment non pas d'orgueil devant son expertise et son évidente capacité d'anticipation, mais de tristesse. Les nuages étaient son affaire – il était l'homme qui les fabriquait dans son laboratoire géant et les amenait à livrer leur humidité sous forme de gouttes de pluie ou de grêlons... Alors que fichait-il donc étendu, crasseux et seul, dans ce petit triangle de terrain sur les bords de la Tamise ? Une fois encore, la vie qu'il avait si récemment menée lui semblait une sorte de chimère railleuse – le contraste entre ses deux existences, avant et après, paraissait trop vif pour être vrai –, comme si l'Adam Kindred qu'il avait été relevait du personnage imaginaire, d'un rêve de vagabond, des songes plaisants d'une pauvre cloche sur le pavé.

Ce genre d'humeur finissait par passer. Alors, dans la nuit, à marée basse, il descendait par les chaînes sur sa petite plage et récupérait le butin rapporté par le fleuve : trois pneus qu'il empila l'un sur l'autre pour s'en servir comme siège, un cageot esquinté dans lequel il conservait ses ustensiles de cuisine et un cône de signalisation – dont il pensa qu'il valait mieux ne pas le laisser sur la plage de crainte qu'il n'attire l'attention. Quand il avait faim, il sortait et, avec son argent – qui fondait de jour en jour –, s'achetait des sandwiches et des boissons chaudes dans des cafés ou des fast-foods miteux où son allure pitoyable n'attirait pas de regards surpris. À l'aide de son mini-plan de Londres, il se familiarisa avec son quartier au sud-ouest de la ville. Il suivait les progrès de l'enquête sur le meurtre de Wang dans des journaux abandonnés et il avait senti, après quelques jours, que l'affaire cessait très vite d'être une priorité. L'annonce d'une récompense avait changé tout cela, cependant, suscitant un regain d'intérêt envers sa personne et de folles suppositions sur l'étrange « disparition » du suspect n° 1 : s'était-il suicidé, avait-il fui à l'étranger, était-il caché par un ami malavisé ou encore par un membre de sa famille ?…

Immensément soulagé de ne pas l'avoir vue, il avait lu le récit de l'intervention télévisée de son père le suppliant de se livrer à la police : « Rends-toi, petit, tu ne fais qu'empirer les choses. Nous savons que tu es innocent. Finissons-en avec cette horrible affaire. » Il lut aussi que son ex-épouse, Alexa Maybury Kindred, avait refusé tout commentaire bien que les détails de son divorce (et de son catalyseur adultère) fussent d'une exactitude surprenante. À mesure que les jours passaient, Adam s'inquiéta de ne voir mentionné aucun autre suspect, ni avancé d'autre scénario pour la mort de Wang ;

il commença à se demander si, en choisissant d'entrer dans la clandestinité, il avait non seulement pris la plus importante décision, mais aussi commis la plus grosse erreur de sa vie – une vie définie, songeait-il à présent dans son état de déprime, par un catalogue de bourdes qui l'avaient inexorablement mené à celle-ci. Lui seul, il s'en rendait compte, était au courant de la présence de l'homme sur le balcon. Lui seul pouvait témoigner du fait que, quand il avait ouvert la porte de la chambre, Philip Wang avait un couteau à pain dans la poitrine ; lui seul avait affronté l'homme au revolver derrière Grafton Lodge…

Il lui fallait agir, pensa-t-il, abattu, en consultant sa montre. Accroupi à quatre pattes, il fila vers un cytise voisin et dégagea un carré d'herbe. C'était là qu'il avait enfoui sa boîte en fer, une cachette sûre, bien au sec, dans laquelle il pouvait laisser ses quelques précieuses possessions : son portefeuille, ses cartes de crédit, son plan des rues, son portable et le dossier qu'il avait tenté de rendre à Wang. C'est ce dossier qui l'intéressait désormais, un intérêt déclenché et ravivé par l'annonce de la récompense. Il l'avait déjà regardé deux ou trois fois, en essayant vainement de déchiffrer ce qu'il avait d'important, mais cette annonce semblait en faire une pièce capitale. D'où sortait cette compagnie Calenture-Deutz et pourquoi Philip Wang lui importait-il autant ? Pourquoi ses dirigeants étaient-ils prêts à payer une telle somme pour retrouver Adam Kindred ?

Il s'assit et feuilleta les quelques pages que contenait la chemise, en s'efforçant d'en dégager une véritable intention légale ou analytique. Il s'agissait d'une simple liste de noms et d'âges (tous de jeunes enfants, à l'évidence) et, à côté de chaque nom, d'une petite écriture bien nette – celle de Wang –, figurait en une sorte de sténo ce qui ressemblait au chiffrage d'une dose : *25 ml i/v × 4 – 74 ml b/m × 6*. Suivait le nom d'un hôpital, un à Aberdeen, un autre à Manchester, un troisième à Southampton et enfin un dernier à Londres – St Botolph, dans Rotherhithe. Wang lui avait dit être un « immunologiste » – alors peut-être existait-il une piste à St Botolph's Hospital...

Adam sauta par-dessus la grille du triangle sur le trottoir de l'Embankment comme s'il s'agissait de la chose la plus naturelle, la moins troublante du monde. À cause des annonces renouvelées d'une récompense, il ne portait ni son imper, ni son attaché-case. Mais il avait mis sa cravate – histoire d'être plus présentable – et emporté son portefeuille, ses cartes de crédit et son portable. Sa barbe dense lui donnait un air vaguement louche, mais il espérait que le costume et la cravate contrebalançaient l'effet. Il avait une étrange confiance en son invisibilité – il était déjà loin de l'homme que représentait cette photo de mariage si abondamment répandue : personne n'allait relier la nouvelle version d'Adam Kindred à l'autre. Il était conscient aussi d'avoir sur lui toute sa fortune : 18 livres et 78 pence.

Il avait songé à utiliser sa carte pour prendre de l'argent à l'un des multiples distributeurs devant lesquels il passait, mais il sentait instinctivement que la seule manière d'éviter d'être repéré dans une ville du vingt et unième siècle était de ne tirer aucun avantage des services qu'elle offrait – téléphoniques, financiers, sociaux, municipaux ou autres. Si vous ne téléphoniez pas, ne régliez aucune facture, n'aviez pas d'adresse, ne votiez jamais, n'utilisiez pas de carte de crédit ni ne tiriez d'argent à une machine, ne tombiez jamais malade ni ne demandiez l'aide de l'État, alors vous passiez au-dessous du radar de compétence du monde moderne. Vous deveniez invisible, ou du moins transparent, votre anonymat si bien assuré que vous pouviez vous déplacer dans la ville – sans confort, certes, plein d'envie, oui, prudemment, bien sûr – tel un fantôme urbain. La ville était remplie de gens comme lui, reconnaissait Adam. Il les voyait blottis dans les embrasures de porte ou écroulés dans les parcs, mendiant à la sortie des boutiques, assis, effondrés et muets, sur des bancs. Il avait lu quelque part que, chaque semaine en Angleterre, six cents personnes environ disparaissaient – presque cent par jour –, qu'il existait une population de plus de deux cent mille disparus dans ce pays, de quoi peupler une ville de bonne taille. Cette population perdue, évanouie de Grande-Bretagne, venait de gagner un nouveau membre. Personne ne paraissait capable de retrouver ces disparus à moins qu'ils ne veuillent eux-mêmes être découverts et se rendre, ou retourner chez eux – ils semblaient simplement s'éclipser, être avalés – et Adam pensait qu'il ne lui serait pas trop difficile de les rejoindre, aussi longtemps qu'il ne commettrait pas d'erreurs idiotes. Il essaya de ne pas songer à la manière dont il survivrait quand son argent serait épuisé, demain ou le jour d'après.

Il prit le métro jusqu'à Rotherhithe et, en sortant de la station, il demanda à une maman avec deux jeunes enfants où se trouvait St Botolph's Hospital.

« S' Bot's ? Juste tout droit vers le fleuve. Vous pouvez pas le rater. »

En effet, impossible de le rater, installé tel un grand paquebot de croisière lumineux – plusieurs paquebots de croisière lumineux – sur la rive Bermondsey/Rotherhithe, face à Wapping. Au centre de ce conglomérat de bâtiments moderniste se nichait le petit hôpital victorien en brique rouge, avec ST BOTOLPH'S HOSPITAL FOR WOMEN AND CHILDREN fièrement inscrit en carreaux de faïence bleu et crème en travers d'une façade hyperdécorée. De chaque côté, les étages en verre et acier empilés des bâtiments de la nouvelle fondation des services de santé croissaient au milieu des parkings et des jardins récemment paysagés, certains reliés par des passages aériens transparents éclairés par des ampoules rouges ou vertes – comme des artères ou des veines, se dit Adam. C'était là, sans aucun doute, le « trait de génie » qui avait valu à l'architecte sa médaille d'or ou son anoblissement.

Adam suivit les signaux menant à l'atrium de la réception et pénétra dans un espace qui lui rappela un grand hôtel pour congrès de Miami ou un terminal d'aéroport. De longues bannières abstraites aux couleurs vives pendaient du plafond de verre en porte-à-faux à vingt mètres au-dessus de sa tête, et des arbres adultes – bambous, figuiers pleureurs, palmiers – poussaient ici et là sur de petites îles murées. Il entendait des clapotis (réels ou enregistrés ? il n'aurait su dire).

Des gens allaient et venaient dans cette vaste salle de transit – en transit de la santé à la maladie, sans doute, ou vice-versa ; certains, en robe de chambre, étaient à l'évidence des patients, d'autres, des garçons de salle ou des employés de toutes sortes, en salopette à multiples fermetures Éclair de couleurs pastel, arborant un badge portant leur nom sur la poitrine et un autre autour du cou avec une photo d'identité. Il y avait aussi des gens comme lui en civil qui devaient être soit des visiteurs, soit des patients putatifs en quête d'une admission dans cette cité sanitaire indépendante. L'atmosphère était calme et tranquille – pareille à l'antichambre du paradis, se dit Adam, tout en pénétrant plus avant dans l'atrium, son oreille récoltant maintenant une musiquette de fond, jazzy et inoffensive. Personne ne lui demanda qui il était ni ce qu'il faisait là ; il s'imagina vivant dans ce bâtiment des jours durant, sans être remarqué, tant qu'il n'attirerait pas l'attention sur lui-même. Puis il avisa les caméras de surveillance dissimulées partout – petites et discrètes, remuant à peine –, rien n'était plus aussi simple.

Il s'approcha d'un bureau installé sous un I de néon bleu en surimpression derrière lequel une fille en salopette abricot l'accueillit avec un sourire. Le badge sur sa poitrine annonçait : FATIMA.

« Je cherche le Dr Philip Wang », dit-il.

La fille tapa le nom sur son ordinateur. Adam l'observa avec soin pour détecter tout signe d'alarme ou de curiosité sur son visage, mais il n'y en eut aucun. Il aurait pu tout aussi bien avoir demandé le Dr John Smith.

« Aile Felicity de Vere, niveau 6, annonça-t-elle.

– Merci, Fatima. »

Suivant les indications de Fatima, Adam se dirigea vers un groupe de colonnes de verre et d'acier contenant les ascenseurs panoramiques qui desservaient les neuf étages de St Botolph. Tout en montant, Adam eut l'impression d'être dans une sorte de ruche humaine, une ruche dominée par des signes et des acronymes : partout il y avait des panneaux, des panneaux qui avaient du sens et d'autres qui n'en avaient pas ; certains accueillants et vaguement rassurants, d'autres provoquant de brusques peurs obscures – Accidents et Urgences, Radiologie, Pathologie, Cafétéria, GUM (c'était quoi, ça ?), Centre des neurosciences, Clinique des grossesses juvéniles, Département de sigmoïdoscopie, Parking 7, Services de gestion médicale, ORL et Surdité – signes qui l'orientaient vers des segments de bâtiments sur ce campus où l'on pouvait, semblait-il, pourvoir à chaque besoin potentiel de soins dans chaque partie du corps humain et à son glossaire de maladies, de la naissance à la mort.

En émergeant au niveau 6, il jeta un œil par-dessus la balustrade sur la vie grouillante à l'étage de l'atrium au-dessous et s'émerveilla, pris de vertige. Il se sentait comme un Dante moderne dans un enfer antiseptique – il ne lui manquait plus que son guide.

Lequel guide vint dûment vers lui sous la forme d'un homme en salopette pistache et turban assorti qui lui demanda s'il pouvait l'aider. « L'aile Felicity de Vere », dit Adam qui fut expédié dans un large couloir menant à l'un des vertigineux tubes aériens éclairé de vert, le reliant à un autre des multiples modules de St Botolph. Le long de ce tube, à travers le plexiglas sali, Adam apercevait à sa gauche le léger méandre du fleuve autour de Wapping. À mesure que le crépuscule tombait, les premières lumières s'allumaient dans la ville mais sur St Botolph, on le sentait, régnait la fluorescence permanente, trois cent soixante-cinq jours par an. Rien ne s'arrêtait jamais ici : ténèbres et lumières, solstices d'été et d'hiver, chaleur et froid, les saisons ne signifiaient rien. Les gens arrivaient, étaient admis, guéris et renvoyés chez eux – ou bien ne l'étaient pas et ils mouraient.

À son arrivée à l'aile Felicity de Vere – le nom inscrit en gras au-dessus de la porte à double battant, et une sorte de plaque ornementale accrochée au mur –, Adam fit face à un bureau de réception géré par une infirmière en uniforme amidonné, et non pas un apparatchik en bleu de travail. Il vit un médecin avec un stéthoscope autour du cou, des brancardiers avec un brancard, bref des choses habituelles. L'ambiance était feutrée, comme si les gens chuchotaient « maladie » « affection », et, pour la première fois, Adam sentit qu'il se trouvait dans un hôpital et reconnut la nécessité d'une certaine prudence. Pas une bonne idée que de mentionner ici le nom du Dr Wang, récemment assassiné, conclut-il.

« Hello, dit-il en improvisant à l'infirmière. Je cherche le Dr Femi Olundemi. »

Elle fronça les sourcils :

« Olundemi ?

– Olundemi. Femi Olundemi.

– Nous n'avons pas de Dr Olundemi dans ce service. »

Elle alla interroger une collègue et elles revinrent toutes deux vers lui en secouant la tête.

« Je dois avoir un mauvais renseignement, dit Adam. Je suis bien au service de l'immunologie, n'est-ce pas ?

– Non, non, répliqua la première infirmière, souriante maintenant que l'origine de l'erreur était identifiée et incombait à Adam, lequel nota au passage que la jeune femme s'appelait Seorcha. L'immunologie est au niveau 3, je crois. Ici, c'est le service des enfants atteints d'asthme chronique. Les enfants seulement.

– Au temps pour moi, dit Adam. Merci de votre aide. »

Il quitta St Botolph en se demandant s'il en savait davantage – si cette expédition et la dépense de quelques très précieuses livres en avaient valu la peine. Il le supposait : Wang figurait sur l'ordinateur central mais sa mort n'était toujours pas enregistrée, et le service auquel il était associé s'occupait exclusivement d'enfants atteints d'asthme chronique. Que sa mort n'ait pas été remarquée jusqu'ici dans cette vaste usine à maladies semblait indiquer qu'il n'était pas une présence familière ou régulière. Mais l'asthme chronique ?… Comment s'appelait déjà la compagnie pour laquelle Wang travaillait – ces zélateurs de la récompense ? Calenture-Deutz – oui. Adam répéta le nom tout en s'éloignant des strates lumineuses des bâtiments hospitaliers : Calenture-Deutz, enfants souffrant d'asthme chronique… Comment Wang s'était-il décrit ? « Allergologue ». Il y avait peut-être là quelque chose…

Adam était sorti par un ascenseur et une porte autres qu'à son arrivée, et, en quittant l'enceinte de St Botolph, il tourna dans la première rue venue, à la recherche de la station de métro de Rotherhithe. Devant une boutique de kébabs, il demanda son chemin à un jeune type assis sur une mini-moto en train de manger une brochette.

« Lasta quoi ?

– La station de métro, répéta Adam. Rotherhithe.

– T'as Canada Water, mon pote. Tout près. Monte là-haut et descends là-bas.

– Comment ? Tout droit et puis à droite ? »

Le jeune type eut l'air interdit :

« Ouais. Comme tu veux. »

Adam repartit en réfléchissant intensément : peut-être avait-il trouvé la preuve de ce qu'il avançait, peut-être le moment était-il venu de se rendre. Il était sale, pas rasé, presque sans le sou, dormait la nuit sous un buisson dans un terrain vague, se nourrissait de haricots en conserve et de mauvais sandwiches, déféquait et se lavait dans des toilettes publiques. Pourtant, quelque chose dans sa tête lui répétait avec insistance : non, non, reste libre à tout prix. C'est le seul moyen de garder un vestige de contrôle sur ta vie. Dès l'instant où il retournerait dans la société, toute liberté serait abolie. Qui était l'homme au revolver dans la ruelle derrière

Grafton Lodge ? Et qui pouvait prétendre que lui, Adam, serait plus en sécurité avec la police qu'il ne l'était tout seul à Londres vivant dans la clandestinité ? Cet homme était venu le tuer et, sans aucun doute, avait tué Wang. Il n'était en sécurité que libre et caché – dès qu'il serait parqué, enfermé, n'importe qui pourrait le trouver. Une très grosse affaire se jouait là, une affaire sur laquelle il était tombé par hasard, quelque chose en l'occurrence d'inconcevable, d'inimaginable. Adam Kindred devant un tribunal, protestant de son innocence, parlant d'un homme sur un balcon, un homme armé d'un revolver, pouvait attirer d'autres risques fatals sur lui-même. Et quel était le rapport, s'il y en avait un, avec l'aile Felicity de Vere de St Botolph's Hospital et l'asthme chronique chez les enfants ? Tout cela était affreusement compliqué et inquiétant, peut-être quelques jours supplémentaires dans le triangle ne feraient plus de différence maintenant. Il s'arrêta…

Il s'était perdu. Il n'avait pas fait attention.

Il regarda autour de lui. Un grand ensemble d'immeubles d'habitation hauts, moches, escaliers de béton, passerelles. Quelques lumières allumées. Il s'approcha d'un panneau méchamment décoré de graffitis : CITÉ SHAFTESBURY – UNITÉS 14-20. Il examina de nouveau les alentours : genre HLM des années cinquante, quelques arbres, quelques lampadaires encore en fonction, quelques voitures moribondes et, à cinquante mètres, une bande de gosses assis sur le muret entourant un terrain de jeux – un toboggan renversé, des pneus pendus à des chaînes, un manège. Il leva le nez : des gens accoudés à la balustrade contemplaient le paysage depuis l'escalier en zigzag donnant accès aux terrasses supérieures. Il fit demi-tour et reprit le chemin par lequel il était venu, d'un pas décidé mais sans aucun affolement.

Soudain, ses trois buissons dans le triangle près du pont de Chelsea lui apparaissaient comme son chez-soi – il lui tardait d'être là-bas, de s'installer dans son sac de couchage sous le V à l'envers de son tapis de sol – et il sentit des larmes lui monter aux yeux en se rendant compte à quel point ce désir était pathétique, lamentable. Non, ça devenait impossible : il devait aller à la police, il lui fallait affronter l'épreuve, quelle qu'elle fût, qui l'attendait, il n'y avait pas d'alterna…

Tout ce qu'il sentit ce fut un énorme coup dans le dos – comme s'il avait été frappé par un marteau ou une voiture silencieuse –, un coup qui le fit tomber à quatre pattes, un coup suivi presque aussitôt d'un autre, à la tête cette fois, engendrant une tournoyante supernova lumineuse. Et puis, tout devint noir.

# 9

C'était un habitué ce type-là, ouais, en tout cas il le prétendait – elle s'en souvenait. Et puis, peut-être pas : gros, blanc, petite moustache... Un de ces gars qui voulaient seulement se la faire tirer mais pas de mouchoir pas de Kleenex rien s'en foutaient de la saleté. Tout en revenant de son territoire personnel le long du fleuve, Mhouse marmonnait dans sa barbe, stimulant sa mémoire réticente. Elle n'arrivait pas à se rappeler : ils se mélangeaient tous en un seul micheton générique – mâle. C'était lui qui arrêtait pas de répéter qu'il était un habitué. Y voulait quoi ? Un rabais ? Va te faire foutre.

Elle inspira profondément, renifla l'étrange odeur du fleuve. Elle aimait bien travailler sur la rive, plein de coins sombres, très peu de passants le soir. Elle aimait pas monter dans des voitures – pas après la dernière fois, putain de merde ! –, bien assez d'endroits tranquilles sur la rive et puis y avait toujours la chambre de Margo, cinq tickets de plus pour Margo, pas de problème. Tu montes dans une voiture, ils peuvent verrouiller la porte, comme cette dernière fois. Bordel de merde. Elle s'arrêta et alluma une cigarette, regarda Wapping de l'autre côté du fleuve. Un bateau venait de passer et les lumières dansaient sur le sillage décroissant.

Les lumières étaient jolies, pensa-t-elle, toujours rebondissantes, comme si quelqu'un les tirait sur des ficelles de caoutchouc... Elle défit la fermeture Éclair de sa botte, glissa son argent sous son pied, remonta la fermeture et prit la direction de Southwark Park Road vers le Shaft.

En le voyant, elle crut d'abord que c'était un camé ou un alcoolo, étendu sous l'escalier à côté du parking, à moitié nu. Elle s'approcha, prudemment. Il portait une chemise, un caleçon et des chaussettes – et une tache de sang sur le front. Il gémissait et tentait de s'asseoir. Elle avança un peu plus.

« Hé ho. T'es OK ?

– Au secours. Aidez-moi... »

Il avait une voix différente, comme à la télé, pas du Shaft, sûrement ? Elle prit son briquet dans son sac et l'alluma. Il avait une barbe et des gouttes de sang coulaient d'une sorte de dessin sur son front. Comme la marque d'une grille sur un hamburger, se dit-elle. Elle reconnut d'où ça venait, du bout renforcé d'une godasse de sport, trois barres et l'empreinte brouillée d'un logo.

Il avait été attaqué, ce mec.

« T'as été attaqué, dit-elle. Zont pris tes fringues ?

– Je le présume. »

Mhouse ne comprit pas.

« Tu quoi ?

– Oui, rectifia-t-il. Oui ils les ont pris.

– Où t'habites ? Quel numéro ?

– Je n'habite pas ici. J'habite à Chelsea. »

Chelsea, pensa Mhouse... Mon coup de bol... Ma chance, mon soir de chance.

« Attends ici, dit-elle, bouge pas. Je t'aide à rentrer chez toi. »

Du geste, elle fit signe à l'homme de reculer, plus loin, sous l'escalier, et elle le regarda se blottir dans l'obscurité, les bras autour de ses genoux nus et blancs. Elle se dirigea vers son unité, traversa rapidement le carré d'herbe desséchée délimité par l'arrière des multiples bâtiments du Shaft et gravit en courant les deux volées de marches menant à son appartement. Elle jeta un œil sur Ly-on, mais il dormait encore profondément, dans les vapes, et elle farfouilla dans un carton à la recherche d'un pantalon qui irait au type attaqué. Grand zig, costaud.

En repartant, elle appela Mohammed sur son portable : « J'en tiens un, Mo. Pointe-toi South Bermondsey Gate, cinq minutes. » Puis elle accéléra, trottant pour le retrouver, priant qu'il ne se soit pas tiré quelque part. Il était là, exactement dans la même position ; il leva la tête quand elle siffla. Elle lui tendit un baggy et une paire de tongs.

« Ce que j'ai de mieux », dit-elle.

Puis elle lui offrit une cigarette qu'il refusa. Elle l'alluma pour elle et le regarda enfiler son pantalon lentement, en faisant la grimace. Il ôta ses chaussettes, les fourra dans les poches du baggy et mit les tongs.

« Tu viens avec moi, je t'emmène à Chelsea. »

Mhouse conduisit l'homme le long du Shaft – il n'y avait personne dans les parages – jusqu'à la South Bermondsey Gate où Mohammed attendait dans sa Primera.

« T'as de l'argent ? demanda-t-elle à l'homme. Du liquide ?

– Ils ont tout pris – mon portable, mes chaussures, mes cartes de crédit, ma veste, mon pantalon, même ma cravate…

– Pas de problème, on s'arrangera. »

Elle ouvrit la portière arrière et l'aida à monter – il était tout raide après sa raclée, elle savait ce que c'était –, puis elle se glissa devant à côté de Mohammed qui essayait en vain de ne pas sourire béatement. Mhouse lui offrit une cigarette qu'il mit dans la poche de sa chemise.

« Où on va ? s'enquit-il.

– Chelsea », dit-elle. Puis, s'adressant à l'homme : « Où t'habites à Chelsea ?

– Laissez-moi à Chelsea Bridge Road, juste au coin du pont, sur l'Embankment. Ça ira très bien.

– Je t'emmène à Parliament Square, intervint Mohammed. Tu me diras pour après. »

Ils se mirent en route dans la nuit. De temps à autre Mhouse se retournait pour vérifier comment l'homme allait. Il n'arrêtait pas de tapoter la coupure sur son front, puis de regarder le sang sur le bout de ses doigts.

« Qu'est-ce qui est arrivé ? demanda-t-elle. Tu te rappelles quelque chose ?

– Je marchais dans la rue, j'étais perdu, je cherchais le métro et puis j'ai senti cet incroyable coup dans mon dos. Je n'ai rien entendu.

– Un coup ?

– Comme si j'avais été heurté par une voiture. Je suis tombé et alors j'ai reçu un coup sur le crâne. Je ne sais pas – peut-être que je me suis cogné la tête par terre.

– Non. Ils t'ont fait un drop sur le dos – tu connais ? Deux pieds. Boum. Puis un autre gars te tape sur la tête quand tu tombes. T'entends jamais rien.

– C'est très aimable à vous de me ramener, dit l'homme. Je vous en suis très reconnaissant.

– T'es anglais ?

– Oui, pourquoi ?

– J'ai pensé peut-être tu viens étranger, comme asylum.

– Non, je suis anglais… Je suis né et j'ai grandi à Bristol.

– Où c'est ça alors ? Londres ?

– Non, non. À l'ouest, à cent cinquante kilomètres d'ici.

– Bon. » Mhouse sourit. « Comment tu t'appelles ?

– Adam. Et vous ?

– Mhouse. »

Elle lui montra le creux de son bras droit : les mots MHOUSE LY-ON y étaient maladroitement tatoués, de façon peu professionnelle.

« Je serai à jamais votre débiteur, Mhouse – mon bon Samaritain.

– Samaritain. Je connais ça. Je passe pas à côté. Je le fais pour le Seigneur. »

Mhouse le dévisagea : Adam – jeune mec, joli mec. La manière qu'il parle – comme un livre, comme Monseigneur Yemi. Il parle comme ça. Qu'est-ce qu'y foutait cet Adam autour du Shaft la nuit ? Y cherchait les emmerdes et il les a trouvés. Elle se tourna pour regarder par la fenêtre la ville défiler. Ils restèrent tous silencieux dans la voiture un moment.

« Tu conduis grave, Mo, dit-elle.

– Je conduis super, ma vieille. »

En arrivant à Parliament Square, Adam dirigea Mohammed sur Lambeth Bridge et l'Embankment. Mhouse regardait le fleuve, elle trouvait difficile d'imaginer que c'était le même fleuve au bord duquel elle travaillait à Rotherhithe, il paraissait différent ici. Elle ferma les yeux, fatiguée. Peut-être qu'elle laisserait Lyon dormir jusqu'au matin : elle pourrait fumer un peu de chagga, ouais, appeler Mr Quality, fumer un peu de chagga et bien dormir, petit dej' avec Ly-on.

« Voilà Chelsea Bridge, annonça Mohammed.

– Juste après les lumières, dit Adam. Ça ira. »

Mohammed stoppa et mit ses clignotants. Quelques voitures les dépassèrent, il se faisait tard, tout était plus calme. Mhouse ouvrit la portière et descendit sur le trottoir. Adam suivit, maladroit, courbatu. Mohammed resta au volant, le moteur en marche.

« C'est incroyablement aimable à vous… », commença Adam.

Soudain méfiante, Mhouse l'interrompit :

– Où t'habites ? Où est ta maison, ton appart ? »

Elle capta son sourire contrit, inconsciente de l'ironie soulevée par son innocente question. D'un geste derrière lui, il désigna le triangle de terrain vague entre la route et le fleuve.

« En fait, j'habite ici, dit-il. Je n'ai pas de maison pour le moment.

– Tu te fous de moi ?

– Hélas, non. »

Tous les soupçons s'agitèrent en elle et firent rapidement surface.

« Tu dors là-dedans ? T'es un lapin ?

– J'ai… J'ai quelques ennuis. Je me cache. Je ne me montre pas. »

Maintenant c'était clair : il mentait.

« J'te crois foutrement pas, dit-elle. Tu me casses la tête.

– Je vous jure. Regardez, je vais vous montrer si vous voulez. »

Il l'aida à franchir la grille et suivit – puis Mhouse le laissa la conduire, à travers les buissons et sous les branches des arbres, tandis que ses yeux s'habituaient à l'étrange obscurité électrique chargée de la lueur froide des lampadaires de l'Embankment. Ils atteignirent une petite clairière entre trois gros buissons et l'homme,

Adam, lui montra ses possessions : le sac de couchage, la tente tapis de sol, son imperméable, son attaché-case, son réchaud. Tandis qu'il expliquait, Mhouse fit le tour des lieux, le cerveau en action – ouais, typique, mon foutu coup de bol ce soir, hein ?

Il se tourna vers elle les mains écartées et dit : « Écoutez, croyez-moi, si j'avais de l'argent, il serait à vous... »

Elle le frappa des deux poings dans l'aine puis lui envoya un genou dans les couilles. Il s'effondra avec un cri aigu de fillette. Elle lui donna un coup de pied.

« Tu te fous de moi, bordel de mec, tu me dois plein. »

Il continua à gémir, en se tenant le bas-ventre pendant qu'elle faisait l'inventaire de ses affaires : sac de couchage, casserole, réchaud à gaz, pelle pliante. Rien. De la merde de sans-abri. Elle s'empara de l'imper et de l'attaché-case et se pencha sur l'homme, la pelle en main.

« Tu te fous de moi, bordel de mec, voilà ce que tu gagnes. »

Adam cessa de geindre et se recroquevilla. Elle songea à lui taper dessus avec la pelle, de vraiment faire des dégâts, mais il l'avait appelée son bon Samaritain. Et il avait quelque chose, quelque chose de gentil, qu'elle aimait bien. C'était un animal et il avait besoin d'aide.

« T'as besoin d'aide.

– Oui. Oui, vraiment. Vous m'avez aidé. Je vous en prie, aidez-moi.

– Je t'aide une fois de plus. Je suis ton bon Samaritain, mec, mais je peux foutrement plus penser pourquoi après ce que tu m'as fait, comment tu m'as troué la tête.

– Merci, merci.

– Tu vas à l'église de John Christ à Southwark. Ils t'aident.

– Vous voulez dire "Jésus" Christ », rectifia l'homme.

Elle lui donna un coup de pelle sur la jambe et il hurla.

« *John Christ*, espèce d'enculé ! John Christ. Tu dis Mhouse t'a envoyé. »

Elle lui flanqua la pelle à la figure mais il réussit à se baisser à temps et à la faire dévier sur son épaule. Mhouse lui cracha dessus et repartit dans les buissons vers la route, escalada la clôture et se précipita dans la Primera à côté de Mohammed qui démarra à toute allure.

« Joli imper Bumberry pour toi, Mo. Un cartable en cuir et en or pour moi.

– Chouette, super-chouette, Mhouse, dit Mohammed. Merci.

– Ouais, enfin. C'était un branleur, il avait pas d'argent. Un enculé de sans-abri. On retourne au Shaft. »

## 10

Bien qu'il conduisît un taxi, un taxi noir londonien, son véhicule de choix – passe-partout, quelconque et parfaitement légal –, Jonjo préférait éviter les autres chauffeurs de taxi, surtout quand ils étaient en nombre. Il ne voulait pas de solidarité impromptue, pas de questions tendancieuses. Il se gara donc à quelque distance de City Airport et de sa longue file de taxis en attente de clients, et couvrit à pied les sept cents mètres le séparant du joli petit terminal. À l'intérieur, il fit un tour pour vérifier les sorties possibles. Il était en avance d'une heure pour son rendez-vous – il était toujours une heure en avance, juste au cas où, on ne savait jamais –, et il monta au premier étage, choisit un siège dans un coin de la cafétéria avec vue sur l'escalator et le petit hall, s'installa avec son café, son croissant et son journal, et fit tranquillement les mots croisés pendant une demi-heure avant de décider que le moment était venu d'exercer plus de vigilance.

Quinze minutes avant l'heure du rendez-vous – 10 heures –, il vit son contact arriver. Il les repérait à deux kilomètres, les autres soldats. Il pouvait entrer dans un pub plein et, en trois secondes, reconnaître les Tags, Blades, Crap Hats, Toms, Jocks ou Squaddies, quel que soit le nom qu'ils se donnaient, à eux ou autres. C'est drôle ça, pensa-t-il, c'est comme un instinct, comme si on émettait des effluves, une odeur. On ressemble aux juifs et aux Écossais, aux catholiques et aux francs-maçons, aux repris de justice et aux homos. Ils se repèrent entre eux, ils savent en un rien de temps, une fraction de seconde, c'est bizarre, on dirait qu'on a sur nous un signe visible seulement pour ceux de notre espèce.

Il regarda le jeune gars – trente ans et quelques, baraqué, cheveux blonds coupés ras – entrer et inspecter le terminal comme il l'avait fait puis prendre l'escalator et monter à la cafétéria. Il avança et Jonjo comprit, dès son premier coup d'œil sur les tables, que le type l'avait localisé. Il resta penché sur ses mots croisés : combien de mots de cinq lettres et plus pouviez-vous faire avec PERBIRES ? Briser, Bière, Prier…

« Pardon. Êtes-vous Bernard Montgomery ? »

Jonjo leva la tête :

« Non.

– Excusez-moi.

– On me prend souvent pour lui. »

Le jeune gars s'assit.

« On a des nouvelles, dit-il.

– De nos amis de la Met' ?

– Ouais.

– Il était foutrement temps. »

Le jeune gars paraissait nerveux, tendu.

« Le téléphone de Kindred a été utilisé, dit-il. Quelques secondes.

– Pas par Kindred, à l'évidence, répliqua Jonjo. Il est pas si dingue. »

Il se renversa sur sa chaise, posant son stylo tandis que le mot SBIRE lui venait à l'esprit. Faudrait qu'il s'en rappelle.

« Non… Il n'a été utilisé qu'une fois, dans Rother-hithe, quelqu'un dans une cité : la cité Shaftesbury. Après quoi, ils ont dû changer la carte SIM.

– Un abruti alors. » Jonjo réfléchit une seconde. « Donc on lui a volé son téléphone ou bien il l'a vendu. On ne se sait pas qui a passé l'appel, je suppose ?

– Non.

– Bien, bien. Je vais m'en occuper. » Jonjo sourit : « À propos, il va falloir me payer. Pour le dernier bou-lot. »

Le jeune gars poussa une épaisse enveloppe sur la table. Jonjo la ramassa et la fourra dans la poche inté-rieure de son blouson en cuir. Le jeune gars le regar-dait fixement.

« T'es Jonjo Case, pas vrai ? »

Jonjo soupira :

« Tu enfreins le règlement, mon pote.

– Je savais que c'était toi, insista le jeune type. T'étais un ami de Terry Eltherington.

– Tel-le-Terrible, dit pensivement Jonjo, amer. Quel dommage. Foutue honte…

– Ouais… Mon beau-frère. Je t'ai vu sur ses photos.

– Ces connards des services de déminage. Comment s'en sort Jenny ?

– Elle s'est suicidée. Pouvait pas faire face. Trois jours après les funérailles. »

Jonjo enregistra la nouvelle avec tristesse et saga-cité : il se souvenait de Jenny Eltherington, blonde, grande, marrante. Il hocha la tête : une femme de sol-dat – le pire des sorts au monde.

« Tu dois être Darren alors, dit Jonjo tendant la main par-dessus la table. Blues and Royals.

– C'est bien moi. »

Ils se serrèrent la main.

« Tel et moi étions dans le Regiment, on a fait Hereford ensemble. Un foutu dingue, Tel.

– Je sais. Ouais, il parlait beaucoup de toi : Jonjo par-ci, Jonjo par-là… »

Ils se turent tous deux un moment en pensant à Terry Eltherington, et à sa mort soudaine et violente en Irak, victime d'une bombe inhabituellement puissante placée au bord de la route. Jonjo sentit son cou se raidir et il le tourna d'un côté puis de l'autre.

« Qu'est-ce qui t'est arrivé ? s'enquit Darren en indiquant la croûte maintenant en forme d'étoile, mais toujours rouge, sur le front de Jonjo.

– Tu devrais voir la concurrence, ricana Jonjo avant d'ajouter : « Rien que tu veuilles me dire, Darren ? Top secret ? Motus et bouche cousue ? »

Darren prit un instant un air sinistre.

« C'est du brûlant comme j'en ai rarement vu, Jonjo, crois-moi. Du super-brûlant. Aucune idée pourquoi mais ils y vont à tout berzingue.

– Pas de pression, alors ?

– Trouver Kindred, priorité n° 1. Appelle n'importe quand. Tu peux disposer de tous les moyens : bases de données de la police métropolitaine, soutien, outils, Intel, un tank. Tout ce dont tu as besoin.

– Bon à savoir », dit Jonjo, soudain un peu inquiet, les intestins en boule – pas du tout son genre. « Que se passe-t-il quand je mets la main sur Kindred ?

– Ils veulent savoir ce qu'il sait – pour commencer. Après ça, ils te diront quoi en faire.

– Super.

– Faut que j'y aille. »

Darren fit mine de se lever mais, d'un geste, Jonjo l'invita à se rasseoir.

« Ça fait plaisir de te rencontrer Darren. Rends-moi un service, tu veux ?

– Bien sûr.

– Tu me tiens au courant. Juste entre nous… » Il se tut un instant pour donner à Darren le temps de digérer la pleine implication de ce qu'il lui demandait. « Désolé pour Jenny – mes condoléances. »

Darren hocha la tête.

« Il vaut mieux que je te donne mon numéro. Au cas où, comme on dit. Tu m'appelles, vingt-quatre sur vingt-quatre, sept sur sept.

– Inscris-le sur le journal. Je ne pense pas que j'aurai besoin de toi. Seulement en dernier ressort, hein ?

– Quand tu voudras. »

Darren inscrivit le numéro.

« Tu as évidemment le mien. N'hésite pas. Terry Eltherington, un sur un million – si son cousin au seizième degré m'appelait, je serais là. Et même le copain du copain du fils adoptif de sa demi-sœur. Tu vois ce que je veux dire ? »

Visiblement ému, Darren hocha de nouveau la tête. Bonne chose que de connaître quelqu'un dans la voie hiérarchique, songea Jonjo, ça pouvait lui donner un peu de temps si nécessaire. Darren n'en saurait pas plus sur cette histoire Wang-Kindred que lui-même mais un allié était un allié, tout pouvait aider.

Il se leva. « Je vais partir le premier, dit-il. Tu attends encore dix minutes. » Il ramassa le journal.

« Content de t'avoir connu, Darren.

– Moi de même. »

Jonjo regagna son taxi, l'esprit en ébullition. Ces boulots free-lance étaient d'habitude si simples : on vous disait de descendre quelqu'un, vous le faisiez et on vous payait. Vous n'en saviez plus rien. Il prit l'enveloppe dans la poche de son blouson et examina la liasse toute neuve de 200 billets de 50 livres, 10 000 à la fin de la mission. Au moins, on ne le punissait pas pour le bordel final encore que, de droit, il aurait dû recevoir le même montant en manière d'avance sur le nouveau boulot Kindred. Enfin, les 20 000 au complet seraient d'autant plus chouettes une fois la mission accomplie et évacuée. Wang était mort, il avait reçu son argent, maintenant on passait au suivant. Un mois bien rempli, profitable.

Il poursuivit son chemin vers son taxi, songeant un moment à Wang, le dernier homme qu'il avait tué. Bizarre, tout de même : il n'avait aucune idée précise du nombre de gens qu'il avait descendus dans sa vie – trente-cinq à quarante ? Ça avait commencé en 1982 avec la guerre des Malouines quand il avait fait sauter ce bunker à Mount London. Il était alors un jeune parachutiste de dix-huit ans, il avait tiré un missile Milan filoguidé, le dirigeant droit sur l'abri derrière les sacs de sable à flanc de coteau. Quand il était allé voir après la bataille, les morts étaient alignés sur un seul rang, comme à la revue – il avait cherché les brûlés et ceux réduits en purée et il en avait compté cinq.

Puis il avait tué un Provo dans une voiture aux abords de Derry, mais trois autres paras avaient ouvert le feu en même temps ce soir-là, de sorte qu'ils avaient dû se partager le tableau de chasse. Ce n'était qu'après son engagement dans les SAS et son passage à Hereford que le compte avait grimpé. La première guerre du Golfe, après l'échange de coups de feu à Victor Two, lorsque les prisonniers s'étaient enfuis – il en avait descendu trois. Puis en Afghanistan, en 2001, sa dernière opération, à la forteresse Qala-I-Jangi. Il ne savait plus combien à Qala, tous ces Talibans prisonniers révoltés en bas et nos gars là-haut sur les remparts. Terry Eltherington était là aussi. C'était gagné d'avance, avait dit Terry. Jonjo le revoyait avec son gros visage stupide et souriant, lui balançant des munitions. Les prisonniers courant autour de la grande cour envahie par les herbes et les gars là-haut sur les remparts, SAS, SBS, Amerlos, Afghans tirant sans cesse. Incroyable. Ils avaient carrément arrosé la cour entière, une vraie douche. Il devait en avoir buté une douzaine environ, juste en les cueillant pendant qu'ils couraient en rond.

Il ouvrit la porte du taxi, s'assit au volant, et continua à calculer. Putain, ensuite il y avait eu tous ces boulots après qu'il avait quitté l'armée et rejoint le Risk Averse Group, une des plus grosses compagnies privées de sécurité. Dieu sait combien de petits bandits il avait liquidés sur la route Jordanie-Bagdad quand il était garde privé – six, dix ? Puis les cinq missions free-lance – il avait recommencé à compter convenablement – et il y avait toujours l'argent en banque pour confirmer le nombre. Il ignorait totalement qui l'avait trouvé, qui l'appelait, qui lui envoyait les détails, qui le payait, qui étaient les victimes ni pourquoi elles étaient les victimes. Solide, professionnel, efficace, discret – il était sacrément foutrement bon. Wang était le numéro 6 et ç'aurait été parfait si ce salaud de Kindred ne s'en était pas mêlé avec son attaché-case… Il porta instinctivement sa main sur la croûte toute neuve. Il s'était débarrassé du L pour loser – il s'était cuité, avait arrosé la blessure d'un peu de vodka, et la pointe brûlante d'un couteau avait fait le reste. Kindred avait saboté un boulot bien propre – eh bien, maintenant Jonjo allait retrouver Kindred, le livrer pour interrogatoire et puis s'assurer qu'il garde un souvenir impérissable de ses derniers moments sur la planète.

Son portable sonna.

« Allô ?

– Jonjo, c'est Candy. »

Candy était sa voisine. Une grande bringue divorcée, elle dirigeait un de ces magasins de mobilier en kit à Newham. Brave fille, amicale, s'occupait du Chien quand il était en mission.

« Oui, Candy, qu'y a-t-il ? Je travaille, chérie.

– Je crois que Le Chien ne va pas très bien. Il a vomi partout sur ton tapis. »

Jonjo sentit sa poitrine se gonfler d'air.

« Je pense qu'il faudrait l'emmener chez le vet'… Jonjo ? Allô ?

– Je serai là dans vingt minutes », dit Jonjo, la bouche sèche.

Il mit le moteur en marche.

# 11

Adam volait au-dessus d'un épais champ de cumulus sur-refroidis, haut dans le ciel de l'Arizona, l'entassement de nuages gris s'étendant jusqu'à l'horizon. Un désert de nuages. Il arrivait à la fois à piloter l'avion et à superviser le distributeur de neige carbonique à l'arrière. Sous les ailes de l'avion couraient des tubes de plastique percés à intervalles réguliers de fentes épaisses. L'avion vira sur l'aile et descendit très bas sur la surface pavée du champ de nuages, volant à quelques mètres au-dessus de sa masse lentement mouvante. Quelle heure était-il ? À l'arrière de l'avion, Adam tira sur le levier de la pompe à haute pression, et de minuscules granulés d'iodure d'argent glacé se déversèrent des fentes en plastique comme du sable fin sur les nuages. L'avion volait sur un parcours ovale de quinze kilomètres de long sur trois de large, pareil à un champ de courses géant, la trajectoire de son passage et le saupoudrage d'iodure d'argent révélés par une profonde tranchée apparaissant presque aussitôt à la surface des nuages alors que les cristaux se fondaient en gouttelettes d'eau. Sous les nuages, debout dans un arroyo desséché du désert de l'Arizona, Adam leva son visage vers le ciel tandis que les premières grosses gouttes de la pluie qu'il venait de faire tomber coulaient sur son front et ses joues.

Il se réveilla. Il avait froid, malgré un beau soleil, et une horrible nausée l'envahit. Il se sortit de son sac de couchage, rampa un peu à l'écart et vomit. Traumatisme crânien, se dit-il, en crachant et en s'essuyant la bouche : il faut que je reste tranquille, sans bouger, et que je boive beaucoup d'eau.

Il se hissa de nouveau dans son sac et y demeura étendu frissonnant, prenant peu à peu conscience des douleurs qui assaillaient son corps. Curieusement, il n'avait pas mal à la tête, mais dans les couilles et dans le dos et, bien pire, sa cuisse droite et son épaule gauche se disputaient la première place du concours des élancements insupportables. Il se rappelait très vivement son rêve, il l'avait fait souvent mais pas depuis plusieurs mois. Pourquoi rêvait-il de sa vie d'hier quand celle d'aujourd'hui était si douloureusement présente ? Il se débarrassa une fois de plus de son sac de couchage et s'examina. Il avait une longue et mince meurtrissure sur la cuisse, d'un bleu-violet vif, mais la peau à peine éraflée, et, sur l'épaule, une belle entaille : sa chemise sale, graisseuse était un peu déchirée à cet endroit, et la déchirure frangée de sang séché. Il se souvint – les deux blessures causées par cette fille Mhouse le frappant de sa pelle. Il se tâta doucement le front, sentit la grille des croûtes sous ses doigts. À quoi ressemblait-il ? Au survivant d'un attentat terroriste ? Au rescapé d'un accident de voiture ? Ou à un indigent, un sans-abri, victime d'une agression brutale ?...

De retour sous son buisson, il se surprit à repenser à son rêve. Il n'avait jamais ensemencé les nuages à partir d'un avion – d'où la construction de la chambre à brouillard. Les résultats des essais par avion étaient trop irréguliers, trop facilement réfutés – c'était pourquoi Marshall Mc Vay lui-même avait financé la construction de la chambre de Yuma. Ils fabriquaient leurs nuages, les refroidissaient à la température requise puis les ensemençaient avec de la neige carbonique ou de l'iodure d'argent gelé, ou du sel, ou des gouttes d'eau et mesuraient les précipitations. Tout cela avait été très simple et bien contrôlé.

Il se força à changer d'idée – il devait cesser de penser à son passé, son ancien poste, ça ne faisait que le déprimer davantage –, et il se concentra sur les événements de la veille au soir. Il se rappelait Mhouse lui apportant des vêtements. Il portait encore son pantalon gris-beige, le baggy qui lui arrivait à mi-mollets, et il voyait à deux mètres de là les tongs à l'endroit où il les avait envoyées balader. Et puis le trajet du Shaftesbury à Chelsea devenait fragmentaire, une sorte de rêve vague, trouble : un défilé d'immeubles, des phares et des feux arrière éblouissants, un échange de mots avec Mhouse, son petit museau de chat le regardant fixement, son corps entortillé autour du siège avant… Qui conduisait ? Il se souvenait d'elle lui montrant son nom tatoué à l'intérieur de son avant-bras droit : MHOUSE LY-ON. Quel genre de nom était-ce là ? « Mhouse » prononcé « Moüse » à l'évidence. Et puis il l'avait aidée à franchir la grille – une petite chose maigrichonne avec un joli minois, nez retroussé, yeux fendus. Oui… Et puis elle l'avait attaqué.

Pourquoi l'avait-elle attaqué avec tant de violence ? Elle lui avait flanqué un coup de poing suivi d'un genou dans les couilles – il grimaça au souvenir de la douleur –, après quoi, elle lui avait tapé dessus avec la pelle. Pourquoi donc, Jésus-Christ ? Christ – John Christ, bien sûr, la réponse inattendue lui vint à l'esprit. Va à l'église de John Christ à Southwark, avait dit son monstrueux Samaritain, on t'aidera.

Il réussit à émettre un rire – un rire qui résonna étrangement fêlé à ses oreilles – et il émergea de son sac de couchage pour la troisième fois ce matin-là afin de voir ce qui lui restait dans son camping. L'inventaire fut bref : elle avait volé son imperméable et son attaché-case. Les agresseurs avaient pris le reste, lui laissant pour toute possession trois boîtes de haricots blancs à la sauce tomate, un réchaud à gaz, une casserole, un couteau, une fourchette et une cuillère, une pelle et une demi-bouteille d'eau minérale – plate. Saisi d'un élan d'apitoiement sur lui-même, il se sentit prêt à pleurer à chaudes larmes. Oui, il se faisait pitié – ce n'était pas un péché tout de même, vu les circonstances ? Il avait une chemise sale, déchirée, un caleçon, une paire de chaussettes, un baggy camouflage et des tongs. Maigre actif. Il pensa à sa nouvelle grande maison de Phoenix, dans l'Arizona (maintenant la propriété de son ex-femme, bien entendu) – il revoyait ses pelouses vertes humides, la jolie haie de lauriers, le garage à deux places… Ça ressemblait à un univers parallèle, ou à quelque chose qui avait existé des siècles auparavant. En plus, il avait de l'argent dans des banques en Arizona et à Londres – des milliers et des milliers de dollars et de livres –, et pourtant il était là, accroupi, meurtri, puant, un fugitif se cachant parmi les buissons et les arbres d'un bout de terrain vague au bord d'un fleuve.

Songer à l'Arizona et à sa vie là-bas lui fit repenser à la chambre à brouillard. Quelques jours avant, à peine, il avait montré au jury de l'Imperial College le résumé de sa monographie à moitié achevée : « Sup-

pression de la grêle dans les orages multicellulaires. »
Un des jurés (une femme) avait assisté à la conférence
sur la glaciation à Austin, Texas, et l'avait entendu lire
son papier sur « l'ensemencement d'iodure d'argent et
la production de noyaux de glace secondaires biogé-
niques ». Il leur avait décrit sa dernière expérience dans
la chambre à brouillard (avant sa démission) qui avait
été la réduction extrêmement réussie d'un paquet de grêle
à partir d'un cumulonimbus magnifiquement formé, sa
tête d'enclume juste effleurant le plafond en plexiglas
de la chambre, haut de neuf étages. Il était resté là sur
le portique d'observation à assister à la dispersion de
poussière glacée des cristaux ensemencés, et à la création presque magique d'un courant d'air chaud tournoyant. Très peu de grêle était tombé dans les vastes
plateaux supposés la recueillir en dessous. Ses collègues avaient éclaté en applaudissements spontanés.

Avec dans sa bouche le goût amer de la frustration et
de la déception, Adam alluma son réchaud pour réchauffer une boîte de haricots. L'odeur du gaz et celle émanant des haricots froids au moment où il les versa dans
la casserole lui donnèrent la nausée – mais il savait
qu'il devait manger quelque chose.

Stop ! se dit-il brusquement, tandis qu'un cri de rage
et de fureur montait en lui. Ces jours étaient finis, la
chambre à brouillard n'existait plus. Tout ceci était
désormais de l'histoire ancienne. Adam Kindred, ense-
menceur de nuages, suppresseur de grêle, faiseur de pluie,
n'était pas plus réel qu'un super-héros de bande dessinée. Il s'accroupit sur les talons et se concentra sur
l'instant présent, en avalant des cuillerées de haricots
chauds et en tentant de ne plus penser à la vie qu'il avait
menée autrefois.

Deux jours plus tard, Adam se demanda s'il ne commençait pas en réalité à mourir de faim : il se sentait étourdi et, quand il se levait, il vacillait, pris de vertige. Il avait terminé depuis vingt-quatre heures sa dernière boîte de conserve et il remplissait désormais sa bouteille en plastique avec de l'eau de la Tamise – une eau brunâtre un peu trouble, mais le goût était acceptable et il avait besoin de mettre quelque chose dans son estomac. Il ressentait une peur étrange depuis son agression – depuis qu'on lui avait sauté dessus. Peur de s'aventurer hors de la sécurité de son triangle, son petit royaume connu, dans l'impitoyable vaste monde de la ville. D'abord, il n'avait pas d'argent, pas un penny ; ses cheveux, et sa barbe hirsutes, ses vêtements sales – sa chemise déchirée, son pantalon et ses tongs ridicules – attireraient les regards, à coup sûr, et la dernière chose qu'il souhaitait c'étaient des gens en train de le dévisager. Dans le triangle, il se sentait à l'abri : le bruit presque incessant de la circulation le rassurait. Tout comme la marée qui montait et descendait, les bateaux et les péniches qui passaient sur le fleuve. Personne ne pénétrait dans le triangle et, la nuit, les joyeuses guirlandes d'ampoules sur le pont de Chelsea, avec leur air d'illuminations de Noël, lui redonnaient le moral.

Le lendemain matin, aux premières lueurs de l'aube, il descendit remplir sa bouteille sur la petite plage. Il y avait, à moitié enfoui dans la boue, un autre pneu, plein de bouteilles en plastique défoncées, et aussi un rouleau emmêlé de fil de nylon bleu. Il le ramassa – pensant vaguement que c'était là le genre d'épave qu'un naufragé pourrait utiliser – et jugea qu'il faisait au moins six mètres de long. Quel gaspillage ! quel batelier ou marinier irresponsable l'avait donc jeté par-dessus bord ? Des oiseaux de mer auraient pu s'y piéger, des hélices s'y bloquer. Il regarda autour de lui : la lumière était superbe, gris pêche, et l'air frais. Déjà mouettes, corbeaux, canards, cormorans s'élevaient et volaient au-dessus du fleuve. Il vit un héron passer en battant des ailes sans élégance, en direction de Battersea Park et ses grands arbres. Des oies du Canada se promenaient aussi sur le fleuve, et soudain l'expression « t'es cuit et l'oie aussi » lui revint à l'esprit. Il examina la plage – la marée était étale –, il disposait peut-être d'une demi-heure avant qu'il fasse trop jour et qu'il risque d'être repéré. Il regrimpa par les chaînes dans le triangle.

Il ne lui fallut pas longtemps. Le récurage de ses boîtes de conserve abandonnées produisit une poignée de haricots froids. Il saisit son cageot et se retrouva sur la plage en quelques secondes ; le piège qu'il fabriqua était rudimentaire à l'extrême mais Adam avait confiance en son efficacité : un côté du cageot s'appuyait sur un bout de bois flotté auquel la nouvelle acquisition de fil de nylon bleu avait été attachée. Il moula un petit cône de haricots froids sur un galet plat et plaça le tout sous la caisse en équilibre. Puis il regrimpa par les chaînes en tenant le bout du fil entre ses dents et s'installa hors de vue derrière un buisson. Il ne prévoyait pas vraiment qu'une oie morde à son hameçon mais il espérait un canard – un petit caneton dodu ferait parfaitement l'affaire –, quoiqu'il se contenterait avec joie d'un pigeon londonien déplumé. Il attendit, s'exhortant à la patience, au calme et à l'inébranlable constance du chasseur. Il attendit et attendit encore. Les cormorans dérivèrent en aval avec la marée descendante avant de plonger sous l'eau. Deux corbeaux voletèrent sur la plage et vinrent picorer autour des galets au bord de l'eau sans témoigner le moindre intérêt pour les haricots. Puis il entendit un soudain bruissement d'ailes, comme celui d'un ange descendant du ciel, et une grande mouette blanche et grise fila au-dessus de sa tête, vira fortement sur l'aile, décrocha et atterrit impeccablement, délicatement, avec un soin quasi ostentatoire. Les corbeaux ne lui prêtèrent aucune attention, et continuèrent à retourner leurs galets et à picorer des brins de mauvaise herbe. La mouette fonça sur les haricots, en se glissant sous la partie en équilibre du cageot... Adam tira sur le nylon, le support sauta et la caisse tomba.

« Plus vite dit que fait », remarqua Adam à voix haute en contemplant son cageot qui s'agitait sur la plage boueuse tandis qu'à l'intérieur la mouette affolée glissait et battait des ailes. Plus vite organisé qu'exécuté. Mais il avait faim : il avait attrapé sa proie, il avait du carburant, un couteau et de la chair rôtie : voilà ce dont il rêvait. Il n'y avait plus qu'à procéder – il passa rapidement la main sous la caisse et saisit par une patte la mouette dont le bec jaune et dur attaqua méchamment son avant-bras et le fit saigner, jusqu'à ce qu'Adam assomme à mort l'oiseau avec la cale de bois flotté. Il rinça son bras dans le fleuve – quelques blessures de plus, quelle importance ? –, et retourna ramasser sa mouette molle et sans vie, ses grandes ailes blanches étalées. Juste à cet instant, apparut sous le pont de Chelsea une péniche chargée qui remontait le fleuve. Debout à l'avant, un homme scrutait la rive et le dévisageait. Adam cacha la mouette derrière son dos et fit un petit signe dégagé de la main. L'homme ne lui rendit pas son salut.

Adam pluma la mouette et, avec son couteau de table, se débrouilla plus ou moins pour la vider. Il jeta les intestins à l'eau. Puis il découpa des lanières de chair grasse de la carcasse étonnamment osseuse, les embrocha sur sa fourchette et les maintint au-dessus de la flamme bleue de son réchaud jusqu'à ce qu'elles noircissent. La viande chaude avait un goût de gibier avancé quoique inoffensif, mais, très filandreuse, elle exigeait d'être beaucoup mastiquée et arrosée d'abondantes rasades d'eau de la Tamise. Adam rogna les os puis lança la carcasse dans le fleuve, alors que la marée recommençait à monter. Après quoi, il s'assit sur ses trois pneus et fondit en larmes.

Pleurer lui avait fait du bien, se dit-il plus tard. C'était une salutaire libération de ses émotions, indispensable après tout ce qu'il avait subi : l'agression, le traumatisme de cette première attaque surprise, le soulagement d'être secouru, puis le traumatisme de la seconde attaque. Au plus noir de la nuit, il quitta le triangle pour la première fois depuis des jours et alla faire les poubelles de Chelsea. Il se sentait mieux, plus calme et plus déterminé, tandis qu'il farfouillait dans les ordures et trottinait prudemment dans les rues désertes, scrutant les puits des appartements en sous-sol. Étonnant ce que les gens fichaient en l'air. À l'aube, il avait réussi à acquérir un blouson en toile de jean blanche (une poche de poitrine tachée d'encre noire, comme après une fuite de stylo à bille), une paire de chaussures de golf abandonnée sur un escalier de service – un peu étroites mais plus acceptables que des tongs. Il s'était aussi nourri de restes de chaînes de fast-food – des chips froides, un bout de kébab, deux doigts de Coca-Cola et d'autres boissons gazeuses restées au fond de canettes. Il retourna au triangle, le ventre plein à roter et habillé de neuf – l'air presque normal, se dit-il. Mais ce qui le réconfortait à présent, c'était la certitude qu'il pouvait désormais survivre. Comme si la chair de mouette rôtie l'avait renforcé et enhardi d'une certaine manière, lui donnant une fermeté et un courage nouveaux. Il possédait maintenant un peu du culot braillard et de la frime arrogante d'une grande mouette blanche. Une fois la croûte sur son front disparue, il s'aventurerait à l'extérieur avec plus de confiance, et dans un plus large rayon. Peut-être, se dit-il – et c'était là une mesure de son nouvel état d'esprit –, suivrait-il le conseil de Mhouse, en allant à Southwark voir l'aide que l'église de John Christ pourrait lui offrir.

## 12

Debout devant sa porte d'entrée ouverte, Ivo, lord Redcastle portait un T-shirt avec l'inscription : MONI-TEUR SEXUEL PLEINEMENT QUALIFIÉ – PREMIÈRE LEÇON GRATUITE. Ingram ne pipa mot, affectant de ne rien remarquer d'extraordinaire.

« Ingram, mon pote, dit Ivo, te voilà !

– Meredith est là ?

– Et comment... – *mi casa, su casa.* »

Planté fermement à sa porte, Ivo ne bougeait pas. Il s'attend évidemment à un commentaire de ma part sur son stupide T-shirt, songea Ingram. Il peut toujours courir.

« Dois-je te pousser pour entrer ? C'est ça l'idée ? lança-t-il. T'enfoncer l'épaule ? Te foutre par terre ?

– Très drôle. Entre donc, vieux branleur. »

Ingram pénétra dans le vaste hall de la maison d'Ivo à Notting Hill – parquet de pin décapé, un énorme grizzli empaillé dans un coin affublé d'un chapeau rond et, au mur, des dessins érotiques au feutre dus à Smika, la dernière épouse d'Ivo. Ingram leur jeta un œil, notant au passage des seins, des vulves et des types variés de pénis, flasques ou dressés. En montant à l'étage du salon, il passa devant une série de photos en noir et blanc – par les suspects habituels : Bill Brandt, Cartier-Bresson,

Mapplethorpe, Avedon ; étonnant comme on avait réussi à maintenir, dans des esprits tels que celui d'Ivo, l'idée que ces images, très belles mais hyperconnues, étaient encore « à la pointe ». Il sentit son moral s'effondrer un peu plus en entendant le volume des bavardages émanant des pièces en enfilade. Six était le nombre idéal pour un dîner ; huit au plus – au-dessus, ça devenait une complète perte de temps pour tout le monde. Un jeune homme en tunique de soie à la Nehru se tenait à la porte avec un plateau de boissons de couleurs diverses.

« Y aurait-il par hasard un verre de vin blanc ? demanda Ingram.

– Non, répliqua Ivo. Choisis une couleur : rouge, jaune, bleu, vert, violet.

– Qu'est-ce qu'il y a dedans ? J'ai des allergies.

– C'est à moi de le savoir et à tes allergies de le découvrir. »

Ingram prit un verre violet et suivit Ivo dans la pièce bruyante. Il aperçut Meredith, sa femme, et changea aussitôt de direction pour la rejoindre, absurdement, ridiculement content de la voir – il commençait déjà à détester cette soirée avec une intensité inhabituelle – même si, en s'approchant d'elle, il remarqua sur ses joues ce reflet rosâtre qui trahissait toujours son degré de consommation d'alcool.

« Salut, ma citrouille, dit-il en l'embrassant. On peut pas rester longtemps, tu n'oublies pas ?

– Ne joue pas l'idiot, c'est l'anniversaire d'Ivo. »

Elle lui pinça la fesse, lui fit un clin d'œil, et Ingram se dit, un peu las : remercions le ciel pour le PRO-Viryl, un des produits les plus populaires de Calenture-Deutz. Qui traitait les problèmes d'érection – slogan : « durée de l'acte inégalée » – pas au niveau du Cialis, du Viagra ni du Foldynon, mais d'un gentil rapport pour la firme tout de même. Et qui lui réussissait très bien, reconnaissait-il, sans doute une sorte de conformité métabolique avec les ingrédients chimiques. Après deux PRO-Viryl, il pouvait se taper n'importe qui, ou n'importe quoi, pendant une heure ou deux. Pour un vieux couple marié avec des enfants adultes, Meredith et lui faisaient l'amour assez régulièrement, quoique ce fût toujours à son initiative à elle. Il n'avait jamais découvert ce qui l'excitait – il n'y avait pas un type de comportement visible mais elle réussissait toujours à lui faire signe d'avance quand l'humeur la prenait – un peu comme les phases de la lune : quelque chose, quelque part, faisait chez elle office de détonateur. Ils dormaient dans des chambres séparées par leurs dressings et salles de bains respectifs, mais tous communicants. Ingram aimait bien ces sessions, même si elles étaient plus affaire de mécanique – merci, PRO-Viryl – que de passion, et se situaient à des années-lumière de ses séances avec Phyllis.

Rassuré, il tint pendant quelques secondes la main de Meredith. C'était une petite femme mince avec des cheveux blond-blanc bien coupés et une tête un peu trop large pour son corps. Ce qui, avec son nez retroussé et ses yeux très espacés, la faisait, sous certains angles, ressembler à une poupée, et, du coup, elle avait tendance à affecter en société une attitude pétillante, du style rien-ne-m'abat, je-m'attaque-à-tous-les-sommets. Mais Ingram savait que c'était un personnage plus dur et plus malin que l'image qu'elle en donnait au monde. À des moments comme celui-ci, dans l'enfer braillant de chez Ivo, il se sentait rudement content d'être marié avec elle.

« La journée a été longue et éprouvante, ma petite chérie, dit-il à voix basse. Et donc plus tôt on se barre et plus tôt on peut…

– Message reçu, cinq sur cinq, terminé ! » répliqua-t-elle avec un sourire chaleureux.

« Lady Meredith Fryzer ! » Un homme en T-shirt noir (avec le même message inepte qu'Ivo) hurla son nom et la prit dans ses bras. Ingram s'écarta, posa son verre violet intact sur une table et se mit à la recherche du jeune serveur à l'entrée pour lui répéter sa requête d'un verre de vin blanc si c'était possible, merci mille fois.

Il inspecta du regard la pièce – personne ne s'intéressait à lui, un type aux cheveux gris à la veille de ses cinquante-neuf ans en costume-cravate sombre – et se demanda qui étaient tous ces amis d'Ivo. Certains de ces hommes étaient clairement plus vieux que lui (grisonnants, chauves avec une barbichette) mais ils étaient habillés comme des ados : T-shirts déchirés, décolorés, pantalons bouffants à poches basses, baskets sans lacets – il n'aurait pas été surpris de leur voir une planche à roulettes sous le bras. Tout de même, en promenant son regard ici et là, il apercevait aussi pas mal de jeunes femmes jolies et minces, mais toutes avec des mines de cent pans de long ou bien des expressions vigilantes, méfiantes, comme si elles s'attendaient à être l'objet de plaisanteries cruelles et de moqueries.

On lui apporta son vin blanc et il le sirota avec une inhabituelle gratitude, debout contre un mur à côté de la porte, sentant la fatigue le quitter un peu. Dans la foule qui tournait autour de la pièce, il crut reconnaître un acteur et une autre vedette de la télé – et aussi un styliste. Oui ? Non ?… Aucune idée. Il regardait à peine la télé et ne lisait pratiquement pas de magazines ces jours-ci. Il examina distraitement une petite statuette de bronze, pensa qu'il s'agissait d'un Henry Moore – content que le nom lui soit revenu à l'esprit – et se demanda de nouveau comment Ivo se débrouillait pour vivre si bien, lui qui n'avait d'autres revenus déclarés que les 80 000 livres par an qu'Ingram lui payait en qualité de membre non exécutif du conseil d'administration de Calenture-Deutz. Le père d'Ivo et de Meredith, le comte, le comte de Concannon, sans aucune fortune, vivait dans une grande villa moderne aux environs de Dublin. Le château de la famille, Cloonlaghan Castle, était en ruine : il aurait fallu des millions pour le rendre habitable. Il soupçonnait Meredith de refiler de l'argent à Ivo, en douce, pensant qu'il ne le saurait pas – pour une raison ou une autre, elle était très attachée à son jeune frère et lui pardonnait toutes ses offenses et humiliations. Smika, l'épouse n° 3, n'avait pas de ressources, non plus (à moins qu'il y eût un marché pour ses dessins érotiques). Qu'était-il donc arrivé à Ludivine, l'épouse française n° 2 ? Minuscule, vive, avec des cheveux jaune-orange en pétard – oui, Ludivine, Ingram l'aimait bien (il avait financé le coûteux divorce, il s'en souvenait maintenant). Ah, tiens, Ivo venait vers lui.

Ivo surgit et Ingram enregistra dûment une fois de plus la ridicule beauté de son beau-frère. Ses cheveux noir bleuté étaient légèrement gélifiés et son stupide T-shirt assez étroit pour démontrer à quel point son torse de quarante et quelques années était musclé.

« Tu t'amuses ? s'enquit Ivo. On se relaxe ?

– Fabuleux, dit Ingram. Y aurait pas quelque chose à se mettre sous la dent par hasard ? Je crève de faim.

– Qu'est-ce que tu penses de mon T-shirt ?

– Je pense que c'est hilarant. Tu ne devrais pas le quitter. Les gens vont se rouler de rire par terre.

– T'as rien compris, vieux.

– C'est aussi *vieux* que moi, espèce d'idiot. J'en ai vu un pareil au festival de l'île de Wight en 1968. C'est tellement démodé.

– Menteur.

– Pourquoi portes-tu ça, de toute façon ? T'es pas un peu périmé toi-même ?

– J'en ai fait imprimer cent mille. On va les vendre devant chaque club en Méditerranée cet été. De Lisbonne à Tel-Aviv. 10 euros pièce.

– Ne laisse surtout jamais personne t'empêcher de rêver, Ivo », conseilla Ingram.

Avant d'éclater d'un rire faux et creux, Ivo lui décocha un regard de haine pure, suivi d'une tape sur l'épaule, puis il s'éloigna. Ingram dégota quelques crackers durs, brillants, cassants, qu'il mâchonna jusqu'à ce qu'un chef cuisinier en uniforme blanc et toque assortie vînt annoncer en grand tralala que le dîner était servi.

Ils étaient vingt-quatre autour de la table de la salle à manger du rez-de-chaussée. Rudement serrés, pensa Ingram, mais désormais il s'en fichait, ayant avalé en vitesse son quatrième verre de vin durant l'attente interminable du plat de résistance. Cette abominable soirée avait ses limites, elle finirait, il partirait et il n'accepterait plus jamais une invitation à dîner d'Ivo pour le restant de ses jours. Cette pensée le consola et le soutint alors qu'il attendait la nourriture avec les autres convives, remarquant qu'il était placé le plus loin possible d'Ivo (Meredith était à la droite de son frère), entre une femme qui parlait à peine l'anglais et une des jolies filles boudeuses. Celle-ci avait fumé trois cigarettes depuis qu'elle s'était assise, et ils n'avaient eu jusqu'ici pour tout potage qu'un gaspacho pas assez glacé et hyper-aillé. Ingram consulta sa montre : 23 h 10. Il devait y avoir une sérieuse crise à la cuisine. Tiens, il était le seul homme autour de la table à porter une cravate. Puis il découvrit, étonné, qu'Ivo avait son portable à côté de son assiette et de son paquet de cigarettes. Dans sa propre maison, c'était vraiment triste. Tragique. Il se tourna vers la jolie boudeuse qui allumait sa quatrième cigarette.

« Êtes-vous une amie de Smika ? demanda-t-il.

– Non.

– Ah, une amie d'Ivo, alors.

– Ivo et moi sommes sortis ensemble un moment... »

Elle était visiblement furieuse qu'il n'arrive pas à la remettre.

« Ivo et moi avons séjourné chez vous et Meredith, dans votre maison de Deya.

– Vraiment ? Juste... Oui...

– Je m'appelle Gill John.

– Mais bien sûr ! Gill John, oui, oui, oui.

– Nous nous sommes rencontrés... une bonne douzaine de fois ? »

Ingram l'ensevelit sous ses excuses, blâma son âge, un Alzheimer menaçant, la fatigue, des crises affreuses au boulot. Il s'en souvenait à présent, vaguement : Gill John, mais oui, une des anciennes conquêtes d'Ivo, entre Ludivine et Smika. Il fréquentait toujours de jolies filles, Ivo – c'était un des bénéfices automatiques revenant à un homme ridiculement beau. Et Gill John était certainement jolie, même si son expression, sa tenue et son attitude semblaient exsuder l'amertume, comme si la vie l'avait constamment laissée tomber et qu'elle n'espérait pas que ça change.

« Ah, oui, ce bon vieil Ivo, dit Ingram, faute d'avoir la moindre idée de ce qu'il pourrait dire à cette femme marinant dans la colère et l'aigreur. Un garçon épatant, un chic type, Ivo.

– Ivo est un con, répliqua-t-elle. Pas un "brave garçon", ni un "chic type". Vous savez ça aussi bien que moi. »

Mais pourquoi êtes-vous là, à son anniversaire ? eut envie de rétorquer Ingram, mais il se contenta d'un : « Enfin, pas un con de première bourre. Troisième classe, à tout casser. Encore que, en qualité de beau-frère, je puisse être taxé de préjugés. »

Elle se retourna pour le regarder fixement. Des yeux pâles, un grand front, des lèvres un peu minces, peut-être.

« Vous venez juste de prouver que j'ai raison, dit-elle.

— Je ne comprends pas.

— À propos de ce qui unit tous les hommes. »

Elle se mit à rire, d'un air cynique, entendu.

— Je peux songer à quelques dénominateurs communs, répliqua Ingram se demandant soudain comment la conversation avait pris un tournant si abrupt. Mais pas celui auquel vous pensez, je présume.

— Le porno sur Internet.

— Pardon ?

— Le porno sur Internet unit tous les hommes. »

Ingram se laissa verser un autre verre de vin par un serveur en patrouille.

« Je pense que l'habitant moyen du Kalahari ne serait peut-être pas d'accord, dit-il.

— Très bien. Alors mettons tous les hommes occidentaux en possession d'un ordinateur.

— Mais, si vous n'avez pas d'ordinateur, vous faites quoi ? Votre affirmation "unit tous les hommes" a déjà perdu de sa force universelle. Vous pourriez aussi bien dire… » Il réfléchit un instant : « … Qu'est-ce qui unit tous les hommes qui possèdent des clubs de golf ? L'amour du golf ? Je ne crois pas. Certains possesseurs de clubs trouvent le golf assommant. »

Gill John alluma sa cinquième cigarette.

« Arrêtez vos salades, lança-t-elle.

– Ou bien, persista Ingram, plutôt content de son analogie, qu'est-ce qui unit tous les hommes qui ont un parapluie : la peur d'une averse ?

– Allez vous faire foutre, dit Gill John.

– En fait, la pornographie est assommante, c'est son défaut fondamental. Les femmes devraient s'en trouver réconfortées. »

Gill John le gifla – pas fort –, juste une petite tape vive du bout des doigts sur le menton et la lèvre inférieure. Puis elle lui tourna le dos. Ingram resta figé un instant, la lèvre brûlante. Chose étonnante : personne ne semblait avoir remarqué quoi que ce soit. Suivi de tous les regards affamés, Ivo venait de quitter la table pour aller voir ce qui se passait dans la cuisine. Ingram se tourna vers son autre voisine. Qui lui adressa un large sourire – qu'est-ce qui pouvait clocher là ? se demanda-t-il.

« *O Rio de Janeiro me encanta* », dit-il sans trop d'assurance. Sur quoi le portable d'Ivo se mit à sonner avec un air agaçant pris à un quelconque riff de heavy metal, tandis que son propriétaire réapparaissait.

« Désolé, les gars, lança-t-il à la compagnie, mais le tagine s'est effondré. On en a juste pour dix minutes de plus environ. » Il s'empara du téléphone : « Ivo Redcastle… » Il écouta : « Ouais, OK. » Il regarda Ingram avec irritation : « C'est pour toi. »

Ingram quitta sa chaise et fit le tour de la table en songeant : qui, nom de dieu, peut bien m'appeler sur le portable d'Ivo ? Meredith le contemplait, l'air pompette et surpris. Tout le monde bavardait, indifférent.

Ivo lui passa le téléphone. « Faudrait pas en faire une habitude, d'accord, Ingram ? »

Ingram prit le portable :

« Ingram Fryzer à l'appareil.

– Ingram. C'est Alfredo Rilke. »

Ingram se sentit soudain glacé. Il sortit vivement de la salle à manger pour aller dans le hall.

« Alfredo. Comment as-tu eu ce numéro ?

– J'ai appelé le tien. L'homme qui a répondu m'a dit que tu étais chez ton beau-frère.

– Je vois. (Le portable d'Ingram se trouvait dans son attaché-case dans la voiture dehors avec Luigi.)

– Je viens à Londres, annonça Rilke.

– Excellent. Parfait. Nous…

– Non, pas parfait. Nous avons un sérieux problème, Ingram.

– Je sais. La mort de Philip Wang nous pose…

– Avez-vous mis la main sur cet Adam Kindred ?

– Non. Pas encore. La police n'a pas pu…

– Il faut le retrouver. Je t'appelle en arrivant. »

Ils se dirent au revoir et Ingram éteignit le portable d'Ivo. Il se sentit tout petit soudain, petit et inquiet comme quand, enfant, les événements lui semblaient trop grands et trop adultes pour les comprendre. Qu'Alfredo Rilke l'appelât ici, chez Ivo, annonçait déjà de sérieux problèmes. Qu'Alfredo Rilke vienne à Londres ne faisait que souligner le sérieux de ces problèmes. Il avait beau faire travailler furieusement ses méninges, aucune explication n'en émergeait – sinon d'autres soucis, une masse de soucis. Pour la première fois, il avait l'impression de ne plus contrôler sa vie – comme si les événements étaient commandés par une force extérieure qu'il ne pouvait maîtriser. Ridicule, ressaisis-toi, se dit-il. La vie est remplie de crises – c'est normal –, celle-ci en est juste une de plus. Il jeta un œil par la porte ouverte dans la cuisine et, comme pour confirmer son analyse, il put considérer la crise que traversait pour l'instant son beau-frère en voyant le chef transférer les morceaux d'un tagine en détresse dans une cocotte orange. Il revint dans la salle à manger et rendit son portable à Ivo.

« À ton service, vieux, dit Ivo, peu gracieux.

– Meredith, il faut que nous partions, annonça Ingram calmement, et Meredith se leva aussitôt.

– Ah, les trouble-fête ! lança Ivo avec un mauvais accent américain.

– Pas un mot de plus, Ivo, dit Ingram en lui serrant l'épaule très fort. Continue juste à bien profiter de ta charmante soirée. »

## 13

La « Nouvelle Annexe » de la Brigade auxiliaire fluviale de Wapping, ainsi qu'elle était un rien pompeusement appelée, consistait en quatre grandes Portakabin installées sur un bout de terrain vague près de Wapping High Street, à Phoenix Stairs, où se trouvait maintenant une jetée d'acier étincelante, récemment édifiée. La jetée de Phoenix Stairs se situait à quelque cent mètres en aval du poste de police de la BAF à Wapping New Stairs, à presque égale distance des deux pubs de Wapping High Street, le « Captain Kidd » et le « Prospect of Whitby ». La BAF venait d'acquérir quatre vedettes neuves, des Targa 50, un peu plus petites, un peu plus rapides, mais avec la même timonerie spacieuse aménagée sur mesure que les anciennes Targa encore en activité. D'où cette expansion sur de nouveaux terrains et une nouvelle jetée, et d'où aussi, Rita supposait, son avancée éclair dans la division. Pas de raison d'avoir un plus gros budget et une flotte augmentée de quatre nouvelles unités s'il n'y avait personne pour les faire fonctionner.

Elle se sentait vaguement comme la nouvelle élève de la classe – la BAF était petite et très unie, il n'y avait guère de changement de personnel (une fois arrivé à la BAF, on y restait le plus souvent jusqu'à la retraite) –

et elle comportait fort peu de femmes. Jusqu'ici, au cours de ses quelques jours à Wapping, Rita n'en avait rencontré que deux.

Elle s'arrêta au bout de la jetée neuve avant de retourner au passage de Phoenix Stairs, contempla le fleuve en aval jusqu'à la masse des tours de Canary Wharf, et observa un jet décollant de City Airport, avant de porter son regard sur l'autre rive, vers les vastes bâtiments modernes de St Botolph's Hospital. On dirait une petite ville complète, pensa-t-elle, tout ce dont on a besoin – chauffage, nourriture, transports, tout-à-l'égout, respirateurs artificiels, morgue, pompes funèbres – est là : aucune nécessité d'en jamais partir.

Pensées morbides, à prohiber. Elle n'était pas de la meilleure des humeurs, elle le savait. Ce matin au petit déjeuner, son père s'était montré agressif au sujet de ses corn-flakes, et elle lui avait répondu méchamment. Sur quoi il l'avait accusée de faire la gueule… Ils commençaient à se disputer comme un vieux couple, et, elle s'en rendait compte, elle n'était pas heureuse de se retrouver seule – elle avait toujours eu des petits amis, des amants, et le célibat ne lui convenait pas. Elle n'avait même pas non plus tiré le moindre plaisir de son pot de départ ; son moral en avait pris un coup quand – en train de se refaire une beauté dans les toilettes pour dames – elle avait entendu deux hommes dehors dans le couloir parler d'elle. Elle avait reconnu la voix de Gary sans pouvoir identifier l'autre – la musique du bar la voilait à moitié.

Gary disait : « … Non, non. Tu comprends, on a rompu. »

Alors l'autre : « Dommage, ouais… (quelque chose d'inaudible) jolie fille, Rita. Juste mon type.

« – Ah oui ? Et quel type ça serait ? » s'était enquis Gary.

Rita était maintenant à la porte, l'oreille collée au battant.

« Gros seins, fine ossature, avait répliqué l'homme. Tu peux pas battre ça. Quel idiot tu es, Boland ! »

Ils avaient éclaté de rire et elle les avait entendus s'éloigner. Elle était sortie des toilettes pour aller droit au bar où Gary se trouvait, seul. Elle avait regardé autour : l'endroit était plein. Était-ce Duke ? Elle ne pouvait pas en être sûre. Mais ça l'avait mise en rogne et ça avait gâté son pot d'adieu. Chaque homme qu'elle accueillait, avec qui elle bavardait, par qui elle se laissait offrir un verre, auquel elle disait au revoir en jurant de garder le contact avant de lui faire un bisou, aurait pu être l'interlocuteur de Gary. Ce qui l'avait rendue méfiante et bizarrement consciente de l'étroitesse du T-shirt qu'elle avait choisi de porter pour la circonstance. Elle avait trop bu, sans beaucoup d'effet, et s'était réveillée vaseuse avec une gueule de bois de première.

Reprends-toi, s'ordonna-t-elle, dégoûtée de s'apitoyer ainsi sur elle-même, c'est pas la fin du monde, ma fille. Enfin, quoi – deux mecs qui la ramènent, rien de nouveau sous le soleil. Malgré tout, ce n'était jamais agréable de surprendre par hasard une conversation à votre sujet. Pas plus mal qu'elle n'ait pas pu voir leurs visages, ni aucun de leurs gestes…

Comme d'habitude, elle vérifia la solidité des amarres sur sa Targa flambant neuve, en re-embossa une, tourna le dos au fleuve, repartit d'un pas vif le long de la jetée, traversa l'étroite route pavée qu'était la grand-rue de Wapping et arriva à la nouvelle Annexe. Joey Raymouth était déjà là, rédigeant encore avec zèle ses notes sur la réunion d'information du matin, et ils se saluèrent brièvement mais chaleureusement – elle aimait bien Joey. Il lui avait été affecté pour l'aider pendant son premier mois sur le fleuve, lui servir de mentor. Son père était un pêcheur de Fowey, en Cornouailles, et il avait un léger accent du terroir.

« Ça va, Rita ? T'as l'air un peu tristounette. »

Elle se força à sourire largement : « Non, non. Pas de problème du tout. »

Il se leva et ils allèrent tous deux prendre leurs instructions auprès du sergent Denton Rollins – ex-Royal Navy, comme il ne cessait de le rappeler à ses subordonnés, sous-entendant lourdement qu'il ne comprenait toujours pas comment il avait pu tomber si bas.

Leur ordre du jour était très simple : vérifier les permis d'amarrage à Westminster et à Battersea, enquêter sur un incendie à bord d'un bateau à Chiswick et quelques vols sur des yachts dans la marina de Chelsea.

Raymouth prit de nouveau des notes tandis que Rollins énumérait les détails et que Rita regardait arriver des collègues. Le bruit des bavardages augmenta.

« Ah oui, dit Rollins. Un truc pour vous, Nashe. Un homme aurait tué un cygne à marée basse à côté du pont de Chelsea hier matin. Dans votre coin.

– Un cygne ?

– C'est illégal. Ne vous excitez pas à mort.

– Je ne suis dans le métier que pour la frime, sergent. »

Joey et elle retournèrent sur leur bateau et enfilèrent leur gilet de sauvetage. Joey parcourut sa check-list et démarra les moteurs pendant que Rita défaisait les amarres, les larguait et puis remontait à bord de la Targa qui s'écarta de la jetée pour gagner le milieu du fleuve.

À marée haute, la Tamise ressemblait à un vrai fleuve urbain – comme la Seine ou le Danube – large et plein, parfaitement adapté aux murs des berges, aux bâtiments sur chaque côté et à ses ponts. À marée basse, tout changeait : le niveau baissait de quatre à six mètres, les murs étaient exposés, les algues recouvraient les piliers des ponts désormais visibles, des plages et des bancs de boue apparaissaient et le fleuve prenait des airs de Limpopo ou de Zambèze en temps de sécheresse. La ville aussi souffrait alors esthétiquement, mais ce matin, la Tamise débordait presque, et Rita sentit son humeur maussade s'effacer et son cœur battre de plaisir. Voilà pourquoi elle s'était fait muter à la BAF, se dit-elle en ramassant les épaisses défenses de caoutchouc tandis que Joey accélérait, les deux gros moteurs Volvo pétaradant dans un rugissement sourd, pour remonter en direction du Tower Bridge, avec Bermondsey à bâbord. La lumière matinale faisait briller effrontément les fenêtres des immeubles de bureaux de la City et la brise soufflait dans ses cheveux. L'*HMS Belfast* surgit à l'avant, puis le London Bridge, la Tate Modern, le Globe Theatre. Quelle manière de gagner sa vie ! Les deux mains sur le bastingage, Rita assura son équilibre alors que Joey mettait la gomme. L'écume de leur vague d'étrave était d'un blanc presque indécent, des gouttes du fleuve rebondissaient sur son visage offert. Elle garda cette position un instant, inspirant profondément, sentant la tête lui tourner, avant de descendre dans la kitchenette préparer deux chopes de thé noir.

Les circonstances de l'incendie de Chiswick étaient curieuses. Laissé sans surveillance, un barbecue sur le pont d'une vedette avait produit des étincelles qui avaient provoqué à leur tour plusieurs petits incendies sur les embarcations amarrées à couple. Des plaintes allaient être déposées. Joey et Rita interrogèrent des propriétaires de yacht furibards et enregistrèrent les détails, mais le cuisinier négligent avait disparu. Sa vedette était à présent à moitié brûlée, noyée jusqu'au plat-bord sous le poids de l'eau déversée par les pompiers. Selon les divers récits fournis par les témoins, il semblait que l'homme, après avoir allumé le barbecue, se soit violemment engueulé avec sa petite amie qui s'était enfuie et qu'il avait poursuivie, oubliant leur déjeuner du dimanche bientôt carbonisé. Joey était parfaitement sûr qu'il était de toute façon interdit de faire un barbecue sur un bateau à quai – pas de flammes nues. En tout cas, ils avaient les coordonnées du type – la police de Chiswick le retrouverait et le sommerait d'enlever dans les sept jours ce qui restait de sa vedette sous peine de sanctions supplémentaires.

En remontant vers Chiswick, ils étaient passés devant le *Bellerophon* et Rita avait donné un coup de klaxon mais sans susciter signe de vie sur le pont. En fait, au cours de sa douzaine de passages depuis ses débuts à la BAF, elle n'avait jamais aperçu son père. Il boudait à l'intérieur, elle le savait : d'une certaine manière, son nouveau poste à la police fluviale l'irritait plus que de la savoir en train de faire des rondes à Chelsea et ailleurs. Tant pis, elle était heureuse, elle adorait son nouveau job, il s'y ferait un jour ou l'autre. À lui de voir.

Alors qu'au retour, descendant pratiquement avec la marée, ils passaient sous l'Albert Bridge, Rita se rappela que Rollins lui avait parlé d'un homme qui avait tué un cygne ; elle le mentionna à Joey qui mit le cap sur les marches de Grosvenor College, côté Chelsea.

« Vas-y voir, Rita, dit-il. Moi, je rédigerai mon rapport sur le grand incendie du barbecue de Chiswick. »

De nouveau en terrain connu, elle prit d'un bon pas l'Embankment, longea le Royal Hospital (où toutes les tentes du Flower Show étaient maintenant démontées) et s'arrêta devant le portail d'un petit triangle de terrain vague, à l'ouest du pont de Chelsea. Combien de fois était-elle passée par ici sans jamais remarquer cet endroit ? Le type qui s'était plaint par téléphone avait traversé le pont avant de voir l'homme avec le cygne, de sorte que la plage, en tant que telle, devait se situer de ce côté. Le portail était fermé, Rita escalada la grille et descendit les quelques marches menant au fleuve. Au pied du pont, elle découvrit les graffitis habituels et un ramassis de préservatifs, seringues, canettes de bière et bouteilles. Par-dessus le bord du muret de l'Embankment, elle apercevait la petite plage de boue exposée par la marée descendante. Elle regarda en aval – de la plage, elle pourrait presque voir le *Bellerophon*. Qui donc s'amuserait à tuer un cygne ? Et pourquoi ? Un drogué dans les vapes ? Un ivrogne se réveillant soudain, faisant le malin devant ses copains ? Elle s'écarta du pont, s'avança à travers les buissons et les branches basses vers le sommet du triangle. Le sous-bois était dense : une petite tranche de jungle folle dans la douce Chelsea. Elle se courba pour passer sous un platane, contourna prudemment un houx, s'insinua souplement entre des rhododendrons – et s'arrêta net.

Une petite clairière. De l'herbe piétinée, de l'herbe aplatie. Trois pneus empilés pour former un siège. De dessous un buisson, Rita tira un sac de couchage et un tapis de sol sale, et découvrit sous un autre un cageot contenant un réchaud à gaz et une casserole. Elle remit le tout en place. Agenouillée, elle trouva des plumes et des traces de brûlure sur de longues tiges d'herbe. Des plumes de mouette et pas de cygne. Pour certaines personnes, tous les grands oiseaux blancs étaient pareils. Elle se releva : quelqu'un avait ici, récemment, tué, plumé et sans doute mangé une mouette. Elle regarda autour d'elle : elle était parfaitement cachée de l'Embankment et de tout ce qui traversait le pont de Chelsea. Entre deux buissons, on avait vue sur le fleuve, mais à bord d'un bateau de passage on n'aurait pas pu distinguer quoi que ce fût. Elle continua à chercher sans trouver rien de plus que des ordures apportées par le vent – à l'évidence, personne ne venait jamais dans ce coin du triangle. Celui qui avait séjourné là avait été complètement à l'abri de tout œil inquisiteur.

Elle reprit le chemin de la route en songeant : « avait séjourné ? » Peut-être était-ce à mettre au présent ? Ce site ne suggérait pas un sans-abri quelconque s'installant ici pour une nuit ou deux – mais plutôt une planque. Quelqu'un se cachait dans ce triangle de jungle près du pont de Chelsea, quelqu'un d'assez désespéré pour, un beau matin à l'aube, attraper et manger une mouette. Ça valait peut-être la peine de revenir un soir et de fouiller l'endroit – voir qui ou ce qu'on pourrait y découvrir. Elle en parlerait à Rollins. C'était leur affaire, après tout, le meurtre d'un « cygne » sur la Tamise était du ressort de la BAF.

# 14

La lumière du côté ouest de la cité Shaftesbury était d'un bleu laiteux. Le soleil du petit matin éclairait le briquetage du plus haut étage – le sixième – et entamait sa lente descente sur la façade des cinq autres en jetant des ombres géométriques aiguës qui donnaient aux immeubles un air sévère, mais en même temps d'une austérité sculpturale : exactement l'ambition qu'avait en tête l'architecte Gerald Golupin (1898-1969) quand il avait dessiné son projet visionnaire pour cet ensemble de logements sociaux dans les années cinquante, jusqu'à ce que quelqu'un, à son éternel chagrin, l'ait baptisé la cité Shaftesbury (Golupin avait proposé un terme plus bauhaussien – Modular 9, en référence à ses neuf immeubles et ses trois larges quadrilatères – sans succès). Le Shaft, sous certains éclairages, pouvait encore paraître d'une impressionnante sévérité : arêtes abruptes, volumétrie imposante, un mélange triomphal de forme et de fonction – tant qu'on n'y regardait pas de trop près.

Mhouse, bien entendu, ne pensait à rien de la sorte en montant péniblement l'escalier menant à l'appartement L – le sien – niveau 3, unité 14. Elle était fatiguée : elle avait bu plein d'alcool et sniffé beaucoup de cocaïne tout en se livrant à quantité de performances sexuelles avec deux types – ils s'appelaient comment déjà ? En

132

tout cas, elle avait 200 livres pliées dans la semelle de sa botte en vinyle blanc. Ç'avait été une des « spéciales Margo ». Margo et elle s'étaient pointées à minuit dans cet hôtel de Baker Street où deux hommes les attendaient dans une chambre double (avec une jolie salle de bains) – Ramzan et Suleiman, c'est ça – et la longue nuit avait commencé. Ramzan et Suleiman, ouais c'est bien ça, des vieux mecs mais propres – et qui était qui ?

Heureusement, Margo l'avait appelée à l'heure du déjeuner et elle avait donc pu parquer Ly-on chez sa voisine, Mrs Darling, toujours contente de veiller sur Ly-on (Mhouse lui refilait un billet de 5 livres) mais ça ne se faisait pas instantanément, elle avait besoin au moins de quelques heures de préavis.

Mhouse pressa la sonnette et, au bout de deux minutes, Mrs Darling ouvrit. La soixantaine, un gros corps déformé et une mince couronne de cheveux teints auburn. Et pas de dents de devant.

« Oh, bonjour Mhouse ma douce, dit-elle. Fatiguée, hein ?

– Ces équipes de nuit, ça tue, Mrs D.

– Faut te plaindre – la manière dont cette usine vous traite, vous les gens. Pourquoi ne peuvent-ils pas emballer les légumes à une heure décente ?

– C'est à cause des marchés du matin, vous comprenez ?

– Enfin, ça permet de gagner sa vie, je suppose, à notre triste époque. Voilà le petiot. »

Mhouse s'accroupit pour embrasser le visage de son fils, encore pâle de fatigue, tiré trop tôt de son lit.

« Bonjour, bébé, dit Mhouse. T'as été gentil ?

– Pas un bruit. Il a dormi comme une bûche, le petit agneau. »

133

Mhouse tendit son billet de 5 livres.

« À ta disposition, chérie, dit Mrs Darling, c'est un petit bonhomme si calme et si bien élevé. »

Elle se tut, passa la main dans les cheveux de Ly-on puis regarda Mhouse droit dans les yeux :

« Je ne t'ai pas beaucoup vue à l'église, récemment.

– Je sais, je sais. Faut que j'y aille. Peut-être demain.

– Dieu t'aime, Mhouse, ne l'oublie jamais. Il ne nous aime pas tous mais il nous aime, toi et moi. »

Mhouse emmena Ly-on le long du corridor jusqu'à leur appartement et ouvrit la porte. Elle mit la bouilloire sur le feu pour se faire une tasse de thé puis l'éteignit. Elle sentait le sommeil lui tomber dessus à la vitesse de la nuit, une fatigue si aiguë qu'elle n'arrivait plus à se tenir debout.

Ly-on avait allumé la télévision et zappait les chaînes à la recherche d'un dessin animé.

« Tu veux des happy-flakes, bébé ? lui demanda-t-elle (pensant : dis oui, je t'en prie).

– Ouais, Maman.

– Ouais Maman quoi ?

– S'il te plaît happy-flakes moi. »

Mhouse remplit un bol de Frosties, ajouta du lait et quelques cuillerées de rhum. Puis elle écrasa un Diazépam de 10 mg sous la lame d'un couteau, en saupoudra les corn-flakes et les tendit à Ly-on maintenant lové dans un nid de coussins par terre devant la télévision. Elle s'assit à côté de lui et le regarda manger ses happy-flakes. Quand il eut terminé, elle lui prit le bol des mains et le fourra dans l'évier avec le reste de la vaisselle. Elle glissa ses 200 livres sous les lattes du plancher des toilettes et, en sortant, constata que Ly-on dormait déjà à poings fermés. Elle baissa le son de la télé, installa l'enfant plus confortablement sur les coussins puis s'en alla dans sa chambre, prit deux Somnola et fuma un joint – elle voulait roupiller douze heures, minimum.

Elle se réveilla à 4 heures de l'après-midi. Ly-on dormait encore mais il avait fait pipi sur lui.

Ce soir-là, Mr-Quality-c'est-moi frappa à la porte vers 20 heures.

« Qui est-ce ? demanda Mhouse par la fente de la boîte aux lettres.

– Ici, Quality.

– Hé, Mr Q., entrez donc », dit-elle en ouvrant la porte.

Mr Quality était peut-être l'homme le plus important du Shaft, pour toutes sortes de raisons rarement entachées de violence. Aucun de ceux amenés à traiter avec Mr Quality ne souhaitait le mettre en colère ce qui fait qu'il ne recourait que très rarement à la force pure. Il était très grand et maigre et Mhouse savait que son vrai nom était Abdul-Latif. Il entra dans la pièce l'air d'être deux fois plus grand que Mhouse, et n'importe qui aurait pu croire qu'il allait faire du jogging car il portait un survêtement marron foncé et des baskets neuves fraîchement sorties de leur emballage. La seule note discordante était les bagues d'argent à chacun de ses huit doigts et de ses deux pouces.

Nonchalamment appuyé contre le mur de la cuisine, Mr Quality regardait autour de lui avec un air de propriétaire – c'était son appart, après tout. Il s'appuyait toujours nonchalamment, Mr Quality, pensa Mhouse, comme s'il croyait que ça le ferait paraître moins immense.

« Hé. Ly-on, vieux. Comment ça roule ? »

Ly-on leva les yeux de sa télé.

« Bien. Comme une voiture neuve.

– Joli joli, gloussa Mr Quality. Garde-toi au frais, vieux. »

Mhouse lui fit signe d'approcher, à l'écart de Ly-on. « On en est où ? demanda-t-elle.

– Télé-satellite, loyer, gaz, eau, électric…, réfléchit-il. 285 livres, je dirais. »

Il lui sourit, exhibant de petites dents blanches parfaites dans des gencives tachetées de rose et de brun.

« T'as problèmes ?

– Non, non, répondit Mhouse (pensant : merci mon dieu pour Ramzan et Suleiman). Tout baigne. Parfois la lumière se barre mais je sais que c'est pas ta faute.

– L'électrique il est difficile. On a beaucoup de problèmes. Gaz facile, eau facile, mais électrique… (Il cligna de l'œil, d'un air entendu.) Nous on est tués par les wahallah. Ils nous chassent – ah-ah.

– Ouais. Les salauds. »

Elle alla chercher son magot dans les toilettes puis fit semblant de fouiller dans la boîte en carton près de son lit, ouvrit et ferma les portes du placard avant de revenir avec les 285 livres. Ce qui la laissait avec 30 livres – et elle devait à Margo… il lui faudrait ressortir ce soir. Enfin, le bon truc avec Mr Quality c'est qu'il pouvait vous fournir n'importe quoi – tant que vous aviez de l'argent. Chez Mhouse, le gaz, l'eau et l'électricité avaient été coupés depuis des mois mais Mr Quality l'avait reconnectée en quelques heures. De temps en temps, Mr Quality la payait pour une séance de baise – enfin la « payait » dans le sens où il lui offrait toujours de l'argent qu'elle refusait. Elle lui remit les 285 livres, après quoi Mr Quality se promena dans l'appartement, vérifiant bien tout comme s'il avait l'intention d'acheter les lieux. Mhouse les gardait aussi propres que possible – elle avait très peu de meubles mais elle possédait un balai et balayait toujours consciencieusement le plancher.

« T'as une chambre de libre, ici », remarqua Mr Quality en ouvrant la porte de la seconde pièce.

Un matelas gisait sur le sol, au milieu de quelques cartons remplis de vieux jouets et de vêtements.

« Je peux te trouver un locataire – 20 livres la semaine. Pas de souci, une gentille personne bien propre. Un asylum, pas parler anglais.

– Non, ça va bien pour le moment. Je suis occupée, les affaires sont bonnes, répliqua-t-elle en essayant de paraître très naturelle. Les choses sont OK, ça va bien. Ouais, bien.

– Tu me tiens au courant.

– Ouais, pour sûr. Merci, Mr Q. »

Après le départ de Mr Quality, elle fit dîner Ly-on : purée de bananes et lait concentré avec une giclée de rhum. Elle écrasa un Somnola et le mélangea bien à la mixture avec une fourchette.

« Maman doit aller travailler ce soir, dit-elle en lui tendant le bol.

– Maman travaille trop beaucoup, se plaignit-il en enfournant dans sa bouche une cuillerée de sa pâtée.

– Va aux toilettes si tu as besoin de pipi. Ne fais pas dans ton pantalon.

– Maman, ne dis pas ça. »

Il avait l'œil fixé sur l'écran.

Elle l'embrassa sur le front et alla se mettre en tenue de travail. Pas de raison d'attendre, pensa-t-elle, autant se procurer du cash aussi vite que possible. Elle enfila un T-shirt à manches courtes avec un cœur rouge au milieu de la poitrine, se tortilla pour entrer dans sa mini-jupe, remonta la fermeture Éclair de ses bottes blanches, prit son parapluie, vérifia la présence de préservatifs dans son sac et accrocha ses clés à la longue chaîne de sa ceinture. Elle referma la porte sur un Ly-on endormi – elle reviendrait d'ici à peu près une heure, à son avis, pas besoin d'alerter Mrs Darling – et elle s'engagea dans le couloir en direction de l'escalier.

Alors qu'elle quittait le Shaft pour gagner Rotherhithe et son terrain de chasse habituel, elle vit un taxi noir s'arrêter, tous phares éteints, le long du trottoir. Personne n'en sortit pendant une minute ou deux. Qui avait bien pu commander un taxi normal au Shaft ? se demanda-t-elle en s'avançant vers lui. Gonflé, l'idiot !

Le chauffeur descendit au moment où elle passait devant la voiture – un gros mec, une sale gueule avec un menton fuyant, fendu. Elle jeta un coup d'œil en arrière pour découvrir où il allait et le vit fermer la portière de son taxi et pénétrer dans la cité.

# 15

Le vet' avait été – quel était le mot ? – méprisant, oui, presque méprisant quand Jonjo lui avait décrit le régime alimentaire du Chien. C'était un jeune type avec un carré de barbe sous sa lèvre inférieure et un seul pendant d'oreille – ce que Jonjo ne s'attendait pas à voir sur un chirurgien vétérinaire de Newham.

« Il mange à peu près ce que je mange, avait expliqué posément Jonjo. J'ai tendance à cuisiner pour deux : œufs brouillés au bacon, curry, saucisses et pâtés de porc en croûte – il est très friand des pâtés de porc en croûte –, biscuits, chips, une petite barre de chocolat...

– Vous avez là un basset de race, dit le vet'. On croirait vraiment que vous essayez de le tuer. »

Jonjo n'avait pas pipé mot pendant que le vet' lui passait un savon pour sa négligence, lui indiquait la sorte de nourriture que Le Chien devrait avoir, et lui dressait une liste sur une feuille de papier qu'il lui tendit. Petit salaud prétentieux.

Il palpa sa poche de poitrine et sentit le froissement de la liste du vet' pliée en quatre. L'arrière de son taxi était plein de boîtes de nourriture pour chiens, de sacs de biscuits pour chiens et de suppléments fibreux ; il y avait aussi des pilules, des suppositoires et autres genres de médicaments au cas où apparaîtraient certains symptômes ou surgiraient diverses complications. Foutrement coûteux aussi. Il passerait tout ça à Candy demain matin. Peut-être ferait-il mieux de rendre Le Chien à sa sœur…

Il sortit du taxi, le verrouilla et contempla les grands immeubles de la cité Shaftesbury. Il pointa sa checklist : le petit Beretta Tomcat entre ses omoplates, bien au chaud dans un truc bricolé par lui-même ; le plus gros colt 1911 45 acp dans un étui au bas de son dos, des balles dans le chargeur, armé et bloqué, le couteau attaché juste au-dessus de la cheville gauche. Son grand blouson de cuir dissimulait parfaitement le contour de ses armes. Il portait aussi des jeans larges bleu pâle délavés et des grosses bottines à bout d'acier. Il remua les épaules, se dégagea le cou, se rappelant la dernière fois où il avait connu cette poussée d'adrénaline : quand il avait frappé à la porte du Dr Philip Wang, dans Ann Boleyn House.

Il pénétra dans la cité totalement calme, sans la moindre crainte, prêt à tout.

Il entendait la voix du sergent Snell à son oreille : « Les Trois Sur, bande de cons ! » Sur-armer. Sur-réagir. Sur-massacrer. Numéro 1 : on n'a jamais assez d'armes. Numéro 2 : quelqu'un vous traite de quelque chose – vous l'assommez raide par terre. Numéro 3 : vous ne vous contentez pas de descendre un type, vous le laissez handicapé à mort. Quelqu'un essaye de vous frapper, vous le tuez. Quelqu'un essaye de vous tuer, vous détruisez sa famille, sa maison, son village. Snell s'assurait toujours que vous aviez bien saisi le tableau. Certes, ces instructions étaient faites pour les zones de combats violents, mais Jonjo les avait toujours considérées comme bonnes pour la vie en général et, dans l'ensemble, appliquer les Trois Sur lui avait bien rendu service ; seules quelques-unes de ses sur-réactions lui avaient causé problème avec les flics – lesquels, une fois instruits de ses antécédents, avaient tendance à se montrer compréhensifs.

Un œil sur les parages, Jonjo traversa la boue sèche craquelée d'une cour centrale dépourvue d'herbe. Il se trouvait au milieu d'un vaste quadrilatère entouré de quatre immeubles de la cité. Il vit des arbustes cassés, une machine à laver, porte béante et intérieur arraché, des murs et des fenêtres couverts de graffitis. Accoudés aux balustrades en béton des différents étages, cigarette au bec, des gens le regardaient.

On devrait raser complètement ces endroits, pensa Jonjo, et les remplacer par des maisons construites pour une population convenable. Ramasser toute la racaille qui vit ici, l'abattre comme du bétail avec des produits adéquats, brûler les cadavres et jeter les cendres dans des décharges publiques. La criminalité diminuerait de 99 %, les familles ne se feraient plus de souci, les gamins pourraient jouer à saute-mouton dans la rue, les fleurs fleuriraient de nouveau dans les jardins.

Assises sur un banc, trois gamines se partageaient une cigarette. En approchant, Jonjo s'aperçut qu'elles n'étaient pas si petites que ça – juste pas très grandes. Onze ans ? Ou dix-huit ?

« Hello, mesdames ! lança-t-il, souriant. Je me demandais si vous pourriez m'aider.

– Va te faire foutre, pédéfile.

– Quel est le nom du caïd, par ici ? Qui commande dans le coin, vous savez ? Le gangster numéro un ? Je vous refile cinq tickets si vous me le dites.

– Donne-m'en dix et j'te fouette à mort, répliqua une des filles, celle avec de l'acné.

141

– Donne-m'en dix, renchérit une autre, une grosse, et t'auras la meilleure pipe de ta vie. »

Sur quoi, elles éclatèrent toutes trois de rire, gloussèrent comme des idiotes, en se poussant du coude. Jonjo demeura impassible.

« Qui est le mec au top dans le Shaft, hein ? J'ai un boulot pour lui. Y sera drôlement en rogne si vous ne me dites pas. »

Les filles chuchotèrent entre elles puis Acné déclara : « On sait pas. »

Jonjo sortit un billet de 20 livres de sa poche et le laissa tomber par terre. Il tourna le dos aux filles et mit le pied sur le billet.

« Voilà comment on fait, dit-il. Je vous ai pas donné ça, vous l'avez trouvé. Il me faut juste un nom et une adresse puis je m'en vais et je ne saurai pas qui a parlé. Personne ne saura. Dites-moi, c'est tout et ne déconnez pas, d'accord ? Parce que je reviendrai et je vous retrouverai. »

Il croisa les bras et attendit. Au bout de vingt secondes, une des filles lâcha : « Bozzy, appart B1, unité 17. »

Jonjo s'éloigna sans regarder derrière lui.


Jonjo suivit les flèches vers l'unité 17 et découvrit l'appartement B1 – à l'abandon, au rez-de-chaussée, les fenêtres calfeutrées. Un instant, il se demanda si ces petites salopes l'avaient possédé mais il s'aperçut alors qu'il n'y avait pas de cadenas sur la porte et, en jetant un œil à travers une fente dans la planche d'une fenêtre, il se rendit compte qu'il y avait de la lumière à l'intérieur.

Il sortit le 1911 de son étui au bas de son dos et le prit en main, crosse en avant. Puis il frappa à la porte.

« Bozzy ! appela-t-il d'une voix anxieuse. J'ai besoin de voir Bozzy. J'ai de l'argent pour lui. » Il frappa de nouveau : « J'ai de l'argent pour Bozzy. »

Au bout d'un moment, il entendit qu'on tirait des verrous, la porte s'ouvrit sur quinze centimètres et un visage fatigué, ravagé, apparut.

« Donne-moi l'argent. Je le donne à Bozzy. »

Jonjo écrasa son revolver à plat sur la gueule du type qui s'écroula en hurlant. Tenant son arme à deux mains, Jonjo franchit la porte en une seconde et posa sa grosse bottine sur la gorge de l'homme ; lequel avait le nez cassé, de travers, et crachait un peu de sang.

« Relaxe. Comme tu peux sans doute le voir, je ne suis pas de la police, dit Jonjo d'un ton calme. Je veux seulement parler à Bozzy. »

La pièce était remplie de fumée et l'étrange odeur de corde brûlée heurta les narines de Jonjo. Il distingua deux fauteuils défoncés sales, trois matelas tachés, des bouteilles vides, un amas d'emballages alimentaires et de barquettes en alu et, à sa vague surprise, des moitiés de citrons pressés. Trois autres jeunes types se mettaient lentement debout, hébétés.

« Couchez-vous par terre, ordonna Jonjo en pointant son revolver tour à tour sur chacun. À plat ventre. Les mains derrière la tête. Je veux juste une petite conversation avec Bozzy et puis je fous le camp. »

Il sourit tandis que les trois jeunes obtempéraient. Il ôta son godillot du visage du renifleur et, de quelques petits coups de l'orteil, l'encouragea à se retourner aussi.

« Bon, alors… lequel est Bozzy ?

— C'est moi, dit un type grassouillet avec un visage rougeaud.

— T'as intérêt à être Bozzy, vieux, dit Jonjo. Autrement t'es drôlement dans la merde.

– Je suis Bozzy. Et toi t'es mort, mec. Je connais ta gueule maintenant. T'es mort. »

Rapidement, Jonjo frappa les autres types à plat ventre, très fort dans les côtes avec le bout d'acier de ses bottines. Il sentit les os céder, s'écarter, se fendre, s'écraser. Les hommes hurlèrent en se roulant de douleur. Chaque fois qu'au cours des trois prochains mois ils tousseront ou éternueront, ils se rappelleront à mon bon souvenir, constata Jonjo avec satisfaction, chaque fois qu'ils se tireront du lit ou essaieront d'attraper quelque chose, ils penseront à moi.

« Sortez, dit-il. Tout de suite. »

Ils sortirent lentement, pliés en deux, prudemment, se tenant les flancs comme des vieillards tandis que Jonjo les gardait sous la menace de son revolver. Puis il verrouilla la porte derrière eux et se tourna vers Bozzy. Il prit dans sa poche des menottes en plastique, entrava d'abord les chevilles puis y attacha le poignet gauche de Bozzy avant de hisser l'homme en position assise.

« Tout ceci est très simple, Boz, mon vieux copain », dit-il en sortant son couteau de son étui.

Il s'empara de la main libre de Bozzy et, d'un geste vif, lui coupa la peau entre le majeur et l'annulaire, juste une petite coupure d'un centimètre de profondeur.

« Putain ! » hurla Bozzy.

Jonjo laissa tomber son couteau pour saisir fermement dans ses poignets les deux doigts de chaque côté de la coupure d'où jaillissait maintenant le sang.

« On pratiquait beaucoup ça en Afghanistan, dit Jonjo. Les mecs d'Al-Qaida prétendaient qu'ils ne l'ouvriraient jamais mais ils finissaient toujours par le faire. »

Il vit que Bozzy n'avait pas l'air de comprendre.

« T'as pas entendu parler d'Al-Qaida ?

– Non. Qui c'est ?

– OK. C'est des durs d'enculés. Cent mille fois plus durs que toi. On leur faisait ça pour les faire parler : on coupe entre les doigts puis on déchire la main en deux jusqu'au poignet. »

Il tira un peu – Bozzy hurla.

« C'est comme déchirer un chiffon ou un drap. Y a que l'os du poignet pour arrêter mais déjà t'as plus de main – t'as une nageoire. Et on peut pas la réparer, aucun toubib ne peut. Si tu ne me racontes pas ce que je veux savoir, je déchire cette main en deux. Et si tu continues à ne rien me dire, je déchirerai ton autre main. Et alors tu boiras ta bière avec une paille pour le restant de ta vie et il faudra que quelqu'un t'aide à pisser.

– Qu'est-ce que tu veux savoir ? »

Jonjo sourit : « Je parie, je me parie à moi-même que t'as attaqué un type la semaine dernière dans la cité. Il s'appelait Adam Kindred. Tu as volé son portable et quelqu'un l'a utilisé.

– J'ai volé dix téléphones la semaine dernière, mec.

– Ce type était différent. Tu dois t'en souvenir.

– On se fait des tas de cocos. Je peux pas me rappeler l'un de l'autre.

– Tu devrais te rappeler celui-là. Pas ton genre de zig habituel. Que s'est-il passé ? »

Jonjo tira doucement sur les doigts de Bozzy.

« Ouais – aïe – ouais… On lui a sauté sur le dos. Il est tombé par terre sans connaissance, on lui a tout fauché. On l'a laissé sous l'escalier, je pensais qu'il était peut-être bousillé. Mais quand on est revenus, une demi-heure après, il était parti.

– Parti ? Il s'était tiré ?

– On l'avait laissé sur le carreau, mec. De la chair à pâté.

– Quelqu'un a dû l'aider.

– Probable.

– Où est le téléphone ?

– Je l'ai vendu.

– Récupère-le. Qui a pu l'aider ?

– Quelqu'un dans la cité. Il était tard. Y avait que des gens de la cité dans le coin. C'est comme ça que je me rappelle ce type. Il était complètement paumé.

– Trouve qui l'a aidé », ordonna Jonjo en lâchant la main de Bozzy.

Il ramassa son couteau et coupa les menottes en plastique qui enserraient les chevilles et le poignet. « Appelle-moi. » Il lui tendit un bout de papier avec son numéro de portable.

« Appelle-moi d'ici une semaine. T'auras 1 000 livres si tu me trouves la personne qui l'a aidé, 1 000 livres. »

Il jeta par terre deux billets de 20 livres.

– Si tu ne m'appelles pas, je reviendrai te trouver. Je te couperai la tête pour l'envoyer à ta putain de droguée de mère. Tu m'as compris ?

– Compris, frère. Compris complet. »

Jonjo tira le verrou de la porte et s'enfonça dans la nuit.

# 16

Adam se rendit à pied de Chelsea à Southwark. Il traversa le pont de Chelsea vers Battersea, puis contourna la centrale électrique et marcha le long du fleuve pour la plus grande partie du trajet. Il avait sur lui son mini-plan des rues mais il arrêta quand même des gens – des pauvres gens comme lui – pour demander son chemin. On le guida au-delà de Lambeth Palace et du National Theatre, sur Bankside et sous le London Bridge jusqu'à Southwark. Quelque chose le poussait là-bas, un besoin inconscient – il n'était pas certain que ce fût sage mais il se sentait plus ou moins dans l'obligation d'y aller. Peut-être était-ce parce que Mhouse – son sauveur et son bourreau – l'avait suggéré. Il se disait que si, tout en l'attaquant, elle avait lâché le nom de ce sanctuaire potentiel, c'est qu'elle reconnaissait l'état d'urgence et de désespoir dans lequel il se trouvait. La croûte sur son front due à la semelle de basket était enfin tombée, ne laissant qu'une vague trace rosée. C'était le bon moment – et c'était aussi, il le savait, quelque chose qu'il devait faire.

Dans Southwark Street, il demanda à quelques passants s'ils avaient entendu parler de l'église de John Christ. On le corrigea plusieurs fois : « Vous voulez dire Jésus Christ », et il fut expédié à deux reprises en direction de la cathédrale de Southwark. Finalement quelqu'un lui expliqua qu'il y avait une drôle de chapelle sur Tooley Street, près du fleuve, à côté du Unicorn Passage, et il prit par là, se rendant compte qu'il quittait Southwark pour Bermondsey.

Dans Tooley Street, quelques affichettes collées aux descentes de gouttière et aux panneaux de signalisation indiquaient avec des flèches : « Église de John Christ, tout droit » – et Adam s'enfonça plus à l'est, le long de Jamaica Road, tourna à gauche puis à droite, suivant affiches et flèches avant d'arriver enfin à destination – au bord du fleuve.

On aurait dit un vieil entrepôt de l'autre siècle : façade de briques, sans fenêtres, mais doté de grandes portes en bois coulissantes. Derrière, l'eau brune du fleuve. Au-dessus des portes, imprimé en lettres de plastique brillantes – bleues sur fond blanc : ÉGLISE DE JOHN CHRIST FOND. 1998. Et au-dessous : LE RÉV. YEMI THOMPSON-GBEHO, ARCHEVÊQUE. PASTEUR ET FONDATEUR. Et, au-dessous encore, les promesses : AUCUN PÉCHÉ NE DURE et TOUS LES PÉCHÉS SONT PARDONNÉS.

Il y avait une petite porte au milieu du grand panneau coulissant. Adam y frappa, attendit une minute, frappa encore, attendit une autre minute, et se préparait à partir quand une voix de femme le héla : « C'était vous, mon ami ? »

Il se retourna. Une dame d'un certain âge avec une mince tignasse auburn tirant sur le carotte, et pas d'incisives, se tenait debout, souriante, sur le seuil de la petite porte avec une chope de thé fumante à la main.

« On m'a dit que je pourrais trouver de l'aide ici, expliqua Adam.

– Dieu y pourvoira, chéri. Le service commence à 18 heures. À tout de suite. »

Elle referma la porte, Adam repartit vers Tooley Street et demanda l'heure à quelqu'un – 16 h 30. Autant attendre. Il avait faim, ses pieds souffraient de leurs deux nuits dans les chaussures de golf trop étroites. Après s'être donné la peine de venir jusqu'ici, autant voir ce qu'on lui offrait. Il découvrit une entrée barricadée à côté d'un magasin de journaux et s'installa sur les marches pour y attendre l'ouverture de l'église. Il ferma les yeux avec l'espoir de somnoler quelques minutes, heureux de placer sa confiance en John Christ, qui qu'il fût.

Mais il ne put s'assoupir : en face, de l'autre côté de la rue, il y avait une agence immobilière et il regarda une fille rondelette en tailleur gris pâle et aux très hauts talons en sortir et allumer une cigarette. Elle envoya sa fumée en l'air par-dessus son épaule comme pour ne pas gêner un interlocuteur invisible – un non-fumeur invisible. Exactement à la manière de Fairfield Springer, constata Adam avec un certain choc – c'était exactement ainsi que Fairfield fumait. Un sentiment glacial de culpabilité l'envahit, associé à un autre qu'il décida d'appeler remords plutôt qu'auto-apitoiement. Il revit Fairfield – son épaisse chevelure blond paille, ses lunettes autoritaires cerclées de noir. Elle avait un joli visage, mais la masse des cheveux et les lunettes vous empêchaient de le remarquer avant une minute ou deux.

Au cours de leurs deux rencontres intimes – un acte sexuel et un dîner trois jours plus tard –, elle avait fumé une cigarette exactement comme cette fille devant une agence immobilière de Bermondsey, soufflant la fumée par-dessus son épaule droite, par considération à l'égard du non-fumeur qui l'accompagnait.

Songer à Fairfield le ramena inexorablement à cette soirée dans la chambre à brouillard. En fait, c'était une fin d'après-midi, un tout début de soirée, mais on procédait à une simulation nocturne d'ensemencement de nuages et ç'aurait donc pu être aussi bien la nuit. Les éclairages de la chambre à brouillard avaient été baissés, et un clair de lune artificiel luisait faiblement. Fairfield était une de ses étudiantes de troisième cycle, une fille brillante, prometteuse, un peu trop grassouillette, myope (d'où les lunettes), sérieuse, attentive. Elle avait demandé si elle pouvait l'accompagner tout en haut des neuf étages de la chambre – et il avait dit : « Bien sûr, certainement, qui d'autre veut venir ? » Mais il n'y avait pas eu de candidats, le reste des étudiants s'intéressant plus à voir tomber la pluie. Il soupçonnait maintenant, avec la sagesse amère du recul, qu'elle avait tout planifié. De la galerie d'observation, ils avaient contemplé la masse nuageuse grise changeante couvrant une surface égale à deux courts de tennis, et baignant dans la lumière bleutée d'une lune imaginaire. Accoudés à la barrière de sécurité, épaule contre épaule, ils regardèrent les nuages gonfler doucement sous le toit en acrylique de la chambre à brouillard. Adam pressa le bouton pour libérer les énormes bras d'ensemencement qui se déboîtèrent et commencèrent à tourner dans le sens des aiguilles d'une montre, par-dessus les nuages, tout en lâchant leurs minuscules granulés d'iodure d'argent surgelé.

« C'est si foutrement beau, chuchota Fairfield. C'est comme si vous jouiez à Dieu, Adam. » Il se tourna pour lui faire face, corriger son propos – c'était là une expérience scientifique, climatologique, et non pas une vaniteuse démonstration de pouvoir – et, presque aussitôt, ils s'embrassaient, les lunettes de Fairfield se pressant très fort contre les joues et le front d'Adam.

« Je t'aime, Adam », dit-elle en respirant bruyamment. Puis, s'écartant pour ôter ses vêtements : « Je t'aime depuis le jour où je t'ai vu. »

Ils firent l'amour sur la galerie d'observation tout en haut de la chambre à brouillard – au-dessus des nuages – avec une rapidité et une urgence qui ne freinèrent en rien l'orgasme d'Adam. Il jouit avec un cri de surprise devant la sensation incomparable, animale, de libération (le lendemain, il avait découvert des égratignures sur ses genoux et des bleus sur ses coudes et ses jambes). Quand ce fut fini, ils rajustèrent leurs vêtements et s'assirent côte à côte sur le sol en métal du portique, reprenant leur souffle et le cours de leurs pensées. Et Fairfield, ignorant gaiement les pancartes d'interdiction, alluma une cigarette dont, par considération, elle souffla la fumée très loin de lui, au-dessus de son épaule droite.

Imbécile, songeait-il amèrement – ç'avait été un risque incroyable : n'importe lequel des autres étudiants aurait pu prendre l'ascenseur jusqu'à la galerie d'observation et les surprendre. Ce moment avec Fairfield avait-il été le catalyseur fatal qui l'avait conduit ici sur ces marches à Bermondsey, le coup de dés du destin qui le faisait se retrouver sur le cul et sur le seuil d'une boutique à l'abandon, sans le sou, barbu, sale, affamé, vêtu de vieilles nippes sorties des poubelles et recherché pour meurtre ? Mais non, arrête de délirer, Adam, tu pourrais remonter la chaîne causale jusqu'au jour de ta naissance si tu voulais. Ce qui mènerait à la folie. Mais alors pourquoi, alors qu'il était un homme marié relativement heureux, avec un poste respecté et sûr, une réputation scientifique croissante, avait-il choisi de faire l'amour avec Fairfield Springer, une de ses étudiantes ? Qu'est-ce qui lui avait pris ? Pourquoi n'avait-il pas simplement dit : « Non, Fairfield, ça n'est pas possible, je t'en prie » en la repoussant gentiment ? Leurs ébats, si c'était là l'expression convenant à quelque chose de si instinctif et de si peu raffiné, n'avaient duré que deux minutes à peine avant qu'il s'effondre, haletant, et s'écarte d'elle. Ils avaient rajusté leurs vêtements, s'étaient assis un moment en silence puis Fairfield l'avait embrassé, sa langue imprégnée de tabac profondément enfoncée dans sa bouche, avant de redescendre par l'ascenseur rejoindre ses camarades au laboratoire. C'était tout – l'acte, l'acte sexuel, n'avait jamais été répété.

Limiter les dégâts, s'était intimé le lendemain au petit déjeuner Adam assis en face de sa jolie et intelligente épouse, alors qu'ils se préparaient tous deux à partir pour leurs bureaux respectifs. Oui, contrôler les dommages, c'était ce qu'il fallait faire : voir Fairfield, présenter de sincères excuses, concéder un moment de folie, entièrement de sa faute à lui, exprimer son affection, faire un commentaire de regret sur cette rupture inconvenante dans les relations professeur-étudiante. Qui ne se reproduirait jamais, jamais plus. Mais déjà les premiers textos – explicites, pas obscènes, passionnés, pas enragés – avaient commencé à pleuvoir sur son portable.

Bordel de dieu ! se dit Adam en ouvrant les yeux. À quelques mètres de lui, un homme le regardait. Un gros type, forte carrure, bâti comme un avant de rugby, la cinquantaine, un visage carré, bien nourri, à moitié chauve, des cheveux longuets, blazer et pantalon de flanelle, petit sac de cuir sur l'épaule.

« Ça va ? s'enquit l'homme.

– Oui, bien, merci », répliqua Adam réussissant à produire un vague sourire.

152

L'homme sourit en retour et s'engouffra dans le magasin de journaux. Il en ressortit quelques minutes plus tard avec une brassée de quotidiens et de magazines, et se pencha vers Adam avec quelque chose dans sa main.

« Bonne chance, mon pote », dit-il en donnant une pièce d'une livre à Adam.

Adam le regarda s'éloigner. Qu'est-ce qui m'arrive là ? songea-t-il. Il contempla avec une certaine stupéfaction la pièce dans le creux de sa paume, expérimentant une sorte de révélation. Il avait de l'argent, à présent – et on le lui avait *donné*. Il n'aurait pas besoin de voler : il pouvait mendier.

Au moment où l'église de John Christ ouvrit à 18 heures, Adam était le seul paroissien potentiel à attendre. Il pénétra par la petite porte entrebâillée dans un vestibule où la femme édentée était assise derrière un bureau.

« Hello, ami, dit-elle. Bienvenue au reste de ta vie. »

Il nota qu'elle portait un badge en plastique sur la poitrine qui indiquait : JOHN 17. Elle griffonna quelque chose avec un gros feutre et tendit à Adam une petite carte (en fait, un badge en carton avec une épingle de sûreté au revers) sur laquelle elle avait écrit : JOHN 1603.

« Vous en aurez un vrai en plastique comme le mien la prochaine fois que vous viendrez », dit-elle. Adam accrocha le badge à son blouson de jean blanc. « Prenez un siège tout devant, John », ajouta-t-elle en montrant une porte derrière elle.

Adam obtempéra et se retrouva dans une sorte de grand hall aux murs de brique et un toit en poutres de fer percé de lucarnes. Des rangées de simples bancs en bois étaient disposées – avec des prie-Dieu devant eux – face à un dais avec un pupitre au centre. Le pupitre était pourvu d'un micro que des fils reliaient à des haut-parleurs de chaque côté. Sur le mur du fond, une bannière d'un étincelant drap d'or richement rebrodé représentait un soleil stylisé d'où émanaient de longs rayons cursifs. Aucune croix nulle part. Adam s'assit au premier rang, comme indiqué, et attendit patiemment, l'esprit vide, les mains jointes sur les genoux.

Durant les minutes suivantes, une douzaine environ d'autres individus – des hommes pour la plupart, et pour la plupart des sans-domicile-fixe, autant qu'Adam pût en juger –, entrèrent discrètement et prirent place. Tous arboraient des badges JOHN. Les rares femmes, avec le même badge, s'étaient assises au fond. Il sentit et entendit son estomac gargouiller : sa faim revenait. Au moins tout ceci était remarquablement anonyme et discret : pas de question, pas de nom exigé, pas de récit biographique, rien. Devenez simplement membre de l'Église de John Christ et…

Un homme se glissa à côté de lui. Adam vit qu'il portait un badge en carton JOHN 1604. Petit, dans les quarante ans, des cheveux frisottés clairsemés, une grosse tête et affligé d'une maladie dont Adam savait qu'elle portait, parmi d'autres noms, celui d'acropachydermie. La peau sur le visage, inhabituellement épaisse et rugueuse, formait de gros plis exagérés comme une peau d'éléphant – d'où le nom de l'infirmité, connue aussi comme le syndrome d'Audry, le syndrome de Roy et, plus exotique, le syndrome Touraine-Solente-Golé. Adam savait tout sur le sujet car son beau-père, son ex-beau-père, Brookman Maybury, souffrait aussi d'acropachydermie. On n'en guérissait pas mais on n'en mourait pas non plus : c'était simplement pas très beau à voir. Le plus célèbre acropachyderme était le poète W.H. Auden. L'homme assis à côté d'Adam n'était pas aussi atteint qu'Auden mais il le rattraperait un jour. Ses cavités naso-labiales avaient l'air de faire près de trois centimètres de profondeur ; quatre stries, si marquées qu'elles ressemblaient à des cicatrices tribales, traversaient son front, même avec son visage au repos ; des rides étranges, qui paraissaient sans rapport avec aucune expression faciale potentielle, descendaient verticalement de ses grosses poches de chair sous les yeux, et son menton écrasé semblait avoir été mutilé au cours d'un accident de jeunesse. Il se tourna et sourit, exhibant de longues dents jaunies très espacées. Il tendit sa main.

« Salut, mon pote. Turpin. Vince Turpin.

– Adam. »

Adam serra la main tendue.

« On a droit à un bon repas ici, d'après ce qu'on m'a dit.

– Bonne chose.

– Faut juste se taper le service, c'est tout. »

Adam s'apprêtait à dire que ce n'était pas un prix très onéreux, mais il fut interrompu par une musique rock qui éclata à travers les deux haut-parleurs – du rock, avec des trompettes beuglant à l'aigu et d'autres cuivres, plus quantité de tambours de types variés marquant un rythme de danse vif et enivrant. Un homme en robe pourpre et or s'avança en dansant dans l'allée centrale entre les bancs, et des « John » se mirent à taper des mains en mesure. L'homme s'arrêta devant le dais et continua à danser un moment, secouant la tête, les yeux fermés. Il danse bien, se dit Adam : un bel homme avec un gros cou, des traits très prononcés et un nez cassé de boxeur. Ce devait être l'archevêque Yemi Thompson-Gbeho, protecteur et fondateur de l'Église.

D'un geste, Monseigneur Yemi fit taire la musique avant de prendre place derrière le pupitre.

« Prions », dit-il d'une voix profonde de basse, et chacun s'agenouilla sur son prie-Dieu.

Selon les calculs d'Adam, la prière dura environ trente minutes. Il cessa très vite de la suivre, et laissa son esprit divaguer, revenant seulement de temps à autre à ce qui se passait, de plus en plus conscient de la respiration difficile de Turpin à ses côtés – une sorte de bruyant sifflement émanant de narines bouchées par de la broussaille épaisse – ronces et herbes drues. Ce qu'Adam entendit de la prière traitait d'un large éventail des événements géopolitiques mondiaux, touchant plusieurs continents, l'heureux dénouement des diverses crises globales étant souhaité avec ferveur. Quand Monseigneur Yemi eut enfin dit : « Au nom de notre Seigneur John Christ, amen », Adam se demanda si les borborygmes de son estomac ne s'entendaient pas jusqu'au fond du hall.

Monseigneur Yemi leur enjoignit de s'asseoir.

« Bienvenue, mes frères, à l'église de John Christ », dit-il. Il contempla sa petite congrégation. « Qui, parmi vous, a péché ? »

En se retournant, Adam découvrit que tout le monde avait levé la main. Turpin et lui firent de même, encore que d'un air un peu penaud.

« Au nom de John Christ, vos péchés sont pardonnés », dit l'archevêque Yemi en ouvrant ce qui ressemblait à une bible avant de poursuivre : « Notre leçon, ce soir, est tirée du Grand Livre de John, Apocalypse, chapitre 13, verset 17. » Il se tut, puis reprit d'une voix théâtrale et profonde : « Nul homme ne pourra acheter ou vendre, sauf s'il a la marque, le nom de la bête, ou le chiffre de son nom. »

Après quoi, il s'appuya sur le texte pour entamer un sermon vaguement associé au thème et apparemment improvisé. À présent, Adam sentait l'épuisement l'envahir et il lutta pour rester éveillé. Entre ses dérives de concentration, certaines phrases, certains tropes réussirent à s'imprimer dans son esprit.

« Lapideriez-vous votre père ? beugla Monseigneur Yemi à l'intention de ses ouailles. Vous dites : non. Je dis : oui, lapidez votre père… » Puis, quelques minutes plus tard, Adam recentra son attention pour entendre : « Vous êtes en proie au désespoir, votre vie ne vaut rien – hurlez. HURLEZ ! John, John Christ, John, le vrai Christ, venez à mon aide. Il viendra, mes frères… » Un peu plus tard encore : « John Christ bénirait l'Union européenne – mais il ne bénirait pas le sommet du G8… » Et enfin : « Vous mangez du poulet pour le dîner, du délicieux poulet, vous nettoyez vos dents. Au matin vous trouvez un bout de poulet coincé entre deux molaires et avec votre langue – ou un cure-dents – vous le libérez. Le crachez-vous ? Non : ceci est le poulet que vous avez mâché et avalé la veille au soir. Pourquoi le cracheriez-vous ? Non, vous l'avalez. Ce sont là les petites bénédictions qui nous sont accordées à nous, les frères de John Christ, comme des bouts de viande coincés entre vos dents, petites livraisons de nourriture, de nourriture spirituelle… » Puis tout se fit vague : « Mao Tsé-toung… Grace Kelly… Shango, dieu du tonnerre… Oliver Cromwell… » Les mots devinrent de simples sons, toute signification envolée.

Le sermon dura deux heures. L'obscurité avait assombri puis noirci les lucarnes percées dans le toit. Droit sur son banc, les yeux à moitié ouverts, dans un état de semi-conscience, Adam, lessivé, entendait les sonorités de baryton de Monseigneur Yemi sans rien comprendre quand, tout à coup, il se rendit compte que le bruit avait cessé. Le silence régnait : son cerveau reprit contact avec le monde extérieur. Monseigneur Yemi les regardait Turpin et lui.

« Debout, s'il vous plaît, John 1603 et John 1604. »

Adam et Turpin se levèrent tandis que Monseigneur Yemi quittait le dais, s'approchait d'eux et posait la paume de ses mains sur leurs fronts.

« Vous êtes des nôtres maintenant – nous ne vous renverrons jamais. Bienvenue dans l'église de John Christ. »

Il y eut quelques applaudissements sporadiques avant que la musique rock éclate de nouveau et que l'évêque quitte sa chapelle en dansant avec enthousiasme.

John 17, la femme édentée, conduisit Adam dans une pièce pleine de piles de vêtements, propres mais non repassés, et l'invita à se servir. Il choisit une chemise bleu ciel et un costume rayé bleu marine pas tout à fait assorti : les rayures du pantalon étaient plus larges que celles de la veste. Il demanda à troquer ses chaussures de golf contre d'autres souliers, mais John l'informa avec regret : « On ne fait pas de chaussures, chéri. » Il fut tout de même ravi d'abandonner sa chemise blanche – tachée du sang de Philip Wang et du sien –, son blouson en jean blanc et le baggy beige trop court de Mhouse. John 17 se tourna pendant qu'il se changeait – le tout lui allait parfaitement.

« Je suppose que vous avez faim ? dit John 17 pendant qu'Adam raccrochait son badge JOHN 1603 au revers de la veste de son costume rayé.

– Plutôt », avoua Adam, et il fut mené le long d'un corridor jusqu'à la petite salle à manger communale où il prit une assiette et rejoignit la file des autres membres de la congrégation. On leur servit du riz et un ragoût de bœuf qui mijotaient dans des casseroles sur des réchauds à gaz. Adam chargea son assiette de riz et la tendit pour recevoir une louche de ragoût. Il leva la tête afin de remercier la personne qui le servait et s'aperçut que c'était Mhouse, porteuse d'un badge indiquant : JOHN 627.

« Salut, dit Adam.

– Oui ?

– Vous êtes Mhouse.

– Ouais.

– On se connaît. Je suis Adam. J'ai été agressé, vous m'avez ramené à Chelsea… (*et tu m'es tombé dessus à coups de pelle*, faillit-il ajouter avant de renoncer).

– T'es sûr ?

– Vous m'avez prêté des vêtements. Vous m'avez trouvé à la cité Shaftesbury. Vous vous rappelez ? C'est vous qui m'avez dit de venir ici.

– Moi ? Ici c'est mon église… »

Elle le regarda, la tête penchée de côté comme pour tenter de le situer, plus ou moins.

« Ah, oui… je me rappelle. T'as fini avec les fringues ?

– John 17 a le pantalon… mais j'ai encore les tongs.

– Pas de souci. Je veux bien récupérer les tongs.

– Je vous les rapporterai.

– Cool. »

Il lui sourit, puis se servit plusieurs tranches de pain blanc et partit à la recherche d'un endroit où s'asseoir. La pièce contenait une douzaine de tables en Formica avec quatre chaises disposées autour comme un petit café ouvrier. Turpin était assis avec deux autres hommes, une chaise libre à côté de lui, et il sembla donc logique à Adam de rejoindre son confrère en conversion.

« Hé ho, un monsieur de la haute ! » s'écria Turpin en admirant le costume d'Adam qui se glissait sur le siège libre.

Puis il ajouta à l'adresse des deux autres types :

« Je vous présente Adam.

– Salut. Moi Vladimir », se présenta le premier.

Une tête parfaitement rasée – un dôme huilé brillant – et une petite barbichette bien nette. Des yeux très cernés, un air d'épuisement total. Il tendit une main qu'Adam serra.

« Gavin Thrale », annonça l'autre homme avec un accent châtié. Il leva la main, sans la tendre. La cinquantaine bien tassée, barbu aussi mais abondamment, la barbe grise d'un vieux loup de mer, et une longue boucle de cheveux du même gris lui balayant le front et coincée derrière l'oreille, comme un écolier. Il avait dit « Gavin Thrale » avec une inflexion subtile de la voix qui impliquait que c'était là un nom qu'Adam pourrait peut-être reconnaître, quoique lui-même préférât rester incognito.

Les quatre hommes dégustèrent leur ragoût de bœuf avec une grande concentration. Turpin mangeait comme un porc dans une auge, bruyamment la bouche ouverte, émettant de petits grognements de plaisir tout en avalant. Si Adam n'avait pas eu aussi faim, il aurait pu trouver le spectacle répugnant, mais il se boucha mentalement les oreilles et s'appliqua à se remplir le ventre avec son premier repas convenable depuis deux semaines.

Turpin termina avant les autres et repoussa son assiette de côté en expulsant un léger rot.

« Que fais-tu dans un endroit pareil, Adam ? » s'enquit-il en se curant d'un ongle des dents largement espacées.

Adam s'était préparé à la question :

« J'ai eu une série de dépressions, dit-il sans s'émouvoir. Ma vie s'est un peu disloquée. J'essaye de la remettre d'aplomb.

– Ma femme m'a viré, déclara Turpin sans être sollicité. Celle de Birmingham. Ça a très mal tourné. Faut que je me gare des voitures pendant un moment. Une femme très en colère et très malheureuse. Elle en veut à ma peau, je suis désolé de le dire.

– L'enfer ne connaît pas une telle furie…, commença à citer Gavin Thrale.

– Pardon ? dit Turpin.

– Quoi tu fais à elle ? demanda Vladimir.

– Pas tellement à elle, exactement, précisa Turpin pas troublé par la question. Plutôt une affaire de "famille", très délicate, d'autres membres étaient concernés. »

Il en resta là.

« Je viens Angleterre, je viens Londres pour opération cœur, déclara Vladimir spontanément. Dans mon village ils collectent argent pour un an, ils m'envoient Londres réparer mon cœur. »

Puis avec un sourire engageant :

« Moi jamais dans grande ville comme ça. Trop beaucoup tempations.

– Tentations, corrigea Thrale.

– Qu'est-ce qui s'est passé ? demanda Turpin.

– Je viens ici. Je vais l'hôpital. Soudain je me sens OK, tu vois ? Alors je sors. »

Vladimir haussa les épaules :

« J'ai problème avec valve cardiaque – ça réparé tout seul, je crois.

– Et toi, Gavin ? s'enquit Turpin.

– Ça ne te regarde pas », dit Thrale qui se leva et partit.


À l'évidence, une fois le repas terminé, la congrégation de l'Église de John Christ n'était pas censée s'attarder. Mhouse et John 17 commencèrent à empiler les chaises sur les tables tandis qu'un autre John passait la serpillière sur le sol de linoléum.

Au moment où Adam, Turpin et Vladimir quittaient l'église, Monseigneur Yemi lui-même vint leur dire au revoir. Il leur serra la main puis les étreignit.

« À demain, les gars, lança-t-il. Dites-le à vos amis : 18 heures, tous les jours de la semaine. »

Vladimir prit Adam à part :

« T'aime guenon ?

– Guenon ? Qu'est-ce que c'est ça ?

– Junk. Peut-être tu dis "dope" ? Nous on dit guenon.

– Je n'ai jamais essayé.

– Tu viens avec moi on fume guenon. T'as de l'argent ?

– Non. »

Vladimir haussa les épaules et sourit, visiblement déçu. Il avait un air d'innocence quasi angélique. « J'aime guenon trop », dit-il et il s'en alla, laissant Adam avec Turpin.

« Où vas-tu, Adam ?

– Chelsea.

– Épatant. Je vais à Wandsworth. J'ai une épouse là-bas. Je ne l'ai pas vue depuis un an ou deux. Elle pourra peut-être m'accueillir pour la nuit. »

Turpin avait un peu d'argent et offrit à Adam de lui prêter le prix de son ticket de bus pour Chelsea : « Maintenant qu'on est frères en John Christ, hein ? » – une offre qu'Adam accepta, promettant de rembourser dès qu'il le pourrait.

Dans le bus, tout en exhalant encore de légères bouffées au ragoût de bœuf, et en se frappant parfois le sternum comme si quelque chose y était coincé, Turpin demanda :

« Que penses-tu de cette histoire de John Christ, hein ?

– Pur bla-bla, répliqua Adam. Des âneries – ce dieu, cet autre. Foutaises complètes.

– Non, non. Attends, s'écria Turpin les profondes rides pachydermiques de son front se plissant en un effet d'ondulation artificielle, il faut reconnaître... »

Il se tut, interrompu par l'arrivée à bord d'une grosse femme harassée et d'une petite fille placide, rondouillarde, portant un ballon et mangeant une tablette de chocolat. Turpin donna un coup de coude à Adam.

« Tiens, tiens. Voilà une jolie petite poulette, dit-il avec admiration. Très mignonne. Tu es marié, Adam ?

– Je l'étais. Je suis divorcé.

– Des mouflets ?

– Non.

– J'adore les mouflets, dit Turpin, les "preuves du paradis", comme on dit... J'en ai eu plein moi-même, neuf ou dix. Onze. J'aime bien les petits garçons, les petits gars mais je suis un homme à petites filles dans l'âme. Exquises petites chéries. Et toi, Adam ? Garçons ou filles ?

– Je n'y ai jamais vraiment réfléchi.

– Filles pour moi, sans hésitation. Mais après l'âge de dix ans, tout change, dit Turpin sur un ton de regret frisant l'amertume. Ça se gâte. Plus la même chose. Non. »

Adam jeta un œil dehors alors que le bus s'arrêtait à un feu rouge. Un policeman le regarda fixement. Adam sourit vaguement, confiant dans son anonymat.

« Oui, mais écoute : à propos de John Christ, dit Turpin retournant à la discussion originale. Et si Monseigneur Yemi avait raison et que John, John le disciple, soit le vrai Christ, et que Jésus soit le pigeon... le bouc émissaire. Une affaire montée, quoi.

– J'ai dû rater ce passage-là.

– Le point étant que les Romains pensent qu'ils tiennent le bon mec – Jésus – mais John, le vrai Christ, s'en tire sans problème. Il se barre à Patmos, vit jusqu'à cent ans et écrit l'Apocalypse. Sur son île grecque.

– C'est tout de la foutaise, je te répète, c'est du délire.

– Minute, minute. Ils étaient comme des guérilleros, une cellule. Le type crucifié – Jésus – n'est pas le vrai chef. C'est John.

– Et pourquoi pas sacrifier une chèvre à Ra le dieu-soleil ?

– Pardon ? Non, je veux dire, je crois que Monseigneur Yemi tient quelque chose, là. Ça ne manque pas de logique. »

Turpin continuait à gloser sur les possibilités de cet astucieux canular quand ils quittèrent le bus à Sloane Square et gagnèrent à pied le fleuve. Ils s'arrêtèrent au pont de Chelsea, s'accoudèrent au parapet, contemplèrent la marée descendante, le flot noir éclairé par les centaines d'ampoules placées sur la superstructure du pont et les câbles de suspension.

« T'as une cig ? demanda Turpin.

– Désolé, non.

– Je vais aller piquer une clope à quelqu'un. Va te coucher, Adam. À demain, mon pote.

Adam lui dit au revoir et s'en alla, pas très désireux que Turpin découvre où il dormait ; il passa donc de l'autre côté de l'Embankment, à l'opposé du triangle, et flâna le long des grilles du Royal Hospital, tout en gardant l'œil sur Turpin en train d'accoster des passants. Quand il l'eut vu obtenir finalement une cigarette, l'allumer et prendre le pont en direction de Battersea, il retraversa en vitesse la route et, certain que Turpin ne l'avait pas repéré, escalada la clôture.

Revenu dans sa petite clairière, Adam suspendit son nouveau costume avec soin sur une branche et ôta sa chemise propre froissée avant de se glisser dans son sac de couchage. Allongé là, bien au chaud sous son buisson, il se sentit étrangement confiant. Il n'avait pas connu une telle sensation de confort, simple mais réellement agréable, depuis le meurtre. Il n'avait pas faim, c'était là la différence, et désormais il savait où aller chercher de la nourriture solide, consistante, un endroit où personne ne manifestait de curiosité à son égard et où aucune question n'était posée. Tout changerait, il en était certain : il avait vu ce qu'il devait faire. Sa vie de mendicité allait commencer.

## 17

L'eau était idéalement chaude et la baignoire assez remplie pour que les bulles viennent lui chatouiller le menton. Tout en se prélassant, ses mains caressant son corps, Ingram se sentit à la fois détendu et plein d'anticipation. C'était son anniversaire, il avait cinquante-neuf ans – et il se préparait à tirer beaucoup de plaisir du cadeau qu'il allait se faire à lui-même : la manière la plus agréable, estimait-il, d'aborder sa soixantième année.

« Où vas-tu donc ? avait demandé Meredith, consternée, en le voyant vêtu d'un costume cravate un samedi matin. Je croyais que nous allions déjeuner ensemble.

– Il y a une crise, chérie, avait-il répliqué. Des réunions de crise. Une de ces abominables journées. Je serai de retour ce soir à 6 heures, promis. Oh, et puis il faut que j'aille voir Pa, aussi.

– Ne sois pas en retard, avait-elle dit. Tout le monde sera là à 7 heures. »

Ingram ramassa une éponge qui flottait à la surface du bain et pressa de l'eau chaude sur sa tête. Voilà ce dont il avait besoin après la triste affaire qu'avaient été les funérailles de Philip Wang, la semaine précédente. Le crématorium de Putney Vale, même par un jour d'été, résumait tout ce que contenait l'expression « sans joie ». La mère de Philip, une petite femme frêle, désemparée, en pleurs, était venue de Hong Kong avec sa sœur. Le personnel du laboratoire Calenture à Oxford avait été superbement représenté. On ne pouvait pas en dire autant des bureaux du quartier général, mais il est vrai qu'on n'y connaissait Philip que de nom et de réputation. Ingram avait rédigé et lu l'éloge funèbre lui-même, décrivant surtout, bien entendu, ses propres rapports avec Philip. Comment, au début du développement de Calenture-Deutz, Philip avait virtuellement à lui seul mis au point le Bynogol, le médicament anti-rhume des foins, sous la forme de pilules et d'inhalateur – le premier véritable succès financier de Calenture-Deutz. Et comment les découvertes faites pendant les recherches sur le Bynogol (Ingram n'était jamais très sûr côté chimie) avaient mené directement Philip au Zembla-1 et à ses dérivés subséquents, à ce qui devait se révéler le premier remède au monde vraiment efficace dans le traitement de l'asthme. Comment avait-il formulé ça à l'enterrement ? « La mort de Philip a été brutale et insensée, à l'opposé de ce qu'a été sa vie. Nous avons perdu Philip, mais ce que le monde gagnera grâce à lui sera incalculable. » Très joliment exprimé, se dit-il – un équilibre frisant l'aphorisme : mort et vie, perte et gain.

Ingram se pencha pour faire couler encore un peu d'eau chaude. Il se rappelait ce jour où Philip avait débarqué d'Oxford dans son bureau, sans préavis, pressé, disait-il, de parler de l'asthme. Il était visiblement excité et Ingram avait dû sans cesse l'inciter à se calmer et lui faire répéter ce qu'il avait dit. Dans le but d'améliorer le Bynogol, avait raconté Wang, il avait testé certains antigènes, des spores minuscules qui provoquent la réaction allergique qu'est le rhume des foins. Pour un des tests, il avait utilisé du pollen d'un type particulier de magnolia qu'il avait recueilli lors de sa dernière visite à sa mère, à Hong Kong. À sa stupéfaction, cet antigène censé provoquer une attaque de rhume des foins – gonflement, mucus, irritations et le reste – avait produit l'effet opposé. Plutôt que de générer la sécrétion de cellules Th2 d'une crise allergique classique, il avait secrété des cellules bénignes Th1. À partir de là, Wang s'était mis à parler à toute allure histamines, leucotriènes et anticorps IgE, et Ingram lui avait demandé de s'arrêter.

« Des mots d'une syllabe, s'il vous plaît, Philip, supplia-t-il. Je ne suis pas un scientifique. Qu'est-ce que tout ceci a à voir avec l'asthme ? »

Philip reprit sa respiration et commença à expliquer. Personne ne sait vraiment pourquoi il y a une épidémie mondiale d'asthme, dit-il. Vingt millions de victimes aux États-Unis, cinq millions en Grande-Bretagne, des dizaines de millions d'autres dans le monde civilisé (Ingram fut impressionné par ces chiffres). Il existait une théorie qui considérait l'asthme, une inflammation stimulée par une allergie, comme une sorte de dysfonctionnement de notre système immunitaire préhistorique. Les défenses immunitaires de l'homme primitif étaient censées être déclenchées par d'anciens organismes qui n'existent plus aujourd'hui – organismes qui prospéraient dans la boue originelle –, mais qui étaient désormais activés par des pollens, des acariens, les chats, la climatisation, le plein soleil, les journaux, les aérosols, la fumée de cigarette, les parfums, etc. En d'autres termes, les asthmatiques étaient victimes de notre système immunitaire préhistorique détraqué.

« Ce qui est si curieux, poursuivit Philip, sa voix haussée d'un ton, c'est que l'angiosperme…

168

« – Angiosperme ?

– Plante à fleurs. La plante que j'ai utilisée, la fleur du zembla…

– La fleur du zembla ?

– Le magnolia de Hong Kong. Localement, c'est connu comme la fleur du zembla. En tout cas, les spores du pollen de ce magnolia sont présentes dans les fossiles du Crétacé. »

Il écarta les mains – c'était si évident.

« Ce qui veut dire ? demanda Ingram, formulant sa troisième question.

– Ce qui veut dire que ce magnolia a été un des tout premiers angiospermes. Qu'il semble, si vous voulez, produire une réaction "mémoire" dans notre système immunitaire, le système immunitaire "se rappelle" ce déclencheur de son passé crétacé, qui le fait réagir comme il faut. Avec des gentilles cellules Th1, pas les méchantes Th2. »

Il se tut puis reprit d'une voix tremblante :

« Je crois que nous avons peut-être, je dis seulement "peut-être", trouvé une manière de contrôler l'asthme bronchique.

– Que voulez-vous ? s'enquit Ingram, circonspect.

– De l'argent, répliqua Philip, une vague note d'excuse dans la voix. Pour voir s'il existe un moyen de reproduire l'effet de ce zembla de Hong Kong sur les asthmatiques. Organiser des essais, commencer à tester sur les animaux. En d'autres termes : entamer la phase 1. »

Ingram réfléchit : ces millions et millions d'asthmatiques… Si Calenture-Deutz pouvait fabriquer un médicament qu'ils seraient contents d'utiliser… Tout ce que Calenture-Deutz pourrait faire pour soulager leurs souffrances devait valoir la peine d'être poursuivi. Il avait donc fourni à Philip les fonds initiaux nécessaires et le projet Zembla avait démarré. Ils avaient demandé à la Food and Drug Administration une licence d'essai qui leur avait été accordée. Puis, à sa très grande surprise, trois mois après, Ingram avait reçu un appel d'Alfredo Rilke avec une offre d'achat de 20 % des actions Calenture-Deutz et d'investissements sérieux dans le développement du projet Zembla. Ingram n'avait jamais demandé à Alfredo comment il avait appris l'existence de Zembla mais l'idée semblait à la fois avisée et lucrative. Calenture-Deutz et Rilke Pharmaceutical s'étaient donc associés.

On frappa poliment à la porte de la salle de bains et Phyllis entra. Elle portait un cardigan jaune citron et un pantalon chocolat.

« Où en sommes-nous, Jack ? » s'enquit-elle. C'était une petite femme grassouillette à la poitrine abondante et une grosse volute laquée de cheveux blond-roux bouffants encadrant son joli visage. « Hop, on sort – tu vas te transformer en méduse ! »

Elle avait une voix très basse pour une si petite femme – sans doute une ex-fumeuse, se dit Ingram –, une voix qui rendait son accent cockney encore plus rugueux et plaisamment lascif.

Il sortit docilement de la baignoire et elle s'avança vers lui, armée d'une serviette, pour commencer à l'essuyer.

« On est en train de se laisser pousser une petite bedaine, Jack mon garçon, dit-elle en lui tapotant l'estomac. Tiens, tiens, et qu'est-ce que nous avons donc ici ? »

Ingram compta les quatre billets de 50 livres et les posa discrètement sur la coiffeuse de Phyllis. Ça paraissait indiciblement bon marché pour les trente minutes d'intense plaisir sexuel qu'elle lui avait procurées. Il vérifia sa coiffure dans la glace – il était encore un peu rougeaud – et ajusta son nœud de cravate.

« C'était épatant, Phyllis, dit-il en rajoutant un billet. Fantastique.

– Tu peux me baiser n'importe quel jour que tu voudras, Jack, chéri », répliqua-t-elle. Elle se glissa nue hors du lit, vint l'embrasser et lui serra les couilles, ce qui le fit sursauter puis rire. « Merci tout plein, dit-elle en ramassant l'argent. Ferme la porte derrière toi, Jack chéri, t'es un chou. » Elle fourra les billets dans un grand portefeuille : « Donne-moi un coup de grelot n'importe quand – n'oublie pas : vingt-quatre heures à l'avance. »

Dans le métro de retour vers Victoria, Ingram repensa avec un plaisir nostalgique aux cabrioles sexuelles variées qu'il avait accomplies avec Phyllis ce matin-là et s'émerveilla surtout, comme il le faisait toujours en la quittant, de l'avoir découverte. Pendant cinq ans, avant Phyllis, il avait bénéficié des services professionnels de Nerys, une Galloise à l'accent chantant très prononcé, qui disposait de deux chambres dans Soho. Quand elle lui annonça qu'elle retournait à Swansea pour s'occuper de ses petits-enfants, Ingram eut l'impression qu'un composant majeur de sa vie allait lui être retiré. « T'en fais pas, mon joli, l'avait-elle rassuré, je vais te trouver la remplaçante parfaite », et c'est elle en effet qui l'avait présenté à Phyllis. Travail en réseau, supposait-il, tout le monde procédait ainsi… Il avait conservé le nom qu'il avait avec Nerys – « Jack » – et la relation, telle qu'elle était, durait et prospérait – peut-être encore mieux qu'avec Nerys.

Comment cela se faisait-il ? Il ne tenait pas à creuser trop profond dans les raisons qui l'amenaient à trouver les Nerys et les Phyllis de ce monde si sexuellement séduisantes. Il n'était pas idiot : il savait fort bien qu'à un certain niveau cela se résumait à une question de classe. C'est parce qu'elles appartenaient à la classe ouvrière – parce qu'elles étaient « communes » – qu'elles l'excitaient : l'épouvantable décor de leurs appartements, leurs drôles de noms, leur culture, leur accent, leur grammaire, leur langage. Il soupçonnait qu'il y avait aussi un rapport avec sa vie d'écolier, son école primaire, le début de sa puberté et le reste – il refusait de trop creuser. Quelqu'un n'avait-il pas dit que ce qui vous attirait sexuellement à treize ans vous hantait tout au long de votre vie d'adulte ? L'amie d'une mère, une tante, la nurse d'un frère ou d'une sœur, une fille au pair, une aide-infirmière ou une cuisinière à l'école. Qu'est-ce qui introduisait ces bombes à retardement dans votre psyché sexuelle ? Comment savoir quand et de quelle manière elles exploseraient ?

Il descendit sur le quai – il prenait d'infinies précautions lors de ses trajets entre chez lui et chez Phyllis –, Shoreditch n'étant pas un endroit qu'il fréquentait, normalement. Luigi se garait près d'un square, pas loin de la station. Ingram prétendait avoir une réunion qui durerait deux heures pendant lesquelles il entendait ne pas être dérangé. Il gagnait à pied la station de métro par un chemin détourné et en empruntait toujours un autre encore pour revenir à la voiture.

Il s'arrêta dans le hall de la station un instant et ferma brièvement les yeux pour se rappeler le corps généreux bien rembourré de Phyllis, son gentil ton moqueur. L'amour avec elle était amusant, un genre de plaisanterie, d'une simplicité robuste – aucun besoin en douce de l'aide chimique du PRO-Viryl. Il sortit de la station, se demandant si elle pensait jamais à lui – son « Jack » – après son départ, si elle s'interrogeait parfois sur qui il était vraiment (il n'emportait aucune carte d'identité avec lui, une autre précaution, juste du liquide). Non, se dit-il, c'était là la triste fantaisie typique du client – tout ce qu'elle voulait, c'étaient ses deux cents tickets parce qu'un autre « Jack » allait se pointer. Il n'avait pas cette vanité, cette naïveté, dieu merci ! Pourtant, parfois il se demandait…

Le mari de Phyllis, Wesley – il savait son nom –, dispatcheur dans une compagnie de minicabs, se trouvait absent de chez lui douze heures sur vingt-quatre, et Phyllis avait décidé de tirer quelques revenus de leur appartement de Shoreditch pendant que son époux était au travail. Ingram n'avait rencontré qu'une fois un autre client arrivant dans la maison alors que lui en partait – un homme de son âge, cheveux gris, la cinquantaine, toute l'attitude puant le grand bourgeois : le costume sombre, la cravate rayée, le pardessus, l'attaché-case. Un avocat ? Un haut fonctionnaire ? Un homme politique ? Un banquier ? Un médecin de Harley Street ? Ils s'étaient ignorés l'un l'autre, comme s'ils avaient été tous deux invisibles – des fantômes. Mais ç'avait été un choc : un rappel tangible que Phyllis vendait son temps et son corps à d'autres. Comment trouvons-nous nos Phyllis ? se demanda-t-il. Qu'est-ce qui nous mène à ces professionnelles accommodantes ?

Luigi attendait avec la voiture dans Eccleston Square.

« Vous avez eu un coup de téléphone, signor, dit-il en tendant à Ingram son mobile. Signor Rilke. »

Ingram rappela :

« Alfredo, tu es là – formidable. Je t'attendais lundi.

– Où étais-tu ?

– J'avais un rendez-vous, improvisa très vite Ingram. J'avais à voir un médecin. Au sujet de mon fils, ajouta-t-il, se mettant hors de cause.

– Ton fils l'homosexuel ?

– Oui, mon fils "gay". Tout cela est pénible et compliqué. »

Ingram regretta de s'être embarqué dans ce mensonge.

« Il a le sida ?

– Non, non, rien de tout ça. Quoi qu'il en soit, voyons…

– Je suis au Firststopotel, Cromwell Road.

– Je serai là d'ici une demi-heure. »

Non seulement Alfredo Rilke descendait dans des hôtels faisant partie d'une grande chaîne – Marriott, Hilton, Schooners Inns, Novotel –, mais il prenait toujours un étage entier, quel que soit le nombre de chambres à cet étage. À son arrivée, on fit monter Ingram au cinquième, et un des jeunes collaborateurs d'Alfredo, un garçon en jeans avec une oreillette et un mince microphone à la bouche, le conduisit, le long d'un corridor sans âme, dans une des chambres où il le laissa en le gratifiant d'un sourire et d'une courbette.

Alfredo Rilke ouvrit la porte lui-même avant qu'Ingram ait eu le temps de frapper. Ils s'étreignirent, sans conviction – leurs visages ne se touchèrent pas. Rilke lui tapota l'omoplate d'un geste rassurant et le guida dans la pièce obscure aux rideaux tirés.

La petite soixantaine, Rilke était grand, costaud, binoclard, souriant, avunculaire, chauve avec une collerette de cheveux d'un noir peu naturel commençant au-dessus d'une oreille et contournant le dos de son crâne jusqu'à l'autre. Il se déplaçait lentement et posément, comme au bord d'une extrême fragilité. Une illusion : Ingram l'avait vu, au Grand Caïman et aux îles Vierges, jouer un tennis plein d'énergie et taper sur les balles avec une force incroyable. Mais, hors des courts de tennis, il feignait cette quasi-sénilité – une manière de rassurer et désarmer ses collègues, rivaux et concurrents, supposait Ingram. Alfredo Rilke avait l'air d'un homme prématurément vieilli, tout juste ce qu'il souhaitait que les gens pensent.

« Assois-toi Ingram, assois-toi. »

Ingram s'assit, tout en remarquant que la chambre avait été vaguement transformée en salon – le lit poussé contre le mur, quelques chaises et une table basse ajoutées.

« Sers-toi un verre, Ingram, dit Rilke en ouvrant la porte du minibar. Je dois donner un coup de fil. Je reviens dans deux minutes. »

Rilke passa dans la pièce voisine, Ingram se versa une boisson gazeuse et se rassit pour attendre. Il savait un certain nombre de choses sur Alfredo Rilke mais il avait toujours le sentiment de ne savoir que la moitié de ce qu'il aurait dû. Il avait tenté d'en découvrir davantage, avait chargé d'autres d'en découvrir plus, mais l'histoire demeurait la même, frustrante, inchangée fondamentalement, pleine de trous et de questions sans réponses – au cours des années, très peu de détails avaient été ajoutés à la biographie de Rilke.

Le père d'Alfredo, Gunther Rilke, était arrivé en Uruguay (venant de Suisse, au dire de tous, encore que tout ceci fût aussi très vague) en 1946. Il avait épousé presque aussitôt une Uruguayenne, Asunción Salgueiro, la fille unique du propriétaire d'une petite compagnie produisant des fongicides et des engrais, fournisseur de l'industrie caféière sud-américaine. Alfredo était né en

1947 et son frère Cesario en 1950. Alfredo avait pris la succession de son père en 1970, Cesario étant mort dans un accident d'avion, et avait changé le nom de la compagnie en Rilke Farmacéutiko S.A.

Il avait fait sa première fortune au cours des dix années suivantes avec une pilule contraceptive bon marché et un puissant antidépresseur, résistant à une série de procès pour violation de brevet que lui firent Roche, Searle, Syntex et autres.

Il avait quitté l'Uruguay et depuis n'avait plus de résidence officielle, choisissant de vivre désormais à bord de grands yachts, régulièrement changés, qui croisaient en permanence dans les Caraïbes et le golfe du Mexique, à moins de deux heures de distance d'une douzaine d'aéroports et de son jet privé. La création à cette époque de Rilke Pharmaceutical avait été suivie de l'acquisition de compagnies plus petites aux États-Unis, en France et en Italie. À la fin des années 1990, Rilke Pharma figurait parmi les dix plus importants groupements pharmaceutiques du monde.

Et c'était à peu près tout ce que lui ou quiconque savait, songea Ingram, mécontent. Peut-être en allait-il ainsi quand vous viviez « nulle part » pendant un quart de siècle – vous deveniez très difficile à coincer, dans tous les sens du mot. Sauf que le monde pharmaceutique savait que les médicaments importants, les grands succès qui généraient le cash-flow massif nécessaire à de continuelles acquisitions – le contraceptif oral, un inhibiteur ECA, un rétroviral et une nouvelle série d'antidépresseurs – arrivaient au terme de leur brevet d'exploitation. Rilke Pharma avait besoin d'une nouvelle bombe commerciale et c'est alors que la compagnie avait offert à Calenture-Deutz d'investir fortement dans les essais cliniques et les recherches du Zembla-4.

Ingram leva la tête vers Rilke qui s'excusait abondamment en revenant dans la pièce avec un dossier dont il étala des éléments sur la table basse. Des maquettes en couleur de deux pages de publicité. Chaque page portait en caractères gras un message : LA FIN DE L'ASTHME ? Ingram les parcourut : le bla-bla publicitaire habituel – « Des savants célèbres dans nos laboratoires de recherche », « la lutte pour débarrasser le monde de cette maladie débilitante » – et des photos d'hommes au visage sérieux en blouse blanche, l'œil collé au microscope, tenant des éprouvettes, des gens en pleine santé menant des vies enviables dans des ranchs et au bord de la mer. Les pages se concluaient par de sincères assurances du combat permanent contre ces maladies chroniques (l'argent n'était pas un obstacle) menaçant la vraie vie. Tout entre les lignes. Ici et là apparaissait le nom « Zembla-4 ». Pas d'affirmation mais une promesse vaguement implicite : donnez-nous simplement du temps, nous et nos élégants savants en blouse blanche y travaillons.

« Très impressionnant, dit Ingram, mais un peu prématuré, non ? »

Il ne lui avait pas échappé que chaque encart publicitaire portait le logo familier : le R griffonné bleu cerclé de rouge de Rilke Pharmaceutical. Pour autant qu'il le sache, Calenture-Deutz serait toujours le propriétaire du Zembla et de ses dérivés, de 1 à 4. Il décida de se taire.

« Tu as peut-être raison, concéda Rilke à sa manière habituelle, humble, conciliante. C'est simplement que Burton m'a annoncé que le Zembla-4 touchait pratiquement à sa fin. La troisième série des essais est terminée. La documentation est prête à partir pour la FDA à Rockville… On s'est aperçu dans le passé qu'une campagne publicitaire précoce vague, très vague, avec un bref résumé des réserves habituelles, bien entendu – il désigna une épaisse note de bas de page sur chaque feuillet –, peut faire une différence importante. Tout semble aller plus vite, avons-nous constaté.

– C'est Burton qui t'a raconté ça, n'est-ce pas ? dit Ingram, avec un peu de raideur. En fait, je voulais te parler de Keegan et de Freitas – j'aimerais les virer du conseil.

– Ça ne sera pas possible, j'en ai peur, Ingram », répliqua Rilke avec le sourire d'excuse d'une ingénue.

C'était à des moments pareils qu'Ingram trouvait utile de se rappeler qu'Alfredo Rilke avait enrichi la famille Fryzer à la hauteur de quelque 100 millions de livres sterling. Ça rendait toute pilule amère très facile à avaler. Il changea de ton.

« C'est juste que Keegan et de Freitas assument des responsabilités que personne ne leur a données. Ce n'est pas à eux de… »

Rilke leva la main comme pour dire : Excuse-moi, arrête, s'il te plaît.

« Je leur ai demandé d'assumer ces responsabilités après la mort de Philip Wang, dit-il. Vois-tu, Burton Keegan a supervisé et obtenu avec succès les demandes de brevet de quatre, non cinq, nouveaux médicaments pour Rilke Pharma. C'est le meilleur : il sait ce qu'il fait. Il y a trop de choses en jeu ici, Ingram.

– Eh bien alors, c'est une autre affaire. Si j'avais su…

– À propos, comment se passent les choses du côté enquête ? A-t-on retrouvé Kindred ?

– Ah, non. Pas encore. Il semble avoir disparu de la surface de la terre. La police a perdu toute trace de lui. Inexplicable.

– Dieu merci, on n'a pas besoin de compter uniquement sur la police », remarqua Rilke.

Que voulait-il dire par là ? Ingram soupira :

« Nous avons passé nos annonces de récompense durant deux semaines entières. La police pense que Kindred pourrait s'être suicidé.

– Et toi ?

– Moi, euh, je n'ai pas vraiment d'opinion.

– Un état d'esprit dangereux, Ingram. Sans opinion sur une opinion, on ne peut pas fonctionner. »

Rilke sourit. Ingram sourit en retour : mieux valait ne rien dire à ces moments-là.

« Voilà ce qui va se passer, déclara Rilke en remontant son pantalon sur sa bedaine. Nous demandons un brevet d'exploitation pour le Zembla-4 aux autorités compétentes américaines puis anglaises. Les publireportages commenceront à paraître d'abord dans des revues médicales spécialisées puis dans des journaux sérieux, sélectionnés parmi les médias d'audience mondiale – *New Yorker*, *Time*, *The Economist*, *El País*, *Wall Street Journal*, *Le Figaro*, etc. Qui pourrait se plaindre qu'une compagnie pharmaceutique déclare qu'elle tente d'éradiquer l'asthme ? Qui pourrait s'opposer à l'annonce d'une telle mission ? Puis Rilke Pharmaceutical offrira de racheter Calenture-Deutz à un moment de mon choix. Mais tout ceci ne se passera, je le répète, qu'après l'arrestation et la condamnation d'Adam Kindred.

– Ouiiiii, dit Ingram lentement, tirant sur le mot comme sur un morceau de chewing-gum, son esprit tournoyant telle une toupie détraquée. Quel est, hum, ton emploi du temps ? Quand est-ce que tout ceci se met en marche ?

– Peut-être le mois prochain, si tout va bien, répondit Rilke. Tu seras encore plus riche, Ingram. Et le monde aura son premier médicament vraiment efficace contre l'asthme. C'est une situation gagnant-gagnant. »

Informé que le colonel Fryzer se trouvait dans la roseraie, Ingram se mit à la recherche de son père dans les jardins bien entretenus de Trelawny Gables. Il prit les sentiers sinueux de cette coûteuse maison de retraite privée, croisa des infirmières en uniforme, des aides-soignants en salopette blanche qui poussaient des chariots chargés de repas, de retours de pressing, de vases de fleurs, et il se demanda vaguement si c'était là le genre d'endroit dans lequel il finirait ses jours : une antichambre cinq étoiles de l'oubli avec restauration cordon-bleu. Il s'interrogea tout aussi vaguement sur son entretien avec Rilke et sur son importance véritable, son poids réel. Keegan et de Freitas restaient, ça c'était évident, mais il lui semblait qu'il y avait eu une précipitation quasi inconvenante pour faire breveter Zembla-4. Philip Wang avait toujours prêché en faveur de la route lente-mais-sûre, et c'est ainsi que la licence d'exploitation du Bynogol avait été obtenue, en douceur... Ingram s'arrêta pour sentir une fleur : quelque chose se tramait derrière son dos, il en était presque certain. Qu'il n'eût plus le plein contrôle de Calenture-Deutz était à la fois clair comme le jour et très troublant.

Son père, Ingram le savait, détestait Trelawny Gables avec une intensité calme mais féroce, tout en en supportant les règles et les usages avec un pragmatisme amusé. Il ne blâmait pas son fils d'avoir échoué ici, du moins Ingram l'espérait en l'apercevant maintenant, un peu plus loin, en train de vaporiser de l'insecticide sur les rosiers d'une petite tonnelle près du mur d'enceinte. De haute taille, mince, grisonnant, il portait un gilet en laine polaire vert olive, une chemise, une cravate

et des jeans bleus bien repassés. Ingram avait abandonné les jeans à l'âge de quarante ans – aucun homme
d'âge mûr n'aurait jamais dû se risquer à en porter,
mais il devait avouer qu'ils allaient très bien à son père
et à ses quatre-vingt-sept ans. Peut-être fallait-il se
remettre aux jeans à partir de quatre-vingts ans...

« Hello Papa, dit-il en l'embrassant sur les deux joues.
Tu as bonne mine. »

Le colonel Fryzer regarda son fils de près – il m'ins-
pecte, songea Ingram, comme si j'allais à la parade, et
il sourit devant cette faiblesse de vieil homme puis
s'inquiéta, absurdement il le savait, d'avoir encore sur
lui une odeur de Phyllis, une odeur de sexe que seuls
des octogénaires pouvaient détecter.

« Tu m'as l'air légèrement nerveux, Ingram. Un peu
à cran.

– Pas le moins du monde.

– J'ai toujours pensé qu'il y avait quelque chose
d'un peu *fourbe** en toi.

– Que veut dire "fourbe" ?

– Cherche dans un dictionnaire quand tu rentreras
chez toi. »

Ils regagnèrent le petit appartement en rez-de-chaussée
du vieil homme – une chambre avec salon, salle de
bains et kitchenette. Les murs étaient couverts d'aqua-
relles – des natures mortes surtout –, œuvres du colonel
dont les passe-temps étaient la peinture et la prépara-
tion de mouches pour la pêche – dont il faisait commerce.

Le colonel alla dans la cuisine et en revint avec deux
gin-tonic, un cube de glace dans chaque verre et pas de
rondelle de citron. Il en tendit un à Ingram, s'assit, mit
une cigarette dans un fume-cigarette et l'alluma.

« Que puis-je faire pour toi, Ingram ?

– Je suis simplement venu te dire bonjour, voir comment tu allais. Tu sais bien que je passe toujours le samedi.

– Tu n'as pas mis les pieds ici depuis deux mois. Heureusement qu'il y a Forty.

– Forty est venu ici ?

– Il vient deux fois par semaine. Il a une sorte de contrat pour les jardins.

– Ah oui, bien sûr. » Première nouvelle pour Ingram. Forty était son plus jeune fils. « Nous avons été très occupés, dit-il, changeant de sujet. Viendras-tu dîner ce soir ? Toute la famille sera là. Je pensais que ça pourrait…

– Non, merci.

– Je t'enverrai une voiture, pour l'aller et le retour.

– Non, merci – il y a un documentaire sur Channel 4 qui m'intéresse. »

Ingram hocha la tête – au moins, il l'avait invité. Meredith aurait piqué une crise si le colonel avait accepté. Face à son père, il ressentait toujours le même cocktail de sentiments : admiration, irritation, affection, frustration, orgueil, dégoût. Il était étonné plus souvent qu'à son tour que ce vieux salaud impossible l'eût engendré. Mais parfois, tout ce qu'il aurait voulu de son père c'était un signe d'affection – une main sur l'épaule, un sourire sincère.

Ils restèrent là assis à siroter leurs gin-tonic tiédasses comme deux étrangers dans une salle d'attente, unis seulement par l'hérédité. Ingram pensa à sa mère disparue depuis longtemps : une femme timide, névrosée, que le temps avait transformée en un être proche d'un mythe, d'une sainte familiale. Comme elle lui manquait.

« En fait, je voulais te demander ton dessin, commença Ingram avec circonspection.

– Mon dessin ?

– Pardon, ton avis.

– Ah oui ? »

Le colonel sembla surpris.

« Oui. Je crois que je suis peut-être… » Ingram s'arrêta : d'avoir à exprimer cette intuition la faisait soudain paraître d'autant plus réelle. « Je crois que je pourrais bientôt être victime d'un coup au sein du conseil d'administration. Je pense que je continuerai à avoir l'air d'être aux commandes mais que je ne le serai plus.

– Je ne comprends rien à ton sale petit monde, Ingram – finance, banque, pharmaceutiques. Qui sont ces gens qui complotent contre toi ? Débarrasse-t'en. Extirpe le cancer.

– Je ne peux pas, malheureusement.

– Alors sois plus malin qu'eux : anticipe ce qu'ils vont faire, devance-les, frustre-les. » Le colonel ôta son mégot de son fume-cigarette et alluma une autre cigarette. « Obtiens des informations sur eux. Trouve le moyen de leur faire mal. Entasse des munitions. »

Pas une mauvaise idée, se dit Ingram, mais était-ce possible, avait-il encore le temps… peut-être y avait-il des choses qu'il pouvait faire…

« Merci, Pa. Il faut que je file.

– Finis ton gin avant de partir. »

Ingram obtempéra. Parfois il détestait le gin – il pensait que ça le déprimait.

En arrivant chez lui, Ingram s'empara du dictionnaire de français sur son étagère dans la bibliothèque et regarda le mot « fourbe » : sournois, perfide, hypocrite, tels étaient les synonymes proposés. Ingram se

183

sentit un peu blessé, juste un instant – qui donc son père croyait-il payait pour Trelawny Gables ? Sa retraite d'officier ? – avant de décider que ce devait être le contre-choc de sa rencontre avec Rilke qui l'avait fait paraître préoccupé et pensif. Vrai, son cerveau avait travaillé très dur, ses mots d'affection à l'égard de son père avaient été banals, sans sincérité. Tout ce qu'il possédait de ruse, de duplicité était mobilisé, comme des troupes de réserve, effaçant sa grande politesse habituelle : typique du colonel d'avoir senti ça.

Il se versa un double scotch dans son dressing et l'avala avant de descendre à sa soirée d'anniversaire. Ses trois enfants – Guy, Araminta et Fortunatus – étaient déjà là, ainsi qu'un étranger, nota-t-il, que quelqu'un s'empressa de présenter comme le petit ami de Forty, Rodinaldo.

« Tu l'as déjà rencontré ? chuchota-t-il à Meredith dès qu'il put la coincer discrètement.

– Deux, trois fois.

– Il me semble terriblement jeune.

– Il a le même âge que Forty. Ils travaillent ensemble. »

Maria-Rosa servit son dîner préféré : soufflé au fromage, gigot d'agneau et pommes dauphine, fraises et sorbet au champagne. Autour de la table, la conversation demeura anodine, légère, sans importance. Ingram examina de près ses enfants, un peu comme son père l'avait examiné : Guy, trente ans, beau, sans talent ; Araminta, maigre à mourir et, visiblement, avec les nerfs en pelote. Peut-être l'objectivité impitoyable de son père le gagnait car il se rendait compte de nouveau, sans culpabilité ni choc particuliers, qu'il n'aimait pas beaucoup Guy et Minty – il s'en souciait certes mais, pour être honnête, il ne les aimait pas beaucoup et ne s'y intéressait guère. Seul Fortunatus l'intéressait – Forty courtaud, musclé, déjà sérieusement chauve à vingt ans et quelques – gay, entre toutes choses improbables –, le seul de ses enfants à ne jamais lui demander quoi que ce soit, le seul qu'il aimait et le seul qui ne l'aimait pas.

« J'ai vu Gramps aujourd'hui, lui annonça Ingram. Tu travailles à Trelawny Gables, semble-t-il. Quelle coïncidence.

– Il nous a eu le job, répliqua Fortunatus.

– Vraiment ? » Ceci demandait réflexion. « Alors Forty, comment vont les affaires ?

– S'il te plaît, Papa, c'est Nate.

– Désolé, mais je ne peux pas appeler "Nate" un enfant à moi.

– Alors t'aurais pas dû me baptiser Fortunatus.

– "Fortunatus Fryzer" est un merveilleux nom, intervint Meredith.

– On dirait celui d'un alchimiste moyenâgeux, protesta Forty/Nate.

– Tu sais très bien pourquoi nous t'avons appelé ainsi, chéri, poursuivit calmement Meredith.

– Oui. Pourquoi comme ça ? » s'enquit Rodinaldo – ses premiers mots de la soirée, constata Ingram, avant de répondre, sa gorge se serrant instinctivement à l'évocation de ce souvenir : « Il a failli mourir en naissant. On a cru le perdre.

– Et j'ai failli mourir moi aussi, lui rappela Meredith avec une certaine férocité. On a tous les deux eu beaucoup de chance. »


Après dîner, Guy prit à part Ingram pour lui demander d'investir 50 000 livres dans une affaire de voitures classiques qu'il démarrait.

« Que veux-tu dire par "voitures classiques" ?

185

– On les achète, on les retape et on les revend avec un bénéfice. Tu vois : Citroën DS, Triumph Stag, Ford Mustang, Jensen Interceptor – classiques modernes, intemporelles.

– Qu'est-ce que tu sais de ces voitures ?

– Des choses – enfin pas beaucoup. Alisdair est le véritable expert. Y a un énorme marché pour ces bagnoles, énorme.

– N'avez-vous pas besoin d'un garage, d'un entrepôt ?

– Alisdair travaille là-dessus. On a juste besoin d'un capital de départ – pour démarrer.

– Vous avez vu une banque ? Ils prêtent de l'argent aux gens, tu sais.

– Ils ont pas été coopératifs du tout, vraiment négatifs. »

Ingram répliqua qu'il allait y réfléchir, s'excusa et regagna son dressing pour aller boire un autre whisky. Pour une raison quelconque, il avait envie de se cuiter, de perdre un peu son contrôle. Quand il redescendit, Minty l'attendait sur le palier. Il lui fallait 2 000 livres cash, ce soir même, dit-elle.

« Non, ma chérie, c'est impossible.

– Alors, je vais aller à King's Cross me vendre à n'importe qui.

– Ne fais pas l'idiote et ne donne pas dans le drame, tu sais que je déteste ça. »

Elle se mit à pleurer : « Je dois de l'argent à cette personne. Je dois la payer ce soir. »

Ingram remonta dans sa chambre, ouvrit le coffre-fort et revint avec 800 livres et presque 2 000 dollars ; Minty parut soudain plus calme.

« Merci, Papa. Il faut que je m'en aille. Joyeux anniversaire. » Elle lui donna un petit baiser sur la joue. « Ne dis rien à Maman, je t'en prie. Pas un mot.

– Rembourse-moi quand tu pourras », lui lança-t-il alors qu'elle descendait l'escalier. Il y avait plus d'amertume dans sa voix qu'il ne l'aurait voulu.

Il la suivit lentement dans le hall où, sans s'attarder non plus, Forty et Rodinaldo enfilaient leurs blousons et leurs sacs à dos.

« Joyeux anniversaire, Papa », dit Forty en l'étreignant.

Durant une seconde, Ingram put tenir son fils dans ses bras avant que celui-ci ne se libère.

« Tout va bien côté jardinage ? demanda-t-il.

– Ouais, bien.

– J'aimerais y investir. Tu vois, t'aider à pousser. Ha, ha ! » Ingram se rendit compte qu'il était finalement un peu ivre – les whiskies et puis tout ce vin.

« On est contents comme on est. *Small is beautiful.* »

Rodinaldo approuva du chef :

« Nate et moi, on peut être tout ce qu'on veut.

– Veinards, dit Ingram. Rappelez-vous, l'offre est sur la table. Des pelles neuves, une camionnette neuve, un... » Impossible de penser à ce dont un jardinier pouvait avoir encore besoin. « En tout cas, je suis là. »

Il sentit des larmes d'ivrogne lui monter aux yeux tandis qu'il regardait son plus jeune fils enfiler une sorte de blouson de camouflage. Il aurait voulu l'étreindre de nouveau, l'embrasser mais il recula, leva la main en un salut banal. Meredith le prit par la taille et le serra discrètement contre elle. Ah, songea Ingram, juste le moment pour un PRO-Viryl.

Alors qu'ils montaient dans leur chambre, le téléphone sonna.

« Je vais décrocher », dit Ingram.

C'était Burton Keegan.

« Il est très tard, Burton, lui fit remarquer Ingram, gardant une voix basse et calme.

– Il faut qu'on se voie – demain.

– Demain, c'est dimanche.

– Le monde continue à tourner, Ingram. »

## 18

Bozzy tendit le portable d'Adam Kindred ainsi que son portefeuille contenant ses cartes de crédit.

Jonjo les étala :

« C'est toutes des américaines, sauf une.

– Ouais. On allait revenir sur lui – lui tirer les chiffres du code. Zaz l'avait tapé trop dur alors on était un peu émotionnels, tu vois. C'est pour ça qu'on l'a laissé. Quand on revient, il est parti.

– Arrête de tourner en rond comme ça. Ça m'énerve.

– Pardon, frérot. Compris. » Bozzy tenta de rester immobile. « Et ne m'appelle pas frérot. Je ne suis pas ton frère – en aucun cas.

– OK. Banco, boss. »

Jonjo mit les cartes et le téléphone dans sa poche et donna à Bozzy deux billets de 20 livres de plus. De son autre poche il tira un rouleau d'affichettes d'avis de recherche de Kindred et les lui passa.

« Fais le tour de la cité. Montre ça aux gens et demande-leur s'ils l'ont vu ce soir-là. »

Bozzy examina la photo de Kindred.

« Ça, c'est le mec qu'on s'est fait, hein ?

– Ouais. Il est recherché pour meurtre. Il a tué un docteur.

– Le con !

189

« – Demande autour de toi », dit Jonjo en examinant la semelle de ses bottines – il avait marché sur quelque chose d'humide et de collant. Il s'essuya les pieds sur un des matelas. « Faut brûler cet endroit. Je ne te rencontre plus ici, compris ?

– Compris, boss.

– Trouve-le, répéta Jonjo. Quelqu'un dans cette cité sait où est Kindred. »

# 19

Quand on n'a rien, songea Adam, alors tout, la moindre petite chose, devient un problème. Afin de commencer sa vie de mendiant, il avait été obligé de voler – de voler un feutre dans une papeterie. Puis, sur un rectangle de carton déchiré d'un emballage de vin devant un bistro, il avait écrit avec le feutre volé : AFFAMÉ ET SANS ABRI. UNE PETITE PIÈCE SVP. PIÈCES BRUNES SEULEMENT.

Le premier jour, il s'installa devant un supermarché de King's Road. Il s'était assis en tailleur devant l'entrée principale, l'écriteau appuyé contre ses genoux. Presque aussitôt, les gens s'étaient mis à lui donner des pièces brunes, comme soulagés de se débarrasser de leur encombrante menue monnaie. Adam fut content de constater la justesse de son raisonnement : rien de plus irritant que des poches lourdes et des sacs pleins de ferraille sans grande valeur. Il ôta sa veste et l'étala devant lui, de sorte que les donateurs potentiels puissent lancer leurs pièces sur le tissu plutôt que risquer le contact avec sa main crasseuse aux ongles en deuil. En trente minutes, il avait récolté 3,27 livres et rempli ses propres poches de pièces de 1 ou 2 pence – avec de temps à autre une de 5 pence.

Impressionné par la modestie de ses besoins et la politesse de sa requête, quelqu'un lui avait même donné une livre.

Vingt minutes plus tard, alors qu'il venait de dépasser la marge des 5 livres, un homme vint s'accroupir à côté de lui. Il était jeune, très mince, la barbe drue comme celle d'Adam et juste aussi sale.

« *Mshkin n gsadnka*, marmonna-t-il, ou quelque chose dans ce goût-là.

– Je ne comprends pas, dit Adam. Je ne parle que l'anglais.

– Fous le camping, dit le type en lui montrant une lame de couteau dans la paume de sa main. Moi ici. Ça appartenir à moi. Moi je te découpe. »

Adam fila promptement sur Victoria Station où il dénicha un emplacement entre un distributeur de billets et une boutique de souvenirs. Il récolta environ une livre avant que le propriétaire de la boutique sorte pour l'asperger d'insecticide.

« Barre-toi, espèce de racaille d'asylum ! » cria l'homme. Et Adam repartit, les yeux brûlants.

Il avait gagné 6,13 livres le premier jour ; il en gagna 6,90 le second. Pour l'heure, en cet après-midi de son troisième jour de mendicité, posté entre un marchand de journaux et une supérette ouverte en permanence appelée PROXIMATE, il avait empoché plus de 5 livres. À ce rythme, calcula-t-il, disons 5 livres par jour, il se ferait 35 livres par semaine, presque 2 000 livres par an. Il s'en sentit à la fois soulagé et déprimé. Ça voulait dire qu'il ne mourrait pas de faim – il pouvait désormais acheter de la nourriture bon marché pas très saine, aller de temps à autre à l'église de John Christ pour un bon repas nutritif, et bien entendu dormir à la dure dans le triangle de Chelsea Bridge. Mais on était au début de l'été – que ferait-il en décembre ou en février ? Il se sentait piégé déjà, dans le piège d'une pauvreté abyssale. Il se voyait coincé dans un cercle infernal à peine supportable – clandestin, oui, introuvable, oui –, mais quelque chose devait changer. Comment autrement récupérerait-il sa vie d'autrefois, sa personnalité ? Il avait eu un jour une épouse, une jolie et spacieuse maison moderne climatisée, une voiture, un job, un titre, un avenir. L'existence qu'il menait à présent était si marginale qu'elle ne pouvait être qualifiée d'humaine. Il ressemblait à ces pigeons londoniens qu'il voyait autour de lui, picorant dans les caniveaux.

Il allait dans les banques et les bureaux de change pour convertir ses pièces de cuivre en pièces de bronze. Les guichetiers n'étaient pas contents même s'ils consentaient à la transaction en rouspétant. Il s'aventura de plus en plus loin, essayant de ne pas revenir trop fréquemment dans les mêmes établissements de façon à ne pas se rendre horripilant et, par conséquent, se faire remarquer.

Il s'offrit une douche dans la suite directoriale de la gare de Victoria et se lava les cheveux pour la première fois en un mois ou presque. Il examina l'étranger barbu aux traits tirés qui le fixait dans le miroir tandis qu'il se coiffait et fut frappé par la force des sentiments contraires qui l'habitaient : une vive fierté devant sa résilience et son ingéniosité, un amer apitoiement sur soi-même à l'idée qu'il ait pu en arriver là. Oui, je suis libre, songea-t-il, mais que suis-je devenu ?

Propre, dans son costume rayé désassorti, avec ses chaussures noires lacées bien cirées, nouvellement acquises (une livre dans une boutique d'articles d'occasion), il retourna dans le triangle récupérer les tongs de Mhouse. Il avait envie d'un contact civilisé avec un autre être humain (féminin de préférence). Au cours des derniers jours, des centaines de gens lui avaient donné de petites sommes d'argent, certains lui avaient même adressé quelques mots gentils, mais il était de plus en plus reconnaissant à Mhouse de lui avoir suggéré l'église de John Christ – l'église l'avait littéralement sauvé –, car enfin, même dans sa rage, elle avait d'une certaine manière pensé à lui, et il entendait l'en remercier et lui rendre les sandales comme il l'avait promis. Elle serait surprise, il le soupçonnait, et peut-être même touchée qu'il ait tenu sa promesse.

Il prit un bus pour Rotherhithe – une autre petite remontée sur les marches de la civilisation – et descendit au Shaft. Il erra dans les trois cours de la cité avant de reconnaître l'endroit où il avait été attaqué (les graffitis lui servirent d'aide-mémoire) : il avisa le terrain de jeux ravagé et, au-delà, l'escalier sous lequel il avait été laissé inconscient. Une vieille femme, traînant derrière elle un caddie avec une roue branlante, vint lentement vers lui et, quand elle fut à sa hauteur, il lui demanda si elle connaissait quelqu'un appelé Mhouse.

« Quelle unité ?

– Je ne sais pas.

– Alors je ne peux pas t'aider, chéri », dit-elle en repartant.

Il pénétra un peu plus avant dans la cité. Il avait le sentiment de passer inaperçu : une présence miteuse, chiffonnée, barbue en vieilles frusques comme la plupart des habitants mâles du Shaft. Deux autres questions lui procurèrent l'adresse de Mhouse – appartement L, niveau 3, unité 14 – et il grimpa l'escalier menant à son étage, un peu nerveux et inquiet, comme s'il allait à un rendez-vous amoureux.

Il frappa à sa porte et au bout d'un instant entendit sa voix :

« Ouais. Qui c'est ?

– John 1603 », répondit-il et, naturellement, elle ouvrit.

Il brandit les tongs.

« Je les ai rapportées », dit-il.

L'appartement de Mhouse comprenait deux chambres, une salle de bains, une cuisine avec coin-repas et une salle de séjour. Il n'y avait ni tapis ni rideaux et très peu de meubles : deux fauteuils dépareillés, des coussins et un poste de télévision dans la salle de séjour, deux matelas sur le sol de la chambre que Mhouse partageait avec Ly-on. La cuisine possédait un réchaud mais pas de réfrigérateur. Dans l'autre chambre, des cartons étaient remplis de vêtements et d'objets divers. Le plus étrange, pensa Adam, c'étaient les tubes en caoutchouc et les câbles électriques qui passaient par le panneau vide du battant d'une fenêtre dans la cuisine. Ce qui fournissait l'eau froide à la cuisine mais pas à la salle de bains. Il y avait cependant l'électricité dans toutes les pièces, des fils sortant d'une structure cubique d'adaptateurs empilés sur le sol de la cuisine. Mhouse apporta à Adam une tasse de thé très sirupeux – elle ne lui avait pas demandé s'il le voulait sucré.

« Ly-on, tu t'assois par terre », ordonna-t-elle au petit garçon qui regardait la télé. Il quitta docilement son fauteuil et s'installa sur un coussin gonflé devant l'écran. Il se déplaçait lentement, de manière léthargique, comme si on venait juste de le réveiller. Adam prit son siège et Mhouse s'assit en face de lui.

« C'est mon fils, dit-elle. Ly-on.

– Leon ?

– Non, Ly-on. Comme dans la jungle. Comme pour lions et tigres.

– D'accord. » Adam se souvenait à présent de son tatouage MHOUSE et LY-ON à l'intérieur de son avant-bras droit. Un excellent nom pour un garçon.

Ly-on était petit, presque minuscule, avec une grosse tête aux cheveux frisés et de grands yeux bruns.

« Dis bonjour à John.

– Bonjour, John. Tu viens voir Maman pour aller partir ?

– On ira faire une promenade demain, chéri. »

Bien que petit et pas très épais, Ly-on avait la bedaine d'un buveur de bière.

« T'es encore à Chelsea, alors ? demanda Mhouse.

– Je me balade un peu », répliqua Adam, prudent.

Mhouse avait été son seul visiteur dans le triangle, autant qu'il sache.

« Comment t'aimes l'église ?

– Je pense que… c'est formidable, dit Adam, sin-cère. J'y vais presque tous les soirs. Je ne vous y ai pas vue depuis un moment.

– Ouais. J'essaye d'y aller mais, tu comprends, c'est difficile avec Ly-on. »

Elle se gratta le sein droit, sans la moindre gêne. Elle portait un T-shirt blanc à manches courtes avec SUPER-MOM inscrit en travers, et des jeans bleu pâle raccour-cis. Elle se roula en boule dans le fauteuil, les pieds sous les fesses. Elle était petite, elle aussi, une minus-cule femme enfant – peut-être était-ce la raison de la petite taille de Ly-on.

L'enfant était maintenant allongé par terre comme sur le point de s'endormir.

« Tu vas dans ton lit, mon doudou », dit Mhouse, et le petit garçon se mit lentement debout et gagna en zigzaguant la chambre. « Il vient de dîner, expliqua Mhouse. Il est fatigué. Et je dois me lever le cul pour aller travailler. Non, non, reste ici. Finis ton thé. Je vais juste aller me changer. »

Adam sirota son thé trop sucré et joua du zappeur. Mhouse semblait avoir un nombre incalculable de chaînes sur sa télé. À son retour, elle arborait des bottes blanches de vinyle brillant à fermeture Éclair, une minijupe et un étroit bustier, rouge et noir, qui faisait rejaillir ses seins comme des ballons au-dessus de la bordure de dentelle. Le maquillage était vif : lèvres rouges et yeux charbonneux.

« Vais à une fête, dit-elle. Sur un bateau sur le fleuve.

– Fabuleux, répliqua Adam. Vous êtes très belle. »

Elle lui jeta un regard en coin, interrogateur.

« Tu me plaisantes ?

– Non, sérieusement. Vous êtes très belle.

– Merci à vous, gentil monsieur. »

Elle fouilla dans son sac à la recherche de ses clés. Adam regarda son décolleté, sentit l'odeur piquante de son parfum, et, reconnaissant la simple efficacité de sa tenue et du message qu'elle était censée envoyer aux gens, la trouva soudain extrêmement désirable. Cette fille avait l'espièglerie d'un petit lutin – si on pouvait imaginer un diablotin sexuellement séduisant – et ses yeux fendus aux paupières lourdes ajoutaient à cet effet d'extraterrestre.

Elle s'arrêta un instant à la porte : « Alors, t'es inscrit au chômage ?

– Ah, pas encore, dit Adam. Je gagne un peu d'argent en ce moment.

– Tu queutes ?

– Comment ?

197

– Tu fais le trottoir. Tu vends ton cul ?

– Non, je mendie. »

Elle réfléchit, sourcils froncés. « J'ai une chambre à louer ici, tu sais. Si tu veux. 20 livres la semaine. Vu qu'on fréquente la même église et tout.

– Merci, mais ça va pour le moment. C'est un peu cher pour moi, à vrai dire.

– Tu peux me devoir.

– Vaut mieux pas. Merci quand même.

– Comme tu voudras. » Elle ouvrit la porte pour eux deux. « Merci d'avoir rapporté les tongs. C'est gentil, sûr, très gentil.

– C'était gentil à vous de me les prêter. Et de m'indiquer l'église. Je ne sais pas ce que j'aurais fait, autrement.

– Ouais, eh ben… À quoi ça sert d'être un Samaritain, hein ? »

Ils sortirent et elle ferma sa porte à clé.

« Tout ira bien pour Ly-on ? s'enquit Adam, d'un air pas trop inquiet, espérait-il.

– Ouais, y dormira jusqu'à demain midi si je le laisse faire. »

Ils traversèrent la cité et gagnèrent la station Canada Water. « À bientôt John, adieu », dit-elle, et elle partit à la recherche de son quai. Adam remarqua que des hommes se retournaient sur son passage, l'œil en alerte et la narine frémissante. Il décida d'aller rendre visite à l'église de John Christ – il avait faim.


« Bientôt, je trouvant passeport, expliqua Vladimir. Quand je trouvant passeport, je trouvant boulot. Je trouvant boulot alors je trouvant appartement. Je trouvant compte banque. Je trouvant carte crédit. Je trouvant découvert. Plus de problème pour moi. »

Adam l'écoutait un peu comme si Vladimir était un voyageur de retour d'une terre mythique lointaine – un Marco Polo au petit pied – parlant d'inimaginables merveilles, de vies et de possibilités fantastiques à tout jamais hors de portée pour lui. Qu'il ait été lui-même propriétaire d'une maison semblait risible, qu'il ait eu un portefeuille bourré de cartes de crédit et plusieurs comptes en banque bien alimentés, tenait du rêve d'ivrogne. Il baissa la tête et enfourna une cuillerée de chili con carne qu'il mâcha pensivement en réfléchissant. Il était à sa table habituelle, Gavin était là mais il n'y avait aucun signe de Turpin.

« Ou est-ce que tu vas "trouver" ce passeport ? » demanda Thrale d'un air désinvolte.

Vladimir entama alors une histoire compliquée de drogués et d'antres de la drogue dans les pays de la Communauté européenne – Espagne, Italie, Allemagne, Pays-Bas – où, si un drogué paraissait mal en point, à l'article de la mort, il ou elle était encouragé(e) par des « gangsters » à demander un passeport. Quand il ou elle mourait, le passeport était finalement vendu à quelqu'un du même âge ou à peu près qui ressemblait vaguement à l'impétrant défunt. Aucune falsification, c'était là le bonus, la beauté absolue de l'escroquerie : elle était impossible à détecter.

Thrale paraissait extrêmement sceptique :

« Combien coûtent-ils ces passeports ?

– Mille euros », répondit Vladimir.

Adam se rappelait avoir eu autrefois un passeport, mais il l'avait laissé au Grafton Lodge en partant pour son entretien. Nul doute qu'il avait été mis sous scellés comme le reste de ses affaires.

« Ainsi, poursuivit Thrale, visiblement intrigué, vous obtenez un de ces passeports mais vous êtes alors obligé de vous faire passer pour un… pour un Danois, un Espagnol, un Tchèque…

– Est pas important, Gavin, dit Vladimir avec insistance. Le plus important, un passeport Communauté européenne – on est tous pareils maintenant. Est pas important le pays.

– Quand l'auras-tu ? demanda Adam.

– Demain, le jour prochain.

– Alors tu ne reviendras pas ici ?

– Absolument pas ! dit Vladimir en éclatant de rire. Je trouvant passeport, je trouvant travail, je finis avec l'église. Je faisais entraînement pour "kiné", vous comprenez.

– Physiothérapeute, ajouta Adam à l'adresse de Thrale.

– Bien sûr. C'est quand ton village en Ukraine a collecté tout cet argent pour t'envoyer ici pour un pontage.

– Pas l'Ukraine, Gavin. Pas pontage, nouvelle valve cardiaque. »

Adam termina son chili con carne – les portions étaient copieuses à l'église de John Christ. Le sermon de Monseigneur Yemi ce soir-là avait duré deux heures et demie, s'obstinant à présenter John Christ comme le chef d'une petite cellule de guérilleros en lutte pour libérer leur peuple de l'oppression de l'Empire romain. Jésus, fidèle lieutenant, s'était sacrifié pour John afin que le chef puisse disparaître et que la lutte continue. Tout ça se trouvait dans le livre de l'Apocalypse si l'on savait le déchiffrer. Sur quoi, Adam avait un peu somnolé – seuls les plus affamés pouvaient écouter les sermons jusqu'au bout sans se déconcentrer.

« Quelqu'un lui voit Turpin ? demanda Vladimir.

– Sans doute en train de traîner près d'un jardin d'enfants », ricana Thrale.

L'archevêque Yemi surgit à cet instant et gratifia ses John d'un sourire éblouissant.

« Comment va la vie, les gars ? s'enquit-il, le sourire vissé, indifférent de toute évidence à ce qu'ils pourraient répondre.

– Bien, merci », répliqua Adam.

Il éprouvait une étrange chaleur à l'égard de Monseigneur Yemi : après tout, l'homme et son organisation l'avaient nourri et habillé.

L'archevêque étendit les mains : « Que l'amour de John Christ soit avec vous, mes frères », lança-t-il avant de se diriger vers la table voisine. L'assistance était rare ce soir-là, à peine plus d'une dizaine de membres.

« Pourquoi le terme "faux jeton" vient-il soudain à l'esprit ? dit Thrale.

– Non, lui brave homme, Monseigneur Yemi », protesta Vladimir en se levant. Il regarda Adam et fit le geste de fumer : « Adam, tu veux venir ? J'ai guenon.

– Ah non, merci, pas ce soir », répondit Adam.

Vladimir lui proposait systématiquement après chaque repas de venir fumer du hasch – il doit bien m'aimer, je suppose, se disait Adam – qui refusait tout aussi systématiquement.

Plus tard, à la porte de l'église, Thrale et lui s'attardèrent un instant à contempler le ciel crépusculaire où traînaient de légers nuages teintés d'une lueur abricot.

« Cirrus fibratus, remarqua Adam sans réfléchir. Le temps va changer. »

Thrale le regarda avec curiosité : « Comment diable sais-tu ça ? s'étonna-t-il.

– Juste un passe-temps », se hâta de répondre Adam qui sentit ses joues s'empourprer. Espèce d'idiot ! s'injuria-t-il. « Un livre que j'ai lu un jour…

– Comment est-ce que des gens comme toi et moi échouons ici ? dit Thrale. En nous cachant derrière nos barbes et nos cheveux longs.

– Je te l'ai raconté. J'ai eu une série de dépressions nerv…

– Oui, oui, naturellement. Allons, arrête. Nous sommes tous deux très cultivés. Des intellectuels. C'est évident dès qu'on ouvre la bouche – on pourrait aussi bien avoir CERVEAU tatoué sur le front.

– Tout cela est très joli, insista Adam, mais j'ai craqué. Tout est parti en quenouille. J'ai perdu ma femme, mon job. Je suis resté à l'hôpital pendant des mois… »

Il se tut, il y croyait presque maintenant. « J'essaye juste de reconstruire ma vie, petit à petit, lentement mais sûrement.

– Ouais, fit Thrale, sceptique. C'est ce qu'on fait tous.

– Et toi ? demanda Adam, soucieux de changer de sujet.

– Je suis écrivain, répliqua Thrale.

– Vraiment ?

– J'ai écrit beaucoup de romans, une douzaine environ, mais un seul a été publié.

– Lequel ?

– *La Maison de l'hortensia*.

– Je ne me souviens pas…

– Tu ne pourrais pas. Il a, j'ai, été publié par un petit éditeur : Idomeneo Editore. À Capri.

– Capri ? En Italie ?

– Aux dernières nouvelles.

– Bon. Au moins tu as été publié. Ce n'est pas rien. Tenir dans tes mains un livre que tu as écrit, avec ton nom sur la couverture : *La Maison de l'hortensia* par Gavin Thrale. Formidable impression, je dirais.

– Sauf que j'écrivais sous un pseudonyme, dit Thrale. "Irena Primavera". Pas le même frisson.

– Compris. Tu en écris un autre ? »

Ils s'étaient éloignés de l'église et se dirigeaient vers Jamaica Road.

« Oui, puisque tu me le demandes. Ça s'appelle *Le Masturbateur*. Parfois je doute qu'il trouve un éditeur.

– Est-ce que ça n'a pas déjà été fait ? *Portnoy et son…*

– À côté de mon roman, Portnoy aura des allures de Winnie l'Ourson, l'interrompit Thrale avec de l'acier dans la voix.

– Mais si tu es un romancier reconnu, que fais-tu à l'église de John Christ ?

– La même chose que toi, répliqua Thrale d'un ton qui en disait long. Je me planque. »

Ils continuèrent à marcher un moment en silence. Adam s'arrêta pour décoller un bout de chewing-gum de la semelle de sa chaussure droite. Thrale l'attendit.

« J'ai gagné pas mal d'argent pendant des années, reprit-il, pensif. En volant des livres rares dans des bibliothèques. Des cartes, des gravures. Dans toute l'Europe. Je me faisais passer pour un chercheur. Certains de ces documents étaient extrêmement rares. Puis j'ai été épinglé et j'ai dû payer ma dette à la société.

– Ah. » Adam se releva. « Ma grosse erreur, une fois qu'on m'a relâché ç'a été de penser que je pouvais embobiner ces messieurs dames de la Sécurité sociale – ou est-ce du Service des allocations ? Peu importe. J'étais inscrit au chômage mais je faisais en même temps des tas de petits travaux. Quelqu'un m'a balancé, on m'a espionné – c'est un monde dégueulasse où l'on vit, Adam – et on a supprimé mes indemnités. Je suis recherché pour fraude. Je n'ai pas l'intention de retourner en prison.

– D'où…

– D'où mon enthousiasme pour la fascinante théorie de la conspiration de Monseigneur Yemi. »

Ils étaient arrivés à l'arrêt de l'autobus d'Adam.

« À demain, dit Adam.

– Comment tu t'en sors ?

– En mendiant.

– Oh mon dieu. Désespoir.

– Et toi ?

– J'ai repris mon vieux métier. Je vole des livres – sur commande, pour des étudiants. » Il fronça les sourcils : « Il ne faut pas que je me fasse agrafer de nouveau. » Sa grimace se transforma en un faux sourire. « Je m'en vais par là. Je vis dans un squat à Shoreditch avec un curieux mélange de jeunes gens. »

Adam le regarda s'éloigner d'un pas nonchalant, puis il fouilla dans sa poche pour voir ce qui lui restait en fait de menue monnaie. C'était une belle soirée : autant regagner Chelsea à pied – et économiser quelques pièces.

# 20

L'imperméable Burberry gisait sur le sol en béton du parking souterrain n° 2 du Shaft. Mohammed le contemplait, soucieux.

« Ne le salissez pas », dit-il.

Bozzy ramassa l'imper, le reposa sur une superbe tache d'huile puis le piétina et l'enfonça dans la bouillasse avec ses talons. Après quoi, il tenta d'y mettre le feu avec son briquet.

« Ça va, ça va, dit Jonjo. T'énerve pas. » De petites flammes brûlaient, pâlottes, sur la doublure écossaise de l'imper.

« Putain, je vais te tuer ! hurla Mohammed à Bozzy.

– Toi, t'es déjà mort ! hurla Bozzy en retour. Comment tu vas me tuer ? Une bombe-suicide ?

– Fermez vos foutues gueules ! » rugit Jonjo, et tout le monde se calma.

Jonjo s'approcha de Mohammed qui recula en tressaillant.

« Je ne vais pas te faire de mal, dit Jonjo. En tout cas pas encore… Comment t'as eu ce manteau ?

– Comme j'ai raconté à Boz, répondit Mohammed. Y a trois ou quatre semaines, j'ai un minitaxi, d'accord ? Moi chauffeur de minicab, hein ? Puis je vois ce mec, je crois qu'il est pété – mais je vois une coupure sur sa tête, OK ? »

Mohammed continua son récit : comment ce mec avait dit qu'il habitait Chelsea et qu'il devait retourner chez lui et Mohammed content à l'idée d'un long trajet et d'une grosse course avait dit à ce mec de monter. Mais quand ils étaient arrivés à Chelsea, le zig avait dit qu'il n'avait pas d'argent et il avait offert son imperméable en guise de paiement. Mohammed avait été très content d'accepter.

« Nous, on est allés à Chelsea. Quand il dit qu'il va chercher son imper, nous on est un peu soupçonneux, lui parti sur le terrain vague, on a pensé il va peut-être nous doubler, il va peut-être s'enfuir. Mais il revient avec et je vois, disons, c'est un Burberry. La classe, mon vieux, pas de souci. Cent tickets, facile. »

Bozzy s'avança et pointa son index sur le petit espace entre les sourcils luxuriants de Mohammed.

« Sale con de menteur ! » Il se tourna vers Jonjo. « On l'a dépouillé, le zig. Il avait plus rien sauf une chemise et sa culotte.

– Il avait des fringues, mec. Je laisse pas monter des hommes nus dans mon taxi.

– Sale con de menteur ! »

Jonjo donna un très fort coup de poing dans l'épaule de Bozzy qui laissa échapper un gémissement aigu de souffrance et recula, le bras ballant, mou, sans vie.

« Ainsi, tu l'as laissé à Chelsea, dit Jonjo à Mohammed. Devant une maison ?

– Non, il dormait par terre comme un lapin, à côté d'un pont. »

Jonjo saisit alors Mohammed à la gorge et le souleva, le bout des pieds touchant à peine le sol de béton sale. À la recherche d'une prise, les mains de Mohammed s'accrochèrent désespérément au poignet d'acier de Jonjo.

« Ne m'envoie pas du bourre-mou, Mo.

– Je vous jure, boss, chuchota Mo, les yeux exorbités.

– Torture-le ! » conseilla Bozzy.

Jonjo relâcha Mohammed qui toussa, se racla la gorge et cracha.

« Je le laisse. Il va dans ce bout de terrain. Il revient avec le manteau et il me le donne. »

Jonjo sentit une vague de bien-être se répandre en lui. Un bout de terrain en friche près d'un pont sur la Tamise à Chelsea. Battersea Bridge, Albert Bridge ou Chelsea Bridge : obligatoirement un de ceux-là. Planqué, vivant à la dure. Pas étonnant que Kindred ait été si difficile à trouver. Il regarda Mohammed qui continuait à tousser comme s'il avait une arête dans la gorge.

« Alors il dormait à la belle étoile à côté d'un pont, hein ? » dit Jonjo, la bienveillance voilant un peu sa voix. Il n'allait pas cogner davantage sur Mohammed. Il n'en avait nul besoin. « Bon, maintenant, tu me dis exactement de quel pont tu parles. »

Jonjo gara son taxi sur une petite place et fit à pied les cinq cents mètres le ramenant à Chelsea. Il s'arrêta un moment devant la grille bordant le mince triangle de terrain envahi par la végétation, attentif à tout mouvement, tout signe d'une présence humaine. Une fois assuré qu'il n'y avait personne, il attendit que la circulation diminue pour sauter par-dessus la grille. Il traversa rapidement le triangle – plus grand qu'il ne le semblait depuis la route. Du côté du pont se dressait un vieux figuier énorme. Près du sommet du triangle, Jonjo découvrit que la végétation devenait plus dense.

Il se courba pour passer sous les branches, avança à travers les buissons et les arbustes et déboucha sur une petite clairière. Trois pneus empilés formaient un siège rudimentaire ; sous un buisson, il trouva un sac de couchage et un tapis de sol ; sous un autre, un cageot avec un réchaud à gaz, une casserole, une savonnette et trois boîtes de haricots en sauce – vides.

Jonjo continua à rôder encore un peu. Excellente couverture de la route et de la circulation sur le pont. L'herbe était piétinée – quelqu'un avait vécu ici un bon moment. Il trouva une pelle : pas d'ordures, les déjections étaient sans doute enterrées – très impressionnant. Il leva la tête : les ampoules électriques du pont de Chelsea se détachaient brillantes sur un ciel d'un bleu pourpre presque noir.

Il vérifia les chargeurs de ses deux revolvers et se dénicha une petite cachette, à quelques mètres de la clairière de Kindred. Celui-ci reviendrait d'ici une heure ou deux – ou plus tard. Peu importait à Jonjo d'attendre longtemps : parfois, à l'armée, il était resté planqué jusqu'à quinze jours pour descendre quelqu'un. Kindred pouvait prendre tout le temps qu'il voudrait : maintenant qu'il avait découvert le refuge secret de ce type, Jonjo Case allait mettre un terme au chapitre Kindred dans sa vie avec une extrême partialité.

# 21

L'immensité de Londres le surprenait toujours, l'intimidait presque, songeait Adam, bien que, ces dernières semaines, il en eût parcouru sans fin les rues. Aller de l'église de John Christ dans Rotherhithe au pont de Chelsea lui prit plus d'une heure et demie, et pourtant, sur un plan, il n'avait couvert qu'une partie négligeable de l'étalement massif de la ville – une minuscule trajectoire sinueuse traversant les frontières de quelques quartiers : Bermondsey, Southwark, Lambeth, Pimlico, Chelsea. Vrai, il s'était arrêté pour boire une tasse de café et s'offrir une bouteille d'eau et une pomme pour son petit déjeuner du lendemain, mais il avait mal aux pieds en arrivant sur le côté Battersea du pont de Chelsea, dont il fut content de voir les chaînes étincelantes d'ampoules électriques, content aussi de remarquer que la marée descendait et que des traces de sa plage commençaient à apparaître. Peut-être s'offrirait-il un bain de minuit : ôter sa chemise, faire couler un peu de la Tamise sur son torse – peut-être même chauffer une casserole d'eau et se laver les cheveux.

Il traversa le pont et tourna à gauche, juste à temps pour voir quatre policiers, tous portant des gilets de protection, ouvrir le portail du triangle et entrer. Il traversa en courant l'Embankment et, à moitié caché par le monument aux morts au coin de Chelsea Bridge Road, poireauta, les nerfs à vif, soudain inquiet, très inquiet. Rien ne semblait se passer. Il consulta une montre absente sur son poignet, fit un peu les cent pas, comme s'il tuait le temps, au cas où quiconque aurait pu s'intéresser à sa présence – et croire alors qu'il attendait quelqu'un à la sortie du Lister Hospital, en face – et fit mine de renouer ses lacets. Puis, dix minutes après l'entrée des flics dans le triangle, il les vit tous les quatre émerger avec un cinquième homme, un grand type costaud, menotté.

Il vit aussi un des policiers appeler sur sa radio personnelle et, quelques minutes après, deux voitures de police – sirènes hurlantes, tous feux clignotants en action – se garaient devant le triangle. Le cinquième homme fut poussé dans celle commodément placée sous un lampadaire, à moins de dix mètres d'Adam qui put ainsi observer la scène très clairement. Juste avant de se courber pour entrer à l'arrière du véhicule, le gros type s'arrêta et sembla dire quelque chose à l'un des policiers.

Dans un accès de surprise pure, Adam, le corps secoué par l'impact du choc, le reconnut : le menton fendu, fuyant, les cheveux en brosse, les traits durs – c'était bien l'homme qu'il avait envoyé au tapis avec son attaché-case le soir du meurtre de Wang.

La voiture de police démarra en hurlant, un des flics monta dans l'autre véhicule qui suivit à toute allure. Les trois policiers restants se congratulèrent à grands coups de claques dans le dos avant de s'éloigner sur l'Embankment. Adam les regarda partir sans hâte puis leur emboîta discrètement le pas. Il les vit alors pénétrer par une porte dans le mur de l'Embankment et descendre quelques marches vers le fleuve. Trois minutes après, une vedette se détachait pour se diriger en aval.

Les questions se télescopèrent dans la tête d'Adam. Que faisait le gros type dans le triangle ? Attendait-il son retour ? Nom de dieu !… Comment avait-il su pour le triangle ? Que faisaient les flics là ? Pourquoi avaient-ils arrêté cet homme ? Existait-il une nouvelle piste dans l'affaire Wang ? Cette arrestation allait-elle enfin l'innocenter ? Les questions dégringolaient l'une après l'autre, une véritable petite avalanche. Adam se sentit soudain très faible, et il se rendit compte aussitôt qu'il ne pouvait plus rester dans le triangle – la période triangle était terminée. Il lui fallait trouver un autre endroit où se cacher.

Adam frappa à la porte de Mhouse : il était très tard, aux environs de 3 heures du matin, et c'était la septième ou huitième fois qu'il revenait voir si elle était rentrée de sa fête à bord d'un bateau. Il était resté dans l'ombre, évitant les quelques individus rôdant dans les parages : le Shaft la nuit, il ne le savait que trop bien, n'avait rien d'accueillant. Une lumière s'alluma derrière la porte.

« Qui c'est, putain ?

– Mhouse ? C'est moi, John 1603. J'ai changé d'idée. J'aimerais louer la chambre libre. »

# 22

La Targa accosta à la nouvelle jetée d'acier de Phoenix Stairs. Rita sauta à terre et fit un nœud d'arrêt avec l'amarre autour du grand taquet au bord du ponton. Joey lui lança le bout arrière qu'elle arrima fermement. La journée avait été calme. Ils avaient emmené un plongeur de l'équipe des recherches sous-marines jusqu'à Deptford pour enquêter sur un possible cadavre immergé, mais il ne s'agissait finalement que de trois sacs d'ordures lestés. Puis ils avaient intercepté une péniche venant de Twickenham sans les papiers nécessaires et ils avaient expédié les informations à la direction des ports de la Tamise. Enfin, ils étaient passés aux bureaux de la Royal National Lifeboat Institution sur le Victoria Embankment, avaient pris livraison de la passerelle gonflable qu'ils avaient empruntée, et bu une tasse de thé. Presque une croisière, se dit-elle : une belle journée ensoleillée sur l'eau, quoi de mieux ? Elle demanda à Joey s'il pouvait s'occuper du débriefing car elle souhaitait parler d'urgence au sergent Rollins.

« Des nouvelles, sergent ? » s'enquit-elle en le trouvant enfin dans son minuscule bureau de la Portakabin 3 à côté de la morgue réfrigérée et bourdonnante installée dans la Portakabin 4. On entendait le moteur du climatiseur à travers la cloison : elle n'aurait pas aimé avoir son bureau près d'une morgue, certainement pas. Elle affecta de paraître simplement intéressée et de contenir sa curiosité dans sa voix.

« Ouais. Ils l'ont relâché.

– Quoi ? »

Rollins haussa les épaules, écarta les mains.

« C'est tout ce que je sais. En garde à vue la nuit. Libre comme l'air le matin.

– Relâché ? Aucun motif d'accusation ? »

Une sensation étrange envahit Rita, une sorte de vide : c'était la dernière chose à laquelle elle s'attendait.

« Faudra voir plus haut à Chelsea, Nashe. Découvrir ce qui s'est passé. Ton travail en tant que policier ayant procédé à l'arrestation s'arrête là. Y a pas de poursuites.

– Il était armé, bon dieu ! Deux flingues et une lame de quinze centimètres. Pas de papiers d'identité. C'est quoi, cette histoire ?

– Du tout cuit, j'aurais pensé, mais voilà c'est comme ça. Il doit y avoir une raison. » Il lui sourit affectueusement. « Va te falloir arrêter quelqu'un d'autre maintenant, chérie.

– S'il vous plaît, sergent, ne m'appelez pas "chérie". »

À la fin de sa journée, Rita prit le métro jusqu'au commissariat de Chelsea pour tenter de trouver des réponses à ses questions. Le sergent Duke n'était pas de service ce soir-là mais elle vit Gary traverser un corridor et l'appela.

« Hé, Rita, dit-il en la déshabillant du regard, tu vas bien ? T'es ravissante, comme d'hab. Chouette fiesta, à propos.

– Qu'est-ce que tu fais ici ?

– Juste passé en voisin de Belgravia. De la paperasse. »

D'un coup d'œil, elle vérifia que personne ne pouvait les entendre.

« On est venus hier soir. Un type qu'on a arrêté à Chelsea Bridge – deux revolvers, pas d'identité, refusait de parler, pas un mot. Je l'ai accompagné ici moi-même, j'ai rempli le formulaire puis on l'a remis à la Crim'. Boulot accompli. Et maintenant on vient de m'apprendre qu'on l'avait relâché. Qu'est-ce qui se passe, bordel ? T'as une idée ? »

Gary regarda d'un bout à l'autre du couloir.

« Ouais. J'ai entendu dire… (Il se tapota le nez.) C'était un de ces appels, tu sais.

– Non, je ne sais pas. »

Il baissa la voix.

« Quelqu'un de très haut placé dans la Met' qui téléphone : "Libérez ce type tout de suite, j'en prends la pleine responsabilité." Ce genre de numéro.

– Et c'est censé signifier quoi ?

– Que t'as mis les pieds sur une affaire de surveillance clandestine. MI5. Antiterroriste. Je ne sais pas. À l'évidence il a de bonnes relations, ton mec du pont de Chelsea.

– Je ne vais pas laisser tomber ça.

– OK. Tu vois ce mur là-bas ? Tape-toi juste la tête une heure ou deux contre lui. T'auras le film. Laisse tomber, Rita, c'est à des kilomètres au-dessus de nos fiches de salaire. »

Elle arpentait le couloir, pensive.

« Tu me manques, Rita.

– C'est pas de pot.

– J'ai été idiot. Un vrai branleur. J'avoue.

– Trop tard, Gary.

– On pourrait prendre un verre, non ? »

Ils allèrent dans un bar près du commissariat, un bar pseudo espagnol, un truc à tapas mais avec de la bonne musique. Gary continua à plaider pour sa chapelle, et elle l'écouta d'une oreille, encore troublée par les événements, vaguement furieuse en repensant à ce qui s'était passé la veille au soir dans ce bout de terrain en friche à côté du pont.

Elle était allée tout droit à la clairière et commençait les recherches, suivie de Joey et des deux autres avec leurs torches électriques, quand cet homme l'avait fait sursauter en surgissant de derrière un buisson, les mains au-dessus de la tête. « Vous m'avez eu », avait-il simplement dit. Elle l'avait fouillé, trouvé les armes, procédé à son arrestation en le mettant en garde selon le règlement, puis l'avait menotté et avait téléphoné aux collègues de Chelsea pour demander deux voitures. L'homme n'avait pas prononcé un mot de plus, n'avait aucun papier d'identité sur lui, avait refusé de donner son nom, était demeuré très calme. Quand elle l'avait poussé dans la voiture, il s'était soudain tourné vers elle comme sur le point de dire quelque chose mais s'était ravisé. Leurs visages avaient été très proches. Un gros mec laid, un menton fuyant profondément fendu. Gary poursuivait sa plaidoirie.

« Pardon, dit-elle. J'étais ailleurs. Alors, quoi de neuf ? Pas d'autres meurtres à Chelsea ?

— Pas depuis ta dernière bagarre.

— On en est où ?

— À la veille de clore l'affaire, je pense – rien, nada. On a encore une cellule dessus à Belgravia. Juste deux inspecteurs, un dossier et un téléphone. Pour la forme, tu comprends.

— Aucun signe de Kindred ? »

Il haussa les épaules. « Kindred est soit mort, soit caché par des amis ou de la famille.

– Je croyais qu'il n'avait ni amis ni famille dans ce pays.

– À mon avis, il s'est suicidé. »

Gary fouilla dans sa poche pour prendre une cigarette puis, se rappelant soudain qu'il était désormais interdit de fumer dans les pubs, il remit le paquet en place.

« Tu promets une récompense aussi énorme, dit-il – cent mille tickets –, tu reçois un millier d'appels. Je crois qu'on en a eu vingt-sept, tous des dingues. Et puis, plus rien du tout : il doit être mort.

– Ou parti à l'étranger, dit-elle. S'est enfui du pays. »

Gary n'était pas intéressé, elle le voyait bien. Il lui prit la main.

« Je voudrais qu'on se revoie, Rita. Tu me manques. »

Rita grimpa la passerelle menant au *Bellerophon* en tapant délibérément du pied, et aperçut le bout rougeoyant du joint tomber en un arc de l'arrière du bateau dans l'eau. Son père avait encore sa canette de bière à la main.

« Salut, Papa, on est relax et détendu ?

– Je me suis connu plus détendu, mais je ne me plains pas. Ernesto est à l'intérieur : t'es en retard. »

Ils dînèrent ensemble – pizza, salade, tarte aux pommes –, un rendez-vous mensuel auquel Rita tenait et qu'en général ils honoraient. Une fois par mois, disait-elle, ils devaient se réunir en famille pour partager un repas, vin et nourriture. Ernesto et elle ne parlaient jamais de Jane, leur mère – l'ex-épouse de Jeff – qui vivait maintenant, pour autant qu'ils le sachent, au Canada, dans le Saskatchewan, remariée à un inconnu.

Mais Rita aimait à penser que le seul fait pour le reste de la famille Nashe de se réunir ainsi signifiait que la mère était là aussi, tel un fantôme, leur insistance à ne pas la mentionner la rendant, dans un sens, d'autant plus présente. Rita lui écrivait de temps en temps sans jamais obtenir de réponse – elle savait cependant qu'Ernesto recevait toujours une carte pour son anniversaire et parfois un coup de téléphone. Mais rien pour Rita parce que Rita avait choisi Jeff – Ernesto avait été pardonné du fait de son jeune âge. Un ramassis de malentendus et de rancœurs qui attristait beaucoup Rita quand elle y pensait trop : enfin, au moins, ils étaient là tous les trois, en train de dîner.

« Beaucoup de boulot, Ernesto ? demanda Jeff à son fils.

– Je pourrais travailler quatorze jours par semaine », affirma Ernesto.

C'était un petit jeune homme solidement charpenté, son cadet de deux ans. Il ressemblait à Jane, songea Rita. Il déguisait son intense timidité sous les faux airs d'une placidité sans faille.

« Comment vont les affaires côté grues ? s'enquit Jeff. Elles montent en flèche, elles ont le bras long ?

– Quand le bâtiment va, la grue va. Quand ça arrête de construire, on a des problèmes. »

Rita voyait les efforts de son père pour feindre un certain intérêt. Ernesto était grutier – il gagnait trois fois le salaire de sa sœur.

« J'ai arrêté un type hier soir, dit-elle, désireuse de changer de sujet. Près du pont de Chelsea. Il avait sur lui deux pistolets automatiques et un couteau. »

Jeff tourna vers elle son regard à moitié brouillé, les yeux écarquillés.

« Tu es un policier armé maintenant ? demanda-t-il sur un ton accusateur. Le jour où tu auras une arme tu quittes le *Bellerophon*. »

Elle ne releva pas la menace gratuite.

« Il s'est rendu à moi, reprit-elle. À moi et à mes collègues.

– Faut que tu sois prudente, dit Ernesto. Bon dieu de bon dieu, où va-t-on, hein ? Putain !

– Londres a été une ville violente depuis sa fondation, dit Jeff. Pourquoi serions-nous surpris que ça n'ait pas changé ? »

D'accord, pensa Rita mais, aujourd'hui, quand nous arrêtons un homme portant sur lui deux armes sans permis, on ne le relâche pas vingt-quatre heures plus tard. Elle ne pouvait pas se boucher les yeux et ignorer cette histoire – elle devait vraiment faire quelque chose.

## 23

Darren apporta leurs chopes et les posa sur la table. Ils étaient dans un grand bar bruyant sur Leicester Square – un endroit plein d'étrangers, tous jacassant dans leurs diverses langues incompréhensibles, constata Jonjo en regardant autour de lui. Même les barmen étaient des étrangers. Lui, Darren et cet autre type qui s'était annoncé comme « Bob » semblaient être les seuls vrais Anglais présents. Ce Bob était aussi un soldat, Jonjo l'avait immédiatement su, bien que d'un rang supérieur – un officier, un « Rupert » – mais un Rupert qui avait dû voir pas mal de sales affaires : il lui manquait deux doigts à la main droite, et il avait la joue zébrée d'une cicatrice récente de dix centimètres de long en forme de croissant.

« Santé, les braves », dit Jonjo avant d'avaler trois grosses goulées de bière mousseuse. Il était bon pour une engueulade ou pire – autant profiter du drink gratos.

« T'as merdé, Jonjo, dit Bob calmement après avoir reposé son verre. Dans les grandes largeurs. Sais-tu ce qu'on a dû faire pour t'en sortir ? Une idée de ceux qu'on a dû appeler ? Les faveurs spéciales qu'on a dû demander à des gens très importants ? Des services dont nous sommes redevables de notre côté maintenant ? »

Jonjo ne s'en souciait pas vraiment. Darren lui avait dit qu'il disposait de toutes les ressources possibles et par conséquent, quand il avait été arrêté, il avait appelé. Qu'était-il censé faire d'autre ? Il renvoya à Bob un sourire vide et mesura deux centimètres d'air entre son pouce et son index.

« J'étais aussi près que ça, dit-il. J'avais tracé Kindred. Je le tenais. Jusqu'à ce que cette foutue fliquette se pointe.

— Mauvaise pioche, dit Bob. La seule chose qu'on ne puisse pas calculer.

— Ouais, si on veut. »

Darren se taisait, se concentrant sur sa bière – le petit messager.

« L'ennui, reprit Bob, c'est que nous ne pouvons plus maintenant dire à la police qu'on était à deux doigts de lui mettre la main dessus. Ça nous lierait au meurtre de Wang – ce qui fait qu'on l'aurait deux fois dans le baba. »

Jonjo ne releva pas. Le pire était passé.

« Je sais ce que Kindred fait, dit-il calmement, d'un ton égal, en se renfonçant sur son siège. Je l'ai compris en l'attendant. Il a vécu là-bas, près de ce pont, depuis des semaines… Juste en se tenant à carreau. Il n'est pas stupide : il ne fait rien, il n'y a donc pas de trace. Pas de chèques, pas de factures, pas de notes, pas d'appels sur portable – cabines téléphoniques seulement –, pas de cartes bancaires, du liquide – rien. C'est comme ça qu'on disparaît au vingt et unième siècle – on refuse simplement d'y participer. On vit comme un paysan au Moyen Âge : tu mendies, tu voles, tu dors sous un buisson. Voilà pourquoi personne ne pouvait le trouver – même pas la foutue Brigade criminelle au complet de la Metropolitan Police. Il peut bien figurer sur trois cents écrans de caméras de surveillance par jour mais on n'en sait rien. On ne sait même plus à quoi il ressemble maintenant, on ne sait pas où il va, ce qu'il fait. C'est juste un homme qui se promène dans la ville. Épatant. Libre comme l'air. »

Jonjo se tut, un peu étonné par sa propre éloquence. Il décida que poursuivre sur le ton de la belligérance, sans contrition aucune, était sa meilleure défense.

« Mais, reprit-il, je l'ai trouvé. Moi, Jonjo Case. Je l'ai traqué. Pas grâce à la police. Pas grâce à votre annonce de cent mille tickets de récompense. Je le tenais, mais une putain de guigne s'en est mêlée. Alors ne me faites pas chier avec vos prétendues demandes de faveur. »

Il mesura de nouveau deux centimètres d'air entre ses doigts.

« Personne d'autre ne l'a approché à des kilomètres.

– Tu as peut-être raison, répliqua Bob. Mais une seule chose est sûre pour l'instant : il a bel et bien filé.

– Je l'aurai, ne vous en faites pas, affirma Jonjo avec plus de conviction qu'il n'en avait en réalité. J'ai des pistes maintenant. Donnez-moi juste un peu de temps.

– C'est l'unique marchandise dont nous ne disposions pas en grande quantité, Mr Case », dit Rupert-Bob, la voix lourde de cynisme.

Jonjo présumait que c'était un petit démerdard de sergent sorti du rang et à la langue bien pendue. Ce qui l'aida à se détendre un peu : il savait à quoi ressemblaient ces gars-là, il connaissait leur manque profond d'assurance. Il aurait parié que l'accent était fabriqué aussi – il y avait un côté Liverpool, région du Nord – Wirral, Cheshire…

« C'est pas mon problème, vieux, lança-t-il en fixant le type d'un regard éteint.

– Au contraire, ça l'est foutrement, dit Bob. On a peu de temps. Il ne t'en reste pas beaucoup. Compris ? »

Il se leva : « On y va, Darren. »

Darren vida sa bière et fit un clin d'œil à Jonjo derrière sa chope. Qu'est-ce que c'était censé vouloir dire ? se demanda Jonjo. Il vit Bob se jeter sur son portable en quittant le pub – pour faire son rapport sur la rencontre avec Jonjo Case. Qui pouvait-il bien appeler ? Qui était plus haut placé dans cette chaîne ?…

Il alla au bar, se sentant mécontent, exploité, sousestimé, et commanda une autre chope à une fille appelée Carmencita. Qu'est-ce qui les excitait tant ? s'interrogeat-il en sirotant debout sa bière. Ils savaient maintenant que Kindred était vivant, quelque part dans Londres. En fin de compte, c'était, comme il l'avait dit, uniquement une question de temps. Le temps était l'ennemi de Kindred. Le temps était l'ami de Jonjo, le temps était du côté de Jonjo.

## 24

« Le soleil est dans le ciel.

– Le soleil est dans le ciel. »

Adam réarrangea les grandes lettres et les épela pour Ly-on.

« Le ciel est bleu.

– Le ciel est bleu.

– Maintenant c'est à toi – refais "le soleil est dans le ciel". »

Ly-on commença à déplacer les lettres pour former les nouveaux mots. Installée dans son fauteuil Mhouse les regardait tous les deux assis par terre devant la télévision – qui n'était pas allumée, ça c'était bizarre, se dit-elle, pas de télé. L'idée de John 1603 apprenant à lire à Ly-on lui plaisait bien : lire et écrire, c'était important, et elle aurait souhaité pouvoir lire mieux qu'elle ne le faisait – elle n'avait pas tellement besoin d'écrire –, mais elle n'avait pas de temps à perdre.

« Je descends faire les courses », annonça-t-elle.

John leva la tête et sourit.

« Quoi tu achètes cadeau pour Ly-on ? dit Ly-on.

– Occupe-toi de tes… » Impossible de se rappeler le mot. « Tu fais seulement ce que John te dit. »

Elle alla dans sa chambre, prit son blouson de cuir dans l'armoire et l'enfila. Elle aimait bien avoir un homme à la maison, même si ce n'était qu'un locataire. Ça ramenait du cash en supplément aussi – soixante tickets déjà en trois semaines. Elle aimait bien en rentrant du travail trouver John et Ly-on à leurs… études, c'était ça le mot. Ils étudiaient dur et Ly-on avait l'air de presque savoir lire. Et Ly-on aimait bien John, même mieux. Gentil garçon, ce John 1603.

Elle traversa le Shaft en direction de la grand-rue, disant bonjour aux quelques personnes qu'elle reconnaissait. Elle était de bonne humeur, se dit-elle en se souriant à elle-même. Y avait aussi un peu de soleil aujourd'hui – « le soleil est dans le ciel », est-ce que c'était difficile, ça ? Elle pouvait le lire. « Le ciel est bleu aujourd'hui » dit-elle à haute voix, voyant les lettres dans sa tête – elle pouvait écrire ça, presque. Juste besoin d'un peu d'aide de John et elle…

« Hoï, Mhouse ! »

Elle regarda autour d'elle. Mohammed était dans sa Primavera garée le long du trottoir, portière ouverte. Il lui fit signe de venir et elle se glissa à l'intérieur.

« On t'a pas vu depuis des plombes, Mo. T'étais parti ?

– Dans le Nord, voir mes cousins.

– C'est cool. Tu vas bien ?

– Non. Foutrement pas bien. Pas question. Je me gardais à l'abri. » Mohammed lui raconta sa rencontre dans le parking avec Bozzy et cet autre mec, un poids lourd de dix tonnes à te foutre les jetons.

« Bon dieu ! s'écria-t-elle. C'est quoi cette histoire ?

– Il posait des questions sur le soir où toi et moi on a emmené ce zig à Chelsea. »

Mhouse sentit un petit frisson de peur lui grimper dans le cou.

« Et alors, qui c'était ce poids lourd ? Un copain de Bozzy ?

– Non. Il a foutu une raclée à Bozzy. Je sais pas. Je l'ai jamais vu avant. Mais je t'ai laissée en dehors de tout, Mhouse. J'ai jamais dit ton nom.

– Merci, Mo. C'est gentil. Je te dois.

– C'est justement ça, Mhouse. Tu me dois – un imperméable. Ce salaud de Bozzy il lui marche dessus dans l'essence et puis il y fout le feu. » La mine de Mohammed trahissait son profond sentiment de perte. « Mon imperméable Blueberry – il lui a foutu le feu. »

Mhouse farfouilla dans son sac et tendit à Mo un billet de 10 livres.

« Ça vaut cent tickets, Mhouse, facile. Et je garde ton nom hors de tout.

– J'ai pas 100 livres, Mo.

– Je suis trop grave à court, Mhouse. Pas pu travailler dans le Nord, pas vrai. Besoin de cent. Et vite, qui dirait.

– Je peux pas cette semaine. D'accord pour le mois prochain ? Je dois payer Mr Q. demain.

– Qu'est-ce que je fais, moi, Mhouse ? Je suis raide. Mes poches, elles ont faim. Peut-être Bozzy va me donner…

– Je te les aurai la semaine prochaine.

– Lundi ?

– Lundi. Pas de souci. »

Elle descendit de la voiture en tremblant un peu, consciente de la chance qu'elle avait eue. Mohammed n'avait pas menti car autrement Bozzy et sa bande seraient venus lui rendre visite. Mieux valait payer ses cent tickets à Mo et le satisfaire. John 1603 faisait une différence, mais ça prendrait cinq semaines de loyer pour rembourser Mohammed et elle devait à Mr Quality et elle devait à Margo – presque tout ce qu'elle gagnait sur la rive du fleuve leur revenait…

Elle descendit Jamaica Road d'humeur pensive. Elle pouvait s'arranger de Bozzy et ses copains drogués – Mr Q. leur réglerait leur compte – mais qui était ce nouveau mec, le « poids lourd dix tonnes » ? Qu'est-ce qu'il avait à faire avec quoi ? Ils devaient rechercher John 1603 – alors, peut-être, il faudrait qu'elle le foute dehors. Puis elle réfléchit : il est chez moi depuis trois semaines – ils ne savent pas où il est ni à quoi il ressemble, c'est clair. Alors pourquoi devrait-elle le foutre dehors ? –, il rapportait de l'argent, il payait la nourriture et les boissons, il apprenait à lire à Ly-on et Ly-on l'aimait beaucoup. Et merde ! Débrouille-toi pour payer à Mo ses 100 livres, et voilà tout.

À la caisse chez PROXIMATE, elle trouva Mrs Darling devant elle.

« Salut, chérie, dit Mrs Darling. Dis donc, tu te nourris pas de la moitié d'une banane. T'es pas en cloque, non ?

– Non. Non, c'est Ly-on. C'est tout ce qu'il veut. Purée de bananes, s'il te plaît, Maman. Le matin, le soir…

– Un vrai petit singe, hé ? Je l'ai pas vu beaucoup, récemment. Pas besoin de nounou alors ?

– Non, j'ai ce locataire maintenant. De l'église. John 1603.

– John 1603 ?…

– Il apprend à lire à Ly-on. »

Mhouse entassa ses marchandises sur le tapis roulant : rhum, sucre, bananes, pain de mie, lait, biscuits, chips, chocolat.

« Est-ce que c'est le type avec la barbe ? s'enquit Mrs Darling. Je l'ai vu dans le coin.

– C'est lui. "Barbenoire", je l'appelle.

– Ouais. Et je l'ai vu à l'église. Ça doit être bien pour le petit Ly-on.

– Ouais. Ils s'entendent vraiment très bien.

– Il vient à l'église presque tous les soirs.

– Qui ? John ?

– Monseigneur Yemi a son œil sur lui. Il est très dévot.

– Il est quoi ?

– Il croit. C'est un vrai croyant, et Monseigneur Yemi pense qu'il est drôlement intelligent aussi.

– Oh, il est malin y a pas à dire. Mr Je-sais-tout. »

Mhouse paya ses achats et les mit dans un sac, toujours aussi étonnée par le coût de chaque chose. Elle était de nouveau à sec et John avait déjà payé d'avance sa semaine. Comment allait-elle trouver les 100 livres de Mohammed alors qu'elle dépensait comme une folle ?

Ce soir-là, Mhouse frappa à la porte de John – il était tard, minuit passé – elle tapota gentiment du bout des ongles. Ly-on dormait, elle lui avait donné un autre demi-Somnola au dîner. Elle entendit John dire « entrez » et elle poussa la porte.

« C'est que moi », dit-elle inutilement tandis qu'il allumait la lumière.

Le matelas était au milieu de la pièce, toujours cerné par les cartons contenant ses affaires à elle. John avait acheté une petite lampe pour pouvoir lire au lit.

« Qu'est-ce qui se passe ? demanda-t-il en regardant Mhouse d'un œil vague. Tout est OK ?

– J'étais un peu seule », dit-elle. Elle enleva son long T-shirt. « Ça te fait rien si je me mets à côté de toi ? »

Elle n'attendit pas la réponse pour soulever la couverture et se glisser près de lui. Il était nu – très bien. Elle lui passa les bras autour du corps et se nicha contre lui. « Bon et chaud, roucoula-t-elle. Chaud comme du toast. » Elle lui embrassa la poitrine.

« Je me sentais un peu seule.

– Mhouse, dit-il. S'il te plaît. C'est une mauvaise idée. Et Ly-on ?

– Y roupille, répliqua-t-elle en descendant sa main sur un pénis très vite durci. Ici y en a un qui pense que c'est une très bonne idée. »

Elle trouva sa bouche avec la sienne, leurs langues se touchèrent, il posa ses mains sur ses seins. Il tremblait.

« Une seule chose, John, dit-elle. Avant qu'on aille plus loin. C'est 40 livres, normal. Mais pour toi, 20. Et pas besoin de capote.

– Oui, bien, répondit-il, avec une sorte de hoquet dans la voix. Oui, tout ce que tu voudras.

– D'accord ?

– D'accord. »

## 25

Il y avait une tache sombre sur son oreiller blanc impeccable, d'habitude immaculé. Non, en fait il y avait deux taches. Deux taches rouge foncé, un peu plus grandes que des têtes d'épingle. Ingram mit son oreiller sous la lumière. Du sang. Deux minuscules taches de sang. J'ai dû me couper en me rasant hier soir avant le dîner, songea-t-il, en se caressant la mâchoire du bout des doigts. J'ai dû gratter les croûtes dans la nuit. De toute façon, pas d'importance. Il se glissa hors du lit, ôta son pyjama et entra sous sa douche à jet.

Après sa douche, en robe de chambre, il examina son visage dans son miroir grossissant mais sans pouvoir détecter aucune croûte, coupure ou inflammation nulle part. De minuscules gouttes de sang pouvaient-elles vous tomber comme ça des yeux ? Ou de la bouche – de vos dents, peut-être ? S'était-il mordu la langue en dormant ? D'après Meredith, il grinçait des dents dans son sommeil – une plainte invérifiable – et ces grincements bruyants avaient été la raison pour laquelle ils avaient d'abord décidé d'essayer de faire chambre à part. Peut-être avait-il grincé trop fort cette nuit, provoquant un petit saignement… Très bizarre, en tout cas.

Il se rasa puis ouvrit le tiroir de son dressing qui contenait ses sous-vêtements repassés et soigneusement pliés. Aujourd'hui serait-il un jour sans caleçon ? Il avait rendez-vous avec Pippa Deere à 10 heures, et, en sa présence, il jouissait toujours beaucoup de ses frottements de queue clandestins. Son nez brillait, ses lèvres brillaient, elle portait un peu trop de bijoux en or, la tapageuse, la rutilante Pippa Deere. Mais non, se dit-il : l'atmosphère de crise dans la compagnie exigeait un habillement complet, et il enfila un caleçon écossais rouge. Il pourrait toujours l'enlever plus tard, raisonnat-il, si l'envie lui en prenait.

Arrivé à Calenture-Deutz, il pénétra dans le bureau de sa secrétaire avec quelque chose d'élastique dans le pas. Mrs Prendergast se leva d'un bond, le visage tendu, faisant d'étranges signes devant sa poitrine.

« Mr Keegan et Mr de Freitas vous attendent, monsieur », annonça-t-elle très vite, anticipant et partageant le mécontentement qu'il allait ressentir. Que diable foutaient-ils dans son bureau à 9 h 30 du matin ?

« Je prendrai un café noir, Mrs P., dit-il, maîtrisant sa mauvaise humeur. Un sucre – et deux de ces biscuits fourrés à la crème. »

Il ouvrit la porte de son bureau : Keegan et de Freitas étaient assis sur son canapé en cuir.

« Messieurs, bonjour, lança-t-il en allant droit vers sa table de travail. Quelle surprise. Que ça ne se renouvelle pas, je vous prie.

– Nos excuses, Ingram, dit Keegan avec déférence, mais vous deviez être le premier prévenu. Le communiqué de presse part d'ici une heure. Nous ne voulions pas que vous l'appreniez par quelqu'un d'autre.

– Avez-vous retrouvé l'assassin de Philip Wang ? Pinfold, Wilfred ? Le dénommé je ne sais quoi ?

– Non. Il s'agit du Zembla-4.

– Oh. Pourquoi ne peut-on pas retrouver cet homme ?

– Ingram, poursuivit Keegan sur un ton vaguement maître d'école, du style fais-attention-à-ce-que-je-dis. Le Zembla-4 va à la FDA et au ministère de la Santé ce matin. Nous l'annonçons. Officiellement, nous sommes prêts. »

Ingram ne pipa mot, et réussit, pensa-t-il, à garder un visage impassible.

« Depuis quand êtes-vous devenu le directeur général de Calenture-Deutz, Burton ? C'est une décision qui m'appartient à moi et au conseil.

– Les circonstances ont changé, intervint de Freitas, plus conciliant. Il nous a fallu agir vite.

– Eh bien, agissez encore plus vite et annulez tout, rétorqua Ingram. Ceci ne se fera pas. Philip Wang est mort depuis quelques semaines à peine – c'est le travail de sa vie qui est en jeu. Il se retournerait dans sa tombe. »

Keegan leva les deux mains :

« Costas Zaphonopoulos a étudié scrupuleusement tous les essais, toutes les données. Toute la documentation des essais étrangers – Italie, Mexique – est prête, impeccable. Il nous a donné le feu vert, sans réserve aucune.

– Je croyais que vous aviez dit que des données avaient disparu de l'appartement de Philip.

– Rien qui affecte le lancement du Zembla-4.

– Désolé, je me fiche de ce que Costas raconte. C'est moi qui prends cette décision. J'ai besoin de voir les faits, les rapports. Puis le conseil doit sanctionner…

– Ingram, interrompit Keegan. Voyez seulement vos actions Calenture-Deutz tripler – non, quadrupler. »

Ingram ne répondit pas. Il allait et venait dans son bureau, mains dans les poches, tête baissée, donnant, il l'espérait, l'impression d'un homme en pleine réflexion.

Il y avait un je-ne-sais-quoi dans l'accent nasillard de Keegan qu'il trouvait particulièrement irritant ce matin.

« Navré, Burton, lâcha-t-il enfin, c'est ma compagnie, pas la vôtre. Je prends ces décisions – pas vous. Non, je répète, non.

– Trop tard », dit Keegan avec une netteté frisant l'insolence, toute déférence évanouie.

De Freitas et lui étaient restés sur le canapé. Ingram alla s'asseoir derrière son bureau comme pour restaurer plus ou moins son autorité.

Keegan se leva alors, fouilla dans son attaché-case et étala trois magazines sous le nez d'Ingram. Pas des magazines, en fait, mais des revues scientifiques : *The American Journal of Immunology, The Lancet, Der Zeitschrift von Pharmakologie.*

« Trois articles par des experts indépendants, délirants d'enthousiasme au sujet du Zembla-4, dit Keegan.

– Comment ça ? D'où tirent-ils leurs informations ?

– On leur a refilé les données et, bien entendu, nous les avons grassement payés, répliqua Keegan avec un sourire. C'est un coup énorme, Ingram. Et attendez de voir le mois prochain les publireportages. Nous comptons sur une licence d'exploitation dans moins d'un an. Six à neuf mois. »

Il étala ses doigts minces pour bloquer les gros titres : « Enfin un traitement pour l'asthme. »

« Je les ai vus, dit Ingram, content de marquer un petit point. Alfredo me les a montrés. » Il sourit : « Eh bien, je vais vous casser le travail, Burton, poursuivit-il, navré mais la réponse est encore un "non", fort et inébranlable. C'est ridiculement prématuré et risqué. Philip Wang lui-même m'a dit une semaine avant sa mort qu'il souhaitait au moins une autre année d'essais cliniques de niveau 3 – il voulait plus de comparaisons avec des placebos – avant d'envisager en toute confiance de demander le brevet. Non, non et non, répéta-t-il avec son sourire froid. Annulez tout.

– Je crains que non, Ingram. Ne vous engagez pas sur cette voie, s'il vous plaît. »

Ingram sentit son estomac se retourner. Il appuya sur son interphone : « Aucun signe de mon parapluie, Mrs P. ?

– Votre parapluie, monsieur ?

– Je veux dire mon café. »

Keegan et de Freitas étaient maintenant debout devant son bureau.

« À propos, vous êtes tous les deux sacqués – virés – à partir de maintenant. Vous avez vingt minutes pour quitter les lieux. La sécurité vous accompagnera dans vos bureaux. Vous n'emporterez rien à part vos effets personnels…

– Non, Ingram, l'interrompit Keegan d'un ton fatigué. Nous ne sommes pas virés. Je suggère que vous appeliez Alfredo Rilke.

– Alfredo se fera apporter vos têtes sur un plateau d'argent.

– Tout ceci est l'idée d'Alfredo, Ingram. C'est son montage, pas le nôtre. On obéit seulement à ses ordres. »

Mrs Prendergast entra avec le café et les biscuits d'Ingram qui lui sourit chaleureusement : « Merci, Mrs P. » Elle lui lança un coup d'œil nerveux, terrifié, avant de sortir en hâte sans un regard à Keegan ou de Freitas.

« Vous pouvez appeler Alfredo tout de suite », dit Keegan.

Ingram consulta sa montre :

« Il est 5 heures du matin dans les Caraïbes.

233

– Alfredo est à Auckland, Nouvelle-Zélande. Il vous répondra, au numéro habituel.

– Ayez la bonté de quitter la pièce, messieurs. »

Après leur départ, Ingram demeura immobile un moment, à faire le point, à essayer de digérer la multitude tourbillonnante de sous-entendus contenus dans cette conversation. Il avait l'impression qu'une centaine de chauves-souris ou de colombes invisibles voletaient follement autour de la pièce, remplissant ses oreilles de battements d'ailes précurseurs d'événements néfastes, sinistres. Il se sentait dans la peau du président démocratiquement élu d'une petite république venant d'être la victime d'un coup d'État militaire. Il avait encore son bureau, sa belle maison, sa limousine et son chauffeur en livrée – mais c'était tout.

« Alfredo ?... Ingram.

– Ingram ! J'espérais avoir de tes nouvelles. Tout ça est très excitant, n'est-ce pas ?

– Tout cela est un peu soudain, assurément.

– C'est comme ça que ça marche, Ingram. Crois-moi. Je pense pouvoir dire, si tu me le permets, que j'ai plus d'expérience dans ce domaine que toi.

– Indubitablement. »

C'était à des moments pareils qu'Ingram regrettait d'avoir abandonné l'immobilier pour le monde déconcertant des pharmaceutiques. Tout avait été si simple alors – on empruntait de l'argent, on achetait un immeuble, on le revendait avec un profit. Mais Rilke lui parlait.

« ... la surprise est votre meilleure arme. Vous prenez de la vitesse, une vitesse irrésistible. Vous n'avez qu'une seule chance. Le Zembla-4 est à l'avant-garde. Il faut y aller. Maintenant, maintenant, maintenant. Foncer, foncer, foncer.

– J'ai seulement le sentiment...

– Nous prévoyons 5 à 8 milliards de dollars dans la première année d'exploitation totale. 10 à 20 milliards ensuite, tout à fait réalisables. C'est un autre Lipitor, un Seroquel, un Viagra, un Xenak-2. On tient notre médicament à tout casser, Ingram. Une patente de vingt ans. Mondiale. Nous mourrons énormément, fabuleusement riches, de quoi écœurer.

– Oui, bon… eh bien… » Ingram ne savait quoi répondre. Il se sentait intimidé : ce sentiment du petit garçon de nouveau perdu, ne comprenant pas. « En avant toute, réussit-il à dire.

– Dieu te bénisse ! lança Alfredo Rilke, la voix crépitante à travers l'éther. Et félicitations.

– Bonne nuit, répliqua Ingram en prenant un des biscuits fourrés de Mrs P.

– Juste une chose, Ingram, avant que je raccroche.

– Oui ?

– Il faut retrouver cet Adam Kindred. »

## 26

Voler un aveugle était quasiment tomber aussi bas qu'on le pouvait. Voler la canne blanche d'un aveugle vous condamnait sûrement aux plus profondes et plus atroces régions de l'enfer – en supposant que l'enfer existait, se dit Adam, ce qui, bien entendu, n'était pas le cas. Cette rationalité séculaire d'une solidité de roc n'effaçait pas pour autant le sentiment de culpabilité qu'il éprouvait chaque fois qu'il emportait la canne. Mais besoin fait loi, la nécessité est mère de l'invention, etc. : sans aucun doute, l'acquisition de la canne et l'introduction de la routine avaient transformé sa vie de mendiant et, par là, ses finances. Au cours de deux journées particulières, il s'était fait plus de 100 livres, et, la plupart du temps, il récoltait, facile, 60 à 70 livres par jour. Il gagnerait 1 000 livres bien avant la fin du mois.

Il avait vu l'aveugle – le malvoyant – dans un café et avait observé les courants presque palpables d'intérêt à son égard émanant des gens autour de lui. Comme s'il avait été une sorte d'aimant attirant l'attention : les chaises étaient discrètement écartées de son chemin, les couples se séparaient pour le laisser passer, une main secourable se posait doucement sur son coude pour le guider en tête de la file d'attente. Adam le regarda commander son cappuccino et son muffin (un membre du personnel se déplaça de derrière le comptoir pour les installer sur une table voisine), puis d'un pas hésitant revenir s'asseoir, tandis que le ton des conversations baissait respectueusement sur son passage. L'aveugle plia sa canne, la glissa dans le sac de toile qu'il portait et mit celui-ci par terre à côté de sa chaise. Puis il mangea son muffin, but son café, et c'est alors qu'Adam eut sa révélation – sa révélation de mendigot – et entrevit, tout à coup, son avenir dans la manche.

Il se débrouillait parfaitement bien avec son appel « pièces brunes seulement » – 5 à 6 livres par jour –, une bonne idée en soi, mais une *petite* bonne idée. Il lui fallait faire monter la mendicité en grade, son imagination de mendiant avait besoin d'accomplir un prodigieux bond en avant, et il vit en cet aveugle et sa canne blanche la route qu'il devait suivre.

Il vola donc la canne blanche de ce malvoyant. Il passa devant sa table, laissa tomber son journal, se baissa pour le ramasser, tira la canne hors du sac et la glissa dans sa manche de veste avant de quitter le café.

Le lendemain, il se rendit à la gare de Paddington, portant chemise, cravate, son costume rayé et une paire de lunettes noires bon marché achetées dans une boutique de charité voisine du Shaft. Sa canne dépliée, sa boule de plastique au bout effleurant en zigzag le sol de pierre du quai, il s'approcha du grand tableau indicateur électronique des trains au départ. Il choisit une vieille dame pour lui poser sa question :

« Excusez-moi, dit-il de sa voix la plus châtiée et sur son ton le plus poli, suis-je bien à la gare de Waterloo ?

– Non. Oh non, non. Vous êtes à Paddington.

« – Paddington ? Oh, mon dieu, non. Merci, merci. Oh, Seigneur ! Désolé de vous avoir dérangée. Merci. »

Il fit demi-tour.

« Puis-je vous aider ? Y a-t-il un problème ?

– On m'a amené à la mauvaise gare. J'ai dépensé tout mon argent. »

La femme lui donna 10 livres et lui acheta un ticket de métro pour retourner à Waterloo.

À Waterloo, Adam demanda à un jeune couple s'il était bien à Liverpool Street Station. Le couple lui donna 5 livres pour son ticket de métro. Au bout d'une demi-heure, Adam s'approcha d'un homme d'âge moyen, vêtu aussi d'un costume rayé, pour lui demander si les trains pour l'Écosse partaient d'ici.

« Va te faire foutre ! » lança l'homme en lui tournant le dos.

Mais ce genre de réaction fut rare. Pour chaque « va te faire foutre », refus de répondre ou regard détourné, Adam reçut quatre offres d'aide financière. Les gens lui allongeaient de l'argent, certains faisant preuve d'une générosité absurde, offrant de l'accompagner, de lui acheter de la nourriture, lui conseillant de « faire attention », lui fourrant encore plus de billets dans la main.

Son premier jour de mendiant aveugle lui rapporta 53 livres.

Le deuxième, 69 livres.

Une routine s'établit bientôt : il entreprit un circuit journalier des terminus ferroviaires de Londres et des grandes stations de métro : King's Cross, Paddington, Waterloo, Victoria, London Bridge, Piccadilly, Liverpool Street, Earl's Court, Angel, Notting Hill Gate, Bank, Oxford Circus. Il fréquentait aussi Oxford Street et les centres commerciaux, les marchés de quartier, les musées – partout où les gens se réunissaient et où il passait inaperçu. Où qu'il se trouvât, il demandait simplement s'il était quelque part d'autre. Les gens se montraient aimables, attentifs, secourables et compréhensifs – sa foi en la bonne nature foncière de ses frères humains en fut immensément renforcée. Il ne mendiait jamais plus d'une fois par jour dans le même lieu, et le paquet de billets dans sa poche ne cessait de grossir. Il payait son loyer à Mhouse une semaine à l'avance, il allait au supermarché et en revenait avec des sacs pleins de nourriture et de vin pour Mhouse et lui, et de gâteries pour Ly-on. Il entreprit d'apprendre systématiquement à lire et à écrire au petit garçon (ce qui l'aidait un peu à apaiser sa culpabilité). La seconde semaine de sa mendicité, il s'acheta un costume neuf, trois chemises blanches, une cravate de (faux) club et une paire de mocassins en solde.

Par conséquent, quand Mhouse gratta à sa porte cette nuit-là pour lui offrir un rabais de locataire pour une nuit d'amour avec la logeuse, il fut à la fois en mesure et ravi d'accepter – l'argent ne présentant pas de problème. Elle vint dans son lit cinq soirs de suite. La troisième fois, il lui demanda de rester – il aimait l'idée de dormir avec elle dans ses bras, mais elle déclara que ça lui coûterait 100 livres de plus et il renonça. Puis, brusquement, elle cessa de venir. Elle lui manqua, son corps mince et vif, ses seins hauts aux mamelons sombres lui manquèrent.

Il n'avait pas fait l'amour avec quiconque depuis cette nuit maudite dans la galerie de la chambre à brouillard – et, avant ça, il lui restait un lointain souvenir d'Alexa, son corps bronzé, la marque blanche de son bikini, ses cheveux blonds brillants et ses dents parfaites. Tenir Mhouse dans ses bras, sous lui, la pénétrer, atteindre l'orgasme était aussi proche du bonheur que ce qu'il avait jamais connu, récemment – pour la première fois depuis le meurtre de Philip Wang, il éprouvait une sensation de calme, de normalité, d'affection – de besoin.

Après quelques jours d'abstinence, il lui dit : « Je te donnerai 100 livres pour une nuit entière.

– Je ne crois pas, John. C'est pas convenable, tu comprends. Ly-on saura.

– Comment se fait-il alors que les autres cinq fois étaient "convenables" ?

– Eh ben, tu comprends, c'était comme bang-bang-bonjour-madame-au revoir-madame. Rapide comme l'éclair. Mais je crois qu'il sait que quelque chose s'est passé. »

Ce qui était vrai. Après la quatrième nuit, Adam était venu derrière Mhouse occupée à faire la vaisselle dans l'évier, il avait mis ses bras autour d'elle, l'avait embrassée dans le cou et pressé ses seins. Elle s'était retournée et l'avait giflé, très fort. Adam avait reculé et en tournant sur lui-même avait vu Ly-on lever le nez de son livre, choqué et inquiet.

« Ne recommence jamais ça, bordel ! avait sifflé entre ses dents Mhouse, furieuse. C'est du business. Pur et simple. »

Mais l'était-ce ? se demandait Adam. Le premier soir où elle était venue dans sa chambre, elle lui avait dit qu'elle était « seule ». Il se sentait seul aussi – il pensait parfois qu'il était l'homme le plus seul de la planète. Et il avait tellement aimé tenir son petit corps souple, sentir la chaleur de son souffle sur son cou et sa joue, la sentir se tortiller et se frotter contre lui. À mesure que les jours s'écoulaient sans que rien d'autre ne se passe, Adam, toujours plus riche, commença à trouver que vivre dans l'appartement devenait une frustration quasi intolérable. Il retourna à l'église de John

Christ, décidant de prendre ses repas du soir là-bas en compagnie de Vladimir, Turpin et Gavin Thrale, content d'endurer les interminables sermons de Monseigneur Yemi. Mais il continuait à revenir au Shaft où, allongé sur son matelas, il entendait à travers le mur Ly-on lire à sa mère de simples petites histoires. Quand tout redevenait calme, il restait à attendre dans le noir, souhaitant que Mhouse sorte de son lit et vienne gratter à sa porte, mais cela n'arrivait plus.

Il songea, vaguement, à partir : pourquoi se tourmenter ainsi ? Pourtant quelque chose le retenait. L'appartement dans la cité était une sorte de chez-lui, après tout, et, pour une fois, il se sentait en sécurité. Et puis Ly-on l'aimait bien – l'étrange, le léthargique petit Ly-on qui s'était révélé un élève très prompt à apprendre – et s'il partait, il ne reverrait plus jamais Mhouse, ne regarderait plus jamais la télé en sa compagnie, ne partagerait plus de mauvais repas, ne rirait plus, ne bavarderait plus avec elle. Il finit par se demander s'il ne nourrissait pas une obsession malsaine à son égard…

Adam compta 500 livres et passa un élastique autour de l'épaisse liasse de billets. Ce qui lui laissait un fonds de caisse de 300 livres mais il commençait à se sentir mal à l'aise à l'idée de se promener avec une telle somme d'argent sur lui. Heureusement il avait songé à un excellent endroit où la caser.

En quittant la cité, il entendit un appel.

« Hé ! Seize-oh-trois ! »

Il se tourna pour voir Mr Quality accourir bondissant vers lui, le bras tendu en manière de salut. Ils s'étaient déjà rencontrés deux fois quand Mr Q. était venu dans l'appart livrer des petits paquets à Mhouse

– des pilules pour ses petits problèmes, expliquait Mhouse. Ils se tapèrent les mains en s'accrochant les pouces.

« T'es encore là, vieux, dit Mr Quality.

– Ouais, je m'occupe.

– T'aimes bien petite Mhouse, ouais ?

– On s'entend OK. Et avec petit Ly-on – gentil petit gars.

– Tu restes, tu dois me payer un loyer. 100 livres par mois.

– Je paye un loyer à Mhouse.

– C'est pas son appartement, vieux. C'est le mien.

– Je te paierai demain, dit Adam. OK ? »

La liasse de billets dans sa poche pesait des tonnes.

« Tu me rends très heureux, seize-oh-trois. »

Adam prit le bus pour le long trajet jusqu'à Chelsea, content d'avoir l'occasion de réfléchir. Il pensa à Mhouse, à Ly-on, à l'étrange vie qu'il menait avec eux, et il s'émerveilla lui-même de son aptitude à s'adapter, presque à s'épanouir dans ce monde hostile et sans pitié. Qu'aurait dit Alexa de ce nouvel Adam ? Qu'en auraient pensé son père et sa sœur ? Il tentait lui-même de ne pas songer aux siens dans la mesure où il le pouvait – il préférait les garder aux frontières de sa conscience. Il était sûr que, eux, ne cessaient de penser à lui : qu'imaginaient-ils de son sort ? Un fils et un frère perdu à jamais. Il pouvait songer calmement à cela parce qu'il avait le sentiment d'avoir changé de manière exemplaire : le vieil Adam Kindred chassé et vaincu par le nouveau – plus malin, plus matérialiste, plus apte à la survie. L'*Homo sapiens* écartant le Néandertal… Cette idée lui donna à réfléchir : peut-être n'était-il pas si heureux, après tout, de dire adieu au vieil Adam.

Il n'aurait pas dû penser à Alexa, se dit-il tandis que des images d'elle se succédaient dans son esprit sans y être invitées, et qu'il entendait à son oreille sa voix rauque, voilée. En fait, c'était sa voix qui l'avait attiré au début – une voix donnant l'impression qu'elle se remettait d'une laryngite –, et c'était la première chose d'elle qu'il avait remarquée lorsqu'il avait téléphoné à son bureau pour s'enquérir d'un appartement à vendre près de l'université de Phoenix. Elle en avait été le négociateur quand il l'avait finalement acheté. La présence physique d'Alexa – les cheveux blonds épais, le bronzage, la vivacité, les dents, les lèvres brillantes – contredisait presque ce que semblaient impliquer ses cordes vocales. À croire qu'il s'était attendu à tomber sur une solide chanteuse de bar, grosse fumeuse, au lieu de cet éclatant prototype de la vénusté américaine. Mais la juxtaposition de la voix et de la personne offrait sa propre et éloquente séduction. Certains problèmes, liés à la vente, avaient nécessité d'autres rencontres, des numéros de portable avaient été échangés, et, une fois la vente conclue, ils étaient allés ensemble dans un bar la célébrer avec un verre. Ils avaient partagé une bouteille de champagne, Adam avait raccompagné Alexa à sa voiture, ils s'étaient embrassés. Le commencement : une brève période de fiançailles, un grand mariage, une maison toute neuve donnée par le papa veuf, le sujet de toutes les conversations familiales.

La fin était survenue, soudaine, inattendue, deux ans plus tard lorsque Fairfield avait appelé Alexa, quarante-huit heures après la séance dans la chambre à brouillard, déclarant en sanglotant son amour pour Adam et

243

suppliant Alexa de rendre sa liberté à son époux. Alexa avait lu en douce les textos demeurés sur le portable d'Adam et les avait imprimés. Brookman Maybury lui-même avait été présent aux côtés de l'avocat au moment du lancement de la procédure de divorce et quand Adam avait appris comment s'était déroulé le sinistre cours des événements. Alexa, sous sédatifs, n'était pas là, son père agissant en représentant froid et sévère de sa fille brisée, malade, et fusillant Adam du regard, sous les multiples strates de ses sourcils éléphantins. Adam tenta de cesser d'y penser, mais le souvenir de son dernier repas avec Fairfield lui revenait impitoyablement en mémoire.

Trois jours après l'incident de la chambre à brouillard, ils s'étaient retrouvés sur le campus pour aller en ville à Phoenix dîner dans un restaurant anonyme de taille moyenne. Cet établissement possédait une cour en plein air et était donc prisé des fumeurs. On y servait de copieuses portions de *surf and turf*, tous les seaux de crevettes que vous pouviez avaler, des poulets entiers avec frites à volonté – et, après le dîner, Adam, qui avait à peine touché à sa nourriture, avait essayé de démarrer son plan de « limitation des dégâts ». Plus il s'efforçait de minimiser l'affaire – un moment de folie, une conduite inexcusable de sa part, soyons amis –, plus Fairfield répétait qu'elle l'aimait, qu'elle voulait passer le reste de sa vie avec lui, porter ses enfants.

« Il faut cesser de m'envoyer ces textos, Fairfield, dit-il. Je n'arrête pas de les effacer. Mais tu continues.

– Pourquoi devrais-je cesser ? Je t'aime, Adam. Je veux proclamer mon amour pour toi, constamment, à chaque moment de la journée. »

Elle alluma une cigarette et souffla la fumée, gentiment, par-dessus son épaule droite.

« Pourquoi ? Parce que… parce qu'ils peuvent être retrouvés… Ils, ils, ils, vois-tu, pourraient être utilisés par Alexa contre moi.

– Mais j'ai déjà parlé à Alexa. »

Adam comprit alors que tout était fini et il eut une soudaine impression d'atrophie, de dessèchement de son esprit. Une faute stupide – un écart, la réaction presque inconsciente d'un instinct sexuel atavique – et cela suffisait pour expédier en chute libre une vie parfaitement stable, une vie plutôt heureuse et réussie. Va raconter ça à Adam et Ève, se dit-il avec une certaine amertume, un certain remords. Et il était sûr que Némésis l'attendait au tournant – simplement une question de temps. Il avait donc mis son esprit au point mort tandis que Fairfield commandait une glace et qu'il la regardait manger, la regardait lécher sa cuillère d'une manière provocante, et lui parler, tout sourires, de leur prochain rendez-vous – un motel ? Une nuit entière ? – et de leur avenir, avant qu'un léger brouhaha à la porte du restaurant lui fasse lever la tête et voir Brookman Maybury, accompagné d'un fonctionnaire de police, traverser à grands pas la cour et avancer vers leur table. Adam avait reçu un ordre du tribunal lui interdisant à tout jamais de revoir sa femme : Alexa demandait un divorce immédiat.

Il descendit du bus à Sloane Square et prit tranquillement Chelsea Bridge Road jusqu'au fleuve, repensant au passé, sombrement. Le divorce et le scandale potentiel l'avaient contraint à démissionner de son poste de professeur agrégé (Brookman Maybury était un donateur important de la MMU, une bourse d'athlétisme portait le nom de son épouse). Brookman avait été d'une clarté absolue et inébranlable : démissionnez ou bien vous serez poursuivi pour grossière turpitude morale – vous ne travaillerez plus jamais dans une institution d'enseignement, encore moins une université américaine où vous seriez libre de vous attaquer à vos jeunes étudiantes. Adam avait donc démissionné et – s'étant dit « retourne en Angleterre, recommence à zéro » – avait postulé pour le job de l'Imperial College. Et regarde où ça t'a mené, songea-t-il avec une amertume redoublée…

C'était une journée nuageuse, avec du vent et le fleuve à son niveau le plus bas. La marée recommençait à monter. Du milieu du pont, Adam avait une bonne vue d'ensemble du triangle – la longue plage mince était exposée, il y avait le figuier et tous les éléments familiers de ce qui avait été son petit univers à trois côtés. Il s'assura que personne ne surveillait les lieux, attendit quelques minutes de plus, revint vers l'Embankment et escalada vivement la grille, puis s'avança entre les branches et les arbustes jusqu'à la clairière. Quelqu'un avait dispersé les pneus ici et là, son sac de couchage et son tapis de sol avaient disparu – peut-être les policiers les avaient-ils emportés ?

Il vérifia ses repères et retrouva l'endroit. Il dégagea la motte de terre – l'herbe recommençait à pousser – pour atteindre le coffre enterré. À l'intérieur, il y avait le dossier de Philip Wang, son mini-plan des rues de Londres, un bloc-notes de Grafton Lodge avec quelques numéros de téléphone griffonnés dessus, une liste d'appartements à vendre prise dans une agence qu'il avait visitée – tout ce qui restait du vieil Adam, le mince résidu documenté de sa vie passée qu'il transportait dans ses poches ce soir fatal… Il déposa la liasse de 500 livres, referma la boîte en fer et piétina la terre et l'herbe par-dessus. C'était ainsi que toutes les banques avaient commencé, supposait-il, un simple dépôt pour l'argent en trop. Et voyez jusqu'où on en était arrivés…

Par coïncidence, le sermon de Monseigneur Yemi prit comme point de départ ce soir-là un texte du « Livre de John », Apocalypse, chapitre 14, verset 15 : « Lance ta faucille et moissonne, car la moisson de la terre est mûre », texte dont il se servit pour explorer longuement certains mérites de la mondialisation.

Mrs Darling servait le dîner – un pot-au-feu étonnamment goûteux – et elle accueillit Adam avec une chaleur toute particulière.

« Je suis vraiment contente de te voir, John, dit-elle. Monseigneur Yemi voudrait te parler après souper. »

Qu'est-ce que ça signifiait ? se demanda Adam, soupçonneux, en prenant place à table à côté de Vladimir, Thrale et Turpin. Ce dernier avait été absent toute une semaine et se montrait aujourd'hui très vague dans ses réponses. Il avait été « à l'ouest » voir une de ses épouses à Bristol. Une histoire pas très agréable – une de ses filles avait mal tourné – et son humeur, morose et taciturne, s'en ressentait.

En fort contraste, Vladimir était dans un grand état d'excitation car il venait enfin d'acquérir son passeport, un objet qui circula discrètement autour de la table. Turpin demeura indifférent. Le passeport était italien, nota Adam et le nouveau nom de Vladimir, « Primo Belem ». La photo, surexposée, un peu floue, ressemblait remarquablement à Vladimir : le Primo Belem d'origine – feu Primo Belem – avait aussi eu le crâne rasé et une barbichette, ce qui les rendait génériquement identiques. Tous les hommes avec un crâne rasé et un bouc ont un vague air de famille, comme des frères, conclut Adam.

Thrale témoigna quant à lui un grand intérêt à l'égard du document, désireux de savoir si on pouvait se procurer ce genre de passeport pour moins de 1 000 euros – Adam voyait un plan s'esquisser – et Vladimir promit de s'informer auprès de son contact. Ce dernier repas en commun avait quelque chose d'un adieu dérangeant. Vladimir/ Primo était sur le point de les quitter et de réintégrer le monde réel en qualité de membre légitime de la société. Il avait déniché un petit appartement dans une cité de Stepney ; il avait eu un entretien pour un poste de brancardier ; il avait ouvert un compte en banque et demandé une carte de crédit. Il serra la main de tout le monde en partant, acceptant les vœux creux de bonne chance et répondant par des promesses tout aussi creuses de garder le contact.

Mais, avant de quitter le hall, il prit Adam à part et lui glissa un bout de papier sur lequel il avait inscrit son numéro de portable. Ce qu'Adam trouva déprimant : il se demanda si ses propres circonstances lui permettraient jamais de posséder de nouveau un portable – un rappel douloureux de l'aspect basique et limité de sa vie présente.

« Appelle-moi, s'il te plaît, Adam, insista Vladimir. Tu viens chez moi, on fume de la guenon, hein ?

– Excellente idée, répliqua Adam. Fais attention à toi. »

Leurs adieux furent interrompus par Mrs Darling qui conduisit Adam à un escalier au fond du hall menant aux bureaux de Monseigneur Yemi. L'archevêque portait un costume trois pièces sombre et une cravate en soie ambre vif, une chemise bleu pâle à col blanc amovible : l'effet était déconcertant. Il avait l'air d'un homme d'affaires prospère encore qu'un peu voyant. À sa boutonnière, une petite broche en or indiquait : JOHN 2. Le pasteur avait gardé l'insigne de ses fonctions.

« John 1603 ! s'écria Monseigneur Yemi en serrant la main d'Adam entre les siennes. Assieds-toi, mon frère. »

Adam s'assit tout en notant la vue sur le fleuve, depuis les fenêtres, avec la marée montante et, au-delà des eaux brunes, la perspective des appartements coûteux de Wapping High Street.

« Je t'ai choisi, John, dit Monseigneur Yemi. Tu es mon élu.

– Moi ? s'étonna Adam. Pour quoi faire ? »

L'archevêque s'expliqua. L'Église de John Christ avait récemment acquis le statut d'organisation charitable avec tous les avantages fiscaux inhérents. De plus, elle avait reçu une importante subvention du programme « Aide à l'enfance » patronné par le maire de Londres lui-même. L'Église de John allait ouvrir une crèche, un jardin d'enfants, un bureau destiné à fournir gratuitement des conseils juridiques et médicaux, une agence pour le placement des enfants défavorisés et, joyau des joyaux, un orphelinat à Eltham pour les moins de douze ans.

« Félicitations, dit Adam. Mais qu'est-ce que tout cela a à voir avec moi ?

– J'ai besoin d'un directeur, d'un bras droit, de quelqu'un qui connaît l'Église, connaît ses inclinations doctrinales. » Monseigneur Yemi sourit modestement.

« Pas de crucifix, suggéra Adam.

– Précisément. Notre Seigneur n'est pas mort sur une croix en bois. Le soleil radieux de Patmos est notre nouveau logo.

– Je crains de…

– Je ne peux pas abandonner totalement mes obligations pastorales, reprit l'archevêque sans écouter Adam.

249

J'ai besoin de quelqu'un pour représenter l'Église, être mon mandataire, auprès de toutes ces nouvelles institutions administratives. Et je t'ai choisi, John 1603. »

Adam répéta qu'il était vraiment tout à fait désolé – immensément flatté, voire honoré – mais la réponse se devait d'être un non, aussi réticent fût-il. Il évoqua sa santé mentale fragile, ses nombreuses récentes crises de dépression, etc. Ce serait impossible : il détesterait porter tort à l'Église.

« Ne te hâte jamais de juger, John, dit l'archevêque. Je n'accepte jamais un refus – c'est mon grand principe de vie. Réfléchis à ma proposition, prends ton temps, mon frère. Nous pourrions former une magnifique équipe et les récompenses – spirituelles et financières – seraient considérables. »

À la porte, il étreignit chaleureusement Adam.

« J'ai besoin d'intelligence, John, et tu en as des réserves abondantes. J'ai cherché parmi d'autres frères et je sais que tu es le seul. Le salaire de départ est de 25 000 livres par an. Plus voiture et notes de frais, bien entendu. » Il sourit : « Utilise ta faucille, John.

– Pardon ?

– Utilise ta faucille et moissonne car la moisson de la terre est mûre. »

Ce soir-là, à son retour dans l'appartement, Mhouse l'attendait. Elle l'embrassa sur les lèvres, très vite, mais elle ne l'avait jamais plus embrassé depuis le premier soir où elle s'était glissée dans son lit.

« Que se passe-t-il ? dit-il, étonné.

– T'as envie d'une spéciale de nuit ? »

Après avoir fait l'amour, ils eurent tous deux faim. Mhouse dégota des chips aux crevettes et Adam ouvrit une de ses bouteilles, un cabernet sauvignon califor-

nien. Assise en tailleur sur le lit, en face de lui, Mhouse
mâchonnait ses crisps et buvait le vin à la bouteille. On
aurait cru un pique-nique clandestin nocturne entre éco-
liers, se dit Adam, qui, une seconde plus tard, se rendit
compte de l'absurdité de l'analogie. Il n'y avait pas
de festins clandestins nocturnes à poil au pensionnat :
il n'y avait pas de jeunes femmes nues assises en tailleur
face à vous dans ces fiestas-là.

Il posa un doigt sur le tatouage MHOUSE LY-ON.
« Quand as-tu fait ça ? » demanda-t-il.

Elle en avait d'autres, plus conventionnels : un éclair
déchiqueté à deux pointes sur son coccyx ; une fleur
avec plein de pétales sur son épaule gauche ; une constel-
lation d'étoiles (Orion) sur la cambrure de son pied droit.
Ils étaient l'œuvre de tatoueurs professionnels ; MHOUSE
LY-ON était entièrement la sienne.

« C'est quand Ly-on est né. Pour montrer qu'on est
une seule personne, tu vois… J'en ai dessiné un petit
sur lui, sur sa jambe, quand il était un bébé. Houlà,
qu'est-ce qu'il a pleuré ! Mais maintenant (elle eut un
sourire radieux, persuadée de ce qu'elle disait) personne peut nous séparer. Jamais.

– Pourquoi t'appelles-tu Mhouse ?

– Mon vrai nom c'est Suri, la déesse, dit-elle en l'épe-
lant lentement. Mais j'ai jamais aimé être Suri – tellement de mauvaises choses arrivent à Suri. Alors je l'ai
changé.

– En Mhouse ?

– Ça veut dire une souris en français, on m'a dit.

– Oui mais pourquoi l'écris-tu ainsi ?

– Je peux écrire un peu. Je peux écrire "house", hein ?
J'ai appris ça. Alors (elle sourit de nouveau) house
– Mhouse. Facile. »

Adam lui caressa les seins, les embrassa, laissa ses doigts descendre sur son ventre plat.

« Quelqu'un m'a offert un job, aujourd'hui, dit-il. 25 000 livres par an plus une voiture. »

Mhouse éclata d'un rire bruyant et sincère.

« T'es un marrant, John. Tu sais me faire rire. »

Elle posa la bouteille de vin par terre et le poussa doucement de façon à l'allonger sur le dos et à le chevaucher. Elle se pencha, laissant ses seins toucher ses lèvres, qu'elle effleura d'un mamelon puis d'un autre, après quoi elle embrassa Adam, en prenant sa lèvre inférieure entre ses dents et en la mordillant gentiment.

« Je t'embrasse gratos, dit-elle.

– Merci », répliqua Adam.

Il passa ses mains le long de son dos mince pour saisir ses fesses tendues. 100 livres à Mhouse, songea-t-il, et 100 livres à Mr Quality – il en avait pour chaque penny mendié.

# 27

C'est Luigi en personne qui posa l'épaisse enveloppe sur le bureau.

« Merci, Luigi, dit Ingram. On se revoit à 18 heures, comme d'habitude. »

Il s'apprêtait à ouvrir l'enveloppe quand il fut pris d'une de ces nouvelles crises de démangeaisons virulentes – cette fois sur la plante du pied gauche. Il se débarrassa de sa chaussure, ôta sa chaussette et se gratta vigoureusement. Démangeaison était un mot trop inerte pour décrire ces irritations puissantes, comme si quelqu'un avait inséré une aiguille d'acupuncteur sous la peau et la remuait. De plus, elles semblaient surgir partout sur son corps – aisselles, cou, jointures, fesses – sans qu'il y ait aucune trace de piqûre ni d'une urticaire naissante. Une sorte de désordre des terminaisons nerveuses, supposait-il, encore qu'il commençât à s'inquiéter que cela puisse avoir un rapport étrange avec ses saignements nocturnes : tous les deux ou trois jours, son oreiller était marqué de ces minuscules taches de sang venues de son visage ou de sa tête. En tout cas, les démangeaisons avaient débuté une semaine ou deux après les taches – peut-être n'y avait-il aucun lien (peut-être était-ce une conséquence naturelle de l'âge, il n'était plus un perdreau de l'année – et, une fois grattées, ces irritations cessaient aussitôt), mais, quand elles se déclenchaient, impossible de les ignorer.

Il remit sa chaussette et sa chaussure et reporta son attention sur le paquet apporté par Luigi. Il contenait l'agenda de Philip Wang. Ingram, sur une intuition – et poussé par le besoin de doubler Keegan et de Freitas –, avait envoyé Luigi au laboratoire de Calenture-Deutz à Oxford pour récupérer l'agenda chez la secrétaire de Wang. Il l'ouvrit et en entama la lecture par le début de l'année, tournant les pages au fur et à mesure. Rien de très dramatique, le train-train quotidien habituel du chef de programme de développement d'un produit pharmaceutique, réunion assommante après réunion assommante, dont quelques-unes seulement avaient un rapport direct avec le Zembla-4. Puis, à l'approche des dernières heures sur terre de Wang, un changement se dessinait : une soudaine concentration de voyages dans la dernière semaine, voyages « hors bureau » dans les quatre services de Vere où se déroulaient les essais cliniques, à Aberdeen, Manchester, Southampton et, finalement, à St Botolph à Londres, la veille de son assassinat. Sur la page des dernières heures de Wang, Ingram vit qu'il n'avait noté qu'un seul rendez-vous : « Burton Keegan, C-D, 15 heures. »

Ingram referma l'agenda en réfléchissant.

Rien de tout ceci ne sortait de l'ordinaire – ce qui expliquait que la police n'y ait prêté aucune attention, sans doute, – un chercheur en immunologie faisant son métier de manière parfaitement classique. À moins de considérer les choses sous un angle différent – l'angle Ingram Fryzer.

Il demanda à Mrs Prendergast de lui appeler Burton Keegan.

« Burton, c'est Ingram. Vous avez un moment ? »

Burton l'avait.

« La police vient de me téléphoner au sujet de Philip Wang. Elle essaye de préciser ses mouvements au cours de ses deux derniers jours. Elle semble penser qu'il est venu au bureau le jour où il a été tué. Je lui ai affirmé que c'était impossible – je ne l'ai pas vu du tout dans l'immeuble, et vous ?

– Non... »

Keegan gardait un ton neutre.

« Exactement. Philip passait toujours la tête quand il était ici... Et vous ne l'avez pas vu non plus.

– Ah, non. Non, je ne l'ai pas vu.

– Ce doit être une erreur, alors. Je vais le leur dire. Merci, Burton. »

Il raccrocha, alla droit à l'ascenseur et descendit dans le hall. Tout en affectant un air tranquille, désinvolte, il demanda au chef de la sécurité de lui apporter le registre des entrées pour le mois précédent et le feuilleta jusqu'à la page du jour en question. Et c'était là : le carbone pâli indiquait que Philip Wang avait signé à son arrivée à 14 h 45 ainsi qu'à sa sortie à 15 h 53. Quelques heures plus tard, il était brutalement assassiné.

Ingram reprit l'ascenseur vers son bureau, plongé dans ses réflexions. Pourquoi Keegan avait-il menti ? Certes, Wang aurait pu venir au bureau tout en annulant son rendez-vous avec Keegan – mais alors Keegan l'aurait signalé lui-même, non ? Non, tout indiquait sans conteste une rencontre avec Keegan à 3 heures de l'après-midi le jour du meurtre. Quel en avait été l'objet ? Qu'y avait-il été dit ? Pourquoi Wang n'était-il pas venu le voir, lui, Ingram ?

« En quoi diable tout ceci me concerne-t-il ? s'écria, impatient, le colonel Fryzer en arrangeant – à peine – le vase de pivoines, sujet de sa présente nature morte.

– En rien, Pa, dit Ingram maîtrisant sa propre impatience. Je t'utilise comme une sorte de ballon d'essai… » Il décida de tenter la flatterie : « … pour bénéficier de ta vaste expérience du monde.

– La flatterie ne marche pas avec moi, Ingram, tu devrais le savoir. Je la déteste.

– Pardon.

– Ton numéro deux – comment s'appelle-t-il ?

– Keegan.

– Keegan t'a menti. *Ergo* : il a quelque chose à cacher. Qu'est-ce que ton Dr Wang lui a dit au cours de cette entrevue ? Qu'est-ce qui aurait pu foutre une épouvantable trouille à Keegan ?

– Je ne le sais pas encore.

– Sur quoi ce gars Wang travaillait-il ?

– Il avait passé les quatre jours précédents à visiter les divers hôpitaux où se déroulent les essais cliniques pour un nouveau produit que nous mettons au point. Rien d'inhabituel là-dedans. Le produit est à la veille d'être soumis à validation, ici et aux États-Unis.

– Est-ce que ce Keegan est impliqué dans le processus de validation ?

– Absolument. Très impliqué. »

Le colonel regarda Ingram d'un air sinistre puis étendit les mains :

« C'est ton monde abominable, Ingram, pas le mien. Réfléchis. Qu'est-ce que ton Wang aurait pu dire à Keegan pour le chambouler ? Ta réponse est là.

– Je n'en ai pas la moindre idée.

– Au moins, tu es franc. »

On frappa à la porte et Fortunatus entra. Ingram fut presque choqué de le voir.

« Qu'est-ce que tu fais ici, Papa ? voulut savoir Forty.

— Je suis venu faire appel aux lumières de Papy. Et toi ? »

Ingram embrassa son fils qui portait son habituelle tenue de fantassin-juste-retour-de-combat et avait rasé au plus court ses cheveux déjà clairsemés.

« J'emmène Gramps déjeuner.

— Je suis prêt dans deux secondes », dit le colonel avant de disparaître dans sa chambre.

La non-invitation plana dans l'air comme une rebuffade, pensa Ingram, se demandant s'il devait oser suggérer se joindre à eux. Il éprouvait une étrange émotion : trois générations de Fryzer réunies dans une seule petite pièce, mais il comprit que ni son fils ni son père ne souhaitaient sa compagnie. Il sentit une de ses démangeaisons cuisantes surgir sur le haut de son crâne. Il appuya très fort dessus avec son index.

« J'aimerais beaucoup me joindre à vous, dit-il à Forty en réussissant à produire un sourire de regret. Mais j'ai une exposition.

— Tu vas à une exposition ?

— Non. Je veux dire, j'ai un rendez-vous.

— Ah, bon. »

Le colonel réapparut : « Tu es encore là, Ingram ? »

## 28

Le sergent Duke s'arrêta à la porte.

« Je ne voudrais pas que tu fasses ça, Rita. Crois-moi…

– Je n'ai pas le choix, sergent. Personne ne me dit rien ; je ne peux pas laisser simplement tomber.

– C'est exactement ce que tu devrais faire. Il se passe là des choses que tu ne comprends pas.

– Vous comprenez, vous ? »

Elle le défiait, mains sur les hanches, les yeux dans les yeux, et il sembla vaciller un peu.

« Comment réagiriez-vous si vous vous trouviez dans ma situation ? dit-elle avec force, décidée à ne pas le laisser s'en tirer.

– Ce n'est pas mon problème. Je ne suis pas censé comprendre. »

Il poussa la porte de la salle de réunion, et Rita eut le sentiment d'avoir remporté une petite victoire. Elle entra et Duke referma derrière elle. Elle prit une bonne respiration tout en songeant : l'inspecteur-chef Lockridge refuse de me voir dans son bureau. Il me confine dans la salle de réunion la plus moche du commissariat de Chelsea. Pourquoi ?

La salle pouvait presque servir d'exemple au mot « pièce » dans un dictionnaire typologique : une table, deux chaises, un store vénitien malmené, un tube de néon éblouissant au plafond, des murs nus. Rita s'assit et attendit.

Lockridge débaoula précipitamment au bout de deux minutes avec, à la main, un dossier en carton qui, elle le savait, n'avait rien à voir avec sa plainte mais avait pour but d'indiquer tout le travail qui l'attendait après qu'il en aurait terminé promptement avec elle. Ils se serrèrent la main.

« Content de vous revoir », dit-il en s'asseyant sans mentionner le nom de Rita, puis, levant la main comme si elle l'allait l'interrompre (ce qui n'était pas le cas) : « À propos, ceci est confidentiel. Je ne le fais qu'en raison de vos bons et loyaux services ici.

– Je ne désire aucune faveur, sir, répliqua Rita bravement. Je ne cherche que des réponses.

– Allez-y », lança Lockridge avec son sourire de travers.

Son visage semblait avoir été enfoncé dans sa jeunesse par un cheval ou un taureau, et sa mâchoire déformée sur la droite, ce qui le faisait parler du coin de la bouche. Il était connu au commissariat sous le sobriquet de « Baiseur tordu ». Rita se défendit d'y penser tandis qu'elle décrivait les circonstances de son arrestation d'un homme à Chelsea Bridge et énumérait les raisons de sa demande pour cette rencontre.

Lockridge soupira :

« Il s'agissait d'une affaire de la plus haute sécurité. Le mot nous a été passé d'en haut. Vous êtes tombée sur quelque chose – quelque chose dont moi-même je ne sais rien. On m'a dit que cet homme devait être libéré. Ça arrive. Surtout dans le climat actuel. Terrorisme, insurrection, etc.

– Nous sommes tous du même côté, répliqua Rita. On se bat pour la même chose. Pourquoi ne peut-on pas partager les informations – même de la façon la plus ordinaire ? Si ce type m'avait montré une identification quelconque, nous aurions pu peut-être l'aider. S'il m'avait dit, expressément, ce qu'il faisait, ce qu'il cherchait – vous et moi ne serions pas maintenant ici, sir. »

Lockridge sourit, d'un air condescendant, pensa Rita : « Certaines opérations sont si secrètes que… », dit-il. Il haussa les épaules et laissa sa phrase inachevée.

« C'est donc là votre réponse, sir ?

– Que voulez-vous dire ?

– Il s'agissait d'une opération de sécurité ultra-secrète. L'homme que j'ai arrêté était un genre d'agent de la sûreté.

– Oui, si l'on veut. »

Rita inspira un bon coup, rassemblant en elle toutes ses réserves d'assurance, essayant de réprimer sa nervosité et d'effacer tout frémissement de sa voix.

« Parce que je vais devoir rapporter ceci au commissaire divisionnaire, dit-elle en espérant l'absence de toute agressivité. Et s'il ne m'aide pas, j'irai plus haut. J'ai arrêté un homme en possession de deux revolvers. Il a été libéré dans les douze heures – pas de rapport, pas de déclaration, pas d'empreintes, pas d'échantillon d'ADN, autant que je sache. La Direction des polices voudra connaître votre position. »

Le visage tordu de Lockridge sembla se déformer davantage. De rage, supposa-t-elle.

« Notre conversation est totalement officieuse, dit-il.

– Mais j'ai bien peur que vous deviez parler à la DP – officiellement. Une fois que j'aurai déposé ma plainte. »

Lockridge se leva et ramassa son dossier de frimeur. Monsieur-très-occupé essayant de contrôler sa fureur.

« Ce serait extrêmement malavisé, agent Nashe. » Il souligna son rang d'un trémolo.

« Qu'est-il arrivé aux armes, sir ? » Elle ne savait pas ce qui l'avait poussée à poser cette question. C'était la première fois qu'elle y pensait.

Lockridge la regarda, soudain très mal à l'aise.

« De quoi parlez-vous ?

– Les a-t-on envoyées au département médico-légal ? Ça pourrait nous aider.

– Nous n'avons pas besoin d'aide. Vous ne paraissez pas l'avoir compris. »

Il n'avait pas répondu à sa question. Elle savait qu'elle commençait à l'irriter au-delà de sa capacité de maîtrise.

« Sont-ils allés à Amelia Street, sir ? Ses deux pistolets automatiques ? Ou bien l'avons-nous laissé emporter ses armes quand nous l'avons relâché ? » Et puis son coup de grâce : « Nous ne les lui avons tout de même pas rendues, n'est-ce pas, sir ?…

– Où exercez-vous maintenant, agent Nashe ? Depuis que vous nous avez quittés ?

– À la BAF, sir.

– Une chance pour vous. Et je suis certain qu'ils seront les premiers là-bas à vous le dire : surtout, pas de vagues ! Excellent conseil – à votre place, je le suivrais. »

Il sortit de la pièce à la même vive allure qu'il était entré.

De l'autre côté de la route, face au triangle de terrain en friche, côté ouest du pont de Chelsea, Rita se demandait quelles réponses à ses multiples questions ce coin oublié de Londres pouvait lui offrir. Moins de deux cents mètres carrés d'une rive envahie par la végétation, et pourtant un endroit qu'elle avait visité deux fois en une semaine. Pourquoi ? Et quel pouvait être le rapport entre un homme tuant une mouette à l'aube et la mangeant, et ce salaud gros et laid se cachant dans les buissons avec ses deux revolvers ? Allait-elle chercher trop loin ? S'agissait-il simplement d'une étrange et bizarre coïncidence ? Se compliquait-elle la vie comme Duke l'avait suggéré ? Qu'était-il advenu de ces armes ? Mais elle le savait grâce aux réponses évasives de Lockridge – on les avait bel et bien rendues, comme des effets personnels, une montre, un portefeuille. N'était-ce pas tout de même inexcusable ? Elle n'avait pas d'autres pistes à suivre, aucun moyen d'établir le moindre lien à part sa propre intuition, vague, nébuleuse…

Elle traversa lentement le pont vers Battersea, tout en s'interrogeant sur la méthode à suivre maintenant. Essayer d'organiser une recherche sur l'origine des revolvers… Et que disait le rapport de garde à vue du prisonnier au sujet de son sort ? Elle rit de sa naïveté : continue à rêver, ma fille. Elle savait reconnaître un pare-feu – et celui-ci devenait plus haut et plus épais au fil des heures – et elle pensa à ce qu'elle devait faire, et *si* elle devait faire quoi que ce soit. Peut-être était-ce inutile, peut-être s'agissait-il de quelque chose de « plus gros », tenant à la sécurité… D'une pichenette, elle ouvrit son mobile et appela son père.

« Oui ?

– Salut, Papa-O, c'est moi. Tu veux quoi pour dîner ? »

## 29

Le Chien déféqua facilement et copieusement, puis exécuta son drôle de petit numéro de grattage de pattes sur le trottoir avant de s'écarter. Langue dehors, haletant, il leva la tête vers Jonjo, cherchant son approbation.

« Brave garçon, dit Jonjo en lui tapotant le dos. Brave petit. Ça, c'est mon chien. Qui est le malin gros chien chien ? » Il était content de constater la ferme consistance du produit matinal. À l'évidence, le nouveau régime marchait comme un rêve. Superbe.

« Dégoûtant ! »

Jonjo se retourna sur une femme qui le fixait droit dans les yeux, le mépris et la fureur inscrits sur le visage.

« Vous avez un problème, madame ? s'enquit-il en dépliant toute sa taille.

– Oui, c'est dégoûtant, ça. Vous devriez le ramasser et l'emporter avec vous. Absolument dégoûtant.

– Tu le ramasses, chérie, répliqua-t-il. Fais comme chez toi. »

Elle le fusilla du regard, répéta « Dégoûtant ! » et s'éloigna, furibarde.

Jonjo tira un peu sur la laisse du Chien et ils s'en allèrent. Il aurait préféré rôtir en enfer plutôt que de suivre son chien avec un sac en plastique pour ramasser

sa merde. Enfin, quand même, se dit-il, les humains
– l'*Homo sapiens* – n'étaient pas sortis de leur marais
primitif pour évoluer, millénaire après millénaire, en
des êtres doués de raison à la traîne de leurs chiens et
ramassant leurs excréments ! C'était anti-darwinien et,
en tout cas, en ce qui les concernait, Le Chien et lui, il
s'agissait plus d'une affaire médicale : il lui fallait un
bout de trottoir propre pour qu'il puisse vérifier comment étaient digérés les nouveaux aliments. Quiconque
n'était pas content était bien entendu libre d'exprimer
son opinion. Il serait, lui, plus que ravi de défendre la
sienne. Plus que ravi. Et prêt à répondre à tout.

Il emmena Le Chien vers le fleuve, tourna sous la
haute voie aérienne du Dockland Light Railway et
pénétra dans le joli parc de la Thames Barrier. L'herbe
avait été récemment tondue, les arbustes poussaient
gentiment, sains et feuillus, et quelques personnes étaient
assises à la terrasse du petit café ; il y avait aussi des
mamans avec leurs poussettes, et les joggers de service
qui passaient en haletant. D'autres promeneurs de
chien sévissaient dans les parages, ils échangèrent des
signes de tête et des « bonjour » polis, et Jonjo, durant
un court moment, se sentit membre d'une sorte de
communauté – celle de braves gens unis dans leur affection et les soins prodigués à un stupide animal. Ce qui
lui procura une réconfortante chaleur intérieure, il se
l'avoua tandis qu'il contemplait le grand fleuve et voyait
le soleil se refléter sur les énormes bosses d'argent
bruni de la Thames Flood Barrier ; pareilles à d'épaisses
ailes de requin luisantes, elles étaient sans doute un
symbole de la fin du fleuve – au-delà de la barrière,
celui-ci se fondait dans l'estuaire, après quoi c'était la
mer. Jonjo avait toujours aimé vivre près du fleuve,
mais désormais la Tamise s'associait de manière désa-

gréable à Adam Kindred et à sa propre arrestation humiliante. À bien y repenser, Kindred lui avait pourri le fleuve – une autre raison pour une vengeance violente. Il fit demi-tour et repartit en direction de chez lui, son humeur bienveillante vite dissipée.

Tout était redevenu d'un calme assommant, frustrant, inquiétant. Rien, pas un signe, pas un murmure – comme si Kindred avait disparu, plus ou moins effacé de la surface de la terre. Et il n'y avait pas que ça de troublant. Après deux semaines de silence, Jonjo avait contacté le Risk Averse Group, le RAG, non parce qu'il avait besoin d'argent – de l'argent, il en avait plein –, mais parce qu'il en avait marre de rester le cul vissé sur sa chaise à ne rien faire. Il avait demandé spécifiquement un rendez-vous avec le major Tim Delaporte, le chef lui-même. Il connaissait le major Tim – celui-ci avait été un temps au Para 3 avant de fonder le RAG –, un type bien, le major Tim, pas tendre mais juste.

Le rendez-vous avait été confirmé et Jonjo s'était rendu dans la City, dans les nouveaux bureaux du RAG, au sein d'un immeuble de verre et d'acier étincelants qui se dressait dans Lower Thomas Street, avec vue sur la Tour de Londres. Il s'était super-nippé, chaussures astiquées comme pour la revue et coupe de cheveux à la tondeuse. Il se sentait à la fois chez lui et pas à sa place dans les bureaux du RAG – c'était plein de soldats, des gens avec qui il avait travaillé ou aux côtés de qui il s'était battu, mais il y avait aussi trop de jeunes femmes chicos, cadres ou secrétaires avec des accents distingués qui le faisaient se sentir gauche et embarrassé.

Il s'assit dans le hall, très droit sur le bord de la chaise la plus dure, prenant soin de ne pas froisser sa veste. Il y avait de la verdure partout, arbres miniatures, buissons, palmiers, et des peintures abstraites sur les murs. Des filles, cheveux longs et talons hauts, traversaient de temps à autre la pièce pour aller chercher cappuccinos et espressos à la machine à café, tandis que de la musique au mètre – classique – se déversait doucement de haut-parleurs cachés. Les magazines à disposition, tous consacrés aux croisières et à l'immobilier de luxe, étaient remplis de publicités pour des montres ou des yachts. C'est ce qui choquait Jonjo : la majorité des hommes dans cette partie de l'immeuble étaient des soldats de profession – responsables entre eux de centaines, voire de milliers, de morts violentes. Il trouvait que l'endroit aurait dû refléter ce fait, d'une manière ou d'une autre – être honnête quant à la nature des affaires qui se concluaient ici –, et non pas ressembler aux bureaux d'une agence de voyages, d'un agent de change snobinard ou d'un dentiste de haut vol.

On l'avait fait poireauter près d'une heure. La jeune femme à la réception ne savait pas non plus qui il était. On l'informa ensuite que le major Tim avait été appelé ailleurs et qu'il verrait à sa place une certaine Emma Enright-Gunn. Tandis qu'on le conduisait au bureau de la dame, Jonjo sentit son humeur empirer à chaque pas : son col semblait soudain l'irriter, il avait horriblement chaud, sa chemise lui collait dans le dos, ses aisselles dégoulinaient de sueur.

La dame Enright-Gunn se montra vive et professionnelle – elle ressemblait à la directrice d'une école chic ou à une de ces femmes ministres. Elle avait un accent cassant, étranger aux oreilles de Jonjo qui commença à se sentir absurdement nerveux ; sa salive se sécha dans sa bouche, et son élocution normale l'abandonna.

« Oui… non… c'est, heu, c'est plus une question de, voyez-vous, de ce qui – il avait oublié les foutus mots ! –

hum… est en offre, je veux dire. » Disponible, se rappela-t-il aussitôt. « De ce qui est disponible, ajouta-t-il, plus penaud qu'il ne l'aurait souhaité.

– Nous avons trop de candidats, Mr Case. Trop de soldats qui quittent l'armée. Tout le monde veut devenir consultant en sécurité privée.

– Peut-être, mais rien à faire pour que je retourne dans ce putain d'Irak. Pardon, excusez. »

Elle sourit. Froidement, pensa Jonjo.

« Il y a un poste de garde du corps disponible à Bogota, en Colombie.

– Non, non merci, non. Pas l'Amérique du Sud. »

Elle feuilleta le classeur sur le bureau devant elle.

« Instructeur en armes légères à Abou Dhabi – l'équipe de sécurité privée d'un cheikh.

– Je ne fais pas instructeur, Miss…

– Mrs…

– Mrs Enright-Gunn. Le major Tim vous dira ce que je…

– J'ai toutes les informations vous concernant, Mr Case, toutes. »

Il repartit bredouille, avec la seule promesse de figurer en tête de liste pour quoi que ce fût d'« excitant ». Il s'arrêta dans le hall et but trois gobelets d'eau à la suite. Alors qu'il jetait le gobelet dans la corbeille à papier, il aperçut le major Tim en personne dans le corridor, sans veste, bretelles vertes en montre, des feuillets à la main. Jonjo se mit machinalement au garde-à-vous puis au repos en songeant : que se passe-t-il ici, nom de dieu ?

« Jonjo ! Comment ça va ?

– Comme dans un rêve, merci, sir. »

Tim Delaporte était grand et mince, plus grand que Jonjo. Il avait des cheveux très blonds brillantinés et coiffés en arrière, comme un casque lisse posé sur un visage vif aux traits anguleux avec des yeux gris pâle.

Quand il parlait, ses lèvres remuaient à peine.

« Désolé de ne pas avoir pu te voir. C'est Emma qui gère les placements ces temps-ci.

– Pas de souci, sir.

– Tu t'occupes ?

– Je commence à avoir les pieds qui me démangent. Je cherche quelque chose d'intéressant. C'est pour ça que je suis venu.

– Tant que tu te tiens bien, Jonjo…, le menaça doucement du doigt le major Tim avant de s'éloigner, tranquille.

– Sage comme une image, sir », répondit Jonjo à son dos.

Tout avait marché de travers dans cette histoire, se dit-il en rentrant de Barrier Park chez lui avec Le Chien, tout. Tous les éléments sous-jacents qu'il pouvait discerner étaient troublants. D'abord, être renvoyé à cette poupée de luxe ; deuzio, se voir offrir ces jobs minables – après quatorze ans dans les SAS : pour qui le prenaient-ils ? Et puis, trois, cette rencontre avec le major Tim, alors qu'on lui avait dit qu'il n'était pas dans l'immeuble. Et ce « tiens-toi bien » ça voulait dire quoi ?… Une fois encore, il se demanda ce que le RAG savait de ses activités free-lance ; une fois encore, il se demanda si le groupe n'était pas en fait son pourvoyeur secret. Si vous vouliez descendre quelqu'un en toute discrétion, ne vous adresseriez-vous pas à une organisation employant exclusivement des professionnels ex-forces spéciales, hautement qualifiés en destruction mortelle ?…

Si seulement il pouvait trouver ce foutu Kindred, songea-t-il furibard en approchant de chez lui, alors tout irait bien, on serait sauvés. Il chercha ses clés dans ses poches. Sa maison n'avait que quatre ans, elle faisait partie d'une rangée de « maisons de cadres » construites sur un morceau de terrain paysagé autrefois à l'abandon dans Silvertown, voisin de Barrier Park. Chaque maison possédait un jardin et un garage adjacent au rez-de-chaussée. Jonjo avait ouvert une porte dans son hall de façon à avoir accès de l'intérieur à son garage – c'est là où il gardait son taxi, vu qu'il avait souvent à transporter des choses depuis ou dans son véhicule sans que les voisins le voient.

« Nous, on s'en sortira », dit-il à haute voix au Chien.

Il s'immobilisa. Le pronom banal avait réveillé quelque chose dans son souvenir. « Nous »… Qui avait dit « nous » de telle manière que ça pouvait provoquer ce mouvement de mémoire ?… Il réfléchit et son esprit revint très vite à son interrogatoire de Mohammed – il avait été distrait par cet abruti de Bozzy et il n'avait pas relevé le fait sur-le-champ. Qu'avait-il dit, Mo ? « Nous, on est allés à Chelsea. Quand il dit qu'il va chercher son imper, nous on est un peu soupçonneux, lui parti sur le terrain vague, on pense qu'y va peut-être nous doubler, qu'y va peut-être s'enfuir. » Mais selon Mohammed, il n'y avait que lui et Kindred dans la voiture. Pourquoi dire « nous » alors ? Le « nous » royal ? Rien à foutre. Quelqu'un d'autre se trouvait dans ce taxi en dehors de Mohammed et de Kindred. Il est temps de rendre une autre petite visite à notre ami Mo, se dit Jonjo, l'humeur beaucoup plus légère – il avait toujours pensé que la réponse se trouvait dans cette poubelle, cette chiotte du Shaft.

Il entendit son nom et leva la tête. C'était Candy, sa voisine. Elle traversa la pelouse, s'agenouilla et fit des tas de câlins au Chien, dont ils commentèrent la bonne mine et le nouveau régime.

« On a pris sa journée, Candy ?

– Oui, dit-elle en se relevant. J'ai quelques jours de congé à rattraper. » Elle sourit. « Rien que le boulot et pas de rigolade rendent une fille ringarde.

– Bien vrai. »

Elle était passablement jolie, songea Jonjo, le nez un peu en patate, le corps un peu ramassé, fallait l'avouer, mais elle avait de beaux cheveux blonds méchés, des ongles propres.

« Qu'est-ce que vous diriez d'un petit souper, ce soir ? proposa-t-elle. Je fais une moussaka, des profiteroles. J'ai rapporté des DVD.

– Pas de films de guerre, j'espère. »

Ils éclatèrent de rire – elle était vaguement au courant de son passé militaire.

« Ouais, dit-il, ce serait super, Candy chérie. Super.

– N'oubliez pas d'amener Le Chien. »

Jonjo sourit mais il ne pensait pas au petit souper ni à ce qui se passerait inévitablement après. Il pensait à sa prochaine visite au Shaft et aux méthodes dont il userait pour s'assurer que Mohammed lui raconte tout ce qu'il voulait savoir.

# 30

La vapeur était étonnamment opaque, comme du lait coupé d'eau ou presque, du lait aqueux se déplaçant lentement, que remuaient les courants d'air suscités par les allées et venues des gens. Une vraie purée de pois de vapeur, songea Adam.

« C'est le pied ! » s'écria Ly-on.

Adam se tourna. Ly-on était assis juste à côté de lui, son petit ventre ballottant par-dessus le bord de sa serviette, ses cheveux frisés humides plaqués sur son crâne.

« J'ai jamais été dans un endroit pareil.

– Dis-moi quand tu auras trop chaud », dit Adam.

Mhouse était sortie tôt ce matin-là, pour une raison quelconque, et Adam était resté seul avec Ly-on dans l'appartement. Il avait lavé les assiettes dans l'évier (avec l'eau chaude de la bouilloire) et transporté un seau pour nettoyer les toilettes et remplir la réserve de la chasse. Avoir un seul robinet d'eau froide pour toute la maisonnée avait ses inconvénients – très tiers-monde. Dans la kitchenette, Ly-on se brossait les dents à l'évier. Adam se sentit soudain sale, crasseux, et commença inévitablement à éprouver des démangeaisons. Il avait besoin d'un bain chaud. Un bain turc. Alors qu'il mendiait à la gare de London Bridge, quelqu'un lui avait refilé un prospectus pour les Purlin Nail Lane Baths, ce qui lui avait mis l'idée en tête. Des mots comme « Sudatorium » et « Tepidarium » faisaient paraître la simple action de se laver à la fois intemporelle et exotique. Il sortit un instant, trouva un téléphone en état de marche au niveau 1 et appela Mhouse.

« Tu l'emmènes où ?

– Aux bains à Deptford. Les Purlin Nail Lane Baths.

– Il peut pas nager, tu sais.

– On n'y va pas pour nager. »

Les bains étaient étonnamment chers : 10 livres pour un adulte, 5 livres pour un enfant, mais, présumait Adam, vous pouviez y rester du matin jusqu'au soir, si vous en aviez envie. La journée était réservée aux hommes et, comme il s'agissait d'un jeudi matin, l'endroit était calme. Il montra la piscine à Ly-on.

« C'est un lac, mon vieux ! s'écria l'enfant, étonné. Le pied !

– Tu voudrais y nager ?

– Tu parles, John ! Tu m'apprends ? Ça me plaît, John.

– Oui, un jour. »

Ils se changèrent dans le Frigidarium et, serviette autour de la taille, se rendirent dans le hammam. Les craquements des bancs de bois et quelques toussotements d'ici de là leur indiquèrent qu'ils n'étaient pas seuls. Ils s'assirent et attendirent que la sueur coule.

Quand Ly-on annonça qu'il était bien rôti, ils allèrent dans le bassin. Ils suspendirent leurs serviettes et Adam prit dans ses bras Ly-on – d'une légèreté surprenante – qui s'accrocha à son cou au moment où ils descendaient les marches dans l'eau glacée.

« Ça alors ! s'exclama Ly-on au contact de l'eau. Je rêve. Petits pois, mon vieux. Petits petits pois. »

Tout en lui tenant les mains, Adam le laissa flotter seul.

« Quel âge as-tu, Ly-on ? lui demanda-t-il.

– Deux ans, je crois.

– Non, tu es plus vieux que ça.

– Peut-être sept. Maman me dit pas. Peut-être j'ai quatre ans.

– Je pense que tu en as sept. Où est ton papa ?

– J'ai jamais eu de papa. Juste Maman.

– Tu vas à l'école ?

– Non. Maman dit qu'on fait l'école à la maison. »

En quittant le bassin, ils allèrent dans la pièce la plus chaude, le Laconium. La chaleur les frappa d'un grand coup, les anesthésiant en quelque sorte : il était déjà difficile de simplement respirer, et toute conversation devenait impossible. Ils ne restèrent que deux minutes. « Je meurs, je brûle », murmura Ly-on, et ils retournèrent se rafraîchir dans le bassin avant d'opter de nouveau pour la vapeur du Sudatorium. Mais le but était atteint : jamais Adam ne s'était senti aussi propre de toute sa vie : chaque pore nettoyé et rose, chaque point noir purgé et purifié. Sous une douche chaude, il se shampouina barbe et cheveux, et lava la tignasse bouclée de Ly-on. Ils se rhabillèrent et sortirent sur Purlin Nail Lane.

« Tu as faim ? s'enquit Adam.

– Boire, dit Ly-on. Je veux boire. »

Ils entrèrent dans un pub où Ly-on but deux chopes de limonade glacée au citron vert et Adam deux chopes de bière, compensant immédiatement le poids perdu dans le hammam. Il mangea une pomme de terre au four accompagné de haricots verts et de fromage râpé et Ly-on goûta à des spaghettis pour la première fois de son existence. Après quoi, Adam l'emmena au Musée maritime de Greenwich avant de repartir pour une promenade sur les quais du fleuve où il lui acheta un T-shirt avec LONDRES écrit en travers.

« Qu'est-ce que c'est LON-DRES ? dit Ly-on en lisant le mot, ce qu'Adam fut content de noter.

– C'est là où tu habites. Londres.

– J'habite Shaft.

– Le Shaft est à Londres. »

Adam désigna d'un geste la rive opposée du fleuve, Millwall et Cubitt Town, et derrière, le surplombant, les montagnes de verre et d'acier de Canary Wharf.

« Tout ça fait partie de Londres. »

Ils prirent le Dockland Light Railway pour Bermondsey et regagnèrent Rotherhithe à pied. Tandis que, main dans la main, ils avançaient le long des allées défoncées du Shaft et de ses nombreuses cours déglinguées, dégradées, Ly-on interrogea Adam sur la ville qu'il habitait.

« Alors, si quelqu'un dit : hé, Ly-on, mon vieux, d'où tu viens ? je dis : je viens de Londres.

– Oui.

– Alors je dis : je suis un Londres, moi.

– Londonien. Tu es un Londonien.

– Londonien… (Il réfléchit.) Ça colle, John. Petits pois.

– Dis-le avec fierté. C'est une grande ville, la plus belle au monde.

– T'es un Londonien, John ?

– Non. Je ne le suis pas.

– Pourquoi ?

– Je n'habite pas ici. Je ne suis pas d'ici. Je suis seulement de passage. »

Ils étaient presque à la hauteur du gros type qui venait vers eux quand Adam le reconnut. Il le laissa passer et puis changea de direction pour le voir de profil. Il s'arrêta et se retourna. C'était l'homme du triangle, l'homme de Grafton Lodge, l'homme qu'il avait assommé. Le type marchait d'un pas vif, décidé, comme s'il avait été en retard pour un rendez-vous. Il n'avait pas vu Adam, l'avait croisé sans même lui jeter un coup d'œil, mais bien sûr il n'était pas à la recherche d'un barbu tenant la main d'un petit garçon.

« Qu'est-ce qui te fiche en l'air, John ? demanda Lyon d'une voix inquiète. Qu'est-ce qui te fait peur ? »

Adam desserra la prise de sa main sur celle de Ly-on.

« Rien. Rentrons à la maison. »

Dans l'appartement – Mhouse était revenue –, Adam rassembla ses quelques possessions tandis que Ly-on tentait d'expliquer à sa mère ce qu'étaient des spaghettis. (« Des ficelles, Maman, comme des ficelles souples. Beau comme une voiture neuve. ») Adam fourra son vieux costume rayé et ses diverses chemises dans deux sacs en plastique et vérifia soigneusement sa chambre pour s'assurer qu'il ne laissait rien pouvant l'associer aux lieux.

« Comment ça, tu pars ? dit Mhouse avec surprise et mauvaise humeur quand Adam lui offrit deux semaines de loyer d'avance.

– Je t'ai dit qu'on m'avait proposé ce job. À… (il réfléchit très vite) à Édimbourg.

– Où c'est ça ?

– En Écosse.

– Près de Manchester ?

– Pas loin. Si quelqu'un le demande, dis que je suis parti pour l'Écosse. Compris. L'Écosse. »

275

Ly-on, étalé sur des coussins devant la télé, regardait des dessins animés.

« Je pars quelques jours, annonça Adam en s'accroupissant à côté de lui.

– OK. » Les yeux de Ly-on restèrent vissés sur l'écran. « Quand tu reviens, on peut aller encore dans la brume ?

– Sûrement.

– Petits, petits pois. »

À la porte, Mhouse parut de nouveau enjouée, indifférente.

« Fais gaffe où tu mets les pieds. Fais attention.

– Je reviendrai », promit Adam, sachant qu'il n'en ferait rien et soudain complètement incapable d'exprimer ses sentiments ; il comprenait seulement qu'il lui fallait se séparer pour toujours de cette petite famille qui l'avait abrité. « J'ai bien aimé être ici, tu vois. Avec toi et Ly-on. » Il lui caressa le bras, suivant du bout des doigts la courbe de son biceps. « Spécialement toi. »

Elle repoussa sa main.

« Faut que je me trouve un autre locataire maintenant, hein ?

– Je suppose. » Sa gorge se serra. « Je peux te faire un baiser d'adieu ? »

Elle tourna son visage pour lui présenter sa joue.

« Sur la bouche.

– Pas de baiser.

– Je t'en prie. »

Elle le regarda : « Faut payer. »

Il lui donna un billet de 5 livres et pressa ses lèvres contre les siennes. Il prit une grande inspiration, sentant son odeur singulière avec ses couches superposées de parfums – laque, talc, patchouli –, essayant de s'en souvenir, de la ranger dans sa mémoire pour le futur.

Il sentit sa langue passer en éclair une seconde sur ses dents avant de toucher la sienne.

« Faut que tu partes, dit-elle en s'écartant, l'air absent, indifférent. Maintenant. »

Était-ce un signe spontané d'affection ou une rebuffade délibérée ? se demanda Adam en quittant le Shaft avec ses deux sacs en plastique, sans regarder ni à gauche ni à droite. Lui manquerai-je un peu – ou ne suis-je qu'un autre homme parmi la longue liste de tous ceux qui l'ont déçue en la plaquant ? Tout ce qu'il savait, c'était qu'il avait été repéré et que, s'il ne partait pas immédiatement, il conduirait inévitablement son poursuivant à l'appartement L, niveau 3, unité 14. Il ne s'agissait pas d'une coïncidence extraordinaire : l'affreux type se promenait dans le Shaft pour une seule et unique raison : il sait que je suis ici, quelque part, se dit Adam, saisi soudain d'un tremblement de peur rétrospective qui le fit s'immobiliser un instant. Et s'il ne l'avait pas vu ? Et si lui et Ly-on ne l'avaient pas croisé en chemin ?…

Il accéléra son allure en direction du sud, pressé de se retrouver dans la foule. Une station de métro – Canada Water –, ça ferait l'affaire. Il donnerait son coup de téléphone de là.

« Hé, Adam, je ne pas croire. Fantastique, fantastique. » Vladimir l'étreignit comme un frère, songea Adam la larme à l'œil : comme un frère retour de guerre après avoir été porté disparu.

« Tu es mon premier visiteur », dit Vladimir en s'écartant de la porte pour le faire entrer. L'appartement se trouvait à Stepney, dans un immeuble faisant partie d'un projet immobilier financé par une institution charitable au cours des années vingt – Oystergate Buildings,

Ben Johnson Road. Un immeuble gris et crasseux, bâti entièrement en briques vernissées blanches qui lui donnaient une apparence monochrome sinistre, presque celle d'un bâtiment fantôme – des briques vernissées maintenant fissurées et salies. La façade très élaborée, regorgeant de paliers à découvert, de balcons étroits et de balustrades en fer forgé, était très éloignée des angles sévères du Shaft. Vladimir avait salle de bains, cuisine, chambre et séjour. Dans le séjour trônaient un canapé trois places noir, tout neuf, et une télévision à écran plat. Le reste du petit appartement paraissait totalement dépourvu de meubles – pas de serviettes dans la salle de bains, pas d'ustensiles de cuisine non plus –, avec seulement un matelas et des couvertures en vrac sur le plancher de la chambre à coucher.

« Tu dors sur sofa, dit Vladimir.

– Où as-tu dégoté tout ça ? »

Vladimir brandit sa carte de crédit : « Tu as pays merveilleux. »

Ils allèrent manger des chickenburgers et des chips dans un Chick-n-Go. Adam paya, c'était à son sens le moins qu'il pouvait faire, et Vladimir semblait ne pas avoir de liquide sur lui – il vivait exclusivement de ce que sa carte pouvait fournir. Ils achetèrent un pack de six bières et regagnèrent Oystergate Buildings. Adam régla à Vladimir un mois de loyer d'avance – 80 livres. Vladimir déclara que tout changerait lundi, une fois qu'il aurait commencé son travail de brancardier au Bethnal & Bow Hospital voisin. Il débuterait au salaire annuel de 10 500 livres. Il montra à Adam son uniforme – pantalon bleu, chemise blanche avec épaulettes bleues, cravate bleue – et son badge d'identité en sautoir, avec sa photo au nom de PRIMO BELEM. Puis il lui demanda de lui prêter 50 livres de plus – il le rembourserait dès réception de son premier chèque. Adam les lui donna – lui aussi, ses ressources en liquide s'amenuisaient, et il lui faudrait très vite rendre visite à sa banque dans le triangle.

« J'achète la came, annonça Vladimir. On fait fête ce week-end avant je commence travail. On fume haschich – meilleure qualité.

– Super », dit Adam.

Ce soir-là, allongé sur le canapé en cuir craquant (Vladimir lui avait prêté une de ses couvertures), il repensa à Mhouse et à Ly-on. Il s'apitoya sur son sort, conscient de la nature précaire de sa vie, de sa situation singulière et unique et de cette nouvelle menace qui, grâce à une réaction rapide, était maintenant neutralisée – il le supposait et l'espérait. Mhouse et Ly-on lui manquaient, il devait se l'avouer, ainsi que sa vie dans le Shaft avec eux. Mais il se consola : en dépit des sombres réalités auxquelles il était confronté, il avait fait la seule chose possible. Il avait quitté le Shaft : au moins, Mhouse et Ly-on seraient maintenant en sécurité, c'était tout ce qui importait vraiment, tout ce qui comptait.

## 31

Que se passait-il dans ce pays avec les salles d'attente des médecins ? se demanda Ingram. Il était là, sur le point de payer 120 livres pour une consultation de dix minutes avec un des généralistes les plus en vogue et les plus chics de Londres, et il aurait pu aussi bien se trouver dans un hôtel deux étoiles de province des années cinquante : des meubles – de mauvaises copies déglinguées –, une moquette usée, un lot de gravures de chasse poussiéreuses sur les murs, un couple de chlorophytums desséchés sur le rebord de la fenêtre, et une pile de magazines vieux de deux ans sur une table basse avec un pied bancal. À New York ou à Berlin tout ça aurait été verre et acier, propre, neuf, solide, verdure luxuriante, un décor proclamant : j'ai beaucoup, beaucoup de succès, je suis high-tech, technique de pointe, vous pouvez me confier vos problèmes de santé. Mais ici à Londres, dans Harley Street…

Ingram soupira, distinctement, de sorte que l'autre patient en train d'attendre aussi son tour – une femme avec un voile lui remontant sous les yeux et un foulard lui couvrant la tête jusqu'aux sourcils – le regarda. Elle était accompagnée d'un petit garçon avec un bras en écharpe. Ingram lui sourit – peut-être lui rendit-elle son sourire : il crut voir ses yeux se plisser un peu, reconnaissant l'absurdité de la situation, mais il ne pouvait en être sûr, c'était le problème avec le voile, c'était en fait le but du voile. Il prit un numéro de *Horse and Hound*, le feuilleta, le rejeta et soupira de nouveau. Peut-être devrait-il simplement partir – il se sentait un peu bête –, juste quelques gouttes de sang minuscules et ces démangeaisons violentes, redoutables : pourquoi déranger un médecin ?

« Ingram, vieille branche ! Entre donc, gamin. »

Le médecin d'Ingram, le Dr Lachlan McTurk, était un Écossais pur jus mais un Écossais sans l'accent, sauf quand il décidait de l'affecter de temps à autre. Il était bien trop gros encore que pas cliniquement obèse, avait une épaisse tignasse de cheveux gris indisciplinés et un visage rubicond. Été comme hiver, il portait des costumes de tweed dans des nuances variées de vert mousse. Il était marié, avait cinq enfants, mais, bien qu'il le connût depuis environ trente ans, Ingram n'avait jamais rencontré Mrs McTurk. C'était un homme cultivé dont l'ardeur à explorer et à consommer chaque forme d'art existante ne diminuait pas. Ingram se demandait parfois pourquoi il s'était donné la peine de devenir médecin.

« Prendras-tu un "p'tit verre", Ingram ? Il va bientôt être midi.

– Vaut mieux pas. J'ai une réunion très importante. »

Lachlan McTurk avait procédé à tous les examens physiques classiques – tension, pouls, palpation, réflexes –, il avait écouté le cœur et les poumons sans pouvoir trouver quoi que ce soit de suspect. Il se versa trois généreux doigts de whisky qu'il compléta au robinet d'eau froide de son lavabo. Il s'assit derrière son bureau, alluma une cigarette et commença à griffonner des notes dans un dossier.

« Si tu étais une voiture, Ingram, je dirais que tu as passé ton contrôle technique haut la main.

– Oui, mais d'où vient ce sang ? Pourquoi ? Et ces démangeaisons infernales ?

– Qui sait ? Ce ne sont pas des symptômes que je reconnais.

– Je n'ai donc pas à me faire de souci du tout ?

– Eh bien, nous avons tous plein de choses à propos desquelles nous faire du souci. Mais je dirais que tu peux placer ta santé tout en fin de liste.

– Je suppose que je devrais être poursuivi. » Ingram remit sa veste. « Qu'est-ce que je dis ? Soulagé, je veux dire. Je devrais être soulagé.

– Tu fumes ?

– Pas depuis vingt ans.

– Tu bois combien ? À peu près ?

– Deux verres de vin par jour. En gros.

– Disons une bouteille. Non – tu es en très bonne forme, à mon avis de professionnel. »

Ingram réfléchit. « Je vais peut-être prendre un petit scotch. » Autant en avoir un peu pour ses 120 livres. McTurk lui versa un verre et le lui tendit.

« As-tu vu la nouvelle production du *Baladin du monde occidental* au National Theatre ? demanda le médecin.

– Ah, non.

– Il faut absolument. Ça et l'expo d'August Macke à la Tate Liverpool. Si tu ne fais que deux choses ce mois-ci, fais celles-là. Je t'en supplie.

– C'est noté, Lachlan. » Ingram sirotait son whisky. « Je dois avouer que j'ai été un peu tendu, récemment. Des tas de trucs en même temps.

– Ah, ah ! La redoutable Déesse Stress. Elle peut faire les choses les plus étranges à un corps.

– Crois-tu que ce soit l'explication ?

– Qui sait ? "Il y a plus de choses dans le ciel et sur la terre qu'il n'en est rêvé dans ta philosophie, Horatio". » McTurk écrasa son mégot. « Pour ainsi dire. Tu sais quoi ? dit-il. Je vais faire quelques tests sanguins. Juste pour que tu dormes sur tes deux oreilles. »

Voilà ce qui se passe, pensa Ingram, une simple visite chez le médecin et soudain on vous découvre des problèmes de santé dont vous n'aviez aucune idée. McTurk lui tira une pleine seringue de sang au creux de son bras gauche et en fit une série d'échantillons.

« Quels tests ? voulut savoir Ingram.

– Je vais juste procéder à toute la gamme. Voir s'il y a un signal quelconque. »

Oh, parfait, se dit Ingram, je suis bon pour 500 livres de plus.

« Tu ne crois pas, commença-t-il, enfin quoi, ça ne pourrait pas être les symptômes d'un – comment dirais-je – d'une maladie sexuellement transmissible... »

McTurk lui jeta un regard perçant : « Eh bien, si du sang dégoulinait de ton cul et que ta queue te démangeait – ou vice-versa – je pourrais avoir des soupçons. Qu'est-ce que tu as fait, hein ?

– Rien, rien, se hâta de répondre Ingram, regrettant aussitôt la tournure qu'avait prise le diagnostic. Je me demandais, voilà tout, si une jeunesse dissipée était en train de me rattraper.

– Ah oui, la vérole. Non, non, on aurait résolu ça tout de suite. Pas de bain de mercure pour toi, gamin. »

Ingram partit en se sentant pris de faiblesse et considérablement plus malade qu'en arrivant. Il avait de surcroît un léger mal au crâne dû au whisky. Imbécile.

## 32

La Targa fit le tour du petit canot pneumatique puis Joey le doubla et fila en aval. La marée descendait et Rita entendit le changement rauque dans le bruit du moteur tandis que les hélices s'inversaient et que la vedette s'immobilisait au milieu du fleuve, attendant que le courant ramène le canot vers eux. Rita se mit en position sur le pont arrière, gaffe en main. Elle aperçut un bout du cordage attaché à l'avant de l'embarcation qui traînait dans l'eau et se pencha vite pour le repêcher. Elle l'assura sur un taquet, et tira le canot tout contre la coque de la Targa.

Ils avaient été sur le point de terminer leur journée quand on leur avait signalé le canot abandonné – on l'avait repéré flottant près du Lambeth Bridge – et ils avaient remonté le fleuve, Rita à l'avant armée de jumelles. Elle l'avait vu sortant de l'ombre projetée du Waterloo Bridge – il faisait huit pieds de long à peine, une prame courte et large en fibre de verre bleu pâle avec des francs-bords bas, conçue pour de brefs trajets entre bateau et quai ou de jetée à jetée, avec un banc de nage, deux tolets mais pas de rames, autant que Rita en pouvait juger en nouant sa dernière demi-clef. Au fond de la barque, une bâche en plastique grise nageait dans cinq centimètres d'eau brune.

« Une seconde ! » cria-t-elle à Joey en attrapant un bout. On va lui en donner un plus long, se dit-elle, on pourra le remorquer, il s'agit pas que cette vieille prame sale égratigne la belle peinture de notre coque. Elle s'agenouilla sur le pont, se pencha, passa le cordage dans la manille à l'avant et s'apprêtait à le nouer quand la bâche remua. Rita poussa un bref hurlement – plutôt un petit cri instinctif d'alarme –, ce qui, à son intense mécontentement, revenait au même.

Quelque chose, quelqu'un bougeait sous la bâche qui en une seconde se souleva pour révéler son père.

Il ne fallut à Rita qu'une autre demi-seconde pour se rendre compte qu'il ne s'agissait pas du tout de Jeff Nashe, mais d'un autre vieil homme mal rasé, la mine émaciée avec une queue-de-cheval grise fatiguée.

« Qu'est-ce que c'est que ce bordel... », marmonna l'homme, ahuri, se relevant sur ses genoux et contemplant Somerset House, de l'autre côté du fleuve, comme soudain frappé par la géométrie austère et classique de sa façade. Il se retourna vers Rita qui croisa le regard à moitié fou d'un type au bout, ou presque, du rouleau. Elle tendit la main pour l'aider à monter à bord, et sentit cette odeur aigre particulière à ceux qui ne se sont pas lavés depuis longtemps, l'odeur fétide de la pauvreté.

« Merci, chérie », dit-il alors qu'elle le soutenait pour qu'il retrouve son équilibre. De près, il n'avait plus maintenant l'air vraiment si vieux – fin de la trentaine, le tout début de la quarantaine – mais édenté, le bas du visage écrasé, les mâchoires bizarrement rapprochées, les lèvres animées de ces moues machinales propres aux nourrissons. Elle le fit asseoir dans la cabine et alla regréer le câble de remorquage, signalant à Joey le moment où il pouvait repartir en toute sécurité. Puis elle sortit une couverture d'un casier et en couvrit les épaules de l'homme avant de s'asseoir face à lui.

« Je l'ai pas volé, dit-il. Je m'y suis juste glissé dedans pour piquer un roupillon. Mince, le choc quand vous m'avez réveillé !

– Où était-ce ? Où avez-vous commencé votre somme ?

– Ah. »

Il réfléchit avec une moue de ses lèvres humides et se frotta le menton de ses jointures de la main droite :

« Hampton Court.

– Vous êtes venu de loin, dit-elle. On parlera de tout cela au commissariat, d'accord ?

– J'ai rien fait de mal », protesta-t-il, maussade, blessé par le sous-entendu.

Il détourna son regard, renifla et, d'une main, resserra la couverture contre lui, libérant en même temps de l'autre la ficelle autour de sa queue-de-cheval, un geste qui ramena de nouveau à l'esprit de Rita l'image de son père. L'idée d'un Jeff vieux et vulnérable suscita en elle un soudain élan de mélancolie, dont elle se consola aussitôt avec la pensée qu'elle serait toujours là pour s'occuper de lui, s'assurer qu'il allait bien. Mais ce n'était pas finalement une consolation, conclut-elle en réfléchissant à la nature de cette situation qui parlait d'un avenir qu'elle ne souhaitait pas le moins du monde.

Elle sortit sur le pont arrière et refixa sans qu'il en fut besoin le bout d'amarrage tout en regardant le canot glisser et faire des embardées dans le sillage de la Targa. Elle refusait de s'imaginer vieillissant,

286

vivant toujours sur le *Bellerophon*. Trente, quarante ans… Plus longtemps elle resterait, plus ce serait dur de déménager un jour, même si elle menaçait souvent de le faire quand son père la mettait en colère. Ne fréquenter personne, ne pas avoir de compagnon amenait inévitablement ces pensées. Lors de sa liaison avec Gary, elle n'avait jamais eu de crainte morbide quant à son avenir. Gary l'avait invitée à dîner et elle se demanda si elle devait y aller – les choses entre eux pourraient recommencer, elle le voyait bien, aussi facilement qu'elle les avait rompues.

Elle se retourna et vit l'homme édenté brandir un doigt sale surgi des plis de la couverture, et accabler le dos de Joey de ses problèmes. Gary ne serait jamais le bon choix pour elle, elle s'en rendait compte, ça au moins c'était clair, et ce serait une grosse erreur que de renouer avec lui juste pour un peu de sécurité et d'assurance temporaires. Elle était jeune et séduisante, elle le savait. Un veinard de petit salaud l'attendait quelque part, et elle le reconnaîtrait quand il viendrait – n'y avait-il pas une chanson sur ce thème ? Elle fouilla sa mémoire à la recherche des mots et de la mélodie, et la perspective de son inévitable bonheur futur la requinqua soudain. Elle regarda l'homme édenté avec pitié – comment un individu en arrivait-il là ? Il avait été autrefois le mignon petit bébé de quelqu'un, bercé dans des bras aimants, le dépositaire des espoirs d'un père et d'une mère… Quelles terribles fautes avait-il commises ? Quels mauvais tours le sort lui avait-il joués ? Comment était-il tombé si bas, et dans une telle désespérance ?

Alors qu'ils filaient sous Blackfriars Bridge, elle porta de nouveau son regard sur le fleuve. Shakespeare avait eu une maison dans Blackfriars, elle s'en souvint,

287

quelqu'un le lui avait dit. Il n'y avait qu'un seul pont sur la Tamise à cette époque-là – mais des tas de bateaux, partout. Elle sourit intérieurement, heureuse de sentir son moral remonter, ravie de faire partie du fleuve et de son éternelle activité.

## 33

Quand Adam se réveilla le samedi matin, l'odeur – l'odeur de fumée froide d'opium – faillit lui retourner l'estomac. Vladimir avait été incapable d'attendre jusqu'au week-end pour faire la fête, surtout avec des boules d'opium de super-qualité dans sa poche, et la soirée de vendredi avait donc été déclarée soirée de célébration – célébration de sa nouvelle identité, de son compte en banque, de sa carte de crédit, de son canapé et de sa télé, de son emploi salarié en qualité de brancardier au Bethnal & Bow Hospital – et enfin, cela allait sans dire, célébration de son nouveau colocataire et pensionnaire. Adam ne s'était pas joint à la séance d'opium mais il avait bu des litres d'une bière particulièrement forte afin de démontrer sa bonne volonté et le bonheur qu'il éprouvait lui aussi à se péter la gueule avec des stupéfiants. Ils avaient regardé la télé dans un état croissant d'hébétude verbeuse, incohérente (ajoutant tous deux en même temps des commentaires *ad libitum*) – il s'agissait d'un documentaire sur l'alpinisme, pour autant qu'il s'en souvienne –, Vladimir fumant et buvant, Adam buvant et rebuvant – jusqu'à ce que Vladimir, réussissant plus ou moins à se lever, regagne en titubant sa chambre, pipe à la main.

Adam se retourna, le canapé en cuir glapissant sous lui comme un nid d'oisillons, et s'aperçut que la télé marchait toujours, quoique sans le son. Des gens souriants bien astiqués relayaient les nouvelles du monde. Il se redressa, aussitôt conscient de son haleine puante et d'un sourd mal au crâne, et alla droit à la salle de bains se laver la figure et les dents. Il enfila sa veste et mit ses chaussures avant de frapper à la porte de Vladimir pour lui annoncer qu'il sortait prendre son petit déjeuner. Il crut entendre Vladimir lui répondre en grognant mais il fut incapable de distinguer quoi que ce fût d'intelligible. Il refusait même de tenter d'imaginer comment Vladimir devait se sentir ce matin – il soupçonnait qu'il avait fumé quelques pipes de plus avant de sombrer dans le néant.

Il acheta un journal, trouva un café, commanda du thé, des toasts, un petit déjeuner anglais complet (deux œufs au plat, bacon, saucisse, haricots blancs, champignons, tomates et chips) et dévora dûment le tout. Rassasié, et se sentant marginalement mieux, il alla jusqu'au Mile End Park et décida de s'allonger sur l'herbe une minute ou deux. Trois heures plus tard, il se réveilla et regagna d'un pas lourd Oystergate Buildings.

Vladimir ne s'était toujours pas levé et, cette fois, il ne répondit même pas quand Adam frappa à sa porte. Adam regarda des courses de chevaux à la télé et se fit plusieurs tasses de thé. La cuisine était un peu mieux aménagée : Adam avait acheté une bouilloire, une casserole, deux chopes, deux assiettes et deux jeux de couteaux et de fourchettes – comme un jeune couple pas riche installant leur premier chez-soi, se dit-il. Il n'y avait pas encore de réfrigérateur, et on conservait le lait sur le rebord de la fenêtre.

Il but sa quatrième chope de thé en s'interrogeant sur ce qu'il devait faire. Il pourrait certainement vivre ici dans Oystergate Buildings pendant un moment et continuer sa lucrative vie de mendicité. Il gagnait plus comme mendiant à mi-temps que Vladimir le ferait dans son emploi rémunéré de brancardier et, de surcroît, il avait des plans pour d'audacieuses variations sur l'arnaque de « l'aveugle égaré » qui l'avait si bien servi.

Ou bien devait-il quitter la ville et aller dans le Nord, comme il l'avait dit à Mhouse, aller vraiment à Édimbourg, en Écosse. Ils avaient des aveugles en Écosse, il pourrait mendier là-bas aussi bien qu'ici. Mais Londres possédait quelque chose dont il avait besoin, il le savait, quelque chose d'essentiel et de fondamental. Il avait besoin de sa taille, de son immense étendue, de ses millions d'habitants, de l'anonymat total et protecteur que la ville assurait. Il songea aux six cents personnes qui disparaissaient chaque semaine dans ce pays, les garçons et les filles, les hommes et les femmes qui franchissaient la porte, la refermaient derrière eux sachant qu'ils ne reviendraient jamais, ou bien qui passaient par la fenêtre sur la cour et fuyaient dans la nuit rejoindre la vaste population de fantômes vivants que formaient Les Disparus. Deux cent mille disparus – dont la plupart se trouvaient sans doute à Londres, subsistant comme lui au-dessous de toutes les catégories sociales, vivant dans la clandestinité, sans papiers, sans numéro, inconnus. Seul Londres était suffisamment grand et sans cœur pour contenir ces multitudes perdues, la population volatilisée du Royaume-Uni – seul Londres pouvait les absorber sans le moindre scrupule, sans la moindre hésitation.

Non, il allait, selon le cliché, prendre les choses un jour à la fois. Tant que Vladimir garderait le contrôle de son addiction (pas de descente de police, merci) il jouirait d'une sécurité relative dans Oystergate Buildings. La vie pourrait continuer à sa manière résolument hasardeuse. Pensant à Vladimir, il lui prépara une tasse de thé sucré et frappa de nouveau à sa porte.

« Vlad ? J'ai fait du thé, mon vieux. » Il poussa la porte. « Sortons et allons acheter des… »

Il comprit sur-le-champ que Vladimir était mort. Il gisait sur le matelas, le corps tourné sur le flanc, un bras jeté loin comme pour attraper une dernière fois la pipe à opium et son matériel. Ses yeux étaient grands ouverts ainsi que sa bouche.

Adam recula hors de la chambre et ferma la porte. Il tremblait tellement que le thé dégoulinait de la chope. « Putain, non, grommela-t-il à voix haute, non, non, non ! » Tout en maudissant sa malchance, son abominable poisse, il fut soudain envahi par la culpabilité : l'horrible idée lui vint qu'il aurait pu sauver Vladimir. Au moment de sortir pour aller petit-déjeuner, il était sûr de l'avoir entendu marmonner quelque chose. Peut-être était-il vivant alors, *in extremis*, mais vivant et appelant à l'aide. S'il était entré à ce moment-là, il aurait pu lui porter secours – appeler un médecin, une ambulance. Mais tout cet examen rétrospectif était inutile. Il posa la chope et retourna dans la chambre. Il savait qu'il n'aurait pas dû toucher au corps de Vladimir, néanmoins, il lui ferma les paupières du bout d'un doigt, lui ferma aussi la bouche, et l'allongea sur le dos, les bras le long du corps. À présent, il avait l'air de dormir – plus ou moins. Son inertie complète trahissait la réalité : l'absence du plus minuscule mouvement, d'un léger remuement de la poitrine, du gonflement des narines, des imperceptibles tics physiques que nous produisons tous sans y penser, par inadvertance, et qui montrent que nous sommes vivants.

Vladimir devait avoir fumé de l'opium jusqu'à l'infarctus : son cœur faible succombant à une crise provoquée par une pipe de trop, une montée finale d'adrénaline étourdissante, violente de plaisir qui l'avait terrassé. La valve cardiaque défaillante dont ses braves et généreux voisins avaient pensé avoir payé le remplacement l'avait alors fatalement lâché. Et Vladimir avait donc passé l'arme à gauche dans la stupeur béate du drogué. Peut-être n'était-ce pas une si mauvaise manière de mourir, se dit Adam, en le couvrant d'un drap avant de partir faire une longue promenade afin de réfléchir.

Il aurait pensé que vivre dans un appartement avec un ami gisant mort dans la pièce voisine lui aurait valu un sentiment bizarre, mais, une fois Vladimir « arrangé », discrètement recouvert et la porte bien fermée, Adam découvrit que des heures pouvaient passer sans qu'il songe un seul instant au cadavre dans la chambre à coucher.

Il avait décidé de ne rien faire en hâte ou impulsivement, mais d'attendre et de réfléchir, de dresser des plans, de prendre son temps, et de voir s'il pouvait imaginer une méthode qui permettrait d'enlever et d'enterrer convenablement le corps de Vladimir, sans attirer l'attention de quiconque sur le fait que lui, Adam Kindred, en fuite et recherché pour meurtre, avait séjourné dans l'appartement. Pas facile. Il réfléchit durant tout le dimanche et la seule idée qu'il eut fut celle de simplement partir et de passer plus tard un coup de téléphone anonyme aux autorités. Vladimir ne connaissait aucun de ses voisins dans Oystergate Buildings, même pas ceux qui occupaient les deux appartements encadrant le sien – il n'habitait pas là depuis assez longtemps, et par conséquent personne ne s'étonnerait de ne pas le voir ni ne viendrait lui rendre visite de manière inattendue. L'esprit communautaire dans Oystergate Buildings était sans doute faible, pour ne pas dire moribond. Le dimanche s'écoula, lentement. Adam arpenta les rues de Stepney, alla au cinéma, vit un mauvais film, acheta une pizza qu'il rapporta dans l'appartement et mangea tout en regardant la télévision.

Lundi matin, faute d'une autre idée plus brillante, il décida de partir et empaqueta de nouveau ses quelques possessions dans leurs sacs en plastique. Il se demanda où il irait : il fut un instant tenté par un retour à la sécurité familière du triangle de Chelsea Bridge mais il se rendit très vite compte que, tout familier qu'il fût, l'endroit n'offrait plus aucune sécurité : la police y avait fait une descente ; le vilain type de Grafton Lodge en connaissait l'existence. Non, il lui fallait simplement trouver un lieu aussi sûr – il devait bien y avoir dans Londres quelque part où il pourrait se cacher.

Il referma la porte d'entrée derrière lui – en se disant : Hampstead Heath, peut-être ? De grands espaces ouverts… – et il ôtait la clé de la serrure quand un facteur en short, lourdes bottes et turban bleu cendré surgit dans l'escalier, l'air épuisé.

« Formidable, vous êtes là. Mr Belem ?

– Mmm ? fit Adam, d'un ton neutre.

– Signez et écrivez là votre nom en majuscules, s'il vous plaît. »

Adam signa, écrivit : P. BELEM en majuscules, et reçut en retour une lettre recommandée frappée des armoiries du Bethnal & Bow Hospital.

« Bonne journée, Mr Belem », dit le facteur avant de s'éloigner dans le couloir.

Adam rouvrit la porte et rentra dans son appartement.

# 34

À la très grande frustration de Jonjo, il avait fallu presque une semaine pour retrouver Mohammed. Le type paraissait habiter à cinq adresses à la fois et Jonjo avait dû payer très cher Bozzy et sa bande pour le coincer.

Ils l'avaient finalement rattrapé dans une maison de Bethnal Green, logeant chez un oncle. Jonjo décida que la rencontre se passerait mieux sans la présence de Bozzy et il se rendit donc tout seul à Bethnal Green où il se gara à cinq ou six mètres de la résidence temporaire de Mohammed. Jonjo l'observa aller et venir, avec cousins et amis, avant de le voir quitter finalement la maison seul et se diriger vers son minicab, dans l'idée sans doute d'aller travailler et de gagner un peu d'argent. Jonjo ne le suivit que deux ou trois minutes : Mohammed arrêta soudain sa Primera le long du trottoir – ses feux de détresse clignotant dans le soleil de l'après-midi – et se précipita dans un supermarché pour acheter quelque chose. Jonjo gara son taxi en double file de façon à empêcher Mohammed de redémarrer, et attendit.

Il y eut un petit coup sec sur la vitre.

« Scuze-moi, mon pote. Mais t'es garé… »

En ouvrant brusquement la portière, Jonjo fit tomber Mohammed. Il l'aida à se relever et lui brossa son blouson en jean. Mohammed le reconnut aussitôt.

« Écoute, mec, pas question que tu… 

– Entre dans mon bureau, Mo. »

Ils s'assirent à l'arrière du taxi de Jonjo, Mohammed sur le strapontin, Jonjo étalé majestueusement sur la banquette en face. Les portes étaient verrouillées.

« J'ai une grande famille, dit Mohammed. Oncles, frères, cousins – il m'arrive quelque chose, ils connaissent Bozzy. Il est mort, ouais ?

– Alors rends-nous un grand service à tous. »

Jonjo se pencha en avant et posa ses mains sur les genoux de Mohammed pour en arrêter les tremblements spasmodiques.

« Je veux te donner de l'argent, Mohammed, pas te faire mal. » Il compta 200 livres et les lui tendit. « Prends. »

Mohammed les prit. « Pourquoi ?

– Parce que tu vas me dire qui d'autre était dans ta voiture le soir où tu as emmené le jobard à Chelsea. Et puis tu vas me montrer où je peux trouver cette personne qui t'accompagnait. Et alors je te donnerai 300 autres livres. »

Jonjo fouilla dans sa poche et exhiba sa grosse liasse de billets.

« J'étais tout seul, mec.

– Non, tu ne l'étais pas. Tu as dit que le type est entré dans le bout de terrain vague pour aller rechercher son imperméable – pendant que tu attendais dans la voiture.

– Ouais, juste, et alors ?

– Alors pourquoi n'a-t-il pas pris la fuite pendant que tu restais assis dans la voiture comme une potiche ?

– Ah… pasque j'l'avais menacé ; j'avais dit que j'lui cassais sa putain de jambe si y me payait pas.

– Il devait les avoir à zéro.

297

– Ouais. C'est pour ça y fait ce que j'lui dis.

– Donc tu lui as fait confiance. T'es resté dans la voiture et tu as attendu, certain qu'il allait te ramener son imper.

– Heu… Ouais. »

Jonjo arracha à Mohammed ses 200 livres.

« Même le plus nullard de tous les foutus cons de chauffeurs de minicab du monde ne ferait pas ça. Si tu es resté dans la voiture, qui a accompagné Kindred ? »

Jonjo brandit les billets sous le nez de Mohammed qui les contempla et se lécha les lèvres. Son genou recommença à sautiller.

« C'était quelqu'un appelé Mhouse.

– Un homme appelé Mouse ?

– Une femme. »

Bien que très étonné, Jonjo n'en laissa rien paraître.

« Tu sais où elle habite ?

– Ouais.

– Emmène-moi là-bas et tu auras le reste de l'argent. »

Jonjo attendit que la nuit tombe avant de retourner au Shaft. Il monta rapidement l'escalier et prit le passage jusqu'à l'appartement L. Il avait dans sa poche une épaisse petite pince-monseigneur qu'il introduisit dans le chambranle au-dessus de la serrure avant de s'y appuyer de tout son poids, tout en le soulevant. Il entendit les vis qui maintenaient la serrure céder sous la pression, et le bois se fendre. Il passa la pince sur le haut et le bas de la porte – pas de verrou. Il fit une pause, jeta un coup d'œil autour de lui pour s'assurer que personne ne regardait et, d'un puissant coup de ses godillots, ouvrit violemment la porte. Il entra vite, repoussa la porte derrière lui et s'immobilisa. Aucun bruit – l'appart était vide. Une lumière brillait dans la cuisine. Jonjo s'avança doucement dans le séjour où il vit une télé, des coussins, deux fauteuils. Dans la cuisine il nota le câble électrique et le tuyau d'eau passant par la fenêtre, et il se permit le petit ricanement vertueux du contribuable dégoûté. Ces gens vous ôteraient carrément le pain de la bouche, se dit-il. Dans quel monde…

« Salut ! »

Jonjo se retourna très lentement et découvrit, debout dans l'encadrement de la porte menant à une chambre à coucher, un petit garçon aux cheveux bouclés, portant un T-shirt taché qui lui tombait aux genoux.

« Salut, petit gars. Ne t'en fais pas, je suis un ami. Où est ta maman ?

– Elle travaille.

– Elle m'a demandé de venir chercher quelque chose pour elle. »

Il passa devant l'enfant pour entrer dans la chambre – matelas sur le sol, draps sales, une armoire, quelques cartons. Il ouvrit l'armoire et fouilla dans les vêtements pendus à l'intérieur, cherchant dans les recoins ce qui aurait pu y être planqué. Il sortit des chaussures, un sac en plastique plein de gadgets de sex-shop, de godemichés. L'odeur chimique d'un parfum bon marché lui picota les yeux. Puis il tira une plus grosse boîte – non, un attaché-case. Il le connaissait bien : serrures solides, cuir verni, cornières de bronze doré. Il l'ouvrit : vide. Mais c'était celui de Kindred – les pièces du puzzle commençaient à s'assembler et il sentit son excitation croître. Appuyé au chambranle, se grattant la cuisse, le petit garçon le regardait d'un air endormi mais avec curiosité.

« À qui c'est, ça ?

– À ma maman. »

Jonjo inspecta l'autre chambre : un matelas nu, un parquet nu, quelques cartons encore, remplis de camelote. L'attaché-case à la main, il se dirigea à grands pas vers la porte.

« Tchao, mon pote !

– T'es un ami de John ? » demanda le gamin.

Jonjo s'arrêta net et se retourna.

« Qui est John ?

– Il habite ici mais maintenant il est parti. Tu lui dis de revenir – dis Ly-on veut qu'il revienne.

– Est-ce que Maman connaît John ?

– Ouais. Elle aime aussi John très beaucoup. Petits, petits pois.

– D'accord. »

John lui tapota le crâne, dit bonsoir et referma la porte du mieux qu'il put derrière lui.


Bozzy attendait près du terrain de jeux dévasté. Il désigna l'attaché-case que tenait Jonjo.

« Où c'est que t'as trouvé ça ?

– La Mhouse. Kindred a habité là-bas.

– Putain ! Pendant tout ce temps ?

– Ouais. Où travaille-t-elle ? »

Bozzy sourit : « Travailler ? Elle branle de pauvres connards sur Cherry Garden Pier.

– C'est une tapineuse ?... »

Jonjo resta interloqué : que foutait Kindred à vivre avec une prostituée ?

« T'es sûr ?

– Est-ce que les chiens se lèchent les couilles ? Vingt tickets la passe, mec, trente sans capote. Très classe si tu vois ce que je veux dire. » Bozzy gloussa.

« Comment va-t-on au Cherry Garden Pier ? »

## 35

Très haut, à son maximum, le fleuve était superbe ce soir, pensa-t-elle : cette noirceur en mouvement, le commencement de la renverse, la grande masse d'eau entamant son voyage de retour vers la mer, le flot puissant et les lumières réfléchies immobiles sur la surface fuyante, Mhouse en voyait le pouvoir et l'enchantement – non qu'elle l'aurait exprimé ainsi, le fleuve la distrayait et elle s'y attarda un moment avant de se rappeler à quel point elle en avait foutrement marre.

Une nuit calme – et pas qu'un peu. Elle avait arpenté Cherry Garden Pier et les parages pendant deux heures, elle avait remonté les artères adjacentes, descendu les ruelles, à la recherche de clients, d'hommes. Elle avait rencontré une fille qui songeait à partir sur King's Cross, tant c'était mort ici dans Rotherhithe. Elle était même retournée dans Southern Park, mais là c'étaient que des jeunes homos, bien qu'un coco lui ait demandé de le suivre jusqu'au lac, en prétendant qu'il avait trouvé une sorte de cabane qu'ils pourraient utiliser, mais elle lui avait dit où il pouvait se foutre son lac et sa cabane, pas question.

Elle alluma et fuma une cigarette. Elle voyait le grand hôpital de St Bot, en aval, toutes lumières dehors. Ça devait pas être triste, la facture d'électricité. Dommage

301

que John 1603 soit parti : c'était comme vivre avec un robinet à fric, on l'ouvrait quand on en avait besoin. Il te manquait 100 livres – tu passais la nuit avec John. C'était un type pas mal (elle était pas très portée sur les hommes barbus, pour être honnête) – doux, aimable, serviable – et elle lui plaisait bien. Enfin, il aimait bien la baiser, en tout cas, elle savait ça, c'était aussi évident que le nez au milieu de la figure. Ly-on le kiffait bien aussi – et lui semblait aimer Ly-on. Alors, elle le laissait la baiser de temps en temps, elle avait de l'argent comptant et lui il avait un toit sur sa tête avec une télé-satellite, alors pourquoi il avait fallu qu'il se barre comme ça tout d'un coup ? À présent, elle avait des dettes avec Mr Quality et Margo, et ils l'emmerdaient dur pour qu'elle les rembourse. Des tas de fric. Et on n'avait pas intérêt à se mettre Mr Quality à dos…

Elle se demanda si elle pourrait retrouver John 1603, lui offrir de reprendre sa chambre, peut-être de réduire l'ensemble des tarifs. Comment tu fais ça, foutue idiote ? Je pourrais essayer l'église – il était toujours fourré à l'église et peut-être qu'on savait où le trouver. Peut-être que l'Écosse ne marcherait pas pour lui. Peut-être qu'il reviendrait au Shaft, à Mhouse, à Ly-on, à sa petite famille. Peut-être qu'il voulait vraiment être…

« 'soir, chérie. »

Elle se retourna et vit un homme debout sur le chemin de halage. D'où venait-il ? Elle s'avança vers lui, lentement, en remontant son bustier pour mieux exposer la naissance des seins. Le décolleté, c'est drôle, ça le faisait toujours.

« Qu'est-ce tu voudrais, mon joli ? s'enquit-elle.

– J'ai une voiture là-bas derrière, dit-il avec un geste du pouce. On pourrait aller faire une petite promenade.

« – Je vais pas dans les voitures, chéri, désolée. Tu me suis – tu vas t'envoyer en l'air comme jamais. »

Elle prit la direction des King's Stairs Gardens et elle entendit les pas de l'homme derrière elle. Il y avait une entrée condamnée qu'elle utilisait comme une sorte d'abri-relais, très en retrait, très sombre – les gens pouvaient passer devant et ne rien voir de ce qu'on y faisait.

Elle s'avança dans l'entrée et sentit plus qu'elle ne vit le corps de l'homme remplir l'espace. Un gros mec. Elle chercha sa braguette – sortir l'engin vivement et mettre les mains dessus, c'était son habitude. Jamais leur donner une seconde pour réfléchir. C'était expédié avant de le savoir – avant qu'ils aient une chance de se montrer exigeants.

Elle sentit sa grosse main saisir son poignet.

« Minute, ma douce, pas si vite. J'ai quelques idées moi-même.

– C'est 40 livres, prévint-elle, 50 sans capote. Si tu veux une chambre, c'est 100 : une demi-heure. »

Elle alluma son briquet. Ça les faisait flipper s'ils savaient que vous aviez vu leur gueule – ça les empêchait d'avoir de sales petites idées. La flamme éclaira son gros visage dont elle aperçut alors les yeux aux cils pâles, le menton fuyant avec au milieu une grosse fente que la flamme dansante rendait même plus profonde. Un visage plus ou moins familier.

« Je te connais, non ? J't'ai pas déjà fait ?

– Non. À moins que tu travailles sur Chelsea.

– J'ai jamais mis les pieds à Chelsea, chéri.

– Oh que si tu y as été ! »

Il la saisit par la gorge et la souleva presque au-dessus du sol, la poussant violemment contre le mur, lui chassant l'air des poumons.

« Où est Adam Kindred ? lui souffla-t-il au visage. Dis-le-moi et j'aurai pas à te casser. »

Incapable de parler, elle émit un son étranglé. Elle avait ses deux mains sur le poignet de l'homme – un poignet pareil à une branche d'arbre épaisse – et ses orteils touchaient à peine le sol. Il relâcha un peu son emprise, la laissa reprendre pied.

« Je connais pas le nom, dit-elle.

– Que dis-tu de "John" ? »

Et soudain, pour une raison quelconque, elle s'en souvint. C'était le type qu'elle avait vu descendre du taxi devant le Shaft un soir, quelques semaines plus tôt. Elle avait d'abord remarqué le taxi, puis elle était passée juste devant cet homme – ce gros mochetouse de salopard avec le menton fendu qui maintenant avait sa main autour de son cou à elle. Mais qu'est-ce qu'il avait à voir avec John 1603 ?

« John qui ? dit-elle. Y a des tas de John dans ce monde.

– Le John qui habitait dans ton appart, hein ? Commençons par lui. »

Ce qui lui ficha un coup – et elle se sentit faible à l'idée d'avoir été coincée si vite. Comment, putain de bordel, savait-il ? Qui lui avait dit ? Et elle fut saisie d'une horrible prémonition : elle sut soudain qu'elle allait devoir se battre avec ce grand costaud de mec, se battre pour sa vie – comme la fois où elle était montée dans une voiture avec cet enfant de salaud de micheton. Vous deveniez un animal – vous le saviez, c'est tout.

« Parle-moi de ce John, ordonna-t-il.

– Ah, ce con ! répliqua-t-elle, amère. Il a foutu le camp en Écosse la semaine dernière.

– Comment ça ? L'Écosse ? »

Elle sentit sa surprise sincère, il relâchait de nouveau son emprise. Elle comprit que c'était le moment. Elle lui flanqua ses genoux dans les couilles, de toutes ses forces, et entendit son beuglement de douleur tandis qu'elle se glissait sous ses bras et filait.

Mais il fut à ses trousses en une seconde, et elle ne pouvait pas courir vite avec ces putains de bottes à talons hauts. Il la rattrapa juste avant qu'elle atteigne le fleuve et ses allées illuminées, il lui fit une clé, lui bloqua les mains et la ramena *manu militari* dans l'obscurité des King's Stairs Gardens ; là, il fit quelque chose d'étrange à son cou – ses doigts enfoncés profondément sur un côté, un pouce appuyé très fort derrière une oreille –, et elle sentit toute une partie de son corps devenir molle, et des fourmillements dans sa main gauche.

De sa main droite, elle lui allongea un coup de poing dans la figure, enfonça ses ongles dans sa joue en ratissant vers le bas, déchirant la peau. Elle ne vit arriver son revers tournoyant que trop tard, elle tenta bien de s'accroupir, mais il lui tomba dessus si fort que la dernière chose dont elle se souvint ce fut la sensation de voler dans les airs – Mhouse volait au-dessus du sol, volait dans les airs comme un petit oiseau.

Et puis – plus rien.

## 36

Goran, le chef brancardier, entra dans la salle de repos, examina la demi-douzaine d'hommes assis là – en train de lire des journaux, envoyer des textos ou dormir – et vérifia son bloc-notes.

« OK… Wellington et Primo, pour la salle 10 – Mrs Manning en chirurgie. » Il marqua une pause. « Hello, j'appelle Primo, à toi Primo. Primo en base de départ. »

Oubliant pour un très bref instant qu'il était en fait Primo, Adam ne réagit pas tout de suite, bien qu'il eût les yeux sur Goran. La mémoire lui revenant, il se mit debout très vite et leva le pouce. Wellington s'extraya péniblement de son fauteuil, se frotta ses cheveux gris de la paume d'une main, et regarda son compagnon : « Allez, viens, Primo mon vieux, ce coup-ci on va se marrer. »

En attendant l'ascenseur de service qui les emmènerait salle 10, Adam croisa son reflet dans l'acier rayé de l'encadrement de la cabine, et nota les lumières du plafond qui, en rebondissant sur son crâne, créaient une éblouissante calotte sur le sommet de sa tête – comme une sorte de halo naissant. Il passa la main sur les repousses nouvelles qui surgissaient déjà sur son dôme lumineux, en sentit la rugosité sur la paume, tout en gardant un vague sourire perplexe aux lèvres. C'était sa deuxième journée au travail mais il pensait avoir finalement imaginé comment se débarrasser du corps de Vladimir. Il surfait sur la vague de l'expérience, ainsi qu'il se l'exprimait à lui-même, flottant librement sur le fleuve turbulent des événements qui l'emportait. Fais-le, c'est tout, se disait-il, il y aura toujours assez de temps plus tard pour réfléchir calmement.

Ce n'est qu'après le départ du facteur et être rentré dans l'appartement qu'Adam avait entrevu, en un éclair visionnaire, la simple beauté, le pur et génial potentiel du plan qu'il avait conçu spontanément, presque par inadvertance, à la porte – et qui lui avait permis de signer d'une main ferme « P. Belem » sur le reçu de la Poste. Il avait foncé tout droit à la salle de bains où il lui avait fallu pas mal de temps pour raser ses cheveux et tailler radicalement sa barbe en un bouc à la Vladimir. Contemplant avec un certain émoi son reflet dans le miroir, Adam, en affrontant ainsi son nouveau look, s'aperçut de l'évidente similitude générique : maintenant il ressemblait à peu près à des milliers d'hommes dans Londres, voire à des dizaines de milliers : tête rasée et petite barbe bien taillée autour des lèvres et du menton. Personne, devant la photo de Vladimir/Primo sur sa carte d'identité, n'aurait la moindre hésitation à la prendre pour la sienne. Les yeux étaient un peu différents, le nez plus droit mais, par les standards d'une photo de passeport scellée sous plastique, Adam Kindred, grâce à l'utilisation patiente de ciseaux et d'un rasoir, était pratiquement devenu « Primo Belem ».

Et la preuve en avait été faite : il avait enfilé l'uniforme de Vladimir et s'était présenté à l'administration du Bethnal & Bow Hospital, en s'excusant de son léger retard. Il avait été envoyé à la salle de contrôle des brancardiers où il avait montré sa carte d'identité à Goran, qui l'avait validée ; il avait rempli un formulaire, rapporté celui qui se trouvait dans la lettre recommandée qu'il avait reçue, avait été conduit au point de rassemblement des brancardiers et confié à un certain Wellington Barker pour accueil et formation générale. Aussi simple et direct que ça. Il y avait vingt brancardiers de service le jour à l'hôpital, une demi-douzaine la nuit. Difficile d'imaginer un groupe plus polyglotte. Personne ne s'intéressait vraiment à Primo, personne ne lui posait de questions personnelles en dehors de lui demander son nom. « Primo » lui venait aussi facilement aux lèvres que « John ».

Salle 10, Adam découvrit ce que Wellington entendait par « se marrer ». Mrs Manning était une femme de trente-cinq ans, pathologiquement obèse, ne pesant pas loin de 230 kilos, à qui l'on devait coudre l'estomac. Son mari tout mince et leurs trois moutards très grassouillets étaient réunis fort anxieux autour de son lit jonché de cartes de vœux de rétablissement et de peluches porte-bonheur. Wellington montra à Adam comment faire fonctionner le treuil (au Bethnal & Bow, le métier de brancardier s'apprenait sur le tas) et, ensemble, ils hissèrent Mrs Manning hors de son lit et la déposèrent sur le chariot grinçant avant de l'emmener jusqu'à l'ascenseur pour la descendre à la salle d'opération.

Elle n'arrêta pas en route de plaisanter gaiement : « Je vais revenir et vous, les garçons, vous ne me reconnaîtrez pas ! », mais, derrière sa bonne humeur de façade, Adam sentait sa peur de l'avenir, sa peur de la nouvelle Mrs Manning qu'elle tentait de devenir, de la même façon qu'il pouvait aussi distinguer un joli visage sous les triples mentons et les joues rebondies. Il aurait voulu la rassurer – ne vous en faites pas, Mrs M., ce n'est pas si mal d'être quelqu'un de différent –, mais il se contenta de sourire et se tut.

« Étonnant ce qu'on peut faire de nos jours, remarqua Adam, une fois qu'ils l'eurent garée dans la file de patients attendant l'anesthésiste, tandis qu'ils regagnaient l'ascenseur.

– Ouais… mais tu vois… » Wellington fit la grimace. « Elle perdra du poids mais ça ne s'arrête pas là, mon vieux. »

Wellington faisait le brancardier depuis dix-huit ans à Bethnal & Bow et il savait de quoi il parlait : durant son temps, l'hôpital avait créé une unité spéciale célèbre pour le traitement de l'obésité pathologique.

« La graisse s'en va, tu comprends, mais à la place ça te pend de partout – c'est toute cette peau tendue qui devient flasque. T'es comme une corde à linge effondrée. Après ça tu as trois ans d'opérations pour couper et recouper. » Wellington regarda Adam d'un œil lugubre. « Pense aux cicatrices, vieux. Ça sera pas jojo. »

Peut-être Mrs Manning était-elle en droit d'avoir peur.

À la fin de son service, Adam se sentit fatigué. Outre leurs allées et venues et convoyages de patients ici ou là, ils avaient, Wellington et lui, trimballé et installé dix tréteaux dans une partie de la cafétéria pour une présentation/déjeuner réservée aux jeunes directeurs des hôpitaux de la région, emporté des prélèvements de sang aux laboratoires d'analyse, transmis des dossiers d'observations cliniques à des secrétaires médicales, débarrassé les salles d'opération de sacs de chair humaine en décomposition destinés aux incinérateurs et, dans une sorte de voiturette de golf, ils avaient transporté à plusieurs reprises des cylindres d'oxygène vides dans des camions en partance avant d'en rapporter des pleins à l'entrepôt de l'hôpital.

En rentrant à Oystergate Buildings, il passa par un grand magasin discount d'électroménager commander un réfrigérateur. Peu lui importait la marque, expliqua-t-il au vendeur, pourvu qu'on puisse le lui livrer le lendemain matin. Il régla avec la carte de crédit de Vladimir (lequel avait obligeamment laissé son code sur un bout de papier dans son portefeuille) et signa « P. Belem » pour la deuxième fois. Puis, dans un magasin d'outillage, il demanda à un grand gaillard baraqué un genre de chariot pour livraison et il lui fut répondu – sur un ton fatigué et dédaigneux – que ce qu'il cherchait c'était une transpalette pliante. Qui lui fut dûment fournie et qu'il acheta, en même temps qu'un bleu de travail avec fermeture Éclair devant, un gilet vert acide haute visibilité et une casquette de base-ball ornée d'un marteau et d'un clou en guise de logo.

Il était de l'équipe de nuit le lendemain et il avait donc le matin et l'après-midi libres. Il décida que, ce qu'il projetait de faire, il le ferait paradoxalement avec plus de sécurité en plein jour qu'au creux de la nuit la plus noire. Dans la journée, il n'attirerait pas du tout l'attention, le soir il aurait l'air immensément suspect.

Son frigo arriva vers 10 heures du matin, apporté par deux types le juron à la bouche – Pourquoi pas d'ascenseur ? Qu'est-ce que c'est que cette foutue baraque ? – qui l'aidèrent en rouspétant à débarrasser le frigo de sa solide boîte en carton, à l'installer dans l'embrasure de la fenêtre de la cuisine et enfin à le brancher. Le bourdonnement rassurant plut beaucoup à Adam. Lequel expliqua aux livreurs qu'il préférait garder l'emballage si ça ne leur faisait rien.

Après leur départ, il emporta le carton vide dans la chambre de Vladimir et débarrassa le corps de la couverture. Vladimir n'avait plus l'air de dormir – il paraissait désormais très très mort : la peau pâle, le visage légèrement grimaçant, les joues creuses, les globes oculaires saillant sous les paupières... Le plus dur venait maintenant, Adam le savait. Il enfila ses gants de latex, et se sentit le cœur au bord des lèvres tandis qu'il pliait Vladimir en une sorte de position fœtale, un corps étonnamment souple : il s'était attendu à une raideur extrême, mais il se souvint que la *rigor mortis* disparaissait au bout de vingt-quatre ou trente-six heures et qu'alors la musculature redevenait molle. Dieu merci. Il introduisit le mince Vladimir ainsi roulé dans le carton du frigo, qu'il remit debout pour le fermer à grand renfort de ruban adhésif. Puis, avec un couteau de cuisine, il pratiqua des ouvertures et des rabats dans la base de l'emballage. Après quoi il enfila sa salopette, son gilet de cycliste, coiffa sa casquette de base-ball, et ayant bien assuré le cartonnage sur sa transpalette, il sortit de l'appartement, descendit les quatre volées de marches en cahotant et quitta Oystergate Buildings... sur des roulettes.

Il s'en tint aux petites rues discrètes, suivant un trajet en méandres vers Limehouse Cut, à quelque quinze cents mètres de là, un canal qui menait de Bow River à Limehouse Basin. Il avait l'air complètement normal, il le savait – un livreur ordinaire, un matin de semaine ordinaire, emportant un réfrigérateur neuf encore dans son emballage vers sa destination. Aucun passant ne lui jeta le moindre coup d'œil.

Il lui fallut une demi-heure pour emmener Vladimir à l'endroit qu'il avait repéré la veille. Il avait les mains à vif et les épaules en compote mais cette voie d'accès à une zone industrielle conduisait au canal. Un portail ouvrait sur le chemin de halage qui courait le long du canal jusqu'à ce que celui-ci aboutisse à Bow Creek près de l'usine à gaz. Il n'était surplombé par aucune maison ou immeuble, juste les pignons aveugles des entrepôts et les parcs à camions cernés de barbelés acérés, semés des restes jaunis de sacs en plastique. Ce chemin paraissait peu utilisé – de grosses touffes de lilas de Chine surgissaient des fissures dans le muret construit le long du canal, et des papillons jouaient parmi les fleurs d'un pourpre vif. Adam s'arrêta pour laisser passer une camionnette – une fois encore sans être dérangé : les entrepôts voisins expliquaient sa présence avec sa transpalette et son gros carton. Dès que la camionnette fut hors de vue, il traversa sur le chemin de halage et poussa son chariot à quelques mètres du portail. Il fit glisser le carton au bout de la transpalette puis le manœuvra de façon à l'installer à l'extrême bord du chaperon du muret longeant le canal.

Il regarda autour de lui : un soleil fugace brillait entre les nuages de beau temps et éclairait la scène, les papillons exultant dans l'éclat de la lumière. Il entendit des enfants crier sur le terrain de jeux d'une école voisine tandis qu'une course ou un essai de motocyclettes semblait se dérouler quelque part dans les environs, déchirant soudain l'air des éclats rauques de puissants moteurs. Un dernier regard puis, d'un geste désinvolte, Adam poussa dans le canal le carton qui fit un grand plouf en tombant et surnagea un petit moment avant que l'eau commence à le remplir, s'introduisant par les ouvertures et les rabats qu'Adam y avait pratiqués ; lentement, il se redressa à moitié puis s'enfonça de plus en plus pour finir par disparaître sous la surface dans une dernière éruption de bulles.

Adam pensa qu'il lui fallait dire quelque chose – quelque chose pour Vladimir. « Repose en paix » semblait manquer de délicatesse, et il se contenta d'un « Au revoir, Vlad, et merci beaucoup » *sotto voce* avant de flanquer aussi à l'eau sa transpalette pliante, la laissant rejoindre la foule des débris gisant au fond du canal – pneus, chariots de supermarché, châlits en fonte, châssis incendiés de voitures volées et autres gazinières défuntes.

En partant, il se demanda combien de temps il faudrait avant que le corps de Vladimir soit découvert. Le carton neuf le garderait un bon moment, à son avis, avant de commencer à tomber en déliquescence et à se déchirer. Une semaine ? Un mois ? Peu importait en fait. Le dernier et généreux cadeau que lui avait fait Vladimir était son anonymat total. *Vladimir qui ?* Même Adam ignorait son nom de famille et de quelle partie de l'ex-Union soviétique il était venu. Et même si on le retrouvait et qu'on puisse l'identifier – ah, oui c'est lui : le cardiaque disparu, en fuite de la mission charitable de son village –, personne n'associerait jamais la dernière dose fatale de ce triste drogué avec Primo Belem, brancardier au Bethnal & Bow Hospital, vivant et bien portant.

Adam regagna Oystergate Buildings, plus calme et plus confiant qu'il ne l'avait été depuis le commencement de toute cette folle histoire. À présent, il avait un nom, il avait un appartement, il avait un job, il avait un passeport, il avait de l'argent, il avait une carte de crédit – bientôt il serait en mesure d'acquérir un téléphone portable... L'idée le frappa : désormais, il pouvait vraiment dire qu'Adam Kindred n'existait plus – Adam

Kindred était superflu, supplanté, suranné. Adam Kindred avait bel et bien disparu, littéralement, profondément sous terre. Il avait maintenant devant lui une vie nouvelle et des opportunités nouvelles : l'avenir appartenait réellement à Primo Belem.

## 37

Le visage de Candy était un masque de comédie, la mauvaise caricature d'un choc, les yeux écarquillés, la bouche en cœur.

« Non ! s'exclama-t-elle.

– Oui.

– Non !

– Oui, j'en ai peur.

– Le Chien ! Jamais !

– Je ne me l'explique pas non plus, Candy ma poule, dit Jonjo tentant de paraître à la fois mystifié et vexé. Je me suis baissé pour lui mettre son bol de croquettes sous le nez et il a essayé de me mordre – il m'a eu. »

Jonjo improvisait, à la recherche d'une raison convaincante quant à la présence sur sa joue gauche d'un carré de gaze de dix centimètres maintenu en place par des bandes de sparadrap. Il se sentit un peu coupable d'accuser Le Chien – il n'existait pas de créature plus placide au monde –, mais c'est tout ce à quoi il avait pu penser sur le moment. Candy s'était pointée dans le garage alors qu'il chargeait ses clubs de golf à l'arrière du taxi et, en le voyant, était partie dans son habituel numéro de oh-mon-dieu-qu'est-ce-qui-est-arrivé ?

« Il n'a jamais essayé de mordre avant, dit-elle. Enfin, quoi, je l'embrasse…

– Tu devrais pas embrasser un chien, Cand.

– Juste un petit bisou sur la truffe. Non, non, quelque chose a dû le provoquer, quelque chose a dû lui faire peur. Pauvre vieux Jonjo ! » Elle passa la main sur ses cheveux tondus, se blottit contre lui et embrassa sa joue libre. « Viens chez moi ce soir – je te ferai un bon petit bol de soupe. »

Elle l'embrassa de nouveau, mais sur les lèvres, et Jonjo tressaillit comme sous l'effet de la douleur. Tout avait changé depuis l'autre soir – depuis le souper *à deux* et la séance de baise qui avait suivi, aussi prévisible que le brandy et la boîte de chocolats d'après-dîner. Elle s'était introduite dans sa vie, songea-t-il, avec tout le tact et la délicatesse d'une assistante sociale soupçonneuse : coups de téléphone, textos, visites impromptues, cadeaux dont il ne voulait pas – vêtements, nourriture, boissons, petits bibelots.

« Pas libre ce soir, chérie. Désolé. »

Ne te tape jamais ta voisine, il se souviendrait de ça dans sa prochaine vie.

« Je prends Le Chien ? Où est-il ? Je l'emmènerai en promenade, et je lui ferai drôlement la leçon. Mordre son papounet, je n'en reviens pas ! »

Il lui livra Le Chien avant de redémarrer pour le golf de Roding Valley faire un parcours, histoire de se calmer. Il se prit neuf au trou numéro un, putta cinq fois sur le petit par trois du deux, puis balança son drive hors du trois pour atterrir dans les égouts de Chiswell. Il abandonna et tendu, furieux, il repartit droit sur le club-house en se demandant ce qui lui avait fait croire que le golf serait le palliatif au gigantesque tas d'emmerdes qu'était actuellement sa mascarade de vie.

Il s'installa avec un gin orange dans le bar réservé aux membres, et tenta de se détendre et de réfléchir. Sa joue l'élançait comme si elle était infectée. *Salope*. Putain de salope de traînée. Il se serait bien tiré en la laissant là par terre mais il savait qu'elle avait quatre ongles bourrés de sa peau, de son sang, de son ADN à lui – il lui avait donc fallu la jeter à l'eau.

Il commanda un autre gin. Il aurait dû rester chez lui aujourd'hui, à picoler tranquille, sainement, ça aurait aidé. Oui, mais Candy se serait pointée… Il sortit sa carte de scores et inscrivit les mots KINDRED = JOHN dans l'espoir de stimuler son cerveau. Il n'avait pas eu l'intention de tuer la petite prostituée – elle aurait fini par tout lui dire – mais il avait surréagi, en conformité avec les règles du sergent Snell, quand elle l'avait frappé et égratigné comme une folle. Il n'avait même pas réfléchi – ç'avait été un réflexe –, il lui avait allongé ce bon vieux puissant revers (personne ne le voyait jamais venir) et elle avait volé tête la première dans le mur de briques. Il croyait même avoir entendu son cou se briser net, mais, vrai ou pas, rien qu'à voir la drôle de façon dont elle était retombée toute molle sur le sol et y était restée, il n'y avait aucun doute : elle était morte, ou tout comme.

Il avait tourné un moment sur place en jurant, avait étanché le sang de ses égratignures avec un Kleenex, et puis, d'un pas nonchalant, il était allé voir un peu ce qui se passait sur la rive – rien. Alors il avait ramassé la fille et, la soutenant comme si elle était ivre morte, il avait gagné le mur de l'Embankment. Il l'y avait adossée, lui tapotant gentiment la joue et lui parlant pour faire croire, au cas où quiconque les aurait observés, qu'il tentait de lui faire reprendre ses esprits, Tout en essayant de repérer une éventuelle caméra de surveillance, mais il n'y en avait aucun signe – et personne non plus dans les parages. La marée haute descendait rapidement, alors il avait jeté la

317

fille par-dessus le mur et elle avait disparu dans l'eau en une seconde.

Jonjo était assis sur un banc de jardin avec Bozzy et un grand type maigre présenté comme Mr Quality. Ils se trouvaient dans un petit square pas loin du Shaft – Bozzy avait amené là Mr Quality à qui Jonjo avait été obligé de payer d'avance 50 livres pour cette « consultation ». Quelques jeunes mères épuisées et leurs mômes pleurnichards étaient rassemblés à l'autre bout du square, tandis qu'un vieil homme fouillait méthodiquement les poubelles.

« Je vous compte pas la TVA, dit Mr Quality en empochant les billets avant d'émettre un petit rire sifflant, comme pour saluer une plaisanterie d'initiés.

– Je cherche un homme nommé John, dit Jonjo, gardant son calme. Il habitait avec une prostituée nommée Mhouse dans un appartement dont, je crois, vous êtes le propriétaire. Il est resté avec elle pendant plusieurs semaines.

– Je connais Mhouse, déclara Mr Quality. Nous sommes bons amis.

– Parfait – alors qui est ce type, ce John ?

– John 1603.

– Répétez ? »

Mr Quality répéta.

« Qu'est-ce que ça veut dire ? 1603, c'est pas un nom. C'est un surnom. C'est une date. Un numéro.

– C'est comme ça Mhouse le présente à moi : John 1603. »

Jonjo jeta un coup d'œil à Bozzy pour obtenir confirmation que Mr Quality était loin du compte.

Bozzy haussa les épaules. « Je sais rien de rien, mon vieux.

– Alors tu peux aussi bien foutre le camp. »

Offensé, Bozzy partit aussi dignement qu'il le put.

Jonjo se tourna de nouveau vers Mr Quality en train d'allumer, autant que Jonjo pouvait en juger, un très mince joint. Décidément, ce pays était livré à la racaille et la racaille pouvait se le garder. Il s'efforça de garder son calme.

« À quoi il ressemblait ce John 1603 ?

– Un Blanc, comme vous. Trente ans. Longs cheveux noirs. Barbe noire épaisse. »

Ah, barbe noire épaisse – ça expliquait pas mal de choses.

« Savez-vous où il est ?

– Si lui pas avec Mhouse, je sais pas. »

Mr Quality s'en alla, plus riche de 50 livres. Il méritait une bonne raclée, celui-là, songea Jonjo, cet arrogant fils de pute, qui se foutait de lui, à fumer comme ça de l'herbe, en plein jour, dans un jardin public, avec des tas de petits mômes jouant sur la pelouse. Jésus ! Cet endroit avait besoin d'être passé au Karcher, dératisé. Il s'enjoighit de se calmer. John 1603, qu'est-ce que ça voulait dire ? Il devait y avoir une indication quelque part… Pourquoi Kindred choisirait-il un nom pareil ? Mais, tout en réfléchissant, il commençait à se sentir mieux, et ses idées d'Armageddon local s'estompèrent : il approchait, il avait un bout d'information supplémentaire – John tout court était devenu un intéressant « John 1603 ». Il possédait une description maintenant, il avait rencontré quelqu'un qui avait connu Kindred, l'avait vu très récemment, lui avait parlé. Au temps pour la Metropolitan Police. Il avait le sentiment d'avancer, de se rapprocher.

Il retourna au Shaft, tourna autour du square boueux sur lequel donnait l'appartement de Mhouse et observa les allées et venues des habitants. Il grimpa l'escalier menant à l'appartement L et frappa à la porte pour la forme. Il s'apprêtait à faire un autre petit tour à l'intérieur, renifler voir s'il avait raté quelque chose, mais la porte avait été réparée : elle était solidement fermée. Peut-être Mr Quality avait-il un nouveau locataire.

« Elle est pas là. Elle est partie. »

Jonjo se tourna et vit une petite vieille en tablier qui sortait la tête de l'appartement voisin. Elle n'avait plus de dents de devant.

« Pardon, madame, dit Jonjo avec un sourire poli, mais je cherche un de mes amis nommé John. Je crois qu'il habitait ici.

– Il est parti aussi. À mon avis, ils se sont enfuis tous les deux : elle est partie avec lui en abandonnant le petit. Dégoûtant. Immoral. »

Jonjo s'approcha : « Connaissiez-vous John ? »

La femme se hérissa :

« Je ne l'ai pas vraiment "connu". Disons que je l'ai rencontré.

– On m'a raconté qu'il se faisait appeler John 1603.

– Eh bien, pas étonnant, n'est-ce pas ?

– Pourquoi se serait-il fait appeler ainsi ?

– Parce qu'il était membre de l'Église, répliqua-t-elle avec une certaine défiance. Bien qu'ils soient partis tous les deux en nous laissant tomber d'une manière scandaleuse. »

Jonjo sourit : il ne pouvait pas croire à sa veine. Ce qui avait paru être une journée de cochon devenait du gâteau.

« Et de quelle Église s'agit-il, si je peux me permettre ?

– L'Église de John Christ, naturellement. »

## 38

Taper « démangeaison » dans une demi-douzaine de moteurs de recherche en surfant sur la Toile, ce matin, n'avait aidé en rien. Bien au contraire, tout à fait à l'opposé d'utile, pensa Ingram. Extrêmement inutile eût été une description plus exacte, pour ne pas dire vaguement terrifiante. La simple demande d'une information, d'une réponse, lui avait valu un déluge de sur-information, le noyant sous des dizaines de milliers de réponses potentielles. Il regrettait de ne pas s'être tenu à l'écart de cet ordinateur infernal et de ne pas avoir tout bonnement rappelé Lachlan pour lui demander son opinion – d'un être humain à un autre. À présent il était conscient d'avoir peut-être une de ces centaines de sales maladies, dont certaines étaient horriblement déplaisantes, en particulier les sexuellement transmissibles. Il n'avait pas soupçonné non plus que les illustrations fussent si facilement disponibles en ligne – atterrant ce qu'un corps humain malade pouvait devenir. Il ne s'était jamais douté qu'il y avait des gens qui se promenaient autour de vous avec tous ces degrés variés de purulence, pestilence, rougeurs, grosseurs, décomposition...

Trop d'informations, c'était la malédiction – des plus dérangeantes – des temps modernes. Mais ses démangeaisons semblaient augmenter – une demi-douzaine par jour de points piquants brûlants d'une douleur brève mais insoutenable. Facilement calmés en appuyant un peu dessus, un grattement vif et vigoureux, mais sans rien d'apparemment systématique. Tête et pied, ventre et coude, lobe d'oreille et testicule. Qu'est-ce qui clochait donc en lui ? Était-ce simplement le stress – le stress pouvait-il le tourmenter de cette façon ?

Il tenta de bannir ces déplaisantes réflexions de son esprit tout en se préparant à son rendez-vous avec Burton Keegan. Il avait demandé à ce dernier de venir dans son bureau à 10 heures. À 10 h 10, Mrs Prendergast passa un coup de fil pour dire que Mr Keegan venait d'avertir qu'il serait un peu en retard. Il arriva finalement à 10 h 40, débordant d'excuses – quelque chose concernant son fils et l'école spécialisée dans laquelle il était, le garçon avait eu une réaction hystérique à un nouveau professeur. Ingram fut surpris de découvrir que Keegan avait un enfant handicapé souffrant du syndrome d'Asperger, et sa bouillante colère à l'idée qu'on le fasse attendre tomba rapidement.

Keegan s'assit, café et verre d'eau furent commandés et servis, suivis d'un échange de commentaires sur la compagnie, le temps, le prochain voyage de retour de Keegan aux États-Unis, après quoi Ingram passa à l'attaque :

« Quelque chose me tourmente, Burton, c'est pourquoi j'ai tenu à vous voir en tête à tête.

– J'ai bien pensé qu'il devait y avoir un problème.

– Ce n'est pas un "problème", c'est une simple question, et la voici : avez-vous eu une entrevue avec Philip Wang à 15 heures, l'après-midi où il a été assassiné ? »

Keegan réussit presque à cacher sa surprise et son choc. « Oui, en effet.

– Pourtant, vous ne l'avez jamais dit à la police ni à moi ni à personne. Pourquoi ?

– Parce que ce n'était pas important – c'était juste une rencontre de routine.

– Pourquoi m'avez-vous menti ? »

Keegan le regarda : « Parce que je l'avais oubliée. »

Ingram le voyait reprendre contenance après son faux pas initial. « Quel était le sujet de cette rencontre ? » demanda-t-il.

Keegan s'éclaircit la gorge : « Autant que je m'en souvienne, Philip venait de terminer un tour de tous les hôpitaux d'Angleterre que nous utilisons pour la phase 3 des essais cliniques du Zembla-4. Il était enchanté de nos progrès et voulait seulement me pousser à avancer les demandes d'autorisation à la FDA et à la MHRA. »

Dans chaque bon mensonge, songea Ingram, il doit y avoir un élément de vérité. C'est ce qu'on enseignait aux espions, non ? Sa connaissance des visites de Philip Wang ne constituait plus une arme maintenant que Keegan y avait fait allusion.

« Comme c'est curieux, dit-il. C'est totalement à l'opposé de ce que Philip m'avait dit deux jours avant. »

Keegan sourit : « Je pense qu'il avait dû changer d'idée. Il était très optimiste, parfaitement décidé à ce que nous avancions vite.

– On ne saura jamais maintenant, non ? » dit Ingram, pensant qu'au moins il avait finalement appris ce dont il s'agissait. Keegan et Wang avaient été à l'évidence en complet désaccord, diamétralement opposés. « Étrange de penser que vous avez été la dernière personne à le voir affamé.

– Que voulez-vous dire par "affamé" ?

– J'ai dit "vivant".

– Vous avez dit : "la dernière personne à le voir affamé". Pardonnez-moi mais je vous ai bien entendu.

– Ah bon. Ma langue a fourché. Vous êtes la dernière personne à l'avoir vu vivant.

– Non, inexact. Son assassin, Adam Kindred, est la dernière personne à l'avoir vu vivant », dit Keegan avec une calme logique. Il consulta sa montre. « Désolé d'interrompre cette conversation, Ingram, mais je dois vraiment partir. » Il se leva.

« L'entretien n'est pas terminé, Burton. J'ai encore quelques questions.

– Envoyez-moi un e-mail. On a des choses très importantes à traiter aujourd'hui. Toute cette parlotte à propos de Philip n'avance à rien. »

Ingram se leva à son tour. « On ne va pas balayer ça comme ça...

– Si vous n'êtes pas satisfait de quoi que ce soit, le coupa Keegan, je suggère que vous appeliez Alfredo. Merci pour le café. » Il sortit du bureau.

Ingram sentit monter le long de son mollet gauche une démangeaison cuisante qu'il calma en frottant sa jambe contre le rebord en verre de la table basse. Ce devait être le stress, après tout.

## 39

Burton Keegan versa un peu plus de scotch dans le verre de Paul de Freitas.

« Je ne devrais vraiment pas, dit de Freitas, mais je pense en avoir besoin.

– Tu es prêt ?

– Allons-y. »

Ils étaient dans le bureau de Burton à l'étage, sous les toits de sa maison de Notting Hill, avec une excellente vue sur Ladbroke Grove dans la pénombre. C'est là que Burton avait sa ligne téléphonique codée. En bas dans la cuisine, les épouses des deux hommes débarrassaient les restes du dîner.

La bouche sèche, les épaules raides, Burton fit le numéro privé d'Alfredo Rilke. Ça n'était jamais facile – il y avait toujours cet élément d'appréhension, d'imprévu, quand on parlait à Alfredo, même après avoir travaillé dix ans avec lui, très près de lui. Il avait vingt secondes d'avance sur l'heure fixée pour l'appel.

« Burton ! dit Rilke, ça fait plaisir de vous parler. Quel temps fait-il à Londres ?

– Étonnamment beau. »

Burton sentit ses mains se couvrir de sueur – les menus propos étaient toujours un mauvais signe.

« J'ai Paul ici à côté de moi. Puis-je vous mettre sur haut-parleur ?

– Certes. Salut, Paul. Comment se porte la très belle Madame de Freitas ?

– À merveille. Comment ça va, Alfredo ? »

Trop familier, pensa Burton, anxieux.

« J'attends toujours, en fait – j'attends de vos nouvelles, les enfants », dit Rilke, changeant de ton de voix.

Burton fit signe de se taire à de Freitas et prit la parole.

« Nous avons un petit problème avec Ingram, expliqua-t-il. Il est au courant de mon entrevue avec Wang le dernier jour. Je le crois sur la piste de quelque chose. »

Il y eut un long silence à l'autre bout du fil, et Burton commença à se masser le cou.

« A-t-il la moindre idée de ce qui s'est dit lors de cette rencontre ? demanda Rilke.

– Non. Je lui ai raconté que Philip était enchanté, qu'il insistait sur une approbation accélérée de la part des deux agences, l'américaine et l'anglaise.

– Je veux que vous soyez tous deux extrêmement gentils avec Ingram jusqu'à ce que tout ceci soit terminé. Compris ? » La voix de Rilke était vraiment tendue à présent. « Qu'est-ce qui l'a rendu soupçonneux ? Quelque chose que vous avez fait ?

– Je suis *toujours* extrêmement gentil avec Ingram, souligna Burton sans répondre à la question. Je pense simplement qu'il ne m'aime pas.

– Eh bien, faites en sorte qu'il vous aime. Excusez-vous. Faites-lui plaisir. Que se passe-t-il de votre côté ?

– Les choses vont bien, affirma Burton. Nos gars sont en train de vanter le Zembla-4 à tous les gens importants. On plaide l'usage humanitaire.

« – On a de bonnes chances d'obtenir un statut prioritaire, ajouta de Freitas, soucieux de mettre son grain de
sel. Avez-vous vu le dernier rapport de l'OMS sur
l'asthme ? Les gens ont besoin du Zembla-4. On pouvait pas tomber au meilleur moment. »

Burton regrettait de lui avoir versé ce scotch de plus
– on ne jouait pas au bavard avec Alfredo Rilke. Il
intervint : « On pense que l'usage humanitaire, le principe de l'approbation accélérée sont irréfutables. Certains des médicaments pour le sida ont été approuvés
en l'espace de quelques mois, voire quelques semaines.

– Que se passe-t-il avec les études de post-commercialisation ? s'enquit Rilke. Financées par nous.
Vous devriez avoir mis tout ça en place.

– C'est fait », mentit Burton.

Il oubliait, très rarement, que Rilke en savait plus
que n'importe qui dans le domaine des produits pharmaceutiques. Il inscrivit sur un petit bloc-notes : « études
post-commercialisation ». Il aurait dû y penser lui-même.
C'était évident – usage humanitaire, approbation accélérée, études de post-commercialisation financées par le
concessionnaire. Tout se mettait en place – en théorie.

« Des enfants meurent, reprit de Freitas ignorant
le doigt sur les lèvres de Burton. Les données sont
énormes, exemplaires, Alfredo, magnifiques. Tout est
prêt. »

Rilke se taisait de nouveau. Puis il dit :

« Lancez les premiers publireportages la semaine prochaine.

– Dois-je en informer Ingram ?

– Je vais le faire.

– Quid de la FDA ? demanda Burton. Sont-ils satis-
faits des essais européens ?

– Je le crois, répliqua Rilke. Nos gens sont près, très près de gens qui sont près de gens : quoique personne ne sache à quel point quiconque l'est de l'autre. Le mot est qu'ils semblent contents. Par conséquent (il marqua une pause), soumettez pour approbation, simultanément, après que les pubs auront été passées pendant un mois. »

Burton et de Freitas se regardèrent, les yeux écarquillés.

« Ensuite nous voulons les pages éditoriales.

– Considérez que c'est fait. » Burton voyait la logique, clairement. « Tout le monde est prêt. »

Annoncer l'arrivée imminente du médicament miracle, commencer à en faire parler les gens, amener les journalistes à écrire dessus – après quoi, les asthmatiques se mettront à en demander à leurs médecins. Des millions et des millions de gens souffrent de l'asthme – un lobby puissant, qui exerce une énorme pression. Personne ne voudra avoir l'air de traîner les pieds, pas d'obstacles bureaucratiques, de lois et de règlements pinailleurs empêchant de soulager des souffrances abominables, de sauver des vies d'enfants.

« On s'y met tout de suite, dit-il. Passez une bonne…

– Juste une chose.

– Bien sûr.

– A-t-on trouvé ce Kindred ? C'est une affaire qui trouble mon paisible sommeil. Il pourrait tout foutre en l'air.

– On touche au but, d'après mon dernier rapport. Il a été vu à Londres, il y a quelques jours à peine. On a une nouvelle description. Un nouveau nom qu'il utilise. C'est juste une question de temps. »

Le silence de Rilke se prolongea, cette fois de manière sinistre.

« C'est tout simplement insuffisant, Burton. »

Malgré le ton mesuré, la rebuffade était ravageuse. Burton sentit l'air déserter ses poumons et ses entrailles se contracter.

« Je suis désolé, réussit-il à répondre. On n'arrive tout bonnement pas à s'expliquer comment Kindred…

– Combien de fois aurais-je à le répéter ? Faites passer ça en priorité. Appelez vos gens. »

Ils se dirent au revoir. Burton avait la nausée. Il savait que ses mains trembleraient s'il les tendait devant lui.

« Pourquoi est-il si obsédé par Kindred ? dit de Freitas, inconscient, avec toute l'assurance du type à moitié saoul. Que peut-il nous faire ? C'est bien trop tard maintenant, non ? » Il prit un mauvais accent cockney : « Kindred est cuit, mec !

– Ouais », répliqua Burton d'un air absent. Mais il songeait : c'est la première fois en dix ans que j'entends un Alfredo Rilke soucieux. C'était grave. « Je te rejoins en bas, Paul, dit-il. Prends le scotch avec toi. »

De Freitas parti, Burton repensa à cet après-midi avec Philip Wang… Le gentil, calme, intelligent, grassouillet Philip Wang tremblant d'une colère incohérente, la voix aiguë, menaçant de leur faire tout retomber dessus, la mort des enfants, leurs efforts pour étouffer l'affaire, la manipulation des données. Les essais prendraient fin, il irait à la FDA lui-même, il s'en fichait. À croire presque que la fureur de Philip Wang, tandis qu'il énumérait les abus, avait été déclenchée par la mort d'un de ses propres enfants. Burton avait tenté d'esquiver, de gagner du temps, mais il lui était apparu clairement, et de manière alarmante, que Philip Wang avait deviné seul pratiquement tout ce qui s'était passé lors des essais du Zembla-4. En fait, les capacités policières de Wang l'avaient même beaucoup impressionné tout en l'emplissant de panique, sentiment qu'il avait rapidement réussi à maîtriser.

C'étaient, avait dit Philip, certains aspects dans les « rapports d'"événements contraires" » qui l'avaient d'abord alerté : rapports obligatoires qui décrivaient des malades abandonnant les essais à cause d'effets secondaires apparemment modérés : souffle court, accès de fièvre temporaires. Ce qui lui avait paru étrange, Zembla-4 étant si bénin. Il avait donc décidé d'enquêter personnellement un peu plus avant, et, après avoir visité les quatre hôpitaux et examiné en détail les rapports médicaux, il avait découvert, avec horreur, que, parmi les quelques dizaines de « sortants » (des chiffres parfaitement normaux pour des essais de cette ampleur), quatorze étaient morts un peu plus tard en soins intensifs.

« Ces morts n'ont aucun rapport avec le Zembla-4, avait aussitôt déclaré Keegan. Il s'agissait en premier lieu d'enfants très très malades, rappelez-vous. Nous avons traité des milliers d'enfants au Zembla-4 au cours des trois dernières années. Il n'y a aucune signification statistique.

– Je sais ce qui se passe, déclara Philip. C'est l'affaire du Taldurene qui recommence.

– Ces morts liées au Taldurene sont encore contestées », affirma Keegan, avec l'espoir d'être convaincant.

Il connaissait l'histoire – chacun dans l'univers Pharma la connaissait : cinq malades sur quinze étaient morts d'une défaillance rénale dans une particulière phase 3 des essais du Taldurene. Et parce que les patients souffraient déjà d'une hépatite, tout le monde avait présumé que leur mort n'avait aucun rapport avec le produit testé. Ce qui s'était révélé faux.

Wang refusa de se laisser apaiser, rappelant à Keegan que les essais pour enfants de l'aile de Vere n'avaient pas été son idée.

« Les enfants ne sont pas les seuls à souffrir d'asthme, dit-il. Je voulais des études sur la population en général. Je ne mets pas au point un médicament réservé aux enfants.

– Et vous avez ces études. Les essais mexicains et italiens sont exactement ce que vous souhaitez, répliqua Keegan. Nous avons simplement pensé qu'en Angleterre nous pourrions…

– Vous avez simplement pensé que vous fonceriez droit sur l'approbation accélérée, le statut prioritaire du Zembla-4. Choisir une niche : les enfants. Montrer un vrai besoin médical. Que peut faire la FDA ? Je sais comment ça marche.

– Je suis surpris par votre cynisme, Philip. »

Wang avait alors de nouveau pété les plombs et s'était mis à détailler très adroitement la manière dont l'affaire avait été étouffée, expliquant comment parents, infirmières et médecins des services de Vere n'auraient jamais pu établir le lien, comment ils avaient été amenés, même face à ces rares décès individuels, ces tragédies familiales particulières, à penser qu'il n'y avait là rien de fâcheux. Le personnel de l'aile de Vere administrait, supervisait et fournissait des données. Calenture-Deutz les analysait, les comparait et les répertoriait. Un enfant très atteint tombait malade et était enregistré comme « sortant » des essais, et non comme mort. Les décès faisaient partie des tristes et inévitables comptes de tout hôpital. Les essais se poursuivaient, nullement affectés.

« Quels étaient les signes avant-coureurs ? avait persiflé Wang. Qu'est-ce qui vous donnait ces quatre ou

331

cinq jours de préavis ? Quelque chose vous prévenait. Comment pouviez-vous sortir si vite ces enfants de l'aile de Vere ? C'est ce que je veux savoir. Qu'est-ce que le Zembla-4 leur faisait ?

– Je n'ai pas la moindre idée de ce dont vous parlez », avait dit Keegan. Il avait cependant concédé qu'il pouvait y avoir eu un cafouillage bureaucratique, et feint une indignation tranquille. « Écoutez, je suis aussi malheureux que vous, Philip. Nous enquêterons, on vérifiera et revérifiera, on ira au fond de cette affaire… On suspend tout dès cette minute, tout, jusqu'à ce que nous découvrions ce qui se passe… »

Il avait continué à parler, à rassurer, féliciter, promettre des sanctions s'il y avait eu le moindre signe de manipulation jusqu'à ce que Philip se calme, plus ou moins apaisé. Ils s'étaient quittés pas vraiment très bons amis, mais en se serrant la main à la porte.

Aussitôt après le départ de Philip, il avait téléphoné à Rilke. Rilke l'avait écouté et puis lui avait expliqué, tranquillement, avec emphase, ce qui devait être fait maintenant et sans délai – qui appeler et quels mots précis utiliser.

À présent, en prenant le téléphone codé et en formant le numéro, Burton éprouvait un sentiment de déjà-vu.

« Hello, dit-il à la femme qui répondit, je voudrais parler au major Tim Delaporte, s'il vous plaît… Oui, je sais, il est tard mais il prendra mon appel… Mon nom est Mr Apache. Merci infiniment. »

# 40

Platane, chêne, marronnier, ginkgo : en route pour son travail, Adam notait les arbres comme s'il se promenait dans son propre arboretum. On était en plein été maintenant, et le soleil sur le feuillage dense, à cette heure matinale, le rendait modérément joyeux, si un tel état d'esprit était imaginable. La joie, il la devait au soleil et à la nature – la modération venait du genre de travail auquel il se rendait, de ses inconvénients et insuffisances, étant donné la profession qu'il avait auparavant exercée. Mais il ne pouvait pas se plaindre, il le savait. Il s'était réveillé dans ce qui était désormais son propre appartement, avait pris une douche chaude, petit-déjeuné de café et de toasts, et se rendait au travail, aussi relativement mal payé que fût ledit travail. C'était la routine, maintenant, et il ne fallait jamais sous-estimer l'importance de la routine dans la vie : elle permettait à tout le reste de paraître plus excitant et inattendu.

Il pointa auprès d'Harpeet, son chef de service, et entra dans la « salle des professeurs », ainsi qu'il appelait en son for intérieur la salle de repos des brancardiers – une petite référence à la vie qu'il avait autrefois menée dans le monde universitaire. Un trio de types endormis se reposait là, les vestiges de l'équipe de nuit. Adam jeta un œil sur la pendule au mur – il avait vingt minutes d'avance, Mr Fait-du-zèle. Il avait touché et mis à la banque son premier salaire ; il avait reçu et payé sa première note d'électricité : vue de l'extérieur, sa vie aurait paru presque normale.

« Hé, Primo ! Comment toi vas ? »

C'était Severiano, un jeune type qu'Adam aimait bien et qui était venu travailler au Bethnal & Bow à peu près au même moment que lui. Il affirmait s'être fait brancardier pour améliorer son anglais. Ils s'accrochèrent brièvement les mains, dans le genre grande claque, tels des joueurs de tennis par-dessus le filet à la fin d'un match.

« Alors, comment s'est passé week-end ?

– Calme, répliqua Adam. Je suis resté à la maison, j'ai regardé la télé. »

Il avait soin de conserver à ses réponses le ton le plus terne et le plus banal possible.

Il se servit à la fontaine un thé dans un gobelet de plastique, ramassa un tabloïd qui traînait et le feuilleta paresseusement, tout en allant aux dernières pages, celles des sports, tout de même curieux de voir à l'occasion ce qui se passait dans le monde des journaux populaires. On était en été, la saison de football était terminée mais il se sentait encore à un désavantage social grave par rapport à ses collègues. En dehors du travail et de ses contraintes, tout le monde ne semblait vouloir parler que de football – le foot de la saison dernière, et celui de la prochaine. Il en savait un peu sur le football anglais mais, au fil de ses nombreuses années aux États-Unis, il avait pas mal perdu le contact – le jeu avait changé au-delà de l'imaginable depuis son départ, et il comprenait qu'il devait en apprendre davantage s'il voulait pouvoir converser plus naturellement avec ses collègues brancardiers, dans la mesure où il devait devenir un des leurs.

Au cours de sa première semaine, quelqu'un lui avait demandé en passant quelle équipe il supportait, et, sans réfléchir, il avait lancé le premier nom qui lui passait par la tête : Manchester United. Les hurlements moqueurs et les cris de haine déclenchés par sa réponse le stupéfièrent. Désormais, on aurait cru qu'il arrivait tous les matins au travail dans un maillot de Manchester United tant il ne cessait d'être la cible de grossièretés à l'égard des gens du Nord et de remarques obscènes sur les membres de « son » équipe (dont les noms ne lui disaient absolument rien.) « Espèce de branleur ! lui avait jeté à la figure un brancardier. T'habites Stepney et tu es pour Manchester United ! » Adam lui avait répondu avec un sourire ahuri : quel horrible *faux pas*\* sportif avait-il bien pu commettre ? Il s'instruisait donc sur le football anglais pour le jour où il jurerait allégeance à un club londonien jugé plus acceptable.

Alors qu'il tournait les pages de son tabloïd, une photo attira son œil – une lueur de reconnaissance inconsciente, un peu comme repérer son propre nom dans une liste d'un millier. Il revint en arrière : il ne s'agissait pas d'une photo mais d'une « impression d'artiste ». Il la scruta : les yeux étaient clos, mais, sans aucun doute, le portrait faisait penser à Mhouse – très nettement. Envahi par un pressentiment qui lui donna la chair de poule, il lut le texte au-dessous : « Jeune femme – âgée d'une vingtaine d'années – non identifiée – mort accidentelle non exclue… » Il sentit la tête lui tourner. Puis il lut la description des tatouages relevés sur le corps et vit, imprimés en capitales, les mots : MHOUSE LY-ON.

Il sortit dehors, dans le parking du personnel, pour respirer un peu d'air frais, le journal encore à la main, avec dans son crâne un brouhaha fracassant de suppositions et de possibilités. Non, pas Mhouse, tout de même, pas

Mhouse… Il relut l'article. Le corps avait été repêché dans la Tamise, près de Greenwich… Décomposé en partie après plusieurs jours dans l'eau… Une femme non identifiée. Quiconque pouvant fournir des informations… Il y avait un numéro à appeler.

Il fit les cent pas un moment, en proie à une accumulation de sales hypothèses. Un scénario s'échafaudait dans sa tête, impliquant un gros type très laid avec un menton fuyant fendu. Et pourtant, comment ? Il avait quitté le Shaft dans les minutes – littéralement les minutes – qui avaient suivi leur rencontre, aucune trace possible là. Pourtant Mhouse était morte, ça c'était une certitude. Oui, et Ly-on ? Il devait à Ly-on d'aller identifier le corps – personne dans la cité ne le ferait – peut-être cela permettrait-il à sa mère de reposer en paix, d'une certaine façon.

Il y avait dans le hall un téléphone public. Adam souleva le récepteur. Puis il le reposa. Il lui fallait d'abord bien réfléchir : il prenait un sérieux risque. Il établit mentalement la liste des raisons pour lesquelles il ferait mieux de s'abstenir de téléphoner pour identifier le cadavre de Mhouse, et il dut reconnaître qu'elles étaient toutes parfaitement justifiées et que quiconque dans sa situation eût été bien avisé d'y souscrire. Mais, il le savait, il n'allait pas agir de manière réfléchie et logique. Il pensa à Mhouse, gisant dans une sorte de tiroir en acier avec une étiquette marron autour de son gros orteil et un numéro inscrit dessus, et il eut l'impression de se contracter et de trembler de tout son corps. Il ne pouvait pas la laisser ainsi, non. Tant pis s'il y avait des risques – tout dans sa vie était devenu risqué, et une fois cet élément de risque accepté, alors intervenait une autre sorte de réflexion stratégique, pratique, inattendue, sans rien de commun avec la raison mais très dépendante de l'individu que vous étiez et de la vie que vous meniez. Personne ne savait qui il était. Ce n'est pas Adam Kindred qui procéderait à cette identification, non, ce serait Primo Belem, une vague connaissance de la défunte. Il pourrait en toute confiance donner ses nom et adresse – il l'avait déjà fait une douzaine de fois –, même à la police. Il n'y avait aucune mention de meurtre dans le journal, et on ne lui demanderait donc peut-être qu'une simple identification. Mhouse récupérerait son nom et Ly-on comprendrait un jour ce qui était arrivé à sa mère. Plus important, Adam savait qu'il aurait le sentiment d'avoir fait son devoir à l'égard de Mhouse. Son dingue de petit Samaritain sauvage aurait été payé de retour. Il n'y avait pas d'autre méthode. Il souleva de nouveau le récepteur.

« Brigade auxiliaire fluviale, répondit une voix.

– Bonjour… » Que disait-on en l'occurrence ? « Je viens de voir le journal. Le corps de la jeune femme repêché à Greenwich, je crois savoir qui c'est. »

Il prit un stylo dans sa poche pour noter les détails de ce qu'il devait faire et où il devait aller. Il déclara qu'il serait là après son travail, en fin d'après-midi, et il raccrocha.

Mhouse était morte. Il lui fallait faire face à cette réalité – pas moyen d'y échapper, et pas moyen non plus d'échapper au fait tout aussi atterrant qu'il avait, lui, par inadvertance, plus ou moins provoqué sa mort. Celui, quel qu'il fût, qui menait cette chasse désespérée pour le trouver avait, dans sa course aux informations, tué Mhouse. La culpabilité le submergea, s'amassa dans sa gorge comme de la bile. C'était de la bile. Il réussit à ressortir dans le parking avant de vomir.

## 41

Le soleil couchant avait peint le fleuve en orange, badigeonnant de couleur les eaux brunes de la Tamise, à la manière d'un peintre fauviste. Rita s'arrêta pour noter cet effet miraculeux et s'en émerveiller une seconde avant de reprendre son chemin ; la vision s'effaça tandis qu'elle allait de l'Annexe à l'immeuble du quartier général de la BAF. Émergeant de l'étroit passage menant à l'entrée principale, un grand type jeune, un bout de papier à la main, regardait autour de lui comme s'il était perdu. Tête rasée, cheveux réduits à une repousse sombre, barbe noire bien taillée, il portait un costume rayé et une chemise à col ouvert.

« Puis-je vous aider ? » s'enquit-elle.

Il se tourna : « Je suis venu identifier un corps, dit-il. Je ne suis pas sûr de l'endroit où aller. »

Leurs regards se croisèrent – ce genre d'incident se produisait cent fois par jour. Pourquoi celui-ci aurait-il été plus spécial ? pensa Rita. Pourquoi cette rencontre particulière de deux paires d'yeux aurait-elle eu plus d'importance ? Tout ce que Rita savait, c'était qu'il s'agissait là, en ce qui la concernait, d'un événement différent. Quelque chose s'était déclenché, un spasme nerveux donnant l'alerte, enregistrant un changement de perception, une concentration d'intérêt. Ce devait être un instinct très très profond, au-delà de notre contrôle rationnel. La bête en nous à la recherche d'un compagnon adéquat.

« Nous avons ici maintenant une morgue temporaire. C'est par-derrière, là-bas. Je vais vous montrer. » Ils tournèrent les talons et elle le ramena vers l'Annexe et la Portakabin 4.

« C'était celui dans les journaux ? demanda-t-elle.

– Oui.

– Je suis désolée. Un membre de votre famille ?

– Non. Juste une… Juste quelqu'un que je connaissais. »

Il fut incapable de dissimuler l'étranglement de sa voix, et elle lui jeta un coup d'œil, devinant combien il était nerveux, combien tout ceci était dur pour lui.

Ils s'arrêtèrent devant la Portakabin 4 dont on entendait l'unité de climatisation bourdonner sur l'arrière. Rita présenta le jeune homme au préposé et lui expliqua qu'il devait remplir un formulaire.

« Nom ? demanda le préposé.

– Belem. » À quoi il ajouta son adresse et ses lieux de contact, avant d'être invité à enfiler une blouse blanche et des galoches en plastique.

« Écoutez, dit Rita, prise de pitié pour lui en le voyant les mettre, le visage fermé, comme s'il comprenait pour la première fois où il s'apprêtait à entrer et ce qu'il allait y faire, je vais vous chercher une tasse de thé, elle vous attendra au retour.

– Merci. »

Il se leva tandis que le préposé ouvrait la porte de la morgue.

Ça ne serait pas facile pour lui, là-dedans, Rita le savait. On avait décidé d'installer une morgue temporaire ici parce que, à Wapping, la BAF récoltait cinquante à soixante cadavres dans la Tamise, une moyenne d'un par semaine. Une fois hors de l'eau, les corps se décomposaient très vite et, s'ils n'avaient pas été identifiés dans les jours qui suivaient, on les déménageait dans une des grandes morgues de la ville où on les gardait jusqu'à la fin de l'enquête préliminaire. Une conjonction des marées et du cours sinueux du fleuve signifiait que plus de la moitié des corps étaient repêchés à Greenwich ou dans ses environs, près du grand méandre que décrivait la Tamise autour de l'Île aux Chiens. Souvent, ils avaient longtemps séjourné dans l'eau et ils étaient soit boursouflés et en voie de désintégration, soit défigurés par un contact brutal avec des bateaux ou des péniches, ou encore ils n'avaient plus d'yeux, les pupilles picorées par les mouettes – sans parler des violences dont ils avaient pu être victimes avant d'être jetés à l'eau.

Le seul cadavre que Joey et elle avaient repêché était celui d'un ivrogne imprudent qui, aux environs de minuit, s'était avancé à marée basse sur un banc de sable près du Southwark Bridge pour aller uriner et s'était enfoncé jusqu'à mi-cuisse dans la boue. Il était resté coincé là alors que la marée montait et le recouvrait sans que personne n'entende ses cris désespérés ni ne le voie agiter les bras. Il était toujours là, dans la même position, au petit matin, quand la marée était redescendue. Mais ce corps-ci, celui publié dans les journaux, le vingt-troisième de l'année, était différent. La femme avait été mise à mal par le trafic fluvial : crâne fracturé, cou brisé, une jambe à moitié arrachée par une hélice. Rita songea à l'homme – Belem – debout à côté du cadavre allongé sous un drap, attendant de voir le visage à découvert. Ce ne serait pas un joli spectacle.

Elle poussa le bouton de la machine à thé et regarda l'eau couler dans le gobelet en plastique. Elle prit un petit rhomboïde de lait en carton, un bâtonnet à usage de cuillère, deux sachets de sucre, et retourna à la Portakabin 4. Il en sortait, le visage pâle, une main aux lèvres, l'air d'être sur le point de s'évanouir.

« Venez vous asseoir une minute, suggéra-t-elle. On s'occupera des papiers plus tard. »

Ils regagnèrent la salle d'accueil où il mit lait et sucre dans son thé qu'il remua avec son bâtonnet sans prononcer un mot, complètement replié sur lui-même, les yeux fixés sur le dessus en formica de la table. Puis il commença à boire et leva la tête.

« C'était bien elle, n'est-ce pas ? demanda Rita.

– Oui.

– Vous la connaissiez depuis longtemps ?

– Pas vraiment.

– Savez-vous son nom ? Où elle habitait ?

– Oui, elle s'appelait Mhouse. » Il épela le nom et donna l'adresse. « Son fils se nomme Ly-on. Sept ans. Ceci explique les tatouages : leurs noms.

– Juste. Mhouse qui ?

– En vérité, je l'ignore. J'ignorais son nom de famille. »

Rita vit que cet aveu semblait le troubler.

« On va aller raconter tout ça à l'officier de permanence. Il prendra les renseignements nécessaires. Laissez donc le gobelet ici. »

Elle le raccompagna à la réception où elle le confia à l'agent de service pour un supplément de formulaires à remplir et de déclarations à faire. Elle lui tendit la main :

« Je compatis à votre deuil, Mr Belem.

– Je vous remercie de votre aide, vous avez été très aimable. J'apprécie beaucoup, répliqua-t-il.

– Je vous en prie. »

C'est alors qu'il lui demanda son nom. Elle avait pensé qu'il le ferait peut-être. C'était un de ses tests.

« Rita Nashe », répliqua-t-elle avec un sourire tout en se disant : un type en pleine forme – grand, mince, de beaux yeux. À l'évidence intelligent. En général, elle n'aimait pas beaucoup le style boule à zéro et barbichette, mais ça ne lui allait pas mal.

« Je m'appelle Primo, dit-il en retour. Primo Belem.

– Enchanté de vous connaître, Primo. Je quitte mon service à l'instant. Il faut que je me presse.

– Juste une seconde, Miss Nashe. » De nouveau, il parut troublé.

« Bien sûr. De quoi s'agit-il ?

– Croyez-vous qu'on l'ait tuée ? »

Rita réfléchit.

« *Tuée ?* Vous demandez si elle a été tuée ? Assassinée ? Ce pourrait être une chute. Elle pourrait avoir été ivre…

– Je ne sais pas, dit Primo Belem. Je ne comprends tout bonnement pas comment elle a pu finir dans le fleuve. Ça ne tient pas debout.

– Elle s'est peut-être supprimée. Nous avons des douzaines de suicides…

– Elle ne se serait jamais suicidée.

– Comment pouvez-vous en être certain ?

– À cause de son fils. Elle n'aurait jamais laissé son fils seul derrière elle. Jamais. »

Rita et Joey pénétrèrent dans le Shaft et se dirigèrent vers l'unité 14, niveau 3, appartement L, chacun de leurs pas marqués par la prudence. Jamais Rita ne s'était sentie aussi mal à l'aise. Il était 3 heures de l'après-midi mais les quelques personnes qu'ils rencontraient soit prenaient une autre direction, soit s'arrêtaient pour les contempler comme si elles n'avaient encore jamais vu de policiers en uniforme.

« Waouh ! lança-t-elle à Joey. Dans quel pays est-on ?

– Il ne faut pas traîner ici, Rita. » Joey regarda nerveusement par-dessus son épaule. « On devrait appeler les gars de Rotherhithe.

– Ça reste quand même un cas pour la BAF.

– Nous sommes la police *fluviale*, Rita. On fait quoi, ici ?

– Merci, Joey. À charge de revanche. C'est une intuition. Il me faut vérifier quelque chose, pour ma propre satisfaction. »

Ils avaient atteint le bas de l'escalier. Rita regarda autour d'elle : des appartements aux fenêtres clouées de planches, saleté, ordures répandues un peu partout, graffitis à la pelle. La cité, avait-on dit à Rita, devait être démolie d'ici un an ou deux, malgré son statut de construction protégée, son héritage architectural du vingtième siècle. Petite dystopie ulcéreuse et septique dans un Rotherhithe s'embourgeoisant très vite, ses jours étaient comptés. Un enfant surgit au coin d'un bâtiment – une petite fille, complètement nue. À la vue des deux policiers, elle hurla et repartit à toute allure.

« Tu restes ici, Joey, ordonna Rita. Laisse-moi inspecter l'appart.

– J'arriverai en courant, assura Joey. Ne traîne pas. »

Elle grimpa les marches jusqu'au passage couvert du troisième étage, regarda par-dessus la balustrade, vit Joey et lui fit un signe de la main.

Elle frappa à la porte de l'appartement L. Frappa de nouveau.

« Qui c'est ça ? cria quelqu'un.

– Police. »

La porte fut déverrouillée, et un grand type maigre en jogging marron apparut sur le seuil, arborant un énorme sourire. Rita nota qu'il avait des bagues en argent à chaque doigt y compris les pouces.

« Que Dieu soit loué ! Enfin la police. On voit jamais la police par ici. Bienvenue, bienvenue. »

Rita expliqua qu'elle souhaitait lui poser quelques questions. Pas de problème, répondit-il. Des femmes et des enfants allaient et venaient à l'intérieur de l'appartement. Elle entendit un bébé pleurer. Deux types en longues dishdashas blanches surgirent et filèrent aussi vite dans une autre pièce. La conversation continuait à se dérouler sur le pas de la porte : de toute évidence, l'homme n'allait pas inviter Rita à entrer.

« Je cherche des renseignements sur une femme appelée Mhouse. C'était ici son appartement.

– Elle le louait à moi. Puis elle a fui. Elle me doit cinq mois de loyer. Beaucoup d'argent.

– Vous êtes le propriétaire ?

– Oui, madame. Je suis aussi président de l'Association des résidents de la cité Shaftesbury. ARCS.

– Et votre nom est ?

– Mr Quality. Mr Abdul-Latif Quality. Ceci est mon appartement.

– Qui habite ici maintenant ?

– Des asylums. Je suis enregistré avec la municipalité. Vous pouvez me vérifier.

– Savez-vous où est partie cette Mhouse ?

– Non. Si je sais, je vais la chercher. Je veux mon argent.

– Elle est morte. »

Mr Quality demeura impassible. Il haussa les épaules.

344

« Dieu est grand. Maintenant, jamais plus je n'ai mon argent.

– Nous pensons que sa mort a pu ne pas être accidentelle. Connaîtriez-vous quelqu'un qui l'aurait menacée, qui aurait pu lui vouloir du mal ? » Rita passa la paume de sa main sur son front humide. Pourquoi transpirait-elle autant ? « Connaissez-vous quelqu'un qui aurait pu lui en vouloir ? Quelqu'un qui aurait rôdé dans les parages pour l'épier ? »

Mr Quality réfléchit, fit la moue, soupira : « Je ne vois jamais quelqu'un comme ça. »

Rita fronça les sourcils. Quand elle avait fait part à Primo Belem de son intention d'aller dans la cité, il lui avait demandé de se renseigner aussi sur le petit garçon, Ly-on.

« Savez-vous où se trouve son fils ?

– Je crois qu'elle l'emmène quand elle fuit. »

Rita regarda autour d'elle. Une vieille femme qui venait de monter l'escalier l'aperçut, lui sourit nerveusement mais assez pour montrer ses gencives édentées, puis fit aussitôt demi-tour et se hâta de redescendre.

« Qui est cette dame ?

– Je ne l'ai jamais vue avant. » Il sourit. « Au Shaft, les gens viennent et puis ils s'en vont. Vous avez terminé avec moi, madame l'agent ?

– J'aurai peut-être à vous parler de nouveau.

– Très plein de plaisir de parler à la police. Plein. Plein.

– Où habitez-vous ?

– J'habite ici. » Il désigna d'un geste l'intérieur sombre de l'appartement. « Vous pouvez toujours me trouver là. »

Le sentiment d'une étrange impuissance s'empara de Rita ; tout ce à quoi, bon et mauvais, lui conféraient habituellement son rôle et son uniforme d'agent de police – statut, respect, irrespect, dédain, suspicion, indifférence feinte, réaction instinctive – ne s'appliquait tout simplement pas ici, ici dans le Shaft. C'était elle l'étrangère, pas les « asylums ». Elle était hors du jeu, eux y étaient en plein dedans. Elle mourait d'envie de fuir Mr Quality et ce n'était pas l'attitude, l'état d'esprit qu'elle aurait dû avoir, elle le savait : elle était une fonctionnaire, payée pour maintenir l'ordre et la loi. De sa vie, elle ne s'était jamais sentie aussi inutile.

« Merci, Mr Quality.

– Je vous en prie. »

Il ferma la porte et elle descendit rejoindre Joey.

« Foutons le camp d'ici, Joey. »

Rita et Primo Belem s'étaient retrouvés dans une cafète-épicerie fine française appelée Jem-Bo-Coo, dans Wapping High Street, pas loin de la BAF. Rita n'était pas en uniforme et elle avait lâché ses cheveux. Primo était déjà là à son arrivée, l'attendant à une table au fond à côté de la rangée de bouteilles de vin à la vente, et elle avait noté sa surprise presque comique devant sa personnalité « civile ». Il portait son costume rayé et elle remarqua alors seulement que la veste et le pantalon n'étaient pas tout à fait assortis. Elle avait vérifié les renseignements qu'il avait fournis à l'officier de permanence, et savait donc où il habitait – un appartement dans Oystergate Buildings, à Stepney – et aussi qu'il travaillait comme brancardier au Bethnal & Bow Hospital, un poste qu'il n'occupait que depuis quelques semaines. Tout cependant dans son comportement, son accent, son vocabulaire, attestait un individu peu habitué à des tâches manuelles subalternes. Il y avait un mystère ici – et elle brûlait de le résoudre.

Elle commanda son café, s'assit et lui raconta sa visite au Shaft et ce qu'elle avait découvert en se rendant dans l'appartement de Mhouse.

« J'ai trouvé un type là-bas – il a prétendu y habiter –, Mr Abdul-Latif Q'Alitti. »

Primo hocha la tête :

« Oui, j'ai entendu parler de Mr Quality – Monsieur-j'arrange-tout.

– Président de l'Association des résidents de la cité Shaftesbury. J'ai vérifié. Tout le monde le connaît à la Municipalité. Rien ne se fait dans le Shaft sans Mr Quality.

– Aucun signe de l'enfant ?

– Non. Je crains que non. Mr Quality déclare ne rien savoir. »

Il parut perturbé.

« Je me demande… », commença-t-il avant de s'arrêter. « Vous avez faim ? reprit-il. Puis-je vous offrir un muffin ? »

Elle avait vraiment faim et ils retournèrent donc tous deux au comptoir où ils décidèrent de partager un muffin aux myrtilles. Puis ils reprirent leur place.

« Pourquoi pensez-vous, dit-elle en ôtant les myrtilles de sa moitié de muffin, que cette Mhouse ait pu être assassinée ?

– Je ne sais pas, répliqua-t-il d'un ton vague. Le Shaft est un endroit dangereux. J'y ai vécu un moment, ajouta-t-il, et c'est ainsi que j'ai connu Mhouse…

– Croyez-vous que Mr Quality puisse avoir quelque chose à voir avec ça ?

– Non, je ne le pense pas. Pas lui.

– Quelqu'un d'autre ?

– Non… non. Simplement, ça me paraît suspect.

– On a besoin d'éléments concrets sur quoi s'appuyer.

– Je sais… je suis désolé. »

Elle se renfonça sur sa chaise et mordit dans son demi-muffin.

« On dirait que vous avez vu un fantôme !

– Je crois que je suis encore un peu sous le choc, vous comprenez. L'autre jour, apprendre la nouvelle, voir le cadavre… »

Elle se pencha et pointa sur lui le reste de son muffin.

« Expliquez-moi une chose : quel motif quiconque aurait-il eu de tuer cette femme, Mhouse ?

– Je l'ignore.

– Que faisait-elle ?

– Des petits travaux, ici et là.

– Le sexe ? La drogue ? »

Primo fit la moue puis souffla : « Je ne sais pas.

– Si elle se prostituait, elle a peut-être un casier.

– Pourquoi pensez-vous qu'elle se prostituait ?

– Êtes-vous en train de me dire que ce n'était pas le cas ? »

Il lui fit un petit sourire déconcerté :

« Je vous laisse résoudre tout ça. Je n'arrive pas à l'imaginer.

– Primo, demanda-t-elle, d'une voix changée, plus sévère, avec un sourire suivi d'un froncement de sourcils, me dites-vous tout ce que vous savez ?

– Oui, bien sûr. Fichtre, regardez l'heure. Il faut que je parte. Je commence mon service dans quarante minutes. »

Ils se levèrent tous deux, et jetèrent leurs gobelets et les restes du muffin dans la poubelle.

« Vous avez été d'une aide fantastique, dit-il. Je verrai si je peux retrouver la trace du petit garçon.

– Il y aura une autopsie et une enquête, souligna-t-elle. On en apprendra peut-être un peu plus.

– J'en doute », répliqua-t-il avec un peu d'amertume avant d'ajouter, en manière d'excuse : « Certes, on ne sait jamais. »

Il tendit la main : « Merci un million de fois, Rita. »

Elle prit la main et la garda deux ou trois secondes de plus qu'elle aurait dû.

« Écoutez, Primo, dit-elle, étonnée par sa propre audace, mais elle ne voulait pas que leur nouvelle association se terminât ici et maintenant, elle voulait lui insuffler un peu de vie, voir où ça pourrait mener. Que diriez-vous de se revoir pour un verre ? On pourrait dîner – un curry, un Chinois ou autre. Je vous ferai un rapport sur nos progrès. »

Elle lâcha sa main et le sentit réfléchir très vite – passer mentalement en revue les implications, complications, problèmes et possibilités.

« Ce n'est pas obligatoire, ajouta-t-elle.

– Non. J'aimerais beaucoup, affirma-t-il avec un sourire reconnaissant. Beaucoup. Ce serait épatant. »

## 42

Le restaurant italien était toujours là – pourquoi en aurait-il été autrement ? –, installé dans sa petite rue de Chelsea, sous son auvent jaune. Un homme en tablier, un serveur, arrosait le trottoir au moment où Adam passait devant et, à l'intérieur, d'autres serveurs mettaient la table pour le déjeuner. Adam repensa à ce fameux soir qui lui semblait appartenir à un autre siècle ou à un univers parallèle. C'est pourtant alors que tout avait commencé – le fait qu'il fût planté là maintenant était entièrement dû à sa rencontre avec Philip Wang, son voisin de dîner. Qui lui avait paru préoccupé, mal à l'aise : Adam le revoyait laissant tomber des objets, à un moment se tapotant son front en sueur avec une serviette. Et puis, bien sûr, il avait oublié son dossier, caché sous une table voisine. Il paraissait visiblement harassé mais par quel genre de stress, de quel ordre ? Avait-il commis une grosse faute ? Volé quelque chose, peut-être ? Et pourtant, quand Adam l'avait appelé pour lui annoncer qu'il avait le dossier et venait le rapporter, l'homme avait semblé soulagé mais relativement calme, il l'avait même invité à prendre un verre...

Adam repartit en direction de la Tamise. Si tout avait commencé par Wang, alors il lui fallait se renseigner sur lui et ses activités. Travaillait-il pour le gouvernement ? Était-il une sorte d'informateur ministériel ? Peut-être, lié directement aux services secrets, avait-il découvert quelque chose qu'il n'aurait pas dû ? Vendait-il des secrets d'État ? Adam secoua la tête : les théories du complot se multipliaient à l'infini. Il fallait commencer par les faits : Philip Wang était un consultant à St Botolph's Hospital – peut-être la piste débutait-elle là.

Il s'assit sur le banc de la partie large du trottoir, à l'entrée du pont de Chelsea, pour vérifier s'il y avait une agitation quelconque à l'intérieur ou autour du triangle. Après quoi, il passa et repassa devant le portail en attendant une accalmie dans la circulation. Tout semblait paisible. Plongé dans une intense conversation, un couple à la démarche mécanique le doubla d'un pas décidé, et, dès qu'il se fut suffisamment éloigné, Adam escalada la grille et s'enfonça dans les buissons. Revenir sur ces lieux lui faisait un effet étrange : tant de changements étaient survenus depuis son premier jour ici, tant de choses lui étaient arrivées : comme s'il emmagasinait des années d'existence en des semaines denses de mensonge ; comme s'il parcourait résolument aussi vite que possible le catalogue de toute une vie d'expériences, comme si le temps lui manquait. Il demeura ainsi, mains sur les hanches, à observer les choses lentement, avec soin. Devant une nouvelle accumulation de déchets aux alentours, il éprouva une indignation de propriétaire : il ramassa un bout de journal qui voletait avant de le froisser et de le laisser retomber. Il s'agenouilla, arracha la motte d'herbe qui recouvrait son coffret métallique dont il retira 200 livres ainsi que le dossier Wang. Il s'arrêta un instant pour regarder la liste de noms et les notes incompréhensibles qui les accompagnaient. Aucun doute dans son esprit : c'est par là qu'il devait commencer.

Dans le métro qui le ramenait à Stepney, il se surprit à repenser à cette femme agent de police, Rita Nashe. Grande, élancée, un visage mince, joli mais auquel ses cheveux relevés donnaient un air de force presque virile. Relâchés, elle paraissait très différente – il se rappela le frisson qui l'avait traversé en la voyant entrer dans le café – elle n'avait rien d'une femme flic. Sur quoi, il se morigéna : comme s'il existait un look spécial pour les femmes travaillant dans la police ! Autant dire qu'il avait, lui, l'allure du brancardier type. Non, c'était parce qu'il l'avait vue d'abord en tenue ce jour-là à la morgue de la BAF – il lui fallait effacer de sa mémoire le souvenir de cette fille en uniforme, et la remplacer par l'image de la grande et jolie Rita en jeans et chemisier, ses cheveux bruns tombant sur les épaules, assise en face de lui dans la cafétéria, détendue et souriante, retirant les myrtilles de son muffin. Tout avait paru très normal, sans problème – être Primo Belem avait tout changé, les dangers qu'il avait redoutés ne s'étaient pas matérialisés. Il se remit à l'esprit son visage – le visage de Rita. Difficile d'imaginer son corps sous le gros blouson fourré… Il était content que ce fût elle qui l'ait invité à prendre un verre – il n'en aurait pas eu le culot, quand bien même l'idée lui aurait plu.

# 43

City Airport ne gagnait pas à être mieux connu, se dit Jonjo en prenant un siège aussi près que possible au pied de l'escalier de la cafétéria. Après quoi, il avala une gorgée de son cappuccino et entama les mots croisés de son journal. SREIBGMAR, des mots de quatre lettres et plus, tous avec un « r » : RAGE, RAMER, MARRE. Il leva la tête et vit Darren approcher. Il lui adressa un sourire de bienvenue sans chaleur et il nota que Darren ne lui retournait rien de la sorte mais plutôt une grimace, un froncement de sourcils – porteur de mauvaises nouvelles, supposa-t-il.

« Dépêche-toi, Dar. J'ai du pain sur la planche. Je touche au but.

– Je ne suis pour rien là-dedans, Jonjo. Faut que tu le saches.

– Ouais, bien sûr. Crache.

– Tu es viré de l'affaire Kindred. »

Un vrai choc – il ne s'était pas attendu à ça, seulement un engueulo de plus, un supplément de pression. Il garda un visage impassible bien qu'il sentît ses entrailles se déliter. La situation était grave : pas question de filer aux toilettes maintenant.

« Tu te fous de ma gueule ou quoi ?

– Non, Jonjo. Je te l'ai dit : la pression dans cette histoire est énorme. Ils peuvent pas comprendre comment un petit nullard d'universitaire est encore au large dans la nature. Pourquoi t'arrives pas à le trouver ?

– Parce qu'il est intelligent, précisément parce qu'il est un petit nullard d'universitaire et pas un raté de branleur », répliqua Jonjo avec une véhémence maîtrisée, avant d'ajouter : « Qui, "ils", à propos ?

– Je ne sais pas, affirma Darren d'un ton plaintif. Je ne sais jamais. Je n'en ai pas une seule foutue idée. » Jonjo le crut, mais Darren poursuivit : « Il y a couche sur couche après couche au-dessus de moi. J'ignore qui m'envoie ces messages, ces ordres. On me paye. Je fais ce qu'on me dit.

– OK. OK. Cool. »

Jonjo demeura un moment à réfléchir, laissant monter sa colère, avant de lâcher :

« Eh bien, le résultat c'est que vous allez permettre à Kindred de filer. J'ai pourtant dit à ce cornecul de Rupert, "Bob", que je touchais au but. Aujourd'hui, j'y suis pratiquement. Vous me virez de l'affaire et Kindred se barre pour toujours. Va leur dire ça à tes "ils".

– Il y a un autre plan. Donne-moi une minute. »

Dar prit son portable et passa un bref appel *sotto voce*.

« Je lui avais demandé d'attendre dehors, reprit-il à l'adresse de Jonjo, sur un ton d'excuse. Je tenais à te parler d'abord moi-même. »

Un instant plus tard, Jonjo vit un grand gaillard emprunter l'escalator de la cafétéria : cheveux bruns rasés et une grosse moustache à la gauloise, genre western des années soixante-dix.

« Je te présente Youri », annonça Darren.

Jonjo lui jeta un regard incrédule, comme pour dire : *Quoi ?*

– Douze ans de Spetznaz, les forces spéciales russes, Tchétchénie, contre-terrorisme.

– Foutrementastique, répliqua Jonjo. Il parle anglais ?

– Moi parler anglais, intervint Youri.

– Raconte-lui simplement ce que tu sais », dit Darren.

Jonjo sentit combien il était embarrassé, mal à son aise. Il regarda ses mots croisés – soudain les mots AMBRE GRIS se formèrent mystérieusement sous ses yeux. Qu'est-ce que c'était que ce foutu bordel ? Il leva la tête et entreprit de raconter à Youri ce qu'il était disposé à lui laisser savoir.

« Kindred a habité la cité Shaftesbury, Rotherhithe – appart L, niveau 3, unité 14 – pendant quelques semaines avec une prostituée du nom de Mhouse. Kindred a maintenant des cheveux longs, une barbe, et se fait appeler "John". Il n'est plus au Shaft, et la prostituée… (il s'arrêta un instant)… s'est enfuie.

– Merci, dit Youri lentement. Je vais dans Shaftesbury. Je vais posant questions. J'obtiens réponses.

– Bonne chance, mon pote ! lança froidement Jonjo en se levant. Content de te revoir, Darren. Bonne chance à toi aussi. »

Darren parut un peu blessé, malheureux de cette culpabilité par association. Il se leva à son tour et remit à Jonjo une épaisse enveloppe.

« La moitié de tes honoraires. Sans rancune…

– Ouais, ouais, je sais. Magne-toi. »

Il sortit de la cafétéria sans un regard en arrière.

Monseigneur Yemi se tut pour contempler son maigre auditoire comme pour y trouver un peu d'encouragement, un peu de ferveur.

« Imaginez, imaginez que vous êtes John, le vrai Christ, et que les Romains se rapprochent avec leurs épées et leurs lances. Que faire ? C'est alors que votre disciple, Jésus, le fils du charpentier, s'avance. "Seigneur, dit-il, laissez-moi prétendre que je suis le Christ – je le fais pour la Cause. Pendant qu'ils m'arrêtent et me torturent, vous pouvez vous échapper, pour continuer la lutte, répandre la Parole." » Monseigneur Yemi marqua une pause puis reprit : « "C'est un superbe plan", répondit John. Jésus est fait prisonnier, il meurt sur la Croix, les Romains pensent tenir leur homme. Entretemps, John s'enfuit dans l'île ensoleillée de Patmos où il écrit l'Apocalypse. Tout y est – lisez le Livre de John. Seul le véritable Christ peut avoir écrit ce livre. Seul le véritable fils de Dieu ! »

C'est une théorie très intéressante, pensa Jonjo, assis au premier rang, bardé d'un badge JOHN 1794 sur sa poitrine. Pleine de bon sens. Brave type, ce mec Jésus, pour se sacrifier ainsi. Ça doit aider aussi pendant qu'on est pendu sur cette croix, pieds et mains cloués, de savoir que le chef s'est échappé et a semé tout le monde. Les mots « échappé » et « semé » sonnaient mal au milieu de ses récentes préoccupations. Il consulta sa montre en douce – l'évêque bavassait depuis quarante minutes déjà. Il se sentait un peu exposé, assis comme il l'était au premier rang, le seul nouveau « John » de ce soir-là. Il jeta un œil derrière lui aux autres « John », à son sens un ramassis d'enfoirés et de demeurés, mais il fut réconforté par la pensée que Kindred s'était trouvé ici dans cette pièce même, avait été aussi un « John », à seulement 191 places de distance de lui dans la file. Il était sur ses traces, les gens d'ici devaient le connaître, devaient savoir où il avait vécu, où il vivait. Du revers de la main, Jonjo étouffa un bâillement – l'archevêque en était maintenant aux maux engendrés par les marchés à découvert et les spéculations risquées sur les Bourses mondiales, citant le livre de l'Apocalypse à l'appui de ses arguments et de son mépris. Il savait certainement causer, ce Monseigneur Yemi, mais, bon dieu de bordel, quand allait-il s'arrêter ?

On leur servit à dîner une tourte à la viande et aux rognons, drôlement goûteuse, estima Jonjo. Excellente bouffe pour un homme affamé. Dans sa poche, il avait l'annonce de la récompense et la photo de Kindred avec une barbe sombre dessinée au feutre. Il la montra aux trois drogués qui partageaient sa table. Ils affirmèrent ne pas le connaître.

« Jamais vu, dit l'un.

– C'est un John comme nous, expliqua Jonjo. Un ami à moi. Il venait souvent ici. J'essaye de le retrouver.

– Jamais vu, répéta le toxico.

– Non plus », lui fit écho l'autre.

À la fin du repas, alors que les dîneurs s'apprêtaient à partir, Jonjo se mêla à eux pour montrer la photo au plus grand nombre possible, mais il n'eut aucun succès, ne récoltant que des haussements d'épaules et des hochements de tête négatifs. Il sortit de l'église : la congrégation avait été réduite à une vingtaine de personnes ce soir ; s'il était le mille sept cent quatre-vingt quatorzième John, alors il lui restait encore beaucoup à faire côté prospection. Il partit, pas découragé : il lui faudrait simplement revenir et réessayer.

Il se glissa au volant de son taxi et mit le moteur en marche. Il ressentait encore de la colère, il se l'avouait, un sentiment de trahison, choqué par la manière péremptoire dont on l'avait éliminé de l'affaire Kindred, une affaire qui n'aurait dû appartenir à personne d'autre qu'à lui. Une flagrante motion de censure : « ils » – quels qu'ils fussent – le considéraient comme un nullard…

Et qu'est-ce que cet abruti de moustachu, Youri, allait faire de plus ? Peut-être avertirait-il Bozzy que le Youri allait rôder dans le Shaft. Bozzy et ses copains pourraient lui mener une drôle de java pendant que Jonjo Case, suivant calmement et totalement son flair, « leur » ramènerait Kindred. De la même manière – l'idée le frappa soudain – que Jésus s'était sacrifié pour John. Une jolie analogie. Viendraient alors la reconnaissance, une réintégration certaine, une importante somme en liquide. Jonjo sourit intérieurement et démarra – il lui suffisait de tenir le coup, la piste Kindred était de plus en plus chaude, et, un de ces jours, un de ces connards de John l'identifierait. Ce n'était qu'une question de temps.

## 44

Les « tenues d'action », celles portées à St Bot, représentaient, selon Adam, une grande amélioration sur le style commissionnaire des années quatre-vingt (épaulettes et cravate assorties) de Bethnal & Bow. Dans sa tenue d'action, il se sentait comme un membre du SAMU, prêt à sauter d'un hélicoptère ou d'un $4 \times 4$ en plein dérapage, pour venir en aide, administrer les premiers secours, sauver une vie. Qu'il allât simplement dans l'aile de Vere chercher un dossier de factures pour l'apporter aux services de la Comptabilité ne l'empêchait pas de se prendre vaguement pour un rouage important – quoique mineur – de la grande machine, du Léviathan médical, qu'était St Botolph. Tout le personnel aimait secrètement ces drôles de combinaisons, quelle qu'en fût la couleur. À l'évidence, le gourou styliste concepteur du produit comprenait la psychologie humaine mieux que la plupart des psychologues. Même les femmes de ménage tiraient plus de fierté de leur tâche grâce à leurs salopettes vert acide pour mener le bon combat, la bataille sans fin contre le staphylocoque doré et autres infections bactériennes.

Tandis que l'ascenseur approchait l'étage de l'aile de Vere, Adam s'obligea à se concentrer. Depuis ses deux semaines à St Bot, le domaine de Philip Wang, il en était à sa sixième ou septième visite à ce service ; il commençait à y être reconnu et à entretenir avec les gens les rapports bon enfant d'un familier, bien qu'il y eût plus d'une centaine de coursiers à St Bot – salles d'opération, consultations, etc. – en activité à tout moment.

« Tiens, Primo ! lui lançait-on. Primo est ici ! » Lors de sa dernière incursion, on lui avait offert une tasse de thé. Son but était de devenir une présence habituelle, de faire partie des meubles, d'être quelqu'un que personne n'était surpris de voir.

Le transfert de Bethnal & Bow avait été étonnamment facile à effectuer. Rizal, un des chefs brancardiers, avait un frère, Jejomar, qui travaillait à St Bot. Étant donné le manque de personnel dans tous les services ambulanciers – une des caractéristiques de la vie médicale britannique –, les hôpitaux avaient souvent recours à des agences. Primo Belem avait été chaleureusement accueilli. Brancardier qualifié avec de bonnes références et un certificat de moralité, il avait déjà bénéficié d'une petite augmentation de salaire (200 livres de plus par an) et de certaines indications, en provenance de la direction, selon lesquelles la route des promotions lui était grande ouverte s'il souhaitait la prendre. Quelques cours du soir, un peu de familiarisation avec les règles administratives de base concernant la gestion du personnel, et il pourrait franchir sans problème plusieurs échelons : le monde paramédical était à lui !

Une agitation notable et inhabituelle régnait dans l'aile de Vere quand il y arriva pour prendre ses documents : les infirmières bavardaient très fort, riaient, se montraient réciproquement des magazines. L'une d'elles découpait un article qu'elle placarda ensuite sur le tableau des annonces de service à côté des cartes de vœux, des notices de l'Inspection du travail et des photos de vacances envoyées par d'ex-patients en témoignage de gratitude.

« Salut, Corazón, lança-t-il à une infirmière de sa connaissance. Que se passe-t-il ? »

Elle lui montra un publireportage dans *Nursing Monthly* intitulé « UN REMÈDE POUR L'ASTHME ? ». Suivait une vague et fervente déclaration quant à la mission que constituait la recherche d'un médicament destiné à en terminer avec cette moderne malédiction qui pesait sur la vie de tant de gens.

« C'est ici qu'on procède aux essais cliniques, expliqua Corazón, très émue. Depuis trois ans. Enfin, nous y sommes.

– Quels essais cliniques ?

– Pour le Zembla-4. »

Elle pointa les références dans le publireportage.

« Ici ? Le Zembla-4 ? Félicitations ! s'écria Adam, hypocrite. Étonnant. Ma nièce souffre terriblement d'asthme. Elle respire parfois très difficilement.

– Ce médicament pourrait l'aider, répliqua Corazón, débordante de sincérité. Je l'ai vu agir. Incroyable. Dites-lui d'en parler à son médecin.

– Elle pourrait peut-être même venir ici », suggéra Adam.

Il connaissait bien le service : vingt chambres confortables pourvues chacune d'une salle de bains, un large couloir moquetté avec, au bout, une superbe salle de jeux remplie de jouets.

Corazón haussa les épaules d'un air de regret comme pour dire : ne vous faites pas trop d'illusions.

« C'est privé, vous comprenez. Très cher.

– Vous voulez dire que, dans ce service, il n'y a que des enfants de riches ?

– Non, non. Des enfants ordinaires. De Vere Trust paye pour tout. Mais ils choisissent. Si votre nièce est très malade peut-être qu'elle pourra être admise. » Elle baissa la voix avant de poursuivre sur le ton de la confidence : « Vous allez voir le docteur, vous dites que votre nièce est très très malade de l'asthme. Vous dites : "Et St Bot ?" Il vous enverra ici dans le service. Gratis.

– Gratis ?

– Oui. Les docteurs, ils nous envoient les enfants malades. C'est une chose merveilleuse. On leur donne du Zembla-4. Seulement ici.

– Oui, étonnant. Je vais peut-être essayer… Qui dirige ce service, à propos ?

– Nous avons beaucoup de médecins. Le Dr Ziegler est le dernier. Il est aux États-Unis maintenant. Pour la demande à la FDA.

– Évidemment. Il doit donc travailler pour Calenture-Deutz.

– Oui. Tous nos médecins travaillent pour Calenture-Deutz. On reçoit tous des bonus de Calenture-Deutz. C'est pour ça qu'on est si contentes. »

Adam repartit avec son dossier de factures et de rapports médicaux qu'il alla dûment déposer à la Comptabilité au troisième étage du bâtiment principal.

Son service terminé, et de retour dans la salle de repos des brancardiers, Adam sortit le document contenant la liste de Wang. Il en avait fait faire plusieurs copies avant de remettre le précieux original dans le coffret métallique enterré près du pont de Chelsea. Cinq noms figuraient sous St Botolph : Lee Moore, Charles Vandela, Latifah Gray, Brianna Dumont-Cole et Erin Kosteckova. Cinq enfants qui avaient été traités dans l'aile Felicity de Vere au cours des trois ans précédant la mort de Philip Wang.

Il se précipita sur le téléphone public dans le couloir, glissa ses pièces et fit le numéro des bureaux de l'administration.

« Bonjour, dit-il à la personne qui finit par décrocher. Je me demande si vous pourriez m'aider. Je rentre d'Afrique du Sud. Ma filleule est hospitalisée ici. Je voudrais savoir dans quel service elle se trouve. Elle s'appelle (il prit au hasard un nom dans la liste) Brianna Dumont-Cole.

– Un instant, je vous prie. »

Suivit un long silence. Puis on lui demanda de répéter le nom. Il entendit, dans le fond, le cliquetis d'un clavier d'ordinateur.

« Il semble y avoir une erreur, monsieur.

– Non, non, je voudrais juste lui faire une petite visite surprise. Je suis à l'étranger depuis des mois. Voilà presque un an que je ne l'ai pas revue. Allô ?

– Brianna est morte, monsieur. Il y a quatre mois. Je suis terriblement désolée. Sa famille aura tous les détails. »

Adam raccrocha sans rien dire.

Il lui fallut deux jours, et beaucoup de pièces d'une livre pour épuiser les noms de la liste de Wang et appeler les quatre hôpitaux mentionnés : Aberdeen, Manchester, Southampton et St Botolph. Les noms appartenaient tous à des enfants décédés. Après avoir vérifié les cinq premiers, Adam changea d'approche – quand il téléphonait, il laissait désormais savoir dès le début qu'il était au courant de la mort de l'enfant. Il avait sous la main une variété de prétextes pour justifier sa recherche d'informations – le projet d'un jardin-souvenir, d'une stèle, d'une vente de charité, d'une célébration de la vie brève de l'enfant par son école. Pouvez-vous confirmer la date et l'heure du décès ? Pas de problème. Nous souhaitons faire un don à une charité du choix de l'hôpital. Merci infiniment. Mon oncle aimerait parler au médecin en charge à l'époque. Je crains que ce ne soit pas possible, monsieur. Quels que fussent l'excuse, le prétexte, le mensonge sentimental avancés, les réponses lui confirmaient toutes que les quatorze noms notés par Philip Wang appartenaient bien à des enfants morts dans l'aile Felicity de Vere de quatre hôpitaux des Îles Britanniques où des essais cliniques coûteux et complets avaient été effectués pendant plusieurs années pour tester l'efficacité d'un nouveau médicament contre l'asthme, le Zembla-4.

Zembla-4.

Adam entra dans un cybercafé. Il tapa Zembla-4 sur un moteur de recherche et toutes les informations pertinentes surgirent, rapides et obligeantes sur l'écran. Zembla-4. Calenture-Deutz plc. Le site Calenture-Deutz n'avait pas encore été remis à jour – il y avait la photo d'un Philip Wang souriant, chef de la recherche et du développement, sans aucune mention de sa brutale disparition. Songeant à leur dernière rencontre, Adam éprouva un sentiment très étrange face à cette photo. Il y avait aussi une photo du président-directeur général de Calenture-Deutz, un certain Ingram Fryzer, traits réguliers, cheveux gris, au-dessus d'une déclaration tendancieuse au nom du conseil d'administration et de l'équipe dirigeante énumérant les ambitions de la compagnie et attestant sa totale intégrité. Il y avait enfin une liste des autres membres du conseil et une série de textes d'une grande élévation d'esprit – avec une surimposition de graphismes modernes (éprouvettes, ordinateurs, hommes en blouse blanche, enfants rieurs dans un pré) et de la musique d'ambiance (un ostinato électronique en majeur) –, des textes traitant des grands idéaux épousés par Calenture-Deutz et présidant à ses recherches pour des produits pharmaceutiques toujours plus efficaces.

Il quitta le site, en théorie et dans un premier temps, plus avisé, mais, à la réflexion, pas plus avancé. Il décida de se concentrer sur les cinq morts de St Botolph. Ce dont il avait besoin, à présent, c'était l'accès à des ordinateurs de l'hôpital.

À son entrée dans le pub de Battersea, La Duchesse Blanche, il aperçut Rita installée au bar, une bière à la main. Il l'embrassa sur la joue – ils pouvaient désormais s'embrasser ainsi, ayant conclu (après un dîner chinois) leur premier rendez-vous par cette accolade polie. Elle portait des jeans et, semblait-il, trois larges T-shirts enfilés l'un sur l'autre. Ses cheveux étaient mollement noués en queue-de-cheval. Hors service, elle paraissait s'habiller avec une négligence étudiée, un peu comme une de ses étudiantes sur le campus de Mc Vay. Il trouvait le style séduisant – personne, à son sens, n'aurait deviné qu'elle était agent de police.

Dans le coin, un petit orchestre se préparait à son prochain bœuf – la MUSIQUE IN LIVE annoncée sur les vitres du pub.

« Vous étiez à une réunion d'affaires ? s'enquit Rita. Vous êtes très élégant. » Adam avait mis son costume de rechange. Il n'en avait que deux. Il allait devoir varier sa garde-robe, maintenant qu'il fréquentait Rita.

– On veut me promouvoir, répliqua-t-il. Je résiste. »

En quoi un deuxième rendez-vous était-il différent du premier ? Sans doute en ce qu'on pouvait foncer… Un premier rendez-vous était toujours exploratoire, prudent, incertain – tout autant que vous puissiez paraître en tirer d'agrément, c'était là son but essentiel : les portes de sortie demeuraient entrebâillées à chaque tournant au cas d'une désastreuse erreur de calcul. Lors du leur, ils avaient parlé vaguement de leurs jobs. Adam avait fait allusion à une phase d'instabilité mentale, une période prolongée d'hospitalisation, pour expliquer la modestie de son poste actuel dans une carrière alimentaire médicale. « Je suis en train de me reconstruire », avait-il dit. Rita s'était montrée tout aussi vague quant à sa propre vie, esquivant avec adresse certaines questions. Adam n'avait par exemple aucune idée de l'endroit où elle habitait. Mais une fois le deuxième rendez-vous suggéré (par Adam) et entériné, toute prudence et hésitation s'étaient évanouies. Pour l'heure, alors qu'assis au bar ils bavardaient, écoutaient le trio de jazz débuter, Adam sentait un changement d'ambiance presque palpable. Le non-dit était clair pour tous deux : attraction sexuelle totale. En commandant une autre bière, Adam pivota sur son siège pour attirer l'attention du barman, et son genou toucha la cuisse de Rita. Il y demeura.

Ils trinquèrent.

« Primo, dit-elle, j'aime ce nom. Mais vous n'avez pas un accent italien.

– Parce que je suis né et que j'ai grandi à Bristol. Je ne parle pas un mot d'italien. Enfin, OK, je peux à la rigueur sortir une ou deux phrases. » Il haussa les épaules : « Je suis un immigrant de la troisième génération.

– D'où votre famille est-elle donc originaire ? »

Pour notre salut à tous deux, il vaut mieux que ce soit la dernière question au sujet de ma vie, pensa Adam.

« Brescia, improvisa-t-il, cueillant le nom sur la carte d'Italie qui lui passait par la tête. Et avant que vous le demandiez, je n'y ai jamais mis les pieds.

– Voulez-vous manger quelque chose ?

– Oui. Je meurs de faim. »

Ils sortirent du pub dans une nuit douce – il faisait sombre, mais pas noir ; une certaine luminescence traînait encore dans le ciel, rendant tout étrangement visible quoique nébuleux.

« Attendez une seconde », dit Rita. Elle fouilla dans son sac pour récupérer son portable sur lequel elle tapa très vite un texto. Adam s'écarta, écoutant le trio achever sa session dans un roulement de tambour et des frémissements de cymbales. Il se savait un peu parti mais conscient aussi d'une autre couche d'ivresse, d'excitation, due plus à l'émotion qu'à l'alcool – il sentait que la soirée n'était pas finie.

« Voulez-vous venir chez moi prendre un café ou autre chose ? proposa-t-elle.

– Génial.

– J'habite à deux pas d'ici. C'est pourquoi je vous ai attiré dans Battersea l'ensoleillé. »

Adam ne commenta pas.

« On descend de ce côté », indiqua-t-elle avec un geste vers le fleuve dont ils prirent la direction.

Après quelques pas, elle glissa sa main dans celle d'Adam.

« C'était bien, dit-elle.

– Oui, très.

– Bien mieux que notre chinois.

– C'est le problème, voyez-vous, avec un premier rendez-vous. Trop de choses en jeu, trop d'inconnues. Au second, tout change. C'est mon expérience en tout cas – ma théorie. »

Elle lui lança un coup d'œil. « Il faudra que vous m'expliquiez votre théorie, un de ces jours. »

Il se demanda si c'était le moment de l'embrasser, mais ils traversaient la route.

« Je vis sur un house-boat, annonça-t-elle.

– Étonnant ! » s'écria Adam reconnaissant à présent qu'il était définitivement ivre et songeant : house-boat, sexe, sexe sur un house-boat.

« Je vis sur un house-boat avec mon père. »

Adam se tut.

« Vous ne dites rien ?

– Non, bien. Je pense que… Enfin cool, quoi.

– J'aimerais que vous le rencontriez. C'est pourquoi je lui ai envoyé un texto.

– Ah ah. Parfait. »

Elle ouvrit un portail et ils prirent un pont métallique en pente menant à une importante zone d'amarrage. Il semblait dans la nuit qu'il y eût une grande variété de bateaux à quai. À travers les hublots de certains brillaient des lumières. Il s'agissait sans doute d'une sorte de village flottant, se dit Adam.

« Où sommes-nous ? demanda-t-il.

– Sur la jetée des Nine Elms. Apparemment il y avait ici au milieu du dix-septième siècle une rangée de neuf ormeaux.

– Vraiment ? Étonnant.

– D'où le nom.

– Je crois avoir compris ça.

– Intelligent, en plus ! »

Adam se tut de nouveau. Il sentait Rita un peu tendue.

Ils se dirigeaient vers une petite anse où de plus gros bateaux étaient à l'ancre. Adam vit ce qui ressemblait à un chalutier de haute mer puis une péniche modifiée, et, plus loin, un vaisseau de la Marine royale réaménagé, avec encore sa peinture gris cuirassé.

« Nous y voilà, dit Rita en s'arrêtant devant. Le beau navire *Bellerophon*. Mon *home, sweet home…* »

Ils franchirent un autre portillon et grimpèrent quelques marches de métal jusqu'au pont. Un bateau de bonne taille, jugea Adam en regardant autour de lui, un dragueur de mines ou peut-être un grand patrouilleur. Rita ouvrit une cloison d'entrepont et de la lumière se déversa dehors. Un petit escalier raide menait à l'intérieur.

« Descendez en marche arrière, conseilla Rita. Comme un marin. »

Adam obtempéra et entendit une voix de basse lancer : « Bienvenue à bord, camarade ! » Il se retrouva dans une pièce obscure, un salon mal éclairé, étroit, bas de plafond, avec des fauteuils et un tapis marron foncé à longs poils. Une paroi était tapissée de livres. Des relents de bâton d'encens imprégnaient l'atmosphère et, dans un coin, trônait une télévision, le son coupé.

Un homme dans la soixantaine, visage émacié, longs cheveux gris ramassés en une queue-de-cheval, se leva péniblement de son siège et s'empara d'une béquille avant de venir à leur rencontre. Adam nota la présence à l'écart d'une chaise roulante. L'homme s'avança vers eux avec une évidente difficulté, comme s'il marchait sur des membres artificiels.

« Papa, je te présente Primo. Primo, voici mon père, Jeff Nashe.

– Content de vous connaître, Primo », dit Nashe en tendant sa main gauche tournée.

Adam la prit et la serra de manière brève et maladroite, mais Nashe la garda dans la sienne.

« Première question : vous n'êtes pas un foutu flic, hein ?

– Je suis brancardier. »

Incrédule, Jeff se tourna vers sa fille :

« C'est vrai ?

– Oui.

– Enfin ! s'écria Nashe. Enfin, en voilà un avec un boulot convenable. »

Il finit par lui lâcher la main, et Adam conclut que Nashe était un peu défoncé. C'était un homme aux traits forts – pommettes hautes, nez fin crochu –, mais en mauvaise santé. Il avait des poches sous les yeux et sa queue-de-cheval, style faisons-l'amour-pas-la-guerre des années soixante, ne retenait que des cheveux rares et grisonnants. On voyait cependant de qui Rita tenait ses pommettes saillantes.

« Café, thé ou un verre de vin ? proposa celle-ci.

– En fait, je ne dirais pas non à un verre de vin, répliqua Adam.

– Même chose ici, dit Nashe. Apporte la bouteille, chérie. »

Ils s'installèrent devant la télévision – une chaîne d'informations en boucle, remarqua Adam. Nashe ne cessait d'y jeter un œil tout en se roulant une cigarette comme s'il attendait la venue d'un sujet particulier. Il offrit sa blague à tabac et son papier à cigarettes à Adam qui refusa, non, merci.

« Vous pouvez voir que je suis à demi paralysé, dit Nashe. Victime d'un accident du travail. Dix-sept ans de procès.

– Je suis navré.

– Mais non, vous ne l'êtes pas. Vous vous en foutez pas mal. »

Il se sortit de nouveau de son fauteuil et, sans prendre sa béquille, traversa la pièce jusqu'à la bibliothèque, à bonne allure, pensa Adam, avant de revenir avec un livre qu'il jeta sur les genoux d'Adam.

« Ça, c'est moi avant l'accident », ajouta-t-il.

Adam examina le livre, un gros bouquin broché, intitulé *Civic Culture in Late Modernity : The Latin American Challenge*. Par Jeff Nashe.

« Fascinant, dit-il.

– Quarante-deux universités, polytechniques et collèges ont mis ce livre sur leur liste de lecture dans les années soixante-dix. »

Rita arriva à cet instant avec la bouteille de vin et trois verres. Elle éteignit la télé et replaça le livre sur son étagère.

« Désolée, dit-elle. Il fait toujours ça.

– Parce que c'est important pour moi, lança Nashe avec humeur. Je sais qu'il me prend pour un genre de vieux raté sadique. Je ne veux pas de la pitié de ton boy-friend !

– Ce n'est pas mon boy-friend et il n'a pas pitié de toi ! répliqua Rita avec feu. OK ? Alors assieds-toi pour prendre ton verre. »

Il obéit et Rita servit le vin. Ils en burent un peu avant que Rita les resserve.

« Eh bien, Primo, s'enquit Nashe, pour qui avez-vous voté aux dernières élections ? »

Sur le pont, une brise d'ouest soufflait le long du fleuve. Dans le jardin suspendu de Rita les palmes remuaient, cliquetant sèchement comme des aiguilles à tricoter. Assis au milieu de cette jungle improvisée, près de l'emplacement du canon d'avant, Rita et Adam fumaient un joint. La marée montait et Adam sentait le *Bellerophon* commencer à se sortir de son lit de boue.

« Je n'ai pas l'habitude de fumer, affirma Rita, et je ne devrais pas le laisser me mettre en rogne de la sorte. Mais je voulais que vous le rencontriez, juste pour que vous sachiez, que vous soyez au courant. Il s'est plutôt mal tenu ce soir – un peu trop foutrement content de lui. En général, il est beaucoup plus facile avec mes invités. » Elle aspira et passa le joint à Adam qui en tira dûment une bouffée et le lui redonna. Impossible de dire si ça lui faisait de l'effet ou pas.

« Parfois, j'ai simplement besoin de me vider la tête quelques minutes », reprit-elle. Elle exhala et regarda Adam : « Quelle belle soirée !

– Je ne le raconterai à personne, assura Adam. Vous inquiétez pas, madame l'agent.

– Merci, cher monsieur. »

Elle lui sourit et inclina la tête en un petit mouvement de gratitude.

« Qu'est-il arrivé à votre père ?

– Il était maître de conférences en études sud-américaines à l'East Battersea Polytechnic. Et puis, un soir, il a dégringolé l'escalier menant à la bibliothèque et il s'est méchamment esquinté le dos.

– C'est tout ?

– C'est tout. Il leur a fait un procès, ils sont allés en appel, il a gagné. Il n'a plus rien fait depuis. C'est ça l'accident du travail. » Elle aspira une grosse bouffée de son joint.

« Études sud-américaines. C'est donc pour cela que votre frère s'appelle Ernesto.

– Ernesto Guevara Nashe. Je suis nommée d'après une certaine Margarita Camilo : elle était dans les montagnes de la Sierra Maestra avec l'armée révolutionnaire de Castro. Margarita Camilo Nashe, à vot'service.

– Parfait. » Ainsi, c'est Margarita, songea-t-il… « Il y a donc une forte connotation latino-américaine dans votre famille.

– Non, non. Il n'a jamais été en Amérique centrale ou du Sud…

– Mais il s'est spécialisé dans les études sud-américaines. Et son livre…

– Disons qu'au cours des années soixante, les universités se sont ouvertes dans ce domaine. Une chance de carrière. Il était alors un historien au chômage. East Battersea a créé un département spécialisé et on lui a offert un poste… » Elle haussa les épaules. « Tout à coup, il est devenu un expert latino-américain. Pour être juste, il a adoré ça – il a été une sorte de révolutionnaire virtuel jusqu'à ce qu'il dégringole dans l'escalier.

– Il parle l'espagnol ?

– Et vous ? » Elle éclata de rire à l'idée. « *¿ Habla espanol, amigo ?* »

La drogue commençait à opérer sa magie narcotique. Adam commençait à comprendre pourquoi Rita était entrée dans la police.

« Il faut que je m'en aille. » Il se leva et trébucha tandis que le *Bellerophon* se dégageait de la boue de la Tamise pour se remettre à flotter. Rita le rattrapa.

Leur baiser fut une grande et étourdissante libération, de plaisir pour lui, de désir pour elle. Une sorte de pétillement traversa ses entrailles et ses reins tandis que la langue de Rita s'enfonçait profondément dans sa bouche et qu'il serrait très fort la jeune femme contre lui. Mais alors qu'il pensait : ceci est merveilleux, une autre partie de son cerveau répétait : tout ceci est un peu soudain, un peu précipité.

Ils se séparèrent.

« Tout ceci est un peu soudain, un peu précipité, dit Rita. Mais je ne me plains pas.

– J'étais en train de me dire exactement la même chose.

– Vous pourriez redescendre à l'intérieur, suggérat-elle. Je suis une grande fille – j'ai ma chambre à moi.

– Peut-être pas ce soir, je pense.

– C'est plus raisonnable, Primo Belem, homme sage. Merci. Oui. » Elle planait.

Accrochée des deux mains à son bras, la tête sur son épaule, elle le raccompagna dans la marina. Ils s'embrassèrent encore, avec plus de mesure cette fois, savourant consciencieusement le contact de leurs lèvres, de leurs bouches. C'est quoi, au juste, un baiser ? songea Adam. Comment la rencontre de quatre lèvres, deux bouches, deux langues peut-elle sembler si importante ? Parfois, les premiers baisers peuvent vous tourner la tête, s'avoua Adam, reconnaissant l'absurde faiblesse en lui qui l'incitait précisément à perdre la tête, à faire une déclaration à Rita, à enregistrer l'émotion qu'il ressentait. Après deux baisers ? Ridicule, se dit-il. Il résista.

## 45

Pas de doute : le nouveau publireportage était impressionnant, se dit Ingram. Bien conçu, chic, très efficace. Deux enfants souriants, blonds, adorables, un garçon et une fille, le regard levé tendrement vers une jeune maman d'une séduction incroyable – pour ne pas dire d'une beauté éblouissante – qui les contemple tout aussi tendrement. Des coloris chatoyants, radieux : ors, crèmes, jaunes pâles. « LA FIN DE L'ASTHME ? » disait le titre en gros caractères gras assurés, vert foncé. Il y avait une citation sentencieuse de lui-même, quelque chose du genre « être une force pour le bien dans un monde dangereux », signé Ingram Fryzèr, président-directeur général de Calenture-Deutz, avec même sa vraie signature en dessous. Où avaient-ils bien pu la trouver ? se demandat-il avant de se rappeler qu'elle était pratiquement reproduite sur toutes les brochures que la compagnie distribuait. Oui, tout dans ce papier paraissait grand et chaleureux, un avenir plus brillant pratiquement à portée de main. Voilà la vie que nous pourrions mener tous, disaient implicitement ces pages : ne perdons plus de temps, pour le salut de beaux enfants et d'éblouissantes mamans tels que ceux-ci. Nous refusons qu'ils souffrent.

Ingram referma le magazine. Il aurait dû se sentir fier, supposait-il – ce médicament avait été mis au point par sa compagnie, son équipe (avec l'aide de Rilke Pharmaceutical, bien entendu) et son succès aurait un immense retentissement, tout à sa gloire et à celle de Calenture-Deutz… Il revint au texte du publireportage – tiens, intéressant, pas de logo Rilke, seulement celui de Calenture-Deutz. Dans les épreuves que lui avait montrées Rilke, cet après-midi, on comprenait qu'il s'agissait d'un combat mené par Rilke Pharma. Peut-être Alfredo répartissait-il astucieusement les risques, attendant l'examen de la demande d'exploitation et l'accord de brevet, avant de recaler les projecteurs.

Ingram soupira bruyamment – il soupirait toujours dans la salle d'attente de Lachlan, mais cette fois il était seul. Oui, bon dieu, il aurait dû se sentir fier – des années de labeur, des millions de livres investis, et le médicament n'était plus qu'à quelques mois, voire quelques semaines, de son brevet. Du bien serait fait dans le monde, des souffrances seraient soulagées, le sort de l'humanité deviendrait plus supportable, cette vallée de larmes moins pénible – et pourtant il se sentait malheureux, morose, impuissant, furieux même. Comment avait-il laissé arriver tout ça ? Comment se faisait-il que Burton Keegan et Alfredo Rilke aient pris les commandes ?… Il eut aussitôt la réponse simple et brutale à sa question indignée – l'argent. Peut-être était-ce ce qui affectait son humeur. La culpabilité. Ils lui avaient donné tellement d'argent qu'il s'était laissé châtrer. Voilà ce qu'il était : un eunuque. Un président-eunuque, un président-directeur général défié jusque dans ses testicules…

« T'auras déjà pris ton thé, Ingram », lança le Dr Lachlan McTurk avec la voix tremblante d'un harpagon écossais, tout en lui faisant d'un doigt signe d'entrer dans son cabinet.

Ingram lui montra le magazine.

« Tu as vu ça ?

– Pas encore, mais une demi-douzaine de mes patients m'ont déjà questionné sur ton médicament miracle. Il y a eu des articles dans la presse saluant son arrivée. Félicitations, ça m'a tout l'air colossal.

– Merci. Oui, je suppose… »

Ingram attendit la venue d'un réchauffement d'orgueil, d'un petit élan d'amour-propre, mais en vain. Il se sentait à plat, déprimé.

« Et j'imagine que tu vas faire des masses vraiment dégoûtantes de fric, dit Lachlan en fouillant dans ses notes.

– Peut-être, répliqua Ingram. Mais la question c'est : vivrai-je pour l'étaler ?

– Étaler ton argent ?

– En "profiter", je veux dire… »

Il fronça les sourcils.

« L'étaler et aussi en profiter – la consommation ostentatoire. » Lachlan éclata sincèrement de rire, un gloussement de gamine étonnant pour un homme si imposant. « En tout cas, tu n'as rien. Le cholestérol est un peu haut – bienvenue au club. Gamma-GT au top de la fourchette – réduis un peu la bibine. Tu n'es pas en surpoids pour un homme de ton âge. Y a rien dans les examens. Pour moi, tu es en parfaite santé.

– J'ai toujours ces démangeaisons de dingue. Et ces taches de sang sur mon oreiller. Très dérangeant, tu comprends », dit Ingram d'une voix plus plaintive qu'il ne l'aurait voulu. Il n'était pas en veine de stoïcisme, aujourd'hui. « Et puis aussi je continue à commettre ces lapsus. Je crois dire un mot et, en fait, j'en dis un autre.

– Ah. Une catachrèse.

– C'est ça dont je souffre ?

– Non, non, se hâta de répliquer Lachlan. C'est juste le terme linguistique pour le phénomène : une utilisation paradoxale des mots, vois-tu, par erreur. Une sorte d'effet innocent de mélange de métaphores. "Étaler" pour "profiter" n'est pas mal du tout en fait.

– Mais parfois, alors que je voulais dire "conversation", j'ai sorti "température". Ça n'a aucune logique.

– Tout est lié, surtout entre les mots. Peut-être te rappelais-tu une conversation particulièrement "chaude".

– Si tout est lié, penses-tu que cette "catachrèse" a un rapport avec les taches de sang et les démangeaisons ? »

Lachlan le regarda de près, presque soupçonneux. « Ce que je pourrais faire, bien sûr, c'est te donner un antidépresseur très puissant. Tu planeras.

– Non, merci. (Ressaisis-toi, vieux, s'enjoignit Ingram.) Je suis soulagé. Merci, Lachlan. Je te suis très reconnaissant.

– Fais-moi savoir quand ton médicament magique sera lancé sur le marché. J'achèterai des actions. »

Ingram tira sur ses chaussettes, conscient du retour de sa déprime, à supposer qu'elle l'ait jamais quitté. Peut-être aurait-il dû prendre Lachlan au mot sur son offre de pilules du bonheur – un rien d'euphorie chimique était peut-être ce dont il avait besoin. Il se leva, enfila ses mocassins et prit sa cravate. Même cette séance avec Phyllis ne lui avait pas vraiment remonté le moral. Elle entrait justement dans la chambre à cet instant, vêtue d'un long peignoir en soie rouge rebrodé de dragons dorés écailleux montrant les dents. Elle tenait un verre dans chaque main.

« Double vodka-tonic, messire, annonça-t-elle en lui en tendant un. À la tienne, Jack. » Elle lui envoya un baiser. « Sans supplément ! »

Ils trinquèrent, et Ingram avala deux grandes gorgées, prenant plaisir au choc et au goût sec et net de la vodka.

« Phyllis, dit-il, feignant la spontanéité, je viens d'y penser : considérerais-tu, je veux dire, penses-tu que nous puissions nous organiser de petites vacances ensemble ? » Il commença à nouer sa cravate. « Une petite récréation. Quatre ou cinq jours. Quelque part très loin, au soleil.

– J'ai pris des vacances avec certains de mes messieurs, ouais. Chouette changement de décor pour tout le monde. »

Elle s'assit sur le lit et laissa son peignoir s'ouvrir de façon à laisser Lachlan apercevoir son sein gauche.

« Où pense-t-on aller, mamour ? demanda-t-elle.

– Le Maroc, je crois, il y a un hôtel super…

– Naon… j'fais pas la Med.

– La Floride ? Les Caraïbes ? L'Afrique du Sud ?

– C'est plus intéressant.

– J'ai déjà été dans une villa…

– Un hôtel. Pas de villa de location, chéri. Y a pas de room service.

– Oui, l'hôtel. Et tu prends un vol séparé…

– Classe affaires. »

Elle tira sur les revers de son peignoir pour le refermer.

« Ça va sans dire. On passe trois ou quatre jours merveilleux tous les deux. On y va.

– Je ne crois pas, Jack. Je perds de l'argent avec ces vacances. Et c'est jamais très amusant pour moi, à la vérité. Merci, mais non, merci.

– On pourrait aller radio si tu préfères – je veux dire à l'Est : le Sri Lanka, la Thaïlande.

– Non. Laisse tomber. »

Elle se leva, vint vers lui, sourcils froncés, prétendant se montrer soucieuse, et lui frotta la joue avec ses jointures.

« D'où vient tout ça, Jack mon garçon ? Je t'ai pas trouvé aussi guilleret que d'habitude. »

Ingram inventa une histoire de pression au travail – il se souvint de lui avoir raconté un jour qu'il était pharmacien. Il allait, dit-il, vendre sa boutique – oui, fini, vendre l'affaire, improvisa-t-il, se payer des vacances.

« T'as tout bâti, tu en mérites les bénéfices, dit-elle. Économise ton argent. Tu l'as gagné. T'as pas vraiment les moyens de me payer un de ces voyages. J'aimerais pas te prendre ton fric.

– Bon. Pas de problème. Tu as sans doute raison. »

Dans le métro qui le ramenait à Victoria, Ingram sentit son moral remonter un peu, bien que Phyllis lui ait bousillé son projet. L'idée lui en était venue quelques jours auparavant, et il se demandait exactement pourquoi. Peut-être était-ce juste un besoin de changement – un changement temporaire dans sa vie avec une partenaire sans complication et à très très court terme (Meredith ne soupçonnerait rien, il passait son temps à aller à l'étranger assister à des conférences et autres réunions). Un peu de mer et de soleil, de la bonne bouffe, du bon vin, du sexe solide et pas compliqué à la demande… Ce n'était peut-être pas une si mauvaise idée – il existait d'autres Phyllis dans ce monde…

Il regarda autour de lui ses compagnons de voyage : des Londoniens miteux, voûtés, mornes, sans expression, quelques-uns lisaient, beaucoup affublés d'écouteurs, une jolie fille blonde semblait regarder une télé miniature – était-ce possible ? –, et il sentit son humeur s'alléger davantage en imaginant des vacances potentielles avec d'autres Phyllis, tout en se demandant combien d'argent de plus Zembla-4 allait lui rapporter. « L'eunuque milliardaire », il pourrait se faire à ça. Peut-être sa nouvelle Phyllis viendrait-elle en jet privé après le lancement du Zembla-4 – lui, personnellement, il ne mettrait plus jamais de sa vie les pieds sur un vol commercial. Il songea à la petite astuce dont Phyllis avait usé avec son peignoir rouge aux dragons, le laissant s'ouvrir exactement comme il fallait. Elle savait sur quels boutons appuyer, elle savait comment l'exciter. Ce serait le problème avec quelqu'un de nouveau – ce ne serait plus pareil.

Il remonta le quai en direction de la sortie, se sentant plus fort, plus audacieux, comme toujours après une séance chez Phyllis. Arrête de pleurnicher, vieux, se répéta-t-il, laisse Keegan et Rilke diriger le coup, faire le boulot, le lobbying, mener la danse compliquée avec les autorités. Ne fais pas d'histoire, contente-toi de ramasser le chèque à la fin.

Penser à Keegan le ramena à leur dernière et déplaisante rencontre. Il était tout à fait sûr de savoir, en gros, ce qui s'était passé quand Philip Wang était allé voir Keegan cet après-midi-là. Philip devait avoir découvert quelque chose au sujet du Zembla-4 qui l'avait fichu en rage, le conduisant à affronter Keegan. Keegan avait menti, de manière pas du tout convaincante, et l'opposé du mensonge – « Philip était enchanté » – contenait la vérité : Philip était troublé, Philip était soupçonneux,

Philip était furieux, peut-être. Il poussa sa réflexion : Philip était-il décidé à faire des révélations publiques ? Était-ce ce qui avait été suggéré… Et par extraordinaire il a été assassiné le soir même par ce Kindred, ce climatologue sinistre… Non, non, non, se tança-t-il, ne prends pas ce chemin. C'était juste une de ces coïncidences affreuses, terrifiantes, noires. Impossible…

Cependant, il ignorait encore ce que Philip avait découvert, ce qui l'avait mené à s'opposer à Keegan. C'était là la clé. Peut-être pourrait-il convoquer de nouveau Keegan et le mettre au pied du mur, lui faire croire qu'il savait ce que Wang avait constaté, ce qui l'avait secoué. De plus : Keegan s'était chargé de cette rencontre, on pouvait donc être à 100 % sûr qu'Alfredo Rilke savait aussi ce que Wang avait déterré. Par conséquent, Keegan et Rilke savaient ce qui avait cloché avec le Zembla-4, ce qui avait tant bouleversé Philip Wang… Il secoua la tête comme si une mouche assommante bourdonnait autour de lui. Mais ça ne pouvait pas être si grave que cela puisque Alfredo Rilke lui-même avait autorisé le processus de demande de brevet. Non, juste une terrible, terrible tragédie.

Luigi l'attendait dans Eccleston Square, tournant autour de la voiture avec une peau de chamois pour ôter l'occasionnelle trace de graisse urbaine ou d'eau poussiéreuse sur l'étincelante carrosserie de la Bentley. Ingram se glissa à l'arrière et Luigi s'arrêta un instant avant de refermer la portière : « Vous avez eu un appel de votre fils, signore. Il sera en retard de quelques minutes. »

« Que dirais-tu d'un dessert, Forty ? – Nate ? se hâta Ingram d'ajouter en lui tendant le menu.

« – Il faut que je parte, Papa, nous avons un travail à…

– Un café alors. Tu n'es ici que depuis une demi-heure.

– D'accord. »

Ingram fit signe à un serveur et ils passèrent commande, Ingram percevant l'embarras qui émanait de Fortunatus comme une force magnétique. Il avait longuement réfléchi au choix d'un restaurant – rien de trop grandiose, de coûteux ou de formel – mais néanmoins quelque chose qui marquerait l'occasion. C'était la première fois qu'ils déjeunaient ensemble depuis… Il n'arrivait pas à se rappeler quand. Depuis que Forty avait quitté l'école ? Quand même pas ? En tout cas, il avait décidé que ce repas inaugurerait une série régulière : son fils et lui allaient se voir beaucoup plus.

Le restaurant était réputé : les clients devaient réserver six mois à l'avance et pourtant, lors de ses précédentes visites, Ingram avait remarqué la présence de nombreux jeunes gens, habillés de manière très ordinaire, pour ne pas dire débraillée, certains, il est vrai, portant des noms célèbres. Même aujourd'hui, au déjeuner, il avait déjà repéré un présentateur de télé, une ballerine ennoblie, une actrice tapageuse au rire exaspérant. Il les désigna discrètement à Forty mais celui-ci n'en connaissait aucun. Et le restaurant, en dépit de sa réputation de chic élitiste, continuait à dispenser les consolations et réconforts de la vieille tradition. Ses fenêtres-vitraux multicolores auraient été familières aux vedettes de théâtre des années trente. Le linge de table était épais et impeccablement amidonné, les lourds couverts d'argent au design classique, la carte un mélange stimulant de nourriture de nursery anglaise et de la dernière cuisine fusion. N'empêche, Forty était si mal à l'aise qu'Ingram sentait ses propres épaules se contracter et s'agiter de spasmes par sympathie.

« Regarde, est-ce que ce n'est pas le type qui présente ce jeu télévisé ?

– Nous n'avons pas de télévision, Papa.

– Comment va Ronaldinho ?

– Rodinaldo.

– Bien sûr. »

Il contempla son fils mal rasé, chauve, transpirant dans sa lourde veste de treillis, les ongles noirs de paillis ou de fumier, et il sentit un sanglot lui monter à la gorge. Il aurait voulu se pencher et le prendre dans ses bras, il aurait voulu le baigner, le rendre tout propre et rose et l'essuyer dans d'épaisses serviettes blanches.

« Forty – Nate – j'aimerais que tu m'appelles Ingram. Penses-tu que tu pourrais y arriver ?

– Je ne pourrais pas, Papa, désolé.

– Tu ne veux pas essayer ?

– Ça ne marchera pas, Papa. Je ne peux tout bonnement pas.

– Je respecte ça. Si, si, vraiment, je t'assure. »

Ils restèrent silencieux un moment, en buvant leur café. Ingram devait accepter ce refus, même s'il avait cru que passer aux prénoms entre eux amènerait une certaine détente, une chance de développer une véritable amitié, sans l'intervention des rapports éculés père-fils.

« Comment va l'affaire ? Tu sais que je voudrais investir.

– Elle va bien. Nous avons plus de travail qu'on peut en faire.

– Alors, embauchez du personnel. Développez-vous. Je peux t'être utile dans ce domaine, Forty. Capitalisation, nouvelle planta…

384

– Nous ne voulons pas nous développer, tu ne comprends pas ça ? »

Quelque chose dans le coup de menton de Forty et sa manière décidée de le regarder droit dans les yeux remua Ingram comme il avait oublié pouvoir l'être. Il sentit sa gorge s'étrangler de pure émotion, et il dit doucement à son fils : « Je t'aime, Forty. Je veux passer plus de temps avec toi. Rencontrons-nous chaque semaine ou presque, faisons convenablement connaissance.

– Papa, je t'en prie, ne pleure pas. Les gens regardent. »

Ingram toucha sa joue et sentit qu'elle était humide. Que lui arrivait-il ? Il devait être en train de couver une dépression ner...

« Hé ! La famille ! Qui donc vous a laissé entrer, bande de voyous ? »

Ingram leva la tête. Devant lui, Ivo Redcastle se penchait sur leur table. Il portait un blouson en peau de serpent et des jeans étroits, ses lunettes noires rejetées en arrière dans son épaisse chevelure bleu corbeau.

– Tu vas bien, mon pote ? s'enquit-il en scrutant Ingram.

– Un petit accès de toux.

– Forty, ça fait plaisir de te voir, vieux. »

Ivo tenta de lui donner un *soul handshake*, mais Forty ne sachant quoi faire, il dut se contenter de lui taper dans la main.

« Hello, oncle Ivo. Il faut que je m'en aille, Papa. Merci pour le déjeuner. Au revoir. »

Forty fila très vite, en courant presque, et Ingram aurait pu allègrement éventrer Ivo pour l'avoir privé d'embrasser son fils avant son départ. Il se leva, le visage fermé, laissa trois billets de 50 livres sur la table et se dirigea vers la sortie, Ivo à ses côtés.

« Où étais-tu ? demanda-t-il. Je ne t'ai pas vu en entrant.

– Là-bas tout au fond avec les touristes, répliqua Ivo. C'est plus discret. » Il jeta de nouveau un coup d'œil à Ingram : « Si je ne te connaissais pas mieux, espèce de brute sans cœur, je dirais que tu as pleuré.

– C'est une allergie. Je peux te déposer quelque part ? »

Ils sortirent du restaurant : le petit groupe habituel de paparazzi ne se montra pas impressionné.

« Non, merci, dit Ivo. J'ai un rendez-vous à Soho. Un producteur de cinéma.

– Comment ça s'est passé avec les T-shirts ?

– Eh bien… c'est drôle que tu le demandes, mais les choses ont l'air de prendre bonne tournure. Je viens d'avoir un coup de téléphone vraiment intéressant.

– L'été n'est jamais que trop court, Ivo.

– Comment ?

– Le temps passe vite.

– En fait, commença Ivo, et Ingram reconnut le changement de ton – devenu enjôleur, quémandeur –, je pourrais avoir besoin de te parler à ce sujet. Un petit problème de liquidité. Au cas où ce type ne poursuivrait pas. Ce qu'il fera, j'en suis sûr. »

Il y eut soudain le bruit d'un scooter en train de démarrer et dont le vrombissement augmenta alors qu'il fonçait sur le restaurant avant de s'arrêter presque devant les deux hommes.

« Salut, Ivo ! » cria le conducteur à travers la visière de son casque et, bien entendu, Ivo leva la tête. Ingram trouva bizarre que ce paparazzi prenne une photo avec un appareil jetable. Ivo, ravi, mit ses lunettes noires.

« Foutu cauchemar, affecta-t-il de se plaindre. Si seulement ils pouvaient me foutre la paix.

– Content de t'avoir vu, dit Ingram en rejoignant Luigi et la Bentley.

– Ah, ouais, à propos, épatantes, les pubs, j'ai adoré ! » lança Ivo par-dessus son épaule en partant par West Street vers Cambridge Circus et les abords étroits de Soho au-delà.

## 46

Tout ça s'agençait très joliment, se dit Adam, penché sur l'épaule d'Amardeep devant l'écran de l'ordinateur. Ils mettaient en corrélation le registre des brancardiers avec les données des caméras de surveillance du même jour.

« La voilà, dit Amardeep en pointant sur l'écran. Transportée sur civière de l'aile de Vere en soins intensifs le 4 ». Il pointa sur le registre : « Par OPP 35. » Il vérifia le numéro du brancardier à côté d'un nom. « C'était Agapios. Puis… » Il feuilleta quelques pages et consulta les images du circuit télévisé. « Puis elle a calanché le 7. Regarde.

– Caléché ?

– Calanché. C'est ce qu'on dit à St Bot. Elle a calanché – elle est morte… Alors on l'a transportée à la morgue.

– Et pour le suivant ? »

Amardeep descendit sur le deuxième nom de la liste d'Adam et zappa sur les images du circuit. Même résultat : transporté le 17 du mois, calanché le 23. Les cinq noms de St Botolph sur la liste de Philip Wang étaient portés morts aux soins intensifs.

« Peut-on découvrir la cause du décès ?

– Ça, c'est seulement le registre des brancardiers, dit Amardeep, d'un ton un peu offensé. Il te faut les dossiers médicaux. D'ailleurs, pourquoi veux-tu avoir tous ces détails ? »

Adam remarqua que les cils d'Amardeep faisaient à peu près trois centimètres de long. « C'est juste qu'ils veulent certaines données à de Vere, répliqua-t-il vaguement. C'est un rien assommant – mais merci beaucoup. »

De retour chez lui à Oystergate Buildings ce soir-là, Adam étala toute son accumulation de matériel sur le plancher, face au téléviseur à écran plat. Il sélectionna les documents et sorties papier qu'il jugea pertinents à ce qu'il se surprit à appeler – quoique très conscient de son prétentieux côté thriller –, « le dossier Zembla ». L'élément clé en était la copie qu'il avait faite de la liste de Wang donnant les quatorze noms des enfants morts au cours des essais cliniques. Adam avait aussi son propre certificat d'acquisition de dix actions ordinaires dans Calenture-Deutz (460 pence chacune) qu'il avait achetées en ligne au moment de son passage à St Bot, accompagné de la luxueuse brochure Calenture-Deutz qu'on lui avait envoyée en qualité de nouvel actionnaire. Il l'ouvrit à la page de l'habituelle préface tissée de préciosités (qui donc en fait écrivait ces foutaises ?) signée par Ingram Fryzer, P-DG, avec photo et paraphe ostentatoire de l'homme lui-même, les traits horizontaux sur et sous le I bien séparés du trait vertical, plus comme un symbole mathématique qu'une lettre. Avec la brochure était venue une invitation, ouverte à tous les actionnaires, annonçant une conférence de presse qui aurait lieu au début du mois suivant au Queen Charlotte Conference Center, Londres, WC2. Adam avait également découpé dans un magazine haut de gamme un des publireportages sur le Zembla-4. S'y ajoutaient des articles (piqués sur Internet) de journaux savants faisant le panégyrique des vertus curatives du Zembla-4, et un instantané en couleurs d'Ivo, lord Redcastle, qu'il avait pris la veille devant un restaurant de Covent Garden.

Il avait ouvert un dossier annexe sur Ivo, le lord, contenant le paragraphe qui lui était consacré dans le magazine *Burke's Landed Gentry of Ireland*, un article sur sa maison de Notting Hill, plus un long écho sarcastique et injurieux sur l'exposition de peinture de sa nouvelle et troisième épouse. Adam avait cherché un maillon faible dans Calenture-Deutz et il avait assez vite décidé, après une petite enquête sur le parcours des autres directeurs et administrateurs, que lord Redcastle offrait la cible la plus prometteuse.

Pour sa part, son objectif principal était de mettre un terme à la poursuite dont il était l'objet. Il voulait cesser d'être traqué par cet homme, quel qu'il fût – une chasse qui avait son origine, il en était désormais certain, dans Calenture-Deutz et ce nouveau médicament, le Zembla-4. Il souhaitait, dans la mesure où c'était faisable, retrouver sa vie d'autrefois. Par un hasard grotesque, il avait été plongé dans une conspiration vaste et compliquée et il lui fallait en sortir – ruse, ténacité et renseignements confidentiels étaient ses armes majeures. Mais, derrière ce premier objectif, il y avait le désir aussi de venger un peu la mort violente de Mhouse, et il lui semblait que le seul moyen d'atteindre ces deux buts était d'attaquer Calenture-Deutz même, plutôt que d'affronter son tueur à gages. Si la compagnie se sentait atteinte ou sévèrement menacée, alors peut-être ferait-elle machine arrière. Philip Wang avait mis entre ses mains une information qui pouvait faire office de puissant levier sur la compagnie. Il ignorait encore les détails précis de ces quatorze décès, mais il était plus que certain qu'ils cachaient une tentative massive d'étouffer un scandale. Il avait en sa possession quatorze preuves potentielles tangibles. Quelque chose avait terriblement dérapé dans les essais cliniques du Zembla-4 ; si terriblement que les enfants sur la pente fatale avaient été sortis à toute allure de l'aile de Vere et transportés en soins intensifs. Quoi qu'il se soit passé, quelle qu'ait été la réaction aberrante suscitée par le médicament, cela avait suscité le meurtre de Philip Wang et provoqué la mort de Mhouse. En toute vraisemblance, si les circonstances s'y étaient prêtées, il aurait dû lui aussi être liquidé afin d'assurer que ce secret – quel qu'il fût – le demeure.

Il alla dans la cuisine se faire une tasse de thé. Ces pensées le secouaient toujours beaucoup. La dure réalité, malvenue, dérangeante, s'immisçant derrière le raisonnement logique. Des symptômes alarmants soudain présents chez un jeune enfant, un médecin de Calenture-Deutz en saisissant les inévitables conséquences, des brancardiers convoqués en hâte pour emporter la preuve en soins intensifs, un discret camouflage des données et des rapports. Des enfants gravement malades : des centaines, des milliers avaient reçu du Zembla-4 et en avaient bénéficié mais quatorze en étaient morts… Inévitabilité statistique. Mais pourquoi une telle violence, une telle brutalité ?

Y avait-il un problème gouvernemental sécuritaire en question ici ? Ces essais cliniques servaient-ils à cacher quelque chose de plus retors et, à une échelle nationale, embarrassant pour le gouvernement ou les services de sécurité ? Quel était l'enjeu ? Que se passerait-il si ces quatorze décès étaient rendus publics ? Là, il s'arrêta – ne t'engage pas plus avant dans cette voie. La mort d'enfants souffrant d'une maladie chronique n'était pas en soi suffisante, il devait y avoir quelque chose de plus. Que les enfants décédés à St Botolph aient été sortis du service de Vere et transportés en soins intensifs quelques jours avant d'y mourir devait être extrêmement significatif. Le lien avec le service de Vere était obscurci sinon rompu. Combien d'enfants mouraient à St Bot au cours d'une semaine ? Dix ? Quinze ? Des douzaines ? C'était un immense hôpital, avec un service de pédiatrie énorme. Cinq enfants mourant dans l'aile de Vere où se poursuivaient des essais cliniques auraient suscité des chuchotements scandaleux. Il était prêt à parier sa vie que tous les autres décès enregistrés par Wang étaient survenus en soins intensifs. Il devait exister dans les premiers symptômes un signal propre à déclencher les feux de détresse. Un médecin ou quiconque surveillant l'essai devait avoir su. Sortez-les d'ici – ils vont mourir dans quelques jours... Il but son thé. Il fallait qu'il parle à quelqu'un, un spécialiste des médicaments et de la grande industrie pharmaceutique.

Il retourna dans son séjour et ouvrit un autre dossier. Depuis une quinzaine de jours, il avait systématiquement collecté, dans les journaux à sensation autant que dans les revues sérieuses, tous les articles concernant la fabrication des médicaments et les machinations de l'industrie pharmaceutique, dans l'idée de trouver un journaliste auquel il pourrait s'adresser et qui serait capable d'interpréter ses fragments de preuves. Il avait réduit sa liste à trois noms : un pris dans le *Times*, un dans l'*Economist* et un autre dans le *Global Finance Bulletin*, une petite revue spécialisée qu'il avait découverte abandonnée dans un wagon du métro. Sobre et bourrée de faits, sans illustrations hormis des courbes et des diagrammes, elle semblait destinée à des responsables politiques, des lobbyistes et des institutions financières – l'abonnement se montait au chiffre impressionnant de 280 livres par an pour quatre numéros. Elle était basée à Londres, et un journaliste du nom d'Aaron Lalandusse y écrivait dans chaque numéro sur l'industrie pharmaceutique. Adam sentit que ce Lalandusse était son homme.

Son portable sonna et Adam sursauta – il n'était pas encore totalement habitué à l'objet, symbole de sa nouvelle, encore que modeste, ascension sociale. C'était soit l'hôpital, soit Rita.

« Hello, bel étranger, dit Rita. Vous m'évitez ?

– Désolé. J'ai été très occupé, ridiculement occupé. J'allais vous appeler.

– Où êtes-vous ?

– Chez moi.

– Je quitte mon service à 18 heures. Et vous ?

– Je ne travaille plus jusqu'à demain. On prend un verre quelque part ?

– Où ?

– Je peux venir de votre côté. J'ai un scooter maintenant. Je l'ai acheté hier.

– Hé ! Le luxe !

– Ça reviendra moins cher.

– C'est ce qu'ils disent tous.

– En tout cas, je pourrais bomber droit sur Battersea.

– Pourquoi ne pas se rencontrer à mi-chemin ? » suggéra-t-elle, et elle lui donna le nom d'un pub qu'elle connaissait sur le fleuve. Elle serait là-bas à 19 heures.

« N'amenez pas votre scooter, ajouta-t-elle.

– Pourquoi pas ?

– Parce que je n'ai pas de casque. »

## 47

Il y avait eu un drôle de dérapage dans la cuisine, pensa Jonjo. Des œufs au curry ? Qui avait inventé ça ? Il prit son assiette des mains du serveur, en lorgnant d'un regard soupçonneux les trois œufs mollets blancs en train de nager dans une mare de sauce vert olive grumeleuse à côté d'une louche de riz. Il évita les camés et trouva place à une table occupée par un barbu qui ressemblait à un sorcier sorti d'une bande dessinée : une barbichette pointue grise, de longs cheveux gris avec une raie au milieu. Jonjo grommela un bonjour, s'assit et entama son repas. Les grumeaux de la sauce étaient en fait des raisins de Corinthe, dieu sait ce que cette bouffe sentirait à sa sortie à l'autre bout. Il réduisit les œufs en purée et mélangea tout le micmac. Il venait de se taper quatre-vingt-dix autres minutes du sermon de Monseigneur Yemi et il n'allait pas maintenant rater son dîner gratuit. Pas question.

Il sortit la photo de Kindred de sa poche, la déplia sur la table et la poussa vers Barbegrise pour qu'il la voie : « Tu connais ce mec ? C'est un John, comme nous. »

Barbegrise regarda la photo puis Jonjo : « Pourquoi veux-tu savoir ?

– Je le cherche. C'est un copain à moi.

– Jamais vu, dit Barbegrise. Excuse-moi, j'ai un peu la nausée. »

Il se leva et fila, abandonnant son assiette. Jonjo ajouta ses œufs aux siens et les écrasa dans son mélange. Z'étaient pas si mauvais, après tout, ces œufs au curry.

Un autre John vint s'asseoir à côté de lui – un type avec une sale gueule, cheveux frisottés clairsemés et une peau bizarre, marquée par de gros plis épais, genre bâche en plastique ou toile cirée.

« Le vieux Thrale est de mauvais poil, hein ? dit-il en tendant sa main. Turpin, Vince Turpin.

– John 1794, répliqua Jonjo s'abstenant de serrer la main offerte.

– Enchanté, John », dit Turpin souriant, pas troublé, comme habitué à toutes sortes d'affronts, son sourire découvrant ses dents manquantes.

Il entreprit de couper ses œufs en menus morceaux.

« T'es marié, John ? s'enquit-il aimablement.

– Non.

– Alors tu dois être soit très chanceux, soit très raisonnable. Je suis un homme très marié moi-même et je n'hésite pas à t'avouer que 99 % de mes ennuis me sont venus de mes femmes.

– Pas possible ! »

Jonjo enfourna une cuillerée de son curry écrasé. Il revenait sur son opinion : ce truc était très goûteux.

« Les mômes sont une consolation, je dois dire. Ils sont une compensation à tous les malheurs.

– J'ai un chien, dit Jonjo. C'est plus qu'il n'en faut pour m'occuper. »

Il se hâta de terminer son curry – il était temps de laisser tomber ce gus, cet homme-éléphant à la manque. Il se leva puis se rassit, se rappelant la photo de Kindred. Il l'étala à côté de l'assiette de Turpin.

« Tu connais ce mec ? Il venait souvent ici. »

Turpin fronça les sourcils, pointa sa fourchette sur la photo et la fit tourner lentement autour du visage de Kindred.

« Ça ressemble beaucoup à John 1603. On est arrivés ici le même jour. » Il écarta l'écharpe qu'il portait autour du cou pour montrer son badge : John 1604.

« C'est lui. »

Jonjo s'enjoignit de rester calme, mais il sentait son cœur battre déjà plus vite – un pas de plus vers Kindred.

« C'est un copain à moi, ajouta-t-il. Je le cherche.

– Il n'est pas venu depuis des semaines. Avant, il était là presque tous les soirs. Un gentil gars, qui parle bien, comme Thrale. » Il brandit sa fourchette dans la direction de Barbegrise. « Classieux.

– Il a hérité d'un peu d'argent, dit Jonjo, baissant prudemment la voix. Sais-tu où il habite ?

– De l'argent, hein ?… Non, pas la moindre idée.

– Dommage. Parce que celui qui peut m'aider à retrouver John 1603 aura une récompense de 2 000 livres. » Jonjo sourit et répéta : « 2 000 livres, deux mille tickets.

– Laisse-moi réfléchir, dit Turpin, me renseigner. Peut-être quelqu'un aura une idée. »

Jonjo inscrivit son numéro de portable sur un bout de papier et le lui passa.

« Donne-moi un coup de grelot si tu le vois. Rappelle-toi, 2 000 tickets, comptant. »

Il rapporta son assiette au comptoir et la rendit. Ne t'excite pas trop, se dit-il, impossible de faire confiance aux ivrognes et aux cinglés qui formaient la congrégation de l'Église de St John Christ, ça au moins il le savait. N'empêche, ce Turpin avait quelque chose de rusé et de calculateur, et il avait écarquillé des yeux pleins de ruse et de calcul à la mention de la somme.

Il sortit de l'église, sentant les œufs au curry commencer à lui donner des renvois désagréables, et se dirigea vers son taxi. Il ne tenait pas à dépendre d'un pareil sale enfoiré mais, pour l'instant, Turpin représentait son meilleur et unique espoir.

## 48

Rita se réveilla et vit Primo qui la regardait, son visage à trente centimètres du sien sur l'oreiller. Elle s'étira et grogna avec un plaisir à demi conscient, en lui lançant une jambe par-dessus sa cuisse.

« Bonjour, dit-elle. Bonjour, bonjour. »

Il l'embrassa doucement, elle sentit et goûta son dentifrice : un monsieur prévenant, se dit-elle. Il passa ses mains sur sa poitrine puis dans son dos. Elle cherchait sa queue, la saisit.

« Il faut que je parte travailler, dit-il. Personne n'en est plus désolé que moi.

– Si, moi.

– Prends ton temps. Tire simplement la porte derrière toi. »

Il l'embrassa de nouveau et se glissa hors du lit. Rita se tourna pour le regarder s'habiller. Dans son euphorie somnolente du matin d'après, elle se rappela la veille au soir, se souvint de tous deux assis à la terrasse du pub sur le fleuve au crépuscule, en proie à l'anticipation presque insupportable de ce qui, elle le savait, devait arriver. Doigts enlacés, ils avaient bavardé, parlé d'elle, de son job, de sa famille – c'est elle surtout qui avait parlé – s'embrassant de temps à autre et buvant juste un peu trop avant de repartir en bus vers Stepney et Oystergate Buildings.

Il se pencha à la porte de la chambre.

« Je t'appellerai, dit-il. Je suis de service jusque tard ce soir.

– Au revoir, Primo, lui cria-t-elle. Merci ! »

Elle entendit la porte d'entrée se refermer et, une minute plus tard, le bruit sec du démarrage du scooter. Elle se retourna encore, se demandant si elle allait repiquer un petit somme. Elle était dans une sorte de béatitude, et pensa que, si elle se rendormait, elle risquait de ne pas se réveiller avant des heures.

Elle fit un peu de toilette, s'habilla, et se prépara une tasse de café et des toasts dans la kitchenette, et se surprit à s'interroger – pourrait-elle vivre ici à Stepney avec Primo ?… Puis elle se moqua d'elle – doucement, ma fille, ne te laisse pas emballer comme ça, tu le connais à peine.

Ce qui était vrai, songea-t-elle, tout en se promenant autour du petit appartement, mais avec lui, pour une raison quelconque, ça ne paraissait pas important. Elle s'arrêta dans la salle de séjour : on aurait cru qu'il s'y était installé hier : juste un lit, une télévision, un canapé en cuir noir. Il semblait garder son peu de vêtements dans des cartons : quelques chemises, un chandail, un costume, une paire de jeans et des baskets. Un autre carton contenait du linge de corps et des chaussettes. L'appartement était propre, la cuisine peu approvisionnée – quelques boîtes de conserve, un demi-litre de lait, des corn-flakes. C'était un endroit qui pouvait être abandonné en trois secondes, pas de livres, pas de tableaux sur les murs, pas d'objets, pas de souvenirs, rien du tas de choses inutiles qu'une personne accumule au long de sa vie sans s'en apercevoir. Quelle impression de Primo Belem pouvait-on tirer de ces quatre pièces ?

Dans le séjour, il y avait un autre carton rempli de coupures de journaux, de pages imprimées, et la première chose qui lui tomba sous la main, c'était une sorte de publicité pour un laboratoire pharmaceutique. Rita se sentit vaguement coupable de mettre le nez dans cette paperasse mais après tout c'était lui qui lui avait abandonné l'appartement – il devait bien s'être douté de la possibilité d'une petite inspection. Elle feuilleta rapidement les documents dans le carton – ils semblaient tous concerner des affaires médicales, comme cette élégante brochure produite pour une compagnie, Calenture-Deutz – le nom paraissait plus ou moins familier. Tout cela se rapportait à son travail à l'hôpital, supposa-t-elle avant de remettre les choses en place aussi soigneusement qu'elle le put. Elle jeta de nouveau un coup d'œil dans l'appartement, et remarqua une petite reproduction – calée derrière une planche à hacher – une photo découpée dans un magazine : un rassemblement de nuages aux formes bizarres dans un ciel bleu au-dessus d'un désert aride. Au milieu de cette chaîne de montagnes s'élevait une sorte d'obélisque. Rita regarda de plus près – non, c'était un bâtiment, un mince gratte-ciel en plein désert. Ce qui restait de la légende disait : « La plus vaste, la plus haute chambre à brouillard du monde. Campus ouest de… » Un coup de ciseau avait supprimé la suite. Rita replaça délicatement la photo. Prends-le comme il est, se dit-elle – il te plaît, tu lui plais, point final.

Elle tira la porte derrière elle. Primo Belem était soit un homme qui n'avait rien à cacher, soit un homme qui avait tout à cacher. Elle n'était aucunement pressée de savoir dans quelle catégorie il se situait.

C'était une de ces journées brumeuses sur le fleuve : une couche de nuages fins et hauts voilait partiellement le soleil, rendant la lumière épaisse et dorée, estompant les contours raides des immeubles, donnant aux arbres sur la rive de Chelsea le flou d'un rêve. Sur le pont du *Bellerophon*, Rita arrosait ses plantes et repensait à la nuit passée, se rappelant qu'ils avaient fait l'amour trois fois – un record pour elle – et se demandant quand ils s'étaient endormis. 4 heures ? Plus tard ? Pas étonnant qu'elle se sente si fatiguée, comme si elle sortait de sa gym, après une interminable séance d'exercices.

« Pourquoi donc ce sourire stupide sur ta figure ? »

Elle se retourna pour voir son père arriver d'un pas raide sur le pont avant. Il semblait mieux marcher aujourd'hui – ou alors il avait oublié qu'il était censé utiliser une béquille.

Elle ne répondit pas, et sourit encore plus largement.

« Tu t'es bien amusée, hier soir ?

– Oui, j'ai passé une très bonne soirée.

– Avec ton brancardier italien ?

– En effet. »

Il entreprit de se rouler une cigarette.

« Il me paraît pas très italien, à moi.

– C'est un immigrant de la troisième génération. Tu ne m'as pas l'air anglais, toi, à la réflexion. »

Elle ferma le robinet et enroula son tuyau bien nettement autour, en vrai marin.

« Papa, lança-t-elle, pensant, à mesure qu'elle prononçait les mots, que ça devenait ridicule, que dirais-tu si je déménageais ?

– Qu'il est sacrément temps. »

# 49

Il y avait trois belles piles de pièces d'une livre au-dessus du téléphone et il en avait encore plein les poches.

« Ça fera 14 livres », annonça la standardiste.

Adam glissa les pièces dans la fente.

« Vous savez, c'est beaucoup plus facile avec une carte de crédit, fit remarquer la standardiste.

– On m'a volé ma carte, hélas.

– Oh, je suis désolée. Merci. Je vous mets tout de suite en communication. »

Adam se trouvait dans une cabine téléphonique de Leicester Square. Il était 10 heures du soir mais le jour suivant s'était déjà levé en Australie. Il entendit le téléphone sonner dans la maison de sa sœur à Sydney.

« Allô, oui ? »

Ray, son beau-frère.

« Puis-je parler à Francis Kindred, s'il vous plaît ? »

Il avait pris une voix basse, un ton platement professionnel.

« Et de quoi s'agit-il, mon ami ?

– D'un virement à sa banque, en provenance d'Angleterre.

– Attendez. »

Suivit un silence puis il entendit la voix aiguë de son père.

« Allô ? Je pense qu'il doit y avoir erreur. »

Adam sentit les larmes lui monter aux yeux.

« Papa, c'est moi, Adam… » Silence. « Papa ?

– Est-ce que tu vas bien ?

– Oui, je vais bien. Je ne suis pas coupable, Papa.

– Je sais que tu ne l'es pas.

– J'ai été obligé de me cacher pendant un moment. On pensait que c'était moi – les preuves étaient très convaincantes. »

Le téléphone émit un bip et Adam glissa encore un tas de pièces.

« Va à la police, Ad. Ils débrouilleront tout ça.

– Non, ils ne le feront pas. Il faut que je le fasse moi-même. Mais je voulais juste te dire que j'étais OK.

– Eh bien, c'est un soulagement. Emma et moi, on se préparait à revenir. Voir si on pourrait aider à te retrouver. Aller encore à la télévision, si possible, lancer un autre appel. »

Adam avala sa salive, et tenta de paraître calme. « J'ai entendu parler du premier, dit-il. Aucun besoin d'un second, Papa.

– Des gens sont venus nous voir ici. Des policiers – et d'autres enquêteurs. Des services secrets, nous pensons. Ils nous ont posé toutes sortes de questions. Et ils continuent à surveiller notre courrier : on voit bien que les lettres ont été ouvertes.

– C'est ce que je veux dire. C'est trop gros – il y a d'autres forces à l'œuvre, d'autres intérêts en jeu. Écoute, je t'appellerai de temps à autre – et je te ferai savoir quand j'aurai tout mis à plat. » Il y eut d'autres bips, suivis d'autres pièces. « Cet appel sera probablement retracé – tu pourras leur dire que nous avons

parlé. Mais je suis vivant et en bonne santé, Papa. »
Une déclaration qui lui donna l'envie de pleurer, aussi,
tandis qu'il en notait la poignante vérité et le côté inattendu.

« Bon, eh bien, fais attention, fils. Ah, et puis, merci
d'avoir appelé.

– Embrasse Emma et les garçons pour moi.

– Je le ferai.

– OK, Papa – salut. »

Il raccrocha et s'essuya les yeux en s'injuriant dans
sa barbe. C'est « Je t'aime, Papa », qu'il aurait dû dire,
ou quelque chose du même tonneau, mais ce n'était pas
la mode dans la famille Kindred. Il ramassa le reste de
ses pièces, essuya le récepteur avec un Kleenex et sortit de la cabine. Il ôta ses gants de chirurgien et les jeta
dans une poubelle avant de prendre la direction de la
station de métro. Il fut tenté d'attendre un peu dans les
parages pour voir combien de temps il faudrait aux flics
pour arriver à sa recherche – ç'aurait été une manière
de mesurer utilement leur vigilance – mais il avait plus
urgent à faire.

Il avait pris un risque calculé en appelant son père,
il le savait, mais il en avait eu la ferme intention depuis
des semaines. Le fait de s'en être senti aujourd'hui
capable semblait symbolique : signe que les choses
atteignaient un point critique, que le lent crescendo
devenait plus fort et plus vibrant. Il essaya d'imaginer
la réaction de son père : il devait être heureux d'avoir
confirmation de la sécurité de son fils, la preuve qu'il
était vivant – du moins Adam le supposait. Peut-être
n'avait-il pas été si inquiet que ça – sa voix n'avait pas
paru surprise ni émue –, peut-être avait-il pratiquement
oublié qu'Adam était un homme recherché, de l'autre
côté de la planète. Francis Kindred profitait de sa retraite

en compagnie de sa fille et de ses petits-enfants – qu'y pouvait-il si son mécréant de fils avait décidé d'aller en enfer dans une charrette à bras ? Ce n'était pas un homme à se laisser facilement troubler, Francis Kindred – n'empêche, Adam était content, il avait le sentiment d'avoir accompli son devoir : un petit pas vers sa réhabilitation en tant qu'être humain normal. Il avait l'impression – absurde ? – d'avoir récupéré sa famille.

À la fin de l'après-midi, le lendemain, Adam vit l'homme qu'il avait identifié comme Ingram Fryzer traverser la petite place devant la tour de verre qui abritait les bureaux de Calenture-Deutz, et se glisser sur le siège arrière de sa Bentley. Adam se trouvait à cinquante mètres de là, assis sur son scooter et, en apercevant Fryzer, il démarra. Il attendait depuis presque deux heures – il était maintenant juste après 18 heures. Un peu plus tôt, il avait appelé Calenture-Deutz, se faisant passer pour un journaliste du *Times* désireux de parler à Ingram Fryzer à propos du Zembla-4. On lui avait sèchement rétorqué que Mr Fryzer, en réunion, n'était pas disponible, et qu'il devait se mettre en contact avec Pippa Deere, au département des relations publiques de la compagnie. Maintenant qu'il savait Fryzer dans les lieux, il s'était installé calmement pour l'attendre. Puis il avait vu l'étincelante Bentley venir se garer dans le parking réservé et, un instant plus tard, Fryzer émerger de l'immeuble. L'homme paraissait inoffensif – grand, costume sombre, une grosse tignasse grise – et Adam trouva difficile d'éprouver un sentiment quelconque à son endroit.

Il suivit la voiture à travers Londres jusqu'à la grande maison de Fryzer dans Kensington, vit la Bentley s'arrêter au bout de l'allée, le chauffeur en sortir et se précipiter pour ouvrir la portière arrière. Adam repartit sur Notting Hill. Il voulait savoir où habitait Fryzer et à quelle distance de son beau-frère, lord Redcastle. Une distance très rassurante, découvrait-il.

S'informer de manière utile sur Fryzer avait été très compliqué : l'homme semblait ne pas se mêler beaucoup aux autres et les détails concernant sa vie n'avaient rien de crépitant : une *public school* à moitié chic, un diplôme d'Oxford sans éclat en sciences politiques ; un bref passage dans une banque d'affaires de la City avant de se convertir à l'immobilier au cours des années quatre-vingt et du boom Thatcher. Le fait le plus intéressant glané par Adam était que le nom de jeune fille de la mère de Fryzer était Felicity de Vere. À vingt-cinq ans, Fryzer avait épousé lady Meredith Cannon, fille du comte de Concannon. Trois enfants étaient nés de cette union. Puis, dans les années quatre-vingt-dix, Fryzer, bizarrement, avait quitté la promotion immobilière pour la pharmacie, achetant une petite compagnie, Calenture, dont l'actif principal était un remarquable traitement contre le rhume des foins (pilule et inhalateur) appelé Bynogol qui connaissait un immense succès. Devenue, peu après, Calenture-Deutz (Adam ne voyait pas d'où le nom « Deutz » avait bien pu surgir : il le soupçonnait d'être cosmétique, une idée astucieuse de publicitaire pour donner plus d'éclat au simple Calenture : Calenture-Deutz suggérait une aura de minutie teutonique), la compagnie avait grandi régulièrement et atteint une taille raisonnable – une confortable place en bout de table des grosses ligues pharmaceutiques. Rien qui puisse soulever le soupçon, rien qui puisse indiquer des ambitions sinistres.

En revanche, les renseignements sur Ivo n'auraient pas pu être plus faciles à obtenir. Ivo était facilement repéré sur la Toile où existait un site mal conçu et défaillant, « RedEntInc.com », qui réussissait à fournir l'adresse d'un bureau dans Earl's Court, et un numéro de téléphone. Adam appela le bureau depuis une cabine téléphonique et une fille du nom de Sam – « Sam à l'appareil » – lui répondit qu'Ivo était parti déjeuner.

« Ce n'est pas au sujet des T-shirts, non ? demandat-elle, sa voix passée à l'aigu trahissant son excitation.

– Justement, oui », mentit spontanément Adam, et Sam lui avait aussitôt donné le numéro du portable d'Ivo. « Il voudra vous parler, j'en suis sûre. »

Ivo lui-même avait répondu à l'appel d'Adam, qui avait pu entendre le cliquetis des couverts sur les assiettes et le brouhaha des conversations d'un restaurant. Ivo lui annonça où il déjeunait comme si l'adresse lui conférait une sorte de prestige instantané.

« C'est au sujet des T-shirts, dit Adam.

– Vous êtes intéressé ?

– Absolument. »

Adam expliqua qu'il n'était pas libre dans la journée et Ivo l'invita donc à venir chez lui dans la soirée, lui donnant l'adresse, le code postal et le téléphone de sa maison de Notting Hill. Adam convint de l'y rencontrer à 20 heures, sans avoir la moindre intention de venir au rendez-vous. Tout ce qu'il voulait c'était l'adresse, mais il décida, maintenant qu'il savait où se trouvait Ivo, de s'assurer qu'il tenait bien son homme. Il n'avait de lui qu'une petite photo dans la brochure Calenture-Deutz. Il acheta un appareil jetable et attendit à l'extérieur du restaurant que quelqu'un de ressemblant en sorte. Il était passé devant sur son scooter en criant le nom d'Ivo, et, quand celui-ci avait levé la tête, il avait appuyé sur le déclencheur. L'instantané avait rejoint le dossier Calenture-Deutz. À présent il savait aussi que l'homme qui se trouvait avec Ivo ce jour-là était Fryzer. Peut-être discutaient-ils des affaires de Calenture-Deutz... Du succès des essais cliniques. De la conférence de presse imminente.

Adam sourit en son for intérieur tandis qu'il tournait dans Ladbroke Grove à la recherche de la maison d'Ivo – elle était bien là, haute, stuc blanc, parking réservé. Deux hommes faisaient passer un grand tableau abstrait par la porte d'entrée. Adam s'arrêta en face, de l'autre côté de la rue, et fit semblant de vérifier son plan du quartier. Il semblait y avoir une caméra au-dessus de la porte – il avait intérêt à se montrer prudent. Il repartit en accélérant – il était de nouveau de service de nuit à St Bot. Il avait besoin d'avoir ses journées libres en ce moment, le seul inconvénient étant qu'il n'avait pas revu Rita depuis leur nuit ensemble... Il l'appellerait – ils s'étaient parlé tous les jours – et, tout en traversant Londres vers l'est, il se projetait dans la tête d'agréables images de son corps nu. Il était grand temps pour un autre rendez-vous. Rita ne le savait pas encore, mais il avait besoin de la famille Nashe pour la réalisation de son plan en gestation.

« Qu'est-ce que vous en dites ?
– Idéal. »

C'était un petit bloc-notes du genre que les hôtels chics placent à côté du téléphone ou sur le bureau : une centaine de pages, un dos cartonné et, imprimé en capitales à l'encre bleu-noir sur toute la largeur et en haut de chaque feuillet, le nom INGRAM FRYZER.

« Vous auriez mieux fait d'en commander au moins une douzaine, dit la fille de PrintPak à Adam. On vous aurait accordé une réduction. Ça paraît très cher pour un si petit bloc-notes.

« – C'est un cadeau, expliqua Adam en tendant un billet de 20 livres. Je reviendrai peut-être en chercher d'autres. »

Il quittait la boutique quand son portable sonna.

« Allô ?

– Primo Belem ?

– Oui.

– Ici Aaron Lalandusse. J'ai eu votre curieux message.

– Peut-on se rencontrer ?

– Vous avez vraiment tout ce matériel ?

– Oui, absolument. »

Lalandusse suggéra un pub dans Covent Garden, pas loin des bureaux de sa revue dans Holborn, et Adam confirma qu'il y serait. Ça commençait à prendre tournure. Il appela Rita et lui demanda s'ils pourraient se rencontrer sur le *Bellerophon*.

« Mon père sera là.

– Je sais. J'ai besoin de lui parler. »

## 50

« Tu veux manger un morceau ? Boire un verre ? »
Alfredo Rilke examinait le contenu du minibar de sa
chambre d'hôtel. « Je peux t'offrir des chips – ou des
« crisps » comme vous dites –, du chocolat, un nougat.

– Y a-t-il du vin blanc là-dedans ? » demanda Ingram
ressentant soudain un besoin d'alcool.

Rilke avait pris tout un étage du Zenith Travel Inn près
de l'aéroport de Heathrow et il y avait convoqué Ingram,
l'obligeant à un trajet désagréable en pleine heure de
pointe en fin de journée. Qu'est-ce qui clochait avec le
Claridge ou le Dorchester, bon sang de bon sang ?

Rilke dévissa le bouchon de la bouteille et lui versa
un verre. Ingram comprit, en le prenant, que le vin était
loin d'être assez frais. À quoi bon être le quatorzième
homme le plus riche de la planète, ou dieu sait quoi,
pour choisir ce style de vie ?

« À la tienne, dit-il en levant son verre, ça fait très
plaisir de te voir, Alfredo.

– Je m'installe ici pour les quelques jours à venir.

– Parfait. Tu pourras assister à notre conférence de
presse.

– Je serai là en esprit, Ingram. » Il marqua un silence
et se recomposa un visage comme s'il avait de graves
nouvelles à annoncer. « Je voulais simplement que tu

saches que l'on m'a dit, officieusement, secrètement, il y a une heure, que nous aurions notre licence FDA. Le Zembla-4 va être approuvé. »

Ingram inspira un bon coup, soudain en manque d'oxygène. Il sentit sa main trembler. Il posa son verre.

« Dire que ce sont de "bonnes nouvelles" me paraît un peu court. Ça signifie que le ministère de la Santé suivra de près. (Son cerveau travaillait vite.) Mais comment le savez-vous ? Ça n'est pas officiel, dis-tu ?

– Non. Mettons que la rumeur nous soit parvenue. Nos gens ont réussi à en apprendre assez sur les rapports, le contenu et les recommandations. L'étape comité consultatif sera très positive aussi. On l'a su par le téléphone arabe, comme on dit. » Rilke sourit. « Ne prends pas cet air soucieux, Ingram. On ne vend pas de l'héroïne. On ne fait pas de la contrebande d'uranium enrichi pour des États voyous qui financent le terrorisme. Le Zembla-4 sauvera des millions de vies pendant la durée de son brevet. C'est une aubaine, une bénédiction pour l'humanité.

– Bien sûr. » Ingram essaya de détendre ses traits. « Il est évident que je ne pourrai pas faire allusion à cela lors de la conférence de presse.

– Non, non, pas même un petit mot. Juste les affaires en cours. Mais je m'assurerai que tu saches notre prix d'achat final très à l'avance. Il sera très généreux. Certains analystes le trouveront peut-être plus que généreux. Mais pas suffisamment pour susciter des questions trop curieuses.

– Je vois, dit Ingram, ne voyant pas et se demandant où tout ceci menait.

– Et puis nous obtenons l'approbation de la FDA. » Rilke ouvrit grand ses mains comme pour dire : regarde combien tout ceci est facile.

« Les ex-actionnaires vont peut-être se sentir un peu irrités.

– Ils seront suffisamment contents. Nous ferons une bonne offre. Ils auront quelques actions Rilke pour les réconforter.

– Mais quand ils apprendront l'autorisation du Zembla-4, ils soupçonneront que nous savions.

– Comment pourrions-nous avoir su ? La FDA délibère dans le secret le plus absolu. Rien n'est certain. Elle refuse une demande sur quatre.

– Oui… Où fabriquerons-nous le Zembla-4 ?

– Laisse-moi faire. Ce ne sera plus ta compagnie, Ingram. Finie l'époque de ces décisions compliquées, épineuses. En fait, tu voudras sans doute prendre ta retraite et profiter de ton argent.

– Ah oui, vraiment ? » s'étonna Ingram – avant de changer vite de ton et d'approuver : « Oui, vraiment. Tu as tout à fait raison. »

Il but un peu de son vin tiède. « Rilke Pharma rafle Calenture-Deutz », clameraient les gros titres dans les pages financières, songea-t-il. Non, pas de gros titres, pas de grosse histoire jusqu'à l'annonce des nouvelles du Zembla-4. Suivront encore des applaudissements pour l'incroyable flair d'Alfredo Rilke – cueillant comme une fleur un médicament de gros calibre pour quelques centaines de millions. Une source de revenus d'un milliard de dollars garantie pour vingt ans. Qu'en résulterait-il pour les actions Rilke Pharma ? Non qu'Ingram s'en souciât, il profiterait de sa modeste part des royalties du Zembla-4. Vrai, se dit-il, si j'étais un actionnaire institutionnel de Calenture-Deutz, content d'accepter l'offre généreuse de Rilke Pharma, je risquerais de me sentir un peu contrarié d'apprendre que je n'aurais pas part à cette source de revenus ni n'en verrais les bénéfices. Je pourrais même commencer à poser des questions dérangeantes. Pourquoi vendre une compagnie au moment où son nouveau médicament est en passe d'être approuvé ? Il regarda Alfredo en train de contempler à la fenêtre la circulation sur la M4.

« Mon argument pour les actionnaires serait…

– … que tu ne peux pas garantir un brevet pour le Zembla-4. Les demandes ne sont pas toutes approuvées – seules quelques douzaines de médicaments obtiennent une licence d'exploitation chaque année. L'excellente offre de Rilke Pharma est trop bonne pour être refusée. Mieux vaut prendre un profit maintenant plutôt que risquer de rester avec un médicament non breveté sur le dos avec tous les coûts de son développement à charge. Simple bon sens des affaires. » Rilke vint vers Ingram et lui posa sa grande main sur l'épaule. « Personne ne mettra en cause ta décision, Ingram, crois-moi. Tu te conduis en P-DG prudent. Tout le monde fera un gentil bénéfice. Les plus malins de tes actionnaires auront pris des titres Rilke plutôt que du cash – ces gens ne voudront pas poser trop de questions. Et, bien entendu, personne n'est au courant de notre petit arrangement. » Rilke sourit : « Ce qui est une des raisons pour lesquelles nous nous rencontrons dans ces charmants hôtels.

– Vrai. Oui… »

Ingram essaya de faire mousser son excitation et but une gorgée de son vin – non, il était trop dégueulasse. Il reposa son verre. En fait, il avait un peu mal au cœur. À son retour chez lui, il ouvrirait une bouteille de quelque chose de décent, pour célébrer dignement. Puis une pensée déplaisante lui vint, gâtant plutôt la fête.

« On n'a jamais retrouvé ce Kindred, dit-il. C'est dommage.

– Ça n'a plus vraiment d'importance, répliqua Rilke avec un sourire rassurant. Maintenant que le brevet est dans le sac, Kindred n'est plus d'actualité.

– C'est très réconfortant, dit Ingram. Au fait, y a-t-il du cognac dans ce frigo ? Je ne me sens pas très bien. »

## 51

L'affiche encadrée était celle d'une exposition d'œuvres de Paul Klee – intitulée ANDACHT ZUM KLEINEN – à Bâle en 1982, et elle reproduisait une aquarelle du peintre, une maison au toit pointu dans un paysage de pins stylisés éclairé par une grosse lune blanche dans le ciel. Au bas se trouvaient la signature de Paul Klee ainsi que le titre de l'aquarelle rédigé de son écriture ronde en pattes de mouche : *Etwas Licht in dieser Dunkelheit.*

Rita regarda Primo qui examinait l'affiche avec soin. « Elle te plaît ?

– C'est ravissant, merci. » Il l'embrassa.

« Un cadeau, histoire de pendre la crémaillère, et réchauffer un peu cet appart qui en a besoin.

– Tu n'aurais pas dû faire ça, dit-il en déchirant le papier d'un paquet contenant un petit marteau et un crochet.

– Je refuse de m'excuser. »

Ils choisirent un mur dans le salon. Adam planta le crochet et pendit le tableau.

« Ça change tout, dit-il en reculant pour admirer la reproduction. Que signifie *Andacht zum Kleinen* ?

– J'ai cherché. Je crois que ça signifie "dévotion aux petites choses". Enfin, je pense. »

Primo réfléchit deux ou trois secondes.

« Très adapté, dit-il. Prenons un verre pour fêter cela. »

En revenant de Battersea, ils s'étaient arrêtés en chemin manger une pizza et acheter une bouteille de vin à emporter. Ils s'installèrent avec leurs verres sur le canapé en cuir et regardèrent le journal du soir à la télévision, Rita appuyée contre Primo.

« Il faut changer ce canapé, décréta-t-elle. On dirait un divan de gangster. Qu'est-ce qui t'a fait l'acheter ?

– Il était en solde et j'étais pressé. On le changera, ne t'inquiète pas. »

Rita se demanda s'il saisissait les implications de cette discussion.

« Comment a été Papa ? dit-elle. J'ai pensé qu'il valait mieux vous laisser seuls.

– Je lui ai fait une proposition : j'ai besoin de son aide pour quelque chose. Il a répondu qu'il allait y réfléchir sérieusement.

– Quelle proposition ?

– Un truc concernant l'hôpital. À propos d'un nouveau médoc. En réalité, je lui ai fait un cadeau. Je lui ai acheté une action d'une compagnie, une compagnie pharmaceutique.

– Tu essayes de le transformer en capitaliste, pas vrai ?

– Il m'a paru plutôt content.

– Tant que c'est légal, dit-elle en se tournant pour lui embrasser la joue. Déshabillons-nous, d'accord ? »

Les mots surgirent sur l'écran : INPHARMATION.COM,
en noir et rouge, les lettres de PHARMA palpitant d'un
cramoisi orangé. Adam s'inscrivit, ouvrit une session
– son pseudonyme était « Chelseabridge » – et se brancha sur Zembla-4. Il lut quelques-uns des commentaires,
en majorité des appels d'asthmatiques qui, ayant vu les
publireportages, se demandaient quand et comment le
médicament serait disponible. Puis il posta son propre
commentaire, tapant les noms des enfants décédés et
les hôpitaux où ils étaient morts, ajoutant qu'ils parti-
cipaient tous alors aux essais cliniques du Zembla-4, et
en resta là. Il suivait minutieusement les instructions
d'Aaron Lalandusse : postez votre premier commentaire, puis ajoutez-en d'autres tous les deux ou trois
jours. Regardez l'affaire se construire.

La trentaine, pas rasé, lunettes et tignasse frisée, Lalandusse donnait l'impression d'avoir dormi tout habillé,
mais sa voix profonde, sonore contrebalançait par sa
gravité l'image de l'adolescent débile. Il avait examiné
de près la liste d'Adam et le reste de sa documentation en laissant échapper de ses lèvres des petits bruits
d'explosion accompagnés de postillons.

« Hum… Oui… », dit-il, avant de lâcher : « Putain
de merde ! »

Adam n'avait pas parlé de la mort de Philip Wang, expliquant qu'il avait trouvé cette liste au cours de son travail à St Bot et que, inquiet de ce qu'elle impliquait, avait décidé de la faire vérifier encore.

« C'est de la dynamite, conclut Lalandusse. Je veux dire, si vous vous trompez, on est bons pour des procès monstrueux, sans précédent. »

Adam pointa le doigt sur les annotations cryptiques figurant à côté de chaque nom : « C'est l'écriture du Dr Philip Wang, je crois, le chef, aujourd'hui disparu, de la recherche chez Calenture-Deutz. Je ne sais vraiment pas à quoi ça correspond.

– Je dirais qu'il s'agit de dosages, de minutages, avança Lalandusse. Mais il faudrait que je vérifie. » Il souleva la liste : « C'est une photocopie – j'ai besoin de voir l'original. Je ne peux rien écrire sans l'avoir vu.

– Je peux vous l'obtenir », répondit Adam.

Ils s'étaient rencontrés, comme convenu, dans un petit pub sombre, lambrissé, de Covent Garden. Le soleil flamboyant du crépuscule frappait à l'oblique le verre dépoli des vitres du pub et donnait à l'arrière-salle où ils s'étaient assis une ambiance si crépusculaire qu'ils auraient pu se trouver dans un sous-sol. Un excellent endroit pour monter un complot, se dit Adam, tandis que Lalandusse allait au bar leur chercher deux autres bières.

Le journaliste lui avait alors expliqué la force et la portée des blogueurs sur Inpharmation.com, et esquissé le chemin à prendre, selon lui. D'abord, lancer les lièvres sur Internet et voir ce qu'il en sortirait – peut-être quelqu'un ayant travaillé dans les services de Vere dans d'autres hôpitaux avait-il des informations. Ou bien des employés, soit mécontents soit ayant quitté Calenture-Deutz, désireraient-ils contribuer au blog. À un moment donné, le volume de la rumeur publique sur le téléphone arabe du Net serait tel que Calenture-Deutz se trouverait dans l'obligation de se fendre d'un communiqué de presse.

« Vous voyez déjà le style, dit Lalandusse. Totalement scandaleux, irresponsable, honteux, hésitant à faire l'honneur d'une réponse à des calomnies malveillantes, etc.

– Et puis ?

– Eh bien, je peux alors écrire mon histoire dans le *Bulletin* – précisément parce que c'est devenu une histoire. (Il réfléchit un moment.) Peut-être pourrons-nous briser les habitudes de toute une vie et imprimer un fac-similé de votre liste. »

Il pouffa, vraiment enthousiaste, le gamin en lui l'emportant sur le journaliste cynique.

« Et c'est là vraiment qu'il va y avoir de la merde accrochée aux murs ! »

Adam sourit. Il ferma la session et quitta le site. Il était dans un grand cybercafé sur Edgware Road. Lalandusse lui avait recommandé de n'utiliser que de grands cafés avec des douzaines d'ordinateurs, d'en changer constamment et de payer en liquide. « Ils vont essayer de vous trouver, avait-il affirmé. Vous n'avez aucune idée de l'enjeu que représente un nouveau médoc comme celui-ci. La masse de fric. » Il avait ri : « Ils voudront vous tuer. » Puis, étouffant son rire : « Je plaisante. Ne vous en faites pas. »

Adam gara son scooter sur le trottoir, l'attacha à la grille qu'il escalada pour retomber dans le triangle avant de s'enfoncer sous les branches basses et les buissons jusqu'à sa clairière. Il était tard, presque 23 heures, et les rangées d'ampoules sur la superstructure du pont de Chelsea étincelaient dans la nuit bleu marine – quatre sommets brillants pareils aux lumières sur le grand chapiteau d'un cirque. Il déterra sa boîte métallique et plia avec soin la liste originale de Philip Wang avant de la glisser dans la poche de son blouson. Il vit qu'il lui restait 180 livres et décida de les prendre – la période triangle était terminée, maintenant qu'il avait réintégré la société en tant que Primo Belem. Il se releva et regarda autour de lui, songeant aux semaines durant lesquelles cette petite clairière, ses arbres et ses buissons avaient été tout ce qu'il pouvait appeler sa maison. Il se demanda s'il y reviendrait jamais – peut-être, un jour, en une sorte de pèlerinage nostalgique.

Il ressauta par-dessus la clôture, en souriant à cette idée, et sortit son casque du coffre à l'arrière de son scooter.

« Tiens, tiens, tiens, mais c'est mon vieux copain en religion, John 1603 ! »

Sous le choc, Adam sentit son cœur s'arrêter brusquement de battre. Il se retourna lentement pour voir Vince Turpin surgir de l'ombre en titubant et venir vers lui tout sourire.

« Tu n'as pas idée combien de nuits j'ai passées ici sur le pont à espérer t'apercevoir. Pas idée… Soir après putain de soir. » Il était tout près d'Adam à présent, l'haleine chargée d'alcool. « J'ai failli pas te reconnaître, mon vieux, avec tes cheveux rasés, ta barbe pas pareille et tout. Ouais, j'ai sursauté. C'est John, je me suis dit. Foutrement sûr et certain : John 1693. Tu te rappelles le soir où on est venus ici, la première fois ? T'as fait des chichis et des contorsions, tu voulais pas que je sache où tu créchais ? Eh ben, tu ne m'as pas vu mais moi j't'ai vu… sauter par-dessus la grille. Ça m'est resté en tête, heureusement.

– Content de te voir, Vince, dit Adam. Mais je suis un peu pressé.

– Tu prendras bien deux minutes pour une petite causette avec ce vieux Vince, ouais ? Regarde-moi ça : petit scooter – vroum, vroum – le jeune mec moderne et impec, tout beau sapé. Tu dois bien gagner, John. »

Il saisit Adam par les bras et l'obligea à retourner vers le pont et un banc de bois avec vue sur le Lister Hospital, de l'autre côté des feux de circulation au carrefour. Adam s'assit, la bouche sèche.

« Que puis-je faire pour toi, Vince ? dit-il.

– Quelqu'un te cherche, vieux. Un vrai sale client. Un gros mec avec une grosse fente au menton. Une sale gueule de fripouille. Il est venu à l'église demander après toi.

– Je ne le connais pas », répliqua Adam, le cœur soudain très lourd, pensant : il m'a pisté jusqu'à l'église, c'est peut-être comme ça qu'il a retrouvé Mhouse.

« Il affirme être un grand ami à toi, poursuivit Turpin. Il dit que tu as fait un héritage. Qu'il me paiera 2 000 tickets si je peux te retrouver. »

Tout ce que j'ai à faire, c'est m'enfuir, pensa Adam. Je suis tranquille.

« Mais je me refuse à ça – si tu veux pas que je le fasse, reprit Turpin.

– J'apprécierais, en effet, Vince.

– La chose, c'est que ça sert à rien de raconter des tas de conneries au vieux Vince et de penser que tu peux juste te barrer. » Turpin sourit de nouveau. « Parce que, quand je t'ai vu arriver sur ton mignon petit scooter, j'ai pris soin de relever le numéro de la plaque. Je l'ai en mémoire. (Il posa sa main sur le bras d'Adam.) Si je donne ce numéro à Sale Gueule – qui me paraît un type très capable, un ex-flic, je dirais –, j'ai l'impression qu'il pourra te retrouver en moins de deux. »

Turpin s'agrippa à Adam et l'attira contre sa grosse figure couturée et plissée.

– Si Sale Gueule m'offre 2 000 livres, quelque chose me dit que tu pourras m'en donner 4 000 pour que je ferme la mienne.

– Je n'ai pas 4 000 livres.

– Je ne veux pas tout à la fois, John 1963. Non, non. Je les foutrais en l'air tout de suite, connard de panier percé que je suis. Je les veux petit à petit, une ou deux fois par semaine, comme une sorte d'acompte. Cent par-ci, deux cents par-là, pour garder ce vieux Vince en marche, garder la tête de Turpin hors de l'eau. » Il se tut puis ajouta : « Garder les lèvres de Turpin cousues.

– D'accord, répliqua Adam. On peut mettre au point quelque chose, j'en suis sûr. »

Tout ce qu'il pouvait faire, à ce moment précis, c'était gagner du temps. Il pourrait payer Turpin pendant les jours et les semaines à venir tandis que le plan Zembla-4 progressait. Il avait besoin de temps, point barre. Il fouilla dans sa poche et en sortit sa liasse de billets.

« Je peux te donner 150 livres tout de suite, dit-il en commençant à les compter.

– Pourquoi est-ce que je ne prendrais pas le tout ? dit Turpin ramassant l'argent d'un seul coup de ses grands battoirs. Rencontrons-nous ici à la même heure, mercredi soir. »

Il gratifia Adam de son plus beau sourire découvrant les deux rangées de dents.

« Fais pas l'imbécile, John. Tu peux vendre ce scooter demain, lui foutre le feu et le jeter à l'eau – mais quelque chose me dit que Sale Gueule saura quand même comment te retrouver.

– OK, dit Adam. Je serai là, t'en fais pas.

– Apporte-moi deux cents la prochaine fois. Content de t'avoir revu, John. »

Il se leva, fit un bref signe de la main et s'éloigna sur le pont du côté Battersea.

Adam repartit vers Stepney, d'humeur pensive. Turpin avait raison. Tout ce qu'il fallait à son poursuivant, Sale Gueule, c'était le numéro de son scooter. Il existait maintenant une trace sur papier et informatique qui menait directement du scooter à Primo Belem et à son appartement d'Oystergate Buildings. Même s'il se débarrassait du scooter, le revendait, même s'il déménageait à une nouvelle adresse, des pistes existaient maintenant dans le monde, des pistes qui pour la première fois menaient à lui. Il lui faudrait changer de nouveau d'identité, cesser d'être Primo Belem – mais comment faire ? Entrer de nouveau dans la clandestinité ?

Reste calme, s'ordonna-t-il, bientôt tout ceci sera sans importance : il suffisait d'acheter le silence de Turpin pendant un temps très court. Il ne devait pas se laisser distraire de sa mission majeure, il devait continuer comme si cette malheureuse rencontre n'avait jamais eu lieu.

# 53

Ivo, lord Redcastle, se demanda s'il y avait eu un signe ou un présage quelconque qu'il aurait raté. Il se demanda aussi s'il commençait à perdre les pédales. Ce type qui l'avait appelé à propos des T-shirts, par exemple, il ne lui avait même pas demandé son nom. Quel genre d'homme d'affaires était-il ? Pathétique. Et, pire encore, il avait invité cet inconnu, cet homme sans nom à venir prendre un verre chez lui pour discuter de la « crise T-shirts », rendez-vous auquel, cela va sans dire, le type ne s'était même pas donné la peine de venir. Certes, il avait bu un bloody-mary et une demie – non – pratiquement une bouteille entière de vin au déjeuner. Peut-être était-ce pour ça qu'il avait eu les idées brouillées. En tout cas, que l'inconnu ne se soit pas montré lui avait vraiment fichu la déprime (et il s'était, lui, conduit horriblement avec Smika, il l'avouait, et, plus tard dans la soirée, pour compenser, il avait pris bien trop de coke – il s'était bousillé à mort, histoire d'essayer de rendre les choses plus gaies et y échouant totalement). Il ne se cherchait pas d'excuses, mais il était fumasse de s'être vanté auprès d'Ingram au restaurant, comme si le problème T-shirts avait été enfin résolu. Idiot. Idiot fini.

Et puis, jour après jour, s'étaient succédé les lettres d'avocats, trois sévères, horribles missives énumérant ses échecs en série comme être humain et homme d'affaires, et donnant le détail de ses dettes croissantes envers une variété de créanciers. Plus inquiétant, dans le genre existentiel troublant, avait été le jpeg que lui avait envoyé Dimitrios, montrant un bûcher de dix mille de ses T-shirts MONITEUR SEXUEL en feu sur une plage de Mykonos. Il avait toujours considéré Dimitrios comme un type très correct, presque un pote, bien qu'il ne le connût pas si bien que ça... Mais après un coup pareil – nom de dieu, ça ne se faisait vraiment pas.

Que faire cependant au sujet de cette dernière communication ? Il n'était que 10 heures du matin, mais Ivo sentait qu'il avait besoin d'un verre. Il ouvrit donc une bouteille de chablis, tirée de la provision qu'il gardait dans le frigo de son bureau à la maison, et passa un coup de fil à Sam à RedEntInc, dans Earl's Court.

« Rien de neuf sur l'origine de cet appel ? » demanda-t-il. Il espérait trouver un numéro pour ce type qui lui avait téléphoné à propos des T-shirts. Non seulement il ne lui avait pas demandé son nom, mais il avait aussi négligé d'apprendre où le contacter.

« On pense qu'on l'a, répliqua Sam.

– Vous avez bien dit aux policiers que c'était obscène ? Vraiment obscène ?

– Absolument, c'est pour cela qu'ils ont été si coopératifs. Ils disent que ça venait d'une cabine publique dans Sloane Square.

– Merde. Merci, Sam. »

Ivo avala une grande goulée de son chablis – une magnifique boisson du matin, se dit-il, légère et très agréable au goût – et prit le papier qui, selon le témoignage de ses caméras de surveillance, avait été glissé

425

dans sa boîte aux lettres à 7 h 47 ce matin-là par un coursier casqué circulant en moto.

Sur l'enveloppe figurait seulement son nom IVO en lettres capitales et, à l'intérieur, se trouvait un feuillet arraché au bloc-notes personnel d'Ingram – dont le nom était imprimé en en-tête – disant, écrit au stylo-bille, toujours en capitales : VENDS TES ACTIONS C-D MAINTENANT. JE NIERAI TOUT. I.

Le I était l'initiale éminemment reconnaissable de la signature d'Ingram : les deux traits horizontaux du I largement séparés de la barre verticale. Indubitable.

Regardons les choses en face, se dit-il. Je suis foutrement fauché – ou aussi fauché que des gens comme moi peuvent le devenir. Tout le fiasco T-shirts lui avait coûté et lui coûterait des dizaines de milliers de livres. Il avait sur son bureau une petite pyramide croulante de factures impayées. Le loyer de la galerie de Smika et le cocktail du vernissage étaient encore à régler. Sans parler des frais de scolarité de Poppy et de Toby.

Et puis, songea-t-il, cet ordre arrive, par coursier spécial… Peut-être Ingram avait-il senti la crise couver, quand ils s'étaient vus l'autre jour dans ce restaurant, et qu'il lui offrait cette bouée de secours semi-anonyme avec possibilité de démenti incorporée : VENDS TES ACTIONS C-D MAINTENANT… Bien entendu, Ingram devait prétendre rester à l'écart de pareille transaction : il ne pouvait pas ouvertement donner un tel conseil – fallait faire ça en famille, pour ainsi dire. Parfait, il pouvait lui, Ivo, garder un secret aussi bien que n'importe qui. Il allait simplement procéder à une rapide petite vérification.

Il appela Ingram sur son portable.

« Ingram, ma beauté, c'est Ivo. T'as une seconde ?

– Je suis sur le point d'entrer en réunion.

426

– Je songeais à vendre mes actions Calenture. Un problème de liquidités.

– Ne vends pas, Ivo. Ne joue pas au foutu crétin. Ne vends pas.

– D'accord. Merci, mon pote. »

Il appela son agent de change, Jock Tait, associé principal chez Swabold, Tait & Cohen. Après les banalités d'usage, il lança tout à trac :

« Jock, une question hypothétique : pourrais-tu liquider mes actions Calenture-Deutz aujourd'hui ? Pronto, comme qui dirait ?

– Toutes ?

– Supposons. »

Tait toussota, hésita et demanda dix minutes de réflexion. Ivo but un autre verre de chablis et écouta un peu de musique relaxante en attendant que Tait rappelle. Tait qui confirma qu'il pouvait procéder à la vente : en fait, il avait un acheteur prêt à prendre le lot entier.

« Combien en tirerai-je ? demanda Ivo.

– Eh bien… prix estimé à 420 pence l'action, disons… environ 1 800 000 livres. Moins les commissions, bien entendu.

– Tu dis que tu as un acheteur ?

– Oui.

– Alors vends. Vends, vends, vends. »

Il y eut un silence à l'autre bout de la ligne.

« Jock ?

– Comment Ingram va-t-il réagir à ça ? s'inquiéta Jock, prudent. Ça pourrait envoyer un mauvais signal sur le marché. Non que cela me regarde.

– Précisément. Mais tu peux te détendre… Ingram est très cool. Malgré tout, tu comprends, n'en parle pas. *Omertà*.

– C'est comme si c'était fait », affirma Jock.

Ivo raccrocha, termina son verre de chablis et le remplit de nouveau. C'était un étrange sentiment que de passer en moins d'une demi-heure de l'angoisse d'une quasi-banqueroute à la position de millionnaire. Drôle de bon vieux monde. C'était essentiellement un brave type, Ingram, *au fond*\* – même si Ivo savait que ni l'un ni l'autre ne s'aimaient beaucoup. Il se demanda s'il fallait deviner la main de Meredith dans cette mission de secours secrète – gentille Merry, toujours veillant sur son petit frère. C'était Meredith qui avait persuadé Ingram, bien contre sa volonté, de le nommer au conseil de Calenture-Deutz afin de lui garantir un revenu régulier dans une existence qui en était singulièrement dépourvue (à part celui du trust familial). Et maintenant, ça. Ivo allait être en position de rembourser tout le monde (même ce con à Mykonos) et de rester avec un million net (moins ces foutus putains d'impôts, bien entendu). Peut-être était-ce le moment de se faire domicilier ailleurs, de rétablir la résidence en Irlande.`

Il se versa un autre verre. Peut-être lui et Smika devraient aller déjeuner dehors pour fêter ça – discrètement. À la vérité, il ne lui parlerait pas de l'argent – il dirait simplement qu'un projet de film prenait bonne tournure. En fait, il avait intérêt à s'assurer que cet argent n'irait pas du côté de leur compte joint, à bien y penser, il fallait le planquer à la banque de l'île de Man pendant un moment, oui. Il prit le téléphone et fit le numéro de la maison d'Ingram, priant pour un répondeur, s'il avait quelqu'un au bout du fil, il raccrocherait. Le répondeur – merci, petit Jésus.

« Vous êtes bien chez Ingram et Meredith Fryzer. Veuillez laisser un message, s'il vous plaît. »

« Ingram, c'est Ivo. Je voulais juste te remercier. Merci. Mille fois merci. »

Il raccrocha. Ingram saurait à quoi il faisait allusion
– donc pas besoin pour lui de faire des démentis théâtraux. Tout allait subitement bien dans la maisonnée
Redcastle. Il sortit de son bureau et, depuis l'escalier,
appela Smika dans son atelier.

« Chérie ? Ça te dirait d'aller déjeuner ? »

## 54

Il y avait pas mal de monde, se rendit compte Ingram, tandis que, conduit par Luigi, il passait devant l'entrée du Queen Charlotte Conference Center de Covent Garden – quelques dizaines d'individus faisaient encore la queue pour se procurer copie de l'ordre du jour et du communiqué de presse, et faire vérifier leur statut d'actionnaires. Est-il possible que tous ces êtres possèdent des bouts de ma compagnie ? se demanda-t-il en regardant les gens piétiner, en proie une fois encore à son habituel état d'étonnement tourmenté : ça lui arrivait toujours aussi aux AG, quand il avait l'occasion d'observer ces spéculateurs amateurs fervents – ces papas, ces mamans, ces excentriques avec leurs thermos et leurs paquets de sandwiches. Ces centaines, ces milliers d'individus du monde entier, propriétaires de quelques petits bouts de papier Calenture-Deutz et qui surgissaient, en même temps que les élégants jeunes gens des fonds de pension, des banques d'affaires et des institutions financières, venus écouter ce que le président et le conseil d'administration avaient à dire au sujet du bon fonctionnement de la compagnie dans laquelle ils avaient investi. Cela paraissait extraordinaire et, comme à l'assemblée générale annuelle, il se retrouvait piégé, hésitant entre deux opinions : était-ce là un signe sain, solide, de la base démocratique responsable du capitalisme occidental ou était-ce une indication que le système était désespérément mou et trop clément ? Respect du droit, concurrence loyale, responsabilité sociale – ou bien commerce brut, efficace, énergique, contraint de rendre compte de ses actions et de son programme sur une base annuelle, dans une situation irréelle où il pouvait se trouver à la merci de rivaux, de groupes d'intérêts spéciaux, d'investisseurs égoïstes et du cinglé occasionnel ? Tiens, justement, ils passaient devant une beauté du genre, un spécimen de première bourre : un vieil homme avec une queue-de-cheval dans un fauteuil roulant brandissant une pancarte qui proclamait : LE ZEMBLA-4 TUE DES ENFANTS avec, au-dessous, l'adresse d'un site Internet qu'Ingram ne put déchiffrer. Il pouffa, de son demi-rire lourd d'ironie. Il avait l'habitude de ces pancartes – il avait vu pire. Deux ans plus tôt, il y avait eu une bannière FRYZER = MENGELE. Il sourit de nouveau : ce médicament était spécifiquement conçu pour sauver des vies d'enfants, nom de dieu. Voilà ce que c'était d'ouvrir ses portes au public, même à un public intéressé – ces assemblées étaient annoncées des semaines à l'avance, la discrétion était impossible, l'information circulait partout, vous n'aviez même pas besoin d'être un actionnaire pour jeter le trouble. La Grande Pharmacie était une cible légitime, ces temps-ci – comme les banques, les trafiquants d'armes et les compagnies pétrolières. N'importe quel va-t-en-guerre écolo pouvait se charger d'organiser une manifestation symbolique, y compris contre une compagnie pharmaceutique de taille moyenne telle que Calenture-Deutz. Lors d'une assemblée générale, Ingram avait eu son beau costume à 2 000 livres arrosé de peinture verte par un manifestant arborant un masque de tête de mort ; au cours d'une autre, des individus en pagne avec des plaies suppurantes peintes sur le corps, et feignant la mort par déchets toxiques, s'étaient couchés sur le trottoir devant le lieu de réunion. Toutes les assemblées publiques de la compagnie étaient systématiquement visées et l'objet de protestations – des psalmodies idiotes hurlées jusque dans le hall au moment de la lecture du rapport financier, des banderoles étalées sur l'immeuble, des files de jeunes gens silencieux portant des masques à gaz – et c'était donc presque un soulagement de voir que cette année on n'avait affaire qu'à un vieux connard solitaire. La sécurité allait s'en occuper, mais plus tôt tout cela finirait, mieux ce serait.

En descendant de voiture, Ingram fut victime d'un de ses nouveaux étourdissements. Il tituba, Luigi le rattrapa par le coude et, après deux profondes inspirations, il se sentit de nouveau bien. Taches de sang, démangeaisons féroces, syncopes, confusions verbales – à quoi il fallait ajouter une nausée intermittente et de très brèves migraines, si brèves que, le temps d'attraper ses cachets, elles étaient terminées. Ça ne pouvait être que le stress – le stress causé par cet accommodement secret et délicat avec Rilke et Rilke Pharma, la contrariété provoquée par Keegan et de Freitas, sans parler de facteurs extérieurs tels que le meurtre brutal de son chef de la recherche ; tous ces symptômes devaient résulter de ces pressions diverses – il n'était qu'un humain après tout.

Lachlan McTurk s'était déclaré à court d'examens – tous les résultats étaient excellents –, il ne restait plus qu'à faire une échographie générale et une IRM du cerveau, pour lesquelles rendez-vous avaient dûment été pris. Il n'y avait pas le choix, disait Lachlan, il n'arrivait pas à trouver quoi que ce fût. Peut-être une fois toute cette affaire de brevet Zembla-4 terminée et la compagnie vendue sans encombre à Rilke Pharma, sa santé redeviendrait-elle ce qu'elle avait toujours été : robuste, sans complication, normale.

Il entra par une porte de service et fut guidé le long de corridors vers une sorte de foyer des artistes où le conseil de Calenture-Deutz se rassemblait avant de monter sur le podium. Pippa Deere s'agita autour de lui et le fit équiper d'un micro-cravate. Elle lui assura que tous les liens vidéo avaient été vérifiés et fonctionnaient parfaitement. Oui, oui, bien. Ingram n'arrivait pas vraiment à se concentrer – il se sentait encore un peu étourdi et il commanda un café pour contrer sa nausée renaissante. Il sourit et salua d'un signe de tête ses collègues – les médecins et professeurs d'Oxbridge, l'ex-ministre et le grand banquier – et il y avait aussi ses deux Némésis, Keegan et de Freitas, qui le regardaient d'un air entendu...

Quelqu'un lui serra doucement le coude et il se retourna sur son beau-frère Ivo, très chic dans un costume sombre coupé de près, son épaisse et brillante chevelure gélifiée à mort.

« Ivo... », dit Ingram, tirant sur le nom pour gagner du temps avant de s'interrompre en toute légitimité pour accepter le café que lui apportait Pippa Deere. Il en but rapidement une gorgée, tout en cherchant un sujet de conversation. « Tu as vu ce dingue dehors ? »

Ivo choisit de ne pas répondre à la question mais de poser la sienne :

« Tu as eu mon message ?

– Oui. Mais je n'y ai rien compris.

– Précisément.

– Précisément quoi ?

– Je savais que tu dirais ça. Précisément. » Ivo tira la paupière inférieure de son œil droit. « Précisément.

– Pourquoi me laisserais-tu un message que je ne comprendrais pas ? Pourquoi me remerciais-tu ? »

Ivo se pencha : « Pour ce que tu as fait.

– Je n'ai rien fait.

– *Quod erat demonstrandum.* C.Q.F.D.

– Qu'est-ce qui a été démontré ? » Ingram commençait à s'irriter de toute cette ambiguïté.

Ivo soupira : « Je devais te remercier, bon dieu. Ce n'est que raisonnable, convenable.

– Pour quoi ?

– Pour ce que tu as fait.

– Je n'ai rien fait.

– Tu n'as pas rien fait. »

Ingram avait l'impression de jouer une pièce d'Harold Pinter, embarqué dans un sinistre dialogue qui pouvait fort bien continuer à l'infini.

« Je-N'ai-Rien-Fait », répéta-t-il avec emphase.

– Je sais.

– Tu admets que je n'ai rien fait.

– Oui. Pour ainsi dire. Mais je te remercie quand même.

– Pour quoi ?

– Pour n'avoir "rien fait". » Ivo utilisa ses doigts pour tracer en l'air des guillemets théâtraux. « Je sais que tu sais. Et tu sais que je sais que tu sais. » Ivo se tapota la narine. « Je sais lire, dit-il sur un ton de conspirateur.

– Je ne sais foutrement pas de quoi tu parles.

– Précisément. Bien compris. T'inquiète. Brave type, Ingram, je t'adore. »

Peepa Deere les interrompit pour les conduire sur le podium, à leurs places respectives.

Ingram se força à rester éveillé tandis que le professeur Marcus Vintage, qui présidait la conférence de presse, exposait, avec son accent monotone du Yorkshire, les progrès de la compagnie au cours de l'année écoulée, et parlait de la tragédie qu'était la mort soudaine et choquante de Philip Wang (silence dans la salle), sans faire aucune mention du Zembla-4, avant de passer la parole à Edward Anthony, le secrétaire général, qui allait présenter un bref rapport financier. La salle était presque pleine, pleine de petits porteurs de Calenture-Deutz, tous apparemment très attentifs. Ingram jeta un coup d'œil sur l'ordre du jour : speech de bienvenue du président, puis du secrétaire général, déclaration d'Ingram Fryzer, p.-d.g. « Déclaration » : c'était à ce moment-là qu'il ferait exploser sa petite bombe fiscale. Ils étaient loin de se douter, se dit-il en regardant l'auditoire, que chacun dans cette salle allait repartir plus riche qu'il n'était venu. Théoriquement. Il se permit un petit sourire.

Il lui sembla n'avoir été appelé au micro que plusieurs heures plus tard, même si sa montre n'indiquait qu'un intervalle de quarante-cinq minutes. Il attendit la fin des légers applaudissements pour déplier ses notes.

« Mesdames, messieurs, je veux procéder à une brève annonce très spéciale qui affecte grandement l'avenir de notre compagnie. Comme vous le savez tous, Rilke Pharmaceutical possède 20 % des parts de Calenture-Deutz. Je veux que vous sachiez aujourd'hui que j'ai accepté de vendre toutes mes parts personnelles dans la compagnie à Rilke Pharmaceutical. Ce qui lui donnera une participation majoritaire. »

La salle demeurait complètement silencieuse.

« Cependant, poursuivit Ingram, Rilke Pharmaceutical propose le rachat total de Calenture-Deutz par échange d'actions avec choix de paiement en espèces. Rilke offre 600 pence par action, soit environ 30 % de plus que le cours actuel du marché. Le conseil d'administration dans son entier et moi-même vous recommandons vivement d'accepter cette offre généreuse. Nous envisageons que le rachat…

– Objection ! cria très fort quelqu'un du fond de la salle. Objection, monsieur le président ! »

Ingram sentit une démangeaison lui traverser la plante de son pied gauche qu'il tapa très fort sur le sol derrière le pupitre.

Marcus Vintage le regarda d'un air interrogateur – devait-il donner la parole à ce protestataire ? Des murmures coururent autour de la salle, le bruit étouffé des calculs et spéculations des gens en train de se demander combien d'argent ils allaient empocher. Ingram se tourna pour faire un signe d'assentiment à Vintage et vit sa propre image immensément agrandie sur l'écran de la vidéo faire un signe d'assentiment à Vintage… Il regarda de nouveau l'assistance, se protégeant les yeux contre les projecteurs, tentant de découvrir qui l'avait interrompu. Des membres du service d'ordre s'approchaient d'un vieil homme avec une queue-de-cheval dans un fauteuil roulant mais quelqu'un lui avait déjà passé un micro.

« J'aimerais demander au conseil (sa voix, amplifiée, résonnait nasillarde et agressive, songea Ingram) s'il peut nous informer du nombre exact d'enfants qui sont morts au cours des essais cliniques du Zembla-4. »

Explosion d'indignation, cris, retenue collective de respiration, puis le service d'ordre se jeta sur l'homme, s'empara de son micro et l'expulsa *manu militari* de la salle, la chaise roulante soulevée, le type beuglant : « Nous voulons des réponses ! Nous voulons connaître la vérité ! » Ingram vit que l'un des opérateurs de vidéo pour les informations internationales avait fait pivoter sa caméra et projetait déjà l'expulsion sans complaisance sur le grand écran.

À présent, la foule applaudissait. À quoi ? se demanda Ingram. À son propre courage, à la suppression rapide de la voix de l'anarchie, à la perspective de richesses ? Le professeur Vintage criait « Silence ! Silence ! » d'une voix faible en tapant du marteau sur la table. Ingram sentit le sang quitter sa tête et la salle s'obscurcir. Il s'accrocha des deux mains au pupitre et réussit à rester debout. La salle se calma, les gens qui s'étaient levés pour observer la perturbation se rassirent. Ingram inspira un grand coup tout en consultant ses notes, anxieux soudain de ne pas pouvoir s'empêcher de vomir.

« Comme je le disais avant d'être si grossièrement interrompu… (Rires.)… le rachat de Calenture-Deutz par Rilke Pharmaceutical devrait avoir lieu dans les semaines qui viennent, une fois satisfaites les diverses exigences de l'opération. Calenture-Deutz conserverait sa marque mais fonctionnerait au sein de la protection sans parallèle, et de la puissance financière, de la troisième plus grande compagnie pharmaceutique du monde. En ma qualité de président-directeur général, je ne saurais vous encourager davantage à accepter cette offre des plus généreuses. »

Des applaudissements nourris, des applaudissements enthousiastes résonnèrent à travers la salle. Ingram se tourna du côté des membres du conseil : tous l'applaudissaient, Keegan et de Freitas y compris, mais plus cérémonieusement, sans la ferveur des autres. Qu'allait donc être leur bonus ? Keegan le regardait – et lui fit un petit signe de tête alors que leurs regards se croisaient – mais sans sourire. Il avait plutôt l'air inquiet. De Freitas s'arrêta d'applaudir et chuchota quelque chose à l'oreille de Keegan. Ingram se tourna vers la salle, fit une petite courbette et réussit à quitter le podium.

Il s'efforça de vomir le plus discrètement possible, une chose difficile, mais, très conscient que d'autres gens utilisaient les toilettes au-delà de la cabine qu'il occupait, il ne cessait de tirer la chasse, avec l'espoir que le bruit de l'eau couvrirait celui de ses haut-le-cœur. Bon dieu, pensa-t-il, ça doit être une sorte d'intoxication : il était vidé, épuisé. Il se tamponna la bouche avec un Kleenex, vérifia que sa chemise et sa cravate n'étaient pas tachées d'éclaboussures de bile et tira la chasse pour la septième fois. Drôle comme vomir copieusement pouvait vous faire sentir à la fois mieux et pire, se dit-il en déverrouillant la porte de sa cabine. Vous deveniez un simple organisme en état de crise, avec pour seul et unique ambition celle de vider votre estomac, une créature d'instinct, toute fonction intellectuelle bannie. Mais parfois cela vous rajeunissait en même temps que ça vous épuisait, c'était une brève visite à l'être primitif que vous aviez été autrefois, un voyage retour dans le temps à votre animalité première. Il était seul dans les toilettes, tout le monde était parti déjeuner, et il se lava les mains avec soin et lenteur, s'intimant de rester calme – peut-être devrait-il retourner voir Lachlan une dernière fois.

Il sortit dans le couloir pour trouver Ivo qui l'attendait.

« Je vais bien, Ivo. C'est gentil à toi de m'attendre. Ne t'en fais pas. Je serai…

– Je me contrefous de ta santé, mec. Espèce de misérable con ! Tu me hais vraiment à ce point ? Comment as-tu pu me faire ça à moi ? Et à ma famille ? »

Ingram soupira.

« Tu as passé ta journée à parler par énigmes. De quoi s'agit-il maintenant ?

– 600 pence l'action !

– Oui, une excellente offre.

– J'ai vendu à 480.

– Vendu quoi ?

– Toutes mes actions Calenture-Deutz. Il y a trois jours.

– Eh bien alors tu es un idiot.

– C'est toi qui m'as dit de vendre. »

Ingram le regarda :

« Tu es fou ? Bien sûr que je ne te l'ai pas dit. Je t'ai dit le contraire.

– Précisément.

– Cesse de dire "précisément" à tout bout de champ. »

Ivo s'approcha plus près d'un air menaçant et, l'espace d'une demi-seconde, Ingram crut qu'il allait le frapper, mais Ivo se contenta de lancer d'une voix tremblante : « Tu vas me payer ça. Je te ruinerai ! »

Il fila à grands pas vers la sortie, sans un regard en arrière, tout en se répandant en imprécations : « Salaud fini ! On est parents, espèce de branleur, parents ! » Ingram sentit d'autres démangeaisons surgir : une dans sa fesse gauche, une sur son menton. Il se gratta les deux simultanément.

« Mr Fryzer ? »

C'était Pippa Deere – elle paraissait un peu nerveuse, nez et joues luisants.

« Que se passe-t-il, Pippa ? Je ne me sens pas très bien moi-même. Je vais sauter le fax.

– Pardon ? »

Le visage de Pippa Deere enregistra sa confusion.

« Le déjeuner. Je vais sauter le déjeuner.

« – Il y a des journalistes ici, ils veulent vous parler.

– Des journalistes ? Pourquoi ont-ils besoin de moi ? Ils ont votre communiqué, tout est dedans.

– Oui, mais ils désirent quand même vous parler.

– Dites-leur que je les verrai la semaine prochaine.

– C'est au sujet de cette "objection" qui a été soulevée.

– Bon dieu de bon dieu ! » Ingram leva les yeux au plafond en manière de supplication. « Un tordu de cinglé d'abruti vocifère des foutaises et me voilà censé en discuter avec les journalistes ? On a ce genre de manifestants tous les jours. Personne n'a souhaité me parler quand on m'a aspergé de peinture verte ! D'ailleurs, qui l'a laissé entrer ? À quoi sert de payer un service d'ordre ? »

Pippa Deere paraissait sur le point d'éclater en sanglots. « Il se trouve que l'homme qui a été éjecté de la salle est un actionnaire. Quand on l'a mis dehors, il s'est blessé, il est tombé de son fauteuil roulant et s'est blessé à la tête. Il a donné une interview à certains journalistes... (Elle renifla.) Je n'ai entendu l'enregistrement qu'une fois mais il a dit quelque chose à propos de quatorze petits enfants décédés au cours des essais du Zembla-4. Je suis terriblement désolée, Mr Fryzer, je n'ai pas su quoi faire. »

Ingram sentit la fatigue descendre sur lui, une lourde chape de fatigue.

« Ce ne sont que de complètes absurdités, abjectes et malveillantes. D'accord, conduisez-moi à ces messieurs de la presse. »

## 55

« Je ne peux pas vous remercier assez, Primo, dit Jeff Nashe, la voix presque rauque à force de sincérité. C'était absolument sidérant. Je ne me suis jamais senti aussi vivant… depuis mon accident.

– Vous avez été formidable, répliqua Adam. Ça n'aurait pas pu se passer mieux. »

Il poussait Jeff dans son fauteuil le long de Kingsway en direction d'un arrêt d'autobus d'où ils pourraient prendre une correspondance pour Battersea. La coupure de Jeff (sur son front) avait été pansée par un des membres du service d'ordre qui l'avait jeté hors du centre de conférences. Plus une estafilade qu'une vraie coupure – et maintenant cachée par un sparadrap –, mais le filet de sang qui lui avait coulé sur le visage était un parfait témoignage de la violence de son expulsion : l'illustration de la manière brutale, sans considération aucune, utilisée par des gardes de la sécurité, ces voyous fascistes, pour faire taire et éjecter d'une assemblée, à laquelle il avait tout droit d'assister en qualité d'actionnaire *bona fide* d'une compagnie publique, un vieil homme en fauteuil roulant et à moitié paralysé. C'était plus ou moins ce que Jeff avait déclaré aux journalistes qui l'avaient interviewé – il s'était montré clair, net et très en colère. Deux reporters avaient pris des photos de son visage ensanglanté et Adam espérait fermement qu'elles feraient la une des journaux du lendemain.

C'est Aaron Lalandusse qui avait prévenu ses confrères des lieu et heure de la conférence de presse de Calenture-Deutz – ainsi que des troubles possibles. Jeff avait fourni du pittoresque à ce qui aurait pu autrement se résumer à un exercice collectif d'autosatisfaction – et serait habilement confirmé par les preuves affichées sur Inpharmation.com. Bien entendu, Calenture-Deutz nierait tout – nul doute que le communiqué de presse au sujet du rachat proposé par Rilke Pharma circulait déjà –, mais il existait désormais suffisamment de rumeurs et de contre-rumeurs, d'accusations et de démentis pour susciter la curiosité et une enquête plus approfondie. Aaron disposait de tout le matériel nécessaire pour son papier dans le *Global Finance Bulletin* – l'objet principal finalement de la manœuvre.

Adam, en tant qu'actionnaire de Calenture-Deutz lui-même, s'était trouvé à l'autre bout de la salle en face de Jeff. Il était venu avec lui de Battersea en taxi, fauteuil roulant et pancarte inclus, mais, tandis qu'ils attendaient le bon moment pour Jeff d'intervenir, Adam s'était appliqué à deviner ce qu'il pouvait conclure de l'attitude de lord Redcastle. Impossible de dire si sa petite ruse avait marché, encore que ce fût de peu d'importance comparé à l'action principale du jour. Ruse qui lui avait été suggérée par une remarque d'Aaron Lalandusse lors de leur rencontre. Il nous faut un plan B *simultané*, avait dit Lalandusse, et non à suivre : quand on s'attaque à un puissant ennemi, il vaut toujours mieux le faire sur plus d'un front : « Vous comprenez, sautez-lui à la gorge avec deux mains mais foutez-lui en même temps un coup de genou dans les couilles. » Et selon ce qu'Adam avait pu récolter de son étude des administrateurs de Calenture-Deutz, Ivo, lord Redcastle, semblait le candidat le plus indiqué à une tentative de déstabilisation – quoique Adam avait songé aussi à l'ex-ministre – et c'est donc Ivo qui avait été choisi.

À mesure du déroulement de l'AG, Adam avait gardé l'œil sur Redcastle – qui paraissait grave et pensif, applaudissant dûment, toujours à la suite des autres, sans jamais prendre l'initiative. Rien dans ses gestes ou son attitude n'indiquait qu'il était désormais un administrateur plus riche mais sans actions, se dit Adam avant de s'admonester : à quoi ressemblait un homme qui avait vendu ses actions dans une compagnie ? Peut-être Redcastle n'avait-il pas vendu ses parts, mais il n'avait pas du tout eu l'air content quand Fryzer avait annoncé le rachat. Le principal, c'était que l'objection explosive de Jeff eût créé assez de remous et de brouhaha pour justifier les questions qu'avait alors posées Lalandusse au sujet des essais cliniques du Zembla-4. La phase numéro 1 s'était bien, très bien passée.

Ils avaient atteint l'arrêt d'autobus. Jeff se leva de son fauteuil roulant et le plia.

« Je déteste glander sur ce machin dans les bus et les trains, dit-il en guise d'explication. Pas besoin de vous en faire, Primo, je peux rentrer tout seul.

– Rita m'a invité à dîner », annonça Adam.

Rita avait préparé des lasagnes accompagnées d'un grand bol de salade, de fromages et des raisins pour la suite. L'inquiétude qu'elle avait tout d'abord montrée à la vue de la blessure de son père se dissipa presque aussitôt devant l'euphorie évidente du vieil homme. Adam fit la connaissance de son frère Ernesto quand celui-ci arriva dix minutes après que Jeff et lui eurent rallié le *Bellerophon*.

« Qu'est-ce que tu lui as fait ? demanda Rita à Adam. Je ne l'ai jamais vu aussi heureux.

– Résurrection, je crois que ça s'appelle, répliqua Adam. Le vieux gauchiste des années soixante est en train de revivre. Il a été formidable, à propos. Il pourrait même faire la une des journaux demain. »

Ils bavardaient dans la coquerie – elle surveillait ses lasagnes – et il l'attira contre lui pour l'embrasser.

« C'est quoi vraiment cette histoire, Primo ? dit-elle. Pourquoi demandes-tu à mon paternel d'attaquer une compagnie pharmaceutique ?

– Pas attaquer, juste poser une question embarrassante… C'est quelque chose que j'ai découvert – à l'hôpital, dit-il essayant de ne pas trop mentir. Un truc pas bien. Et j'ai pensé : pourquoi devraient-ils s'en tirer impunément ?… Mais ne t'inquiète pas. Jeff a joué son rôle, son moment de gloire est passé. C'est maintenant dans le domaine public.

– Pourquoi n'as-tu pas posé la question toi-même ? »

Bien vu, songea Adam. « À cause de mon boulot, improvisa-t-il. Je ne veux pas le perdre. Conflit d'intérêts. Calenture-Deutz a mis un tas d'argent dans St Bot.

– Ah ouais ?… » Elle le regarda, sceptique. « Je ne t'ai jamais vraiment imaginé en bonne âme dévouée.

– On devrait tous être des bonnes âmes dévouées, non ? répliqua-t-il un peu sur la défensive. En fait, n'est-ce pas le profil de ton emploi ?

– Touché ! » dit-elle avant de chasser Adam de la coquerie.

Dans le carré, il parla avec Ernesto du prochain voyage de ce dernier à Dubai.

« Quarante pour cent des grues télescopiques du monde se trouvent en ce moment à Dubai, dit Ernesto. C'est le Klondike de la grue télescopique. Je serais fou de rater ça. Je peux quadrupler mon salaire. »

Jeff descendit les marches raides menant au pont, apportant avec lui les senteurs exotiques du cannabis. Il avait une canette de bière à la main.

« Primo, dit-il, oscillant un peu, bien que le bateau fût parfaitement immobile. Sais-tu pourquoi j'ai appelé ce navire *Bellerophon* ?

– Aucune idée.

– Parce que Bellérophon a tué la Chimère, un monstre crachant le feu, moitié lion, moitié chèvre – si j'en crois ma mythologie classique. » Il avala une lampée de sa bière.

« Excellent nom.

– Et aujourd'hui nous avons tué la Chimère moderne.

– Tué est peut-être un peu fort. Infligé des blessures, avec un peu de chance. Grâce à vous. »

Jeff brandit un poing fermé au-dessus de sa tête. « *Vinceremos !* » hurla-t-il à tue-tête.

« Hello ? » Rita apparut, le plat de lasagnes fumant à la main. « Le dîner est servi, les enfants. »

Adam mangea les lasagnes, la salade, et but trop de vin rouge – au point de ressentir une forme légère de privation sensorielle. Tandis que Jeff et Ernesto discutaient des conséquences morales et de l'opprobre attachés à l'acceptation de travailler dans une dictature dynastique telle que Dubai – et que Rita tentait vaguement de maintenir la paix –, leurs voix semblèrent s'assourdir et Adam se contenta de regarder Rita verser du vin et resservir des lasagnes comme si elle était dans une sorte de bulle à laquelle lui seul avait le privilège d'accéder. Il contempla, fasciné, ses traits bien dessinés et la manière péremptoire dont elle accrochait derrière ses oreilles ses boucles indisciplinées, il admira son agilité gracieuse dans sa façon de soulever les plats et les bols autour de la table, et de faire taire son père d'une main sur la bouche au moment où il devenait trop grossier – et il éprouva cette sensation familière de fusion de ses boyaux dans ses entrailles, cette abrogation de l'intellect en faveur du sentiment.

Mais son festival émotionnel dû en partie à l'ivresse fut gâté par une petite voix aiguë et insistante au fond de sa tête, comme le bourdonnement d'une mouche ou la fine plainte stridente d'un moustique. Tout s'était peut-être bien passé aujourd'hui, mais il lui restait encore un autre problème : qu'allait-il faire au sujet de Vince Turpin ?

## 56

Les feuilles paraissaient si vertes et si brillantes, se dit Jonjo, qu'elles avaient l'air d'avoir été taillées dans de l'étain très fin ou du PVC, et puis passés à la peinture laquée. Il fit du regard le tour du hall du Risk Averse Group – il semblait y avoir plus de plantes en pot que lors de sa dernière visite. Quelqu'un devait venir dépoussiérer et laver les feuilles, elles étaient si saines et si luxuriantes qu'elles semblaient artificielles, ce qui allait à l'encontre de la raison de les faire pousser sur place, pour absorber le $CO_2$ et donner de l'oxygène, ou ce qu'étaient censées faire les plantes – de la photo-quelquechose…

Son esprit vagabondait ainsi parce qu'il s'ennuyait, il en avait marre d'attendre. Il consulta sa montre – presque quarante minutes maintenant. C'était pas possible, c'était pas dans les règles – ils lui avaient demandé *à lui* de venir voir le major Tim Delaporte en personne, bon dieu de putain de petit Jésus. Il se leva et s'approcha de la fille blonde de l'accueil.

« Le major Delaporte vous recevra dans cinq minutes, dit-elle avant qu'il ait pu prononcer un mot. Il est en téléconférence – il s'excuse.

– Ah, bien, pas de souci.

– Puis-je vous offrir quelque chose ? De l'eau ? Un soda ? Un cappuccino ?

– Une tasse de thé, s'il vous plaît, répondit Jonjo. Du lait et deux sucres, merci. »

Il fallut en fait près de vingt minutes au major Tim pour en terminer avec sa téléconférence. Le thé avait été bu et le biscuit au chocolat l'accompagnant mangé. Jonjo était sur le point de déclarer qu'il ne pouvait pas attendre davantage quand il fut appelé par une secrétaire et conduit le long des méandres d'un vaste corridor jusqu'au bureau du major Tim.

Celui-ci était encore au téléphone et d'un signe de la main il indiqua un siège à Jonjo. Lequel examina en grand détail ses dix ongles tandis que le major Tim terminait sa communication – il semblait discuter avec son épouse d'invités à dîner. Bordel de merde, pensa Jonjo.

« Jonjo (le major Tim tendit la main à travers sa table), désolé de te faire attendre. Une matinée de dingue. Comment ça va dans l'ensemble ? »

Jonjo répondit que l'ensemble allait bien et qu'il était content de cette occasion de s'entretenir directement avec le major Tim dans la mesure où il avait changé d'idée au sujet de l'Irak et de l'Afghanistan et en fait de tous les pays arabes, si ça se trouvait. Il était prêt à partir, plus que content de… » Le major leva la main et Jonjo s'interrompit.

« Des gens comme toi ont fait du Risk Averse Group ce qu'il est, dit le major Tim, avec solennité et componction. Nous n'aurions pas pu atteindre la taille que nous avons aujourd'hui, avoir une telle présence dans le monde, une telle réputation, sans des hommes de ton calibre et de ta qualité.

– Vous êtes le meilleur officier sous lequel j'ai servi, sir. Pas à tortiller. »

Ça leur plaisait toujours bien aux officiers d'entendre ça.

« Ce qui me rend d'autant plus difficile d'avoir à te dire, Jonjo, qu'on te licencie.

– Pardon ?

– Tu es rayé des opérations, Jonjo. Nous sommes submergés de jeunes soldats de vingt ans et quelques – dieu sait qui est en train de se battre pour nous làbas – et donc ici, au RAG, nous remanions notre personnel. Tu connais la méthode militaire, Jonjo : premier arrivé, premier parti, j'en ai peur. »

Il se leva. Jonjo nota la couleur foncée de son costume, un bleu marine si intense qu'il aurait pu être noir, l'étroitesse marquée de la taille, la chemise blanche mettant en valeur l'abricot pâle de la cravate.

« Je tenais à te le faire savoir personnellement, d'homme à homme, pas par une horrible lettre officielle. Je tenais à te remercier en tant que camarade de combat. Nous sommes fiers de toi, Jonjo, et tu reconnaîtras, j'en suis sûr, que les bénéfices ont été mutuels. »

Jonjo sentit une boule inhabituelle dans sa gorge.

« Il ne faut pas perdre vos vieux soldats, sir.

– Nous ne te perdrons pas, tu restes sur notre liste de réservistes. » Il eut un petit rire sec. « Juste au cas où les Amerlos décideraient d'envahir d'autres pays. Non, c'est une affaire de jeunes hommes maintenant. Nous avons besoin de soldats technologiquement qualifiés, en télécommunications, langues, techniques de gestion. » Il rit de nouveau. « Les beaux jours sont finis – on ne peut plus simplement surprendre les salauds et les tuer. »

Peu à peu, Jonjo se retrouva poussé vers la porte. Le major Tim lui serra la main et lui tapota le dos.

« Il y a un tas d'organisations sécuritaires en dehors de nous, Jonjo. Pas aussi excitantes que Risk Averse, mais tu peux décemment y gagner ta vie. On peut te donner toutes les recommandations que tu voudras, des références éblouissantes, etc. »

Jonjo pensa que ça valait le coup de faire une dernière tentative. Il baissa la voix.

« Je suis sur Kindred, sir… Je l'ai presque. »

Le major Tim sourit vaguement : « Je ne sais pas de quoi tu parles, mon petit vieux.

– Kindred… j'ai une nouvelle piste. Une plaque d'immatriculation. Ce n'est plus qu'une question de temps avant que je lui mette le grappin dessus.

– Je n'entends plus, Jonjo. La communication est coupée. » Il rentra dans son bureau, une main levée. « On garde le contact. Bonne chance. »

Jonjo reprit lentement les méandres du couloir vers le bosquet feuillu du hall, en réfléchissant fort. Ça puait, ça schlinguait horriblement, quelque chose se passait ici – par exemple, Jonjo Case le prenant en plein dans le cul. Il avait prononcé le nom « Kindred » deux fois. Si le major Tim n'avait pas reconnu ce nom, ne l'aurait-il pas répété ? « Kindred ? Kindred qui ? » C'était ce que les gens faisaient quand ils étaient confrontés à un nom inconnu. C'était là l'expression naturelle de l'ignorance – répéter le nom. « Jamais entendu parler de ce Kindred, Jonjo. » Non, rien de tout ça : regard vide, déni absolu. Jonjo poursuivit sa réflexion, un frémissement d'angoisse dans la poitrine – non, il savait de qui je parlais, alors quel était le véritable programme ? Pourquoi avait-il été convoqué à cette séance ? Quelque chose clochait quelque part… pas question, major Tim. Il avait été là bien plus d'une heure maintenant, sans compte le trajet et tout…

Une fois hors de l'immeuble, il appela Darren. Il sentait une pointe d'excitation surgir en lui, toute angoisse effacée. Il éprouvait la même montée d'adrénaline qui vous envahit au moment de partir au combat.

« Darren, c'est Jonjo.

– Jonjo, vieux. Comment va…

– Que se passe-t-il ? Qu'est-ce que c'est que ce foutu bordel ?

– Ce qui se passe ? Rien… je ne sais pas…

– Alors, pour l'amour de Terry. Raconte. J'ai sauvé la vie de Terry une demi-douzaine de fois. Il ne m'aurait jamais laissé tomber. Jamais. »

Il y eut un silence.

« Tu as deux. heures, à mon avis, dit Darren. Ils auront l'air de flics, vraisemblablement.

– Deux heures pour quoi faire ?

– Deux heures pour tout lâcher et filer. Foutre totalement le camp. Ils te tiennent, vieux. »

Jonjo referma son portable.

Il passa une demi-heure à observer sa maison, juste pour s'assurer qu'elle n'était pas occupée avant d'aller tranquillement à la porte, l'ouvrir et entrer.

Le Chien fut content de le voir puis visiblement étonné d'être négligé tandis que Jonjo passait prudemment de pièce en pièce. Ils avaient été bons mais pas si bons que ça. Les chaises étaient presque dans leur position originale, une porte ouverte avait été fermée. Que cherchaient-ils ?

Puis, dans le garage il découvrit que toutes ses armes avaient disparu, toutes – le Tomcat, le 1911, son .870 Security Express – et les munitions. Il chercha un burin et s'en servit pour desceller une brique dans le mur du fond du garage. Dans le creux derrière il gardait, enveloppés dans du plastique épais, un Glock 9 mm, 10 000 livres en liquide, un portable neuf et un chargeur. C'est tout ce dont il avait besoin. « Lâche tout et file », avait dit Darren. Il allait le faire.

## 57

Ingram se sentit un peu dépassé. Une infirmière était venue dans sa chambre lui annoncer qu'il avait une visite. Elle fut aussitôt suivie par deux jeunes gens qui l'escortèrent poliment hors des lieux dont ils effectuèrent une fouille rapide. Puis Alfredo Rilke fit son entrée avec un bouquet de fleurs – des roses épanouies sur le point de se faner, un signe certain d'une idée de dernière minute – et tira une chaise près du lit tandis que les deux jeunes gens se postaient à la porte.

Après quoi, il sortit de sa poche un objet de la taille d'une petite radio transistor à l'ancienne et le mit en marche. Ingram tendit l'oreille : silence.

« Ultrasonique, expliqua Rilke. Interférence d'ambiance : personne ne peut nous entendre.

– Alfredo, dit Ingram sur le ton du reproche, ceci est un des plus éminents et coûteux hôpitaux privés de Londres pour ne pas dire du monde. Il n'y a pas de micros cachés dans cette chambre – je le jure sur ma vie. » Il regretta soudain d'avoir dit ça, étant donné son état de santé actuel.

Rilke ne releva pas le propos.

« Alors, comment vas-tu, Ingram ?

– Je me sens parfaitement bien – à part un étrange symptôme de temps à autre –, mais j'ai apparemment une tumeur au cerveau. » Il se tut puis reprit : « Mon médecin a suggéré un scanner cérébral et c'est ce qu'on a trouvé. »

Rilke eut une grimace de sympathie. Il prononça quelques mots en espagnol dans sa barbe qu'Ingram ne comprit pas tout à fait. Ça ressemblait à : *¡ Madre de Dios !* Il était très rare d'entendre Alfredo parler l'espagnol.

« Ingram, Ingram, Ingram…

– Alfredo…

– Qu'allons-nous faire ?

– Je ne sais vraiment pas.

– Ça me fait de la peine… ce que je suis sur le point de te dire.

– Eh bien, on va m'ouvrir le cerveau, Alfredo. Mes priorités sont claires et nettes. Ma résistance est gonflée à bloc. Je t'en prie, ne t'inquiète pas. »

Rilke baissa les yeux et s'en prit à la bordure du drap sur la poitrine d'Ingram, puis il releva la tête et regarda le malade droit dans les yeux.

« Je n'achète plus ta compagnie. »

En dépit de sa résistance gonflée à bloc, la déclaration surprit et secoua Ingram. Il songea à son opération imminente – on allait « dé-grossir » son cerveau, lui disait-on – et il reprit un peu de recul et de sang-froid.

« Ces allégations folles au sujet des enfants morts… c'est la raison ?

– Non, non, non. » Rilke chassa à deux mains des mouches invisibles. « Ça, nous pouvons nous en occuper. Tu intentes déjà un procès à trois quotidiens et deux magazines. Il y a une ordonnance interdisant toute spéculation future par la presse…

– Moi ? J'intente un procès ?

– Calenture-Deutz intente un procès. Burton a fait venir les avocats et ils se sont mis au travail avec beaucoup d'efficacité. C'est un scandale. » Rilke lâcha le mot d'un air très peu scandalisé, comme s'il avait dit « C'est du vol » ou bien « C'est nul » ou quelque chose d'aussi peu remarquable, pensa Ingram qui commenta :

« De sales mensonges malveillants, c'est le véritable inconvénient de notre métier.

– Les mensonges, nous pouvons nous en occuper aussi, facile. Nous aurions pu surmonter ça, pas de problème. » Cette phrase, Rilke la prononça comme s'il venait juste de l'apprendre. Son expression changea – Ingram ne put que la qualifier de triste. « Oui, nous avons ces accusations, chaque semaine, contre tous nos produits. On s'en occupe, nous les faisons disparaître. Mais cette fois-ci, je suis désolé de le dire, il y a une complication.

– Une complication ?

– Ton beau-frère, lord Redcastle.

– Ivo…

– Il a vendu quatre cent mille actions deux jours avant ton annonce de notre rachat de Calenture-Deutz.

– Je sais. »

Rilke approcha de plus près son système de brouillage.

– Je suis navré de l'entendre, dit-il.

– Ivo est un idiot, un abruti fini.

– Un idiot qui semble avoir su que quelque chose allait se passer. Qu'il y avait une pomme pourrie dans le panier. » Rilke expliqua comment les choses apparaissaient de son côté, de son point de vue : Ivo vend ses parts. Puis vient l'annonce du rachat. Puis les allégations autour des décès d'enfants. « As-tu noté la chute du prix de l'action Calenture-Deutz ?

– Je suis dans les mains des médecins depuis deux jours. Tests, tests et encore des tests. On va m'opérer du cerveau.

« – Ta compagnie a perdu 82 % de sa valeur.

– C'est absurde. »

Rilke haussa les épaules : « Le marché n'aime pas ce qu'il voit. Un membre du conseil d'administration se débarrasse de ses actions. Tout le monde a l'impression qu'il savait qu'il y allait avoir un pépin. Qu'on a tenté d'étouffer une sale affaire autour des essais du Zembla-4.

– Mais on n'a rien étouffé, non ? »

Ingram pensa immédiatement à Philip Wang. Comme de la condensation commençant lentement à s'effacer d'un pare-brise embrumé. Qu'avait découvert Philip Wang ?

« Bien sûr qu'on n'a rien étouffé, affirma Rilke avec une assurance implacable. Mais la compagnie va subir une fouille en règle, elle sera mise en pièces à cause des agissements de ton beau-frère. Rilke Pharma ne peut pas, en ces circonstances, être associé à Calenture-Deutz. Je suis certain que tu comprends.

– Ivo est un type sans un rond. Il a perdu une fortune sur des projets stupides, insensés. Il était fauché : il avait besoin de cash.

– J'espère que tu pourras présenter tous ces arguments à l'enquête.

– Quelle enquête ?

– Celle des autorités financières. Du Service des fraudes – qui sait ? » Et, réagissant à l'incrédulité sincère d'Ingram : « Quelqu'un aurait vraiment dû déjà t'en informer, Ingram : les opérations sur les titres Calenture-Deutz ont été suspendues, la compagnie fait l'objet d'une enquête de la part des autorités financières. »

Ingram tenta d'éprouver de la fureur à l'égard d'Ivo mais, à sa vague consternation, il ne put en ressentir aucune. Un rire ironique lui monta de la poitrine qu'il noya dans un accès de toux.

Rilke étendit les mains : « Tu vois notre position : Rilke Pharma doit retirer son offre. Burton restera comme directeur par intérim – il verra ce que nous pouvons sauver.

– Sauver ?

– Nous avons dépensé beaucoup d'argent sur le Zembla-4, Ingram. Il nous faut trouver un moyen de récupérer nos investissements. Nous pouvons acheter PRO-Viryl, l'inhalateur contre le rhume des foins, certains autres de vos produits, peut-être. Tout ne sera pas entièrement perdu. » Il tend la main pour presser celle d'Ingram. « C'est fini, Ingram. Nous avons failli réussir. On y était presque. Et ç'aurait été magnifique. »

Il appela ses deux hommes et se leva, tout en débranchant son appareil de brouillage avant de le fourrer dans sa poche.

« Mais et le Zembla-4 alors ? Les brevets ? La FDA ? Sûrement…

– La FDA a annulé son approbation ce matin. Face à ce scandale, le ministère de la Santé a tout suspendu. Il n'y aura pas de Zembla-4, Ingram. Nous ne guérirons pas l'asthme. »

Rilke se pencha et l'embrassa sur la joue.

« Je t'aime bien, Ingram. Je me réjouissais beaucoup à la perspective de notre triomphe. Et maintenant je suis désolé de ta mauvaise santé. Je te souhaite *buena suerte*. »

Il sortit de la chambre et l'un de ses sbires ferma la porte derrière lui.

## 58

Aaron Lalandusse fronça les sourcils puis haussa les épaules avec résignation.

« Je ne peux rien faire. On refuse de passer le moindre de mes papiers sur le Zembla-4 et Calenture-Deutz. Je ne peux même pas citer leurs noms. Il y a des armées d'avocats en coulisses en train d'attendre de me tomber dessus.

– Mais c'est scandaleux ! s'écria Adam.

– Bien sûr que ça l'est, répliqua Lalandusse. Mais jusqu'ici, vous devez l'admettre, il s'agit surtout de présomptions. On n'a pas de preuves flagrantes. Il nous faudrait une famille en détresse. Un mémo interservices. Certes, tout est sur la Toile… Mais comme dix mille autres théories du complot. Je crois que vous êtes en plein dans une histoire sordide. Et la puissance juridique déployée contre nous semblerait indiquer que vous l'êtes vraiment, mais, côté presse, nous sommes coincés. »

Adam réfléchissait.

« Je me détendrais un peu si j'étais vous, reprit Lalandusse. Calenture-Deutz a vu ses échanges d'actions frappés de suspension. Rilke Pharma a abandonné ses idées de rachat, semble-t-il. Aucune autorité pharmaceutique au monde n'osera autoriser l'exploitation du Zembla-4, avec ce tourbillon de rumeurs sur les essais et les décès d'enfants. » Il sourit. « À votre place, je me sentirais plutôt content.

– Quatorze enfants sont morts au cours des essais cliniques du Zembla-4, dit Adam. Ce sont les simples faits. Et ces gens ont étouffé l'affaire afin d'obtenir un brevet qui leur permettrait de gagner des milliards et des milliards de dollars en vendant un médicament potentiellement mortel. » Il aurait aimé ajouter qu'ils l'avaient étouffée au point de faire assassiner leur chef de la recherche quand il avait découvert ce qui se passait ; qu'ils avaient essayé de me tuer moi, Adam Kindred, parce que j'étais une sorte de témoin avec un document majeur contre eux en ma possession ; et, qu'en essayant de me tuer, ils avaient supprimé une jeune femme appelée Mhouse et fait de son petit garçon un orphelin. Il sentait son impuissance, et il sentait sa petitesse. Que pouvait-il faire ? Il se contenta donc de dire : « Quelqu'un devrait être appelé à rendre des comptes. Des gens devraient être poursuivis. Fryzer devrait être en prison, accusé d'homicide par imprudence.

– Une noble cause, Primo, répliqua Lalandusse. Allez-vous vous attaquer au bataillon d'avocats de Calenture-Deutz ? Mon rédacteur en chef a jeté l'éponge. Comme le reste de la presse britannique, semble-t-il. » Il éclusa sa bière. « Comprenez-moi bien : il y a une histoire à raconter mais ça pourra prendre un bout de temps avant qu'elle sorte… Ça ne vous ferait rien qu'on aille un peu dehors ? J'ai besoin d'une clope. »

Adam et Lalandusse se postèrent à l'extérieur du pub sous un auvent, à l'abri d'un crachin persistant. Lalandusse alluma laborieusement sa cigarette. Il fumait comme une écolière, produisant de vastes bouffées disproportionnées, à croire qu'il venait juste d'apprendre quoi faire avec une cigarette.

« Que pensez-vous qu'il va se passer ? demanda Adam.

– Je soupçonne qu'ils vont liquider Calenture-Deutz – à la casse –, vendre les lignes de produits rentables. Ils ont un nouveau directeur général : ils ont viré le précédent. Il est "malade", disent-ils.

– Fryzer ? » Adam attendit que Lalandusse ait fini de tousser.

« Ouais… Pardon… "En congé de maladie" – l'euphémisme le plus commode quand vous avez détruit votre compagnie.

– Qu'est-il arrivé à Redcastle ?

– Foutu à la porte du conseil, pronto ! S'est barré du pays avant que la Brigade financière lui tombe dessus. Il est en Espagne, d'après ce que je sais. Il va passer le reste de sa vie à fuir et à se planquer. »

Adam se permit un instant de détente. Peut-être cet effondrement général signifiait-il qu'il était enfin hors de danger – ces gens, quels qu'ils fussent, allaient maintenant cesser de le rechercher, cesser de vouloir le tuer. Pourquoi se soucier d'un Adam Kindred quand il n'y avait plus de Zembla-4 à protéger ? La chasse serait sûrement annulée… Et il s'en sentait rudement content, malgré toutes les questions sans réponse qui bourdonnaient dans sa tête, et toute la culpabilité qu'il éprouvait au sujet de Mhouse… Et qu'était-il arrivé à Ly-on ?… Avait-il été pris en charge par les services sociaux ? Adopté ?… Penser à eux représentait la plus étrange des expériences : se remémorer sa vie avec Mhouse et Ly-on dans la cité, ça ressemblait à la biographie de quelqu'un d'autre. N'empêche, Ly-on devait être quelque part, et maintenant que les choses paraissaient se cal-

mer un peu, il fallait essayer de découvrir ce qui lui
était arrivé.

Lalandusse alluma une deuxième cigarette – il lui
fallut trois allumettes et une autre quinte de toux avant
que l'opération aboutisse. La pratique mène à la per-
fection, songea Adam.

« Faut que j'y aille, dit-il. J'ai un rendez-vous. » Il
serra la main de Lalandusse. « Merci, Aaron. Vous
m'avez été d'une aide fantastique.

– Non, merci à vous, répliqua Lalandusse. Il semble
que vous ayez stoppé un médicament mortel dans
l'œuf – ça n'arrive pas tous les jours. Je vous contac-
terai quand j'écrirai tout ça – ça pourrait bien faire un
livre – une fois que la poussière sera retombée.

– Ouais, voyons si on peut coincer ce putain de
salaud d'Ingram Fryzer.

– Et comment ! »

Adam lui dit au revoir et prit la direction de la station de métro.


Il s'assit sur le banc près du pont de Chelsea pour
attendre Turpin – qui était en retard. Il était bien après
23 heures et la circulation sur le quai était réduite. En
arrivant, il était resté un moment sur le pont, à contempler le triangle et à se souvenir. La marée, à la renverse, renvoyait le flot du fleuve vers l'estuaire et la
mer. Pendant qu'il était là, une grosse averse l'avait
forcé à s'abriter sous les arbres près du triangle – à part
quelques passants se hâtant, tête baissée sous leur parapluie, les rues étaient étonnamment vides. Adam sortit
de sa poche un bonnet de laine et l'enfonça sur ses cheveux mouillés, jusqu'aux sourcils. La nuit était froide,
il frissonna.

461

Il avait appelé Rita pour la prévenir qu'il travaillerait tard et qu'il espérait rentrer vers minuit. Elle avait désormais ses propres clés de l'appartement d'Oystergate Buildings et elle lui avait demandé s'il aimerait manger quelque chose à son retour. Non, pas la peine, ne m'attends pas, avait-il dit. Je me glisserai simplement dans le lit. L'idée de se glisser dans le lit avec Rita, de chercher sous les draps son corps tiède l'excita. Il se leva et fit les cent pas. Comme il avait envie d'être là-bas avec elle, au lieu de guetter son maître chanteur, Vince Turpin, cette figure du passé, qui le hantait encore, et posait des exigences. Il en était à son troisième paiement à Turpin, 200 livres de plus et il était à sec, obligé d'emprunter à Rita pour joindre les deux bouts. Ce sera le dernier, décida-t-il, maintenant qu'il avait parlé à Lalandusse et découvert ce qui se passait chez Calenture-Deutz : ils sont en plein chaos commercial et n'ont pas le temps se soucier de moi, se dit-il. Les chiens avaient dû être rappelés à la niche.

Il aperçut Turpin qui arrivait en titubant sur Chelsea Bridge Road, slalomant dans le passage pour piétons face au Lister Hospital, une main en l'air histoire d'arrêter une circulation non existante. Il ralentit en voyant Adam et tenta de se redresser. Il portait un blouson neuf en cuir luisant, aux manches trop longues. C'était donc là qu'allait son argent.

« T'as une clope, John ? s'enquit-il en répandant des exhalaisons de bière sur Adam.

– Je ne fume pas, répondit celui-ci en tendant les billets que Turpin entreprit de compter laborieusement.

– C'est pas assez. J'avais dit 300.

– Tu avais dit 200. Comme la dernière fois.

– Ça augmente toujours un peu, John. Méchant garçon. Vince n'est pas content du tout.

– Tu avais dit 200. C'est pas ma faute.

– Attends, mon joli. Tu dois avoir une carte de crédit maintenant que tu as si bien réussi. Allons à un distributeur – voir combien on peut retirer – je suis en manque de fonds, comme on dit.

– Non, ça suffit. C'est fini. »

Turpin soupira d'un air mélodramatique. « Tu me facilites les choses pour gagner deux mille tickets, John. Je vais simplement appeler notre Sale Gueule. Et lui donner le numéro de ton scooter. Où est-il, à propos, tu l'as vendu ? »

Turpin continuait à jacasser, avec une prolixité d'ivrogne, et Adam pensa : bien sûr, bien sûr, bien sûr – il le lui a déjà refilé. Il a déjà ses 2 000 livres. Pourquoi Turpin aurait-il agi de manière honorable ? Jamais, au grand jamais, ce n'était pas sa façon de procéder avec le monde. Il se tourna pour entendre Turpin dire : « ... et ou c'est toi qui me donnes l'argent ou c'est lui. J'ai son numéro de téléphone. Je l'appelle, je lui donne la plaque. Bingo. 2 000 livres pour Mr Turpin, merci beaucoup. Moi, ça me fait pas de différence. »

Adam réfléchit très vite. Il voulait partir rapidement d'ici, loin du triangle. Pouvait-il risquer de se mettre Turpin à dos pour 100 livres de plus ? Il lui fallait l'amadouer : ça lui donnerait plus de temps, plus de temps pour imaginer comment effacer une fois pour toutes la piste Primo Belem – un peu plus de sécurité. Mais peut-être était-il en sécurité – ce type qui était à ses trousses, quel qu'il fût, ne travaillerait pas pour rien. Et si Calenture-Deutz était dans le mur...

« Décide. C'est à toi, Johnnie.

– Très bien, dit Adam en pivotant du côté de Chelsea. Il y a un distributeur dans Sloane Square.

– Je ne suis pas à ce point foutument stupide, lança Turpin, sur un ton agressif. Non, j'en connais un autre. Tu pourrais avoir des amis attendant ce vieux Vince dans Sloane Square. Non, mon pote, on va aller à Battersea. »

Ils se mirent en route pour traverser le pont, Turpin essayant de s'accrocher au bras d'Adam. Son instabilité semblait s'être accentuée. Adam le repoussa d'une secousse.

« Ne me touche pas », dit-il.

Turpin s'arrêta, furieux. Il posa une main sur le garde-fou.

« Ne me parle pas comme ça. Pour qui tu me prends ? une ordure ?… En tout cas, c'est toi qui vas te casser la figure, espèce de foutu connard. Ton lacet de chaussure est défait. » Et trouvant soudain l'affaire d'une grande drôlerie, il éclata d'un rire poussif qui le plia littéralement en deux.

Adam baissa la tête et vit qu'en effet le lacet de sa chaussure droite traînait sur le trottoir mouillé. Turpin, toujours hilare, s'appuya le dos contre la balustrade pourpre et blanche, en fonte épaisse, les deux coudes sur la rambarde, comme un buveur prenant ses aises. Un autobus de nuit passa avec fracas, la lumière de son étage supérieur illuminant un instant le visage couturé et plissé de Turpin.

« J'en ai entendu une bien bonne aujourd'hui, dit-il. Je me suis pas marré qu'à moitié. Ça fait du bien de rire, ça nettoie le système. Les toubibs te le diront. C'est tonique. »

Adam termina de nouer son lacet.

« Y a cette assistante sociale, vu ? reprit Turpin. Et elle parle à une petite gamine, une jolie petite poulette.

464

Et elle lui dit : "Est-ce que tu sais quand ta maman a ses règles ?" – Tu la connais déjà ?

– Non, dit Adam en se mettant à renouer le lacet de son autre chaussure, pour faire bonne mesure.

– Elle est sacrément bonne. Hilarante. Alors la petite fille dit à l'assistante sociale (ici, Turpin prit une voix de fausset) : "Oui, madame, je sais quand ma maman a ses règles." L'assistante sociale : "Comment le sais-tu ?"… Et la gamine dit : "Parce que la queue de Papa a un drôle de goût." » Turpin se tordit à nouveau de rire.

Soudain, dans un éclair, Adam comprit d'un coup ce qu'il pouvait faire, à l'instant même, et combien ce serait facile. Ce serait au moins une sorte de compensation, de justice sommaire pour tout ce que Turpin avait fait subir à ses diverses épouses et à ses jeunes enfants. Alors qu'il continuait à se balancer de rire, Adam tendit vite la main et passa deux doigts sous le revers de la jambe droite du pantalon de l'ivrogne. Il s'en saisit, l'agrippa fermement et se releva soudain de sa position accroupie. Turpin passa par-dessus la balustrade si vite et si souplement qu'il n'eut que le temps d'émettre un bref aboiement de surprise, tandis que ses mains battaient vainement l'air. Et puis il disparut, plongeant dans l'obscurité au-delà des lumières du pont. Adam entendit le floc que fit le corps en frappant l'eau. Il songea une seconde à se précipiter de l'autre côté pour voir s'il y en avait le moindre signe en aval mais le pont était difficile à traverser – il aurait fallu sauter par-dessus deux grandes barrières de part et d'autre du tablier – et d'ailleurs il faisait nuit et la marée était si puissante que, Adam le savait, elle emporterait très vite Turpin. Sans s'attarder davantage, il tourna les talons et reprit la direction de Battersea. Tout était allé à une telle allure – une seconde à peine –, aucune voiture n'était passée, personne d'autre ne s'était trouvé sur le pont. Un moment, il y avait eu deux hommes, le moment suivant il n'y en avait plus qu'un. Si facile. Turpin était mort, se dit Adam tout en s'éloignant, et, à sa vague surprise, il ne ressentait rien, il ne se sentait pas changé en quoi que ce soit et il ne se sentait pas coupable. C'était un acte très simple, une décision qui lui était venue à l'esprit spontanément – mettant fin à la vie de Turpin comme s'il avait reçu une tuile sur la tête ou qu'il ait été écrasé par une voiture. Un accident fatal. Adam poursuivit calmement et fermement sa route jusqu'à Battersea d'où il prit un bus pour rentrer chez lui et retrouver Rita.

## 59

Le voyage de l'existence était très étrange, décida Ingram, et il l'avait récemment emmené dans des endroits qu'il n'aurait jamais pensé visiter au cours de son itinéraire personnel du berceau à la tombe. Pour l'heure, il était adossé sur son lit d'hôpital à une grosse pile d'oreillers, la tête rasée, balafrée, enveloppée dans un beau turban de pansements, un goutte-à-goutte au bras et l'œil gauche couvert d'un bandeau noir de pirate – une chose qu'il avait réclamée lui-même pour voir si ça atténuerait le feu d'artifice étincelant et scintillant sur la poussière mouvante gris mica, la seule vision que lui fournissait actuellement sa rétine gauche. Sans la lumière, l'obscurité semblait réprimer la pyrotechnie. Seule l'occasionnelle supernova ou explosion atomique le faisait sursauter – autrement il se sentait bien, si 3 sur 10 pouvait être considéré comme la norme : nausée, gorge desséchée, expériences de sortie de corps n'étant pas comprises dans le compte. Il pouvait parler, il pouvait lire (d'un œil), il pouvait réfléchir, il pouvait manger – bien qu'il n'eût jamais faim –, il pouvait déféquer (difficilement, chichement), il pouvait boire. Il avait envie de boissons sucrées, froides – il demandait à tous ses visiteurs de lui apporter des colas glacés, Pepsi, Coca, marques « spéciales » de supermarché, sans discrimination.

L'opération – le « dégrossissement » urgent de son cerveau – avait eu lieu trois jours auparavant et on l'avait informé que sa tumeur avait été ôtée en même temps que le tissu autour. Il avait entamé sa chimiothérapie et il pouvait recevoir des visites. Meredith, son épouse, venait de partir, en essayant en vain de cacher ses larmes.

Pour l'instant, Lachlan McTurk, assis lourdement sur le lit, se versait dans un verre à dents du whisky qu'il avait apporté en cadeau.

« Celui-là va te plaire, Ingram, dit-il. Du single malt. Speyside. Aberlour. Je sais que tu n'aimes pas beaucoup la côte Ouest.

– Merci, Lachlan. Je m'en réjouis d'avance. »

McTurk se refit le plein.

« Qui était ton chirurgien ? demanda-t-il.

– Mr Gulzar Shah », répliqua Ingram. Il était venu une heure plus tôt, un homme de grande taille, les traits tirés, la voix douce, des yeux enfoncés dans des orbites très creux comme s'il les avait maquillés d'ombre à paupières.

« Ah, un très bon type. Le top. T'a-t-il donné un diagnostic définitif ?

– Glioblastome multiforme. » Ingram prononça les mots avec soin. « Je crois que c'est ce qu'il a dit.

– Ah… oui… Hum. Oh, mon dieu… Oui…

– Tu es merveilleusement rassurant, Lachlan. Mr Shah a dit qu'il voulait attendre d'autres résultats de biopsie avant de confirmer. Mais pour l'instant, c'est ce qu'il pense.

– C'est à l'évidence quelque chose qu'on ne tient pas à avoir, vieux fils, c'est tout ce que je dirai. Très moche.

468

– Eh bien, il semble que ce soit ce que j'ai, selon l'opinion générale. Je n'ai pas beaucoup le choix.

– Non, je suppose que non.

– Tu es mon médecin, Lachlan. Quel est ton pronostic ? »

Lachlan avala une gorgée de son whisky, réfléchit en léchant ses dents.

« Eh bien… si tu fais comme tout le monde dans ton cas, tu seras probablement mort d'ici trois mois. Ne perds tout de même pas tout espoir. 10 % des gens atteints de glioblastome multiforme connaissent une rémission – certains ont survécu cinq ans. Qui peut dire ? Tu pourrais être l'exception. Donner tort à la médecine, vivre une vie longue et bien remplie. Mais c'est un cancer virulent. »

Lachlan se pencha et tapota la main d'Ingram.

« Exceptionnellement, tout de même, je parie sur toi, Ingram. Pour au moins cinq ans.

– Merci beaucoup. »

On frappa à la porte.

« Je pars tout de suite, petit », annonça Lachlan dans son meilleur accent écossais.

Il poussa la bouteille vers Ingram.

« Prends-en une goutte. Pas de raison de se priver, hein ? Tiens bon ! »

En sortant, il croisa Chandrakant Das, le comptable d'Ingram, qui entrait. Chandrakant était à l'évidence en état de choc : le visage tiré, les yeux humides, il ne put parler pendant un bon moment, pressant la main d'Ingram entre les siennes, la tête baissée et respirant très fort avant de reprendre ses esprits.

« Je me sens étonnamment bien, Chandra, dit Ingram, essayant de le mettre à l'aise. Je sais que tout s'écroule autour de moi, mais je me sens suffisamment en bonne

469

santé pour vouloir savoir où en est l'état de mes finances. C'est pour cela que je vous ai fait venir ici. Pardonnez-moi. »

Chandra réussit enfin à ouvrir la bouche :

« Ce n'est pas bon, Ingram. Pas bon, pas bon, pas bon. »

Les actions de Calenture-Deutz, expliqua-t-il, s'échangeaient pour l'heure à 37 pence avec tendance encore à la baisse. Rilke Pharma avait fait une offre de rachat aux autres actionnaires de 50 pence le titre mais était en train de reconsidérer son offre face à la dévaluation rapide de la compagnie. Ingram avait été destitué de ses fonctions de P-DG et de membre du conseil, et ce n'était que son état de santé qui tenait pour l'instant à l'écart la Brigade financière et le Service des fraudes.

« Mais je n'ai pas tiré un penny de ce fiasco, protesta Ingram. J'ai perdu une fortune. Alors pourquoi sont-ils après moi ?

– Parce que votre beau-frère s'est enfui avec un million huit cent mille livres, répliqua un Chandra angoissé. Ils ne peuvent pas lui mettre la main dessus en Espagne, alors ils sont sur votre dos. Vous lui avez de toute évidence conseillé de vendre, affirment-ils. Un cas clair et net de délit d'initié.

– Au contraire. Je lui ai explicitement conseillé de ne pas vendre.

– Pouvez-vous le prouver ? »

Ingram demeura silencieux.

« Je ne veux pas que vous vous inquiétiez, Ingram. Burton Keegan a tout bien en main, et il tient la police à l'écart. Ça ferait très moche d'arrêter et de traîner en justice un homme aussi proche de… aussi gravement malade.

– Ce bon vieux Burton. »

Chandra lui reprit la main et dit avec une véritable émotion :

« Je suis si content de vous voir, Ingram. Et si désolé de ce qui vous arrive. »

Ingram grimaça et retira gentiment sa main de l'emprise de celles de Chandra.

« C'est ça le problème : je ne comprends absolument pas comment c'est arrivé. C'est ce qui me tourmente : tout paraissait bien cadré, tout marchait comme sur des roulettes. »

Chandra haussa les épaules, écarta les mains.

« Qui sommes-nous pour parler ? Pour chercher des réponses claires ? Qui peut prédire ce que la vie nous apportera ?

– Très juste. »

Ingram demanda à Chandra de lui verser un doigt du whisky de Lachlan. Il le sirota, la gorge en feu, huma l'orge grillée, la tourbe, les rivières écossaises limpides. Cela le requinqua.

« Je veux savoir où j'en suis, Chandra. Le résultat financier. Ne me ménagez pas – maintenant que tout est parti à vau-l'eau.

– J'ai fait une rapide analyse avant de venir, dit Chandra, le visage crispé par une incrédulité rétrospective. Ce n'est pas bon... Le mois dernier, vous valiez plus de 200 millions. Aujourd'hui... »

Il sortit son portable et tapa des chiffres. Un instant, Ingram se demanda s'il appelait quelqu'un puis se souvint que maintenant on pouvait tout faire avec un portable, tout.

Chandra tenait le téléphone loin de lui comme s'il doutait de ce qu'il lisait sur l'écran.

« Aujourd'hui je dirais que vos actifs s'élèvent à 10 millions de livres – à 100 000 livres près. (Chandra sourit.) Naturellement, je n'inclus pas vos propriétés.

– Il y a donc une lueur au bout de ces ténèbres.

– Un vrai rayon de lumière, Ingram. Vous pouvez encore vivre raisonnablement bien. Vous n'êtes pas un homme pauvre. Mais vous devez vous montrer prudent. »

Il tendit à Ingram quelques documents pour signature. Pour ce qu'il en savait, Ingram aurait pu tout aussi bien être en train de faire don de ses biens, mais il avait confiance en Chandra. Et on ne pouvait pas vivre sans faire confiance aux gens, comme il l'avait si récemment et si durement découvert. Chandra s'assurerait que tout se passerait bien pour lui, que Meredith et ses enfants vivraient convenablement avec ce qu'il restait. Il faudrait peut-être se réduire un peu, se serrer un peu la ceinture, mais, comme disait Chandra, il n'était pas un homme pauvre. Du moins l'espérait-il, se sentant soudain moins optimiste. Qui pouvait prédire ce que la vie nous apporterait ? – ainsi que Chandra venait de le lui rappeler.

Chandra ramassa ses documents, serra la main d'Ingram et l'assura que tout irait bien. Alors qu'il partait, une infirmière passa la tête à la porte.

« Vous sentez-vous en assez bonne forme pour recevoir d'autres visiteurs, Mr Fryzer ? Mr Shah a dit de ne pas trop vous fatiguer.

– Ça dépend de qui », répliqua Ingram songeant : si c'est la Brigade financière, je suis dans le coma.

« C'est votre fils.

– Oh, eh bien, parfait. Guy, cria-t-il, entre donc ! »
Fortunatus pénétra dans la chambre.

« J'ai peur que ce ne soit que moi, Papa. »

Il avait un bouquet de fleurs dans sa main sale, des fleurs d'un violet foncé avec des feuilles cireuses dont la senteur puissante remplissait déjà la pièce, et il le lui tendit.

« C'est des quoi ? demanda Ingram, infiniment ému.

– Des freesias, mes préférées. Je viens de les cueillir pour toi. On s'occupe d'un jardin, pas loin d'ici. »

Il avait l'air de revenir à l'instant même du front – l'habituelle veste de treillis sale par-dessus des jeans trop larges et crasseux, la tête rasée en boule de billard. Ingram le contemplait, bouche bée.

« Comment vas-tu, Papa ?

– J'ai décidé d'adopter ta coiffure. J'essaye de te ressembler. »

Fortunatus rit nerveusement.

« On m'a rasé la tête et on m'a ratissé la moitié du cerveau.

– Y avait pas besoin d'aller si loin », dit Forty.

Ils éclatèrent de rire tous deux. Ingram plus fort, et il sentit son corps se soulever en réaction.

« Je t'aime, Forty, dit-il. C'est pour ça que je veux te ressembler.

– Papa, le supplia Forty, embarrassé. Je t'en prie, ne pleure pas. »

## 60

Étrange de voir votre photo dans le journal, se dit Jonjo, surtout si ça ne vous était jamais arrivé. Le cliché avait été pris quelque quinze ans auparavant, calcula-t-il, alors qu'il était dans l'armée britannique. La légende disait : « John Joseph Case, recherché par la police pour aider à l'enquête sur le meurtre du Dr Philip Wang. » Il froissa le journal, le réduisit à une boule qu'il lança sur la vitre arrière de son camping-car. Elle rebondit sur le plexiglas à l'oblique et retomba sur la moquette. Le Chien se précipita aussitôt dessus, la ramassa, la rapporta à Jonjo, la déposa à ses pieds et attendit, en remuant la queue, que le jeu continue.

Jonjo prit Le Chien dans ses bras en le retournant sur le dos comme un bébé. Le Chien aimait beaucoup être tenu ainsi et, de sa grosse langue mouillée, il lécha le visage de son maître. Troublé par les sentiments qui l'assaillaient, Jonjo serra Le Chien contre lui et lui dit à voix haute : « Désolé, vieux, mais il n'y a pas d'autre moyen », avant de le reposer doucement par terre. La marée serait haute d'ici deux heures, aucune raison de traîner.

Troublé aussi par cette publicité personnelle, Jonjo alla dans les minuscules toilettes de la caravane se regarder dans le miroir au-dessus du lavabo. La barbe poussait bien – d'un noir encore très intense, quoique il aurait peut-être besoin de la reteindre d'ici deux jours si elle continuait de pousser à ce rythme, et, bizarrement, il songea que le noir lui allait bien : il avait meilleure mine qu'avec son habituelle coupe en brosse brun-roux, et c'était une aubaine que son trait le plus reconnaissable, son menton fendu, soit à présent caché par sa barbe. Peut-être aurait-il dû s'en laisser pousser une depuis longtemps, mais au moins maintenant, à sa grande satisfaction, il ne ressemblait en rien à sa photo dans le journal. Comme Kindred, songea-t-il, gêné de prendre exemple sur la manière de disparaître et de s'évader d'Adam Kindred. Tout dans sa vie s'était passé plutôt bien – pas de plaintes, merci – jusqu'à l'arrivée de Kindred. Il avait survécu à la guerre des Malouines, à l'Irlande du Nord, à la guerre du Golfe I et à la guerre du Golfe II, à l'Irak et à l'Afghanistan – et ce n'était que lorsque l'élément Kindred était intervenu que tout était parti cul par-dessus tête. Il s'ordonna de se calmer.

Il mit son Glock dans sa poche et s'empara de la pelle.

« Allons-y, fiston, dit-il. On va se promener. »

Il descendit du camping-car et prit une grande inspiration. C'était un bel après-midi – du soleil et de fins nuages arrivant du sud-est hauts dans le ciel –, une journée d'été anglais avec une brise fraîche venue du large. Il s'était trouvé une place dans un nouveau camping réservé aux caravanes – pas loin du bord de mer – sur Canvey Island, dans l'Essex, une curieuse enclave dans l'estuaire de la Tamise entre Basildon et Southend-on-Sea. Un étrange trou perdu avec des raffineries de pétrole abandonnées, des routes en béton envahies d'herbe et des lampadaires rouillés, mais aussi

475

d'immenses raffineries en marche et des dépôts brillamment illuminés la nuit, soufflant de la vapeur et des flammes orange derrière leur grillage en losange, au service des gros pétroliers qui accostaient aux grandes jetées dont les bras d'acier s'avançaient loin dans l'estuaire. En pointillé le long de la digue se trouvaient des cafés art déco rappelant que l'île était autrefois un lieu de villégiature pratique pour les Londoniens, mais qui désormais, à en juger par sa brève expérience, avaient chacun leurs propres horaires d'ouverture et de fermeture : parfois on avait de la chance, parfois on n'en avait pas.

Depuis son arrivée à Canvey, Jonjo s'était montré discret, allant simplement se promener avec Le Chien, faisant le tour de l'île par le sentier de la digue, deux fois, dans un sens puis dans l'autre, évitant délibérément de trop se lier avec ses voisins immédiats de camping-car, s'assurant que toute conversation soit brève quoique amicale.

Le problème, c'était Le Chien. Un basset en plus – il ne pouvait pas faire trois pas sans qu'un moutard s'arrête pour caresser Le Chien, qu'une mère s'exclame : oh, oh, quel mignon petit chien chien, qu'un type quelconque veuille pontifier sur les races et la reproduction. Il aurait pu tout aussi bien porter une pancarte : RECHERCHÉ, HOMME EN FUITE AVEC UN INTÉRESSANT AMOUR DE CHIEN. Le Chien était exactement ce dont vous n'aviez pas besoin quand la foutue police était à vos trousses dans tout le pays. Il s'en voulait d'être si sentimental : il aurait dû laisser Le Chien à Candy. Glisser une note sous sa porte lui demandant d'en prendre soin, prétextant qu'il lui fallait « aller à l'étranger » ou ailleurs pour quelques mois. Candy aurait été ravie – ç'aurait été si facile.

Il quitta le terrain de camping avec Le Chien sans rencontrer personne et il prit vers l'est, traversant la ville en direction de Smallgains Creek où se trouvaient la marina et le yacht-club. Il franchit la digue, dépassa l'immeuble du yacht-club et le chantier naval, à la recherche du sentier menant à Canvey Point, le promontoire plein est de l'île, par les marais salants – les salines, comme on les appelait.

En y repensant, il comprenait à présent ce qu'ils auraient fait. Ils lui seraient tombés dessus, comme Darren l'en avait prévenu. Ayant ramassé toutes ses armes au préalable, ils l'auraient simplement emmené pour le liquider discrètement, avant de cacher son corps – qu'on n'aurait jamais retrouvé ni revu – fin du problème, plan A. Cependant, comme il n'était pas là quand ils étaient venus, parce qu'il avait déjà foutu le camp (merci, Darren), ils avaient eu recours au plan B. L'article du journal lui avait tout dévoilé : chez lui, lors d'une fouille, les policiers, agissant sur « un renseignement anonyme », avaient découvert une photo du Dr Philip Wang et un plan des appartements d'Ann Boleyn House, dans Chelsea. Ils avaient aussi récupéré une montre en or qui avait appartenu au Dr Wang. Des échantillons d'ADN relevés dans la maison correspondaient à des fibres trouvées dans l'appartement du Dr Wang.

Tu n'es pas idiot, en avait conclu Jonjo en avançant péniblement sur le sentier à l'écart du chantier, et c'est pourquoi il avait conscience de l'avoir bel et bien dans le cul, royalement, jusqu'au trognon. Même si, en supposant qu'il soit pris et arrêté, il leur disait la vérité, tout ce qu'il savait, il serait malgré tout bon pour une accusation de meurtre. Aucun lien ne pouvait être établi entre ses missions free-lance et le Risk Averse Group, ni quiconque ayant employé Risk Averse pour l'employer, lui. Tout ce qu'il dirait serait interprété comme les folles accusations d'un homme désespéré. Peut-être y aurait-il un léger embarras du côté Risk Averse (il voyait déjà le major Tim, la mine contrite, exprimer son bouleversement et sa surprise totale) mais chez un ex-soldat en disgrâce, récemment renvoyé – qui pouvait dire le degré que pouvait atteindre la paranoïa ? Les complots fantastiques qui pouvaient naître d'un cerveau traumatisé ?

Non, rien à faire, il lui fallait fuir et se cacher, voilà tout. Comme Kindred – Jonju reconnut de nouveau l'ironie au passage mais sans la savourer. Heureusement, il avait été bien entraîné ; heureusement, il avait concocté des plans pour des situations imprévues ainsi que des scénarios catastrophes. Il avait passé un seul appel sur son portable vierge à son ami Giel Hoekstra qui habitait près de Rotterdam. Giel et lui s'étaient rencontrés en Bosnie, s'étaient trouvés ensemble dans quelques méchantes bagarres, s'en étaient pas mal tirés et, comme tous les gars des forces spéciales – pleinement conscients de la nature risquée et dangereuse des vies qu'ils mèneraient après l'armée –, ils avaient établi des plans pour une aide mutuelle et des secours urgents si besoin était : fourniture de parachutes, potentielles portes de sortie, identification de lieux sûrs, ports accueillants en cas de tempête. Il aurait pu appeler Norton à St Paul, Minnesota, Aled à Aberystwyth, au pays de Galles, Campbell à Glasgow en Écosse, Jean-Claude, à Nantes en France ou une demi-douzaine d'autres – mais il avait jugé que Giel était l'homme le mieux placé à ce moment précis. Et il avait décidé d'utiliser ce pion.

À Giel, il avait simplement dit qu'il devait quitter l'Angleterre maintenant, sur l'heure, clandestinement. Par bateau. Après un instant de réflexion, Giel avait décidé de ce qu'il fallait faire : trouver une petite ville provinciale de bord de mer avec un port en état. Canvey Island, avait aussitôt répliqué Jonjo, se remémorant ses vacances d'enfant – c'est là que tu me rencontreras : Canvey Island, estuaire de la Tamise, dans l'Essex. Ils avaient choisi une date et une heure et Giel avait esquissé un plan possible. Passer de Canvey Island à une autre petite ville de bord de mer avec un port et une marina actifs, des allées et venues incessantes de bateaux – Havenhoofd, ça s'appelait, près de Rotterdam. Puis de Rotterdam à Amsterdam dans un appartement dont la sœur de Giel était propriétaire. « Tu joues au touriste pendant quelques semaines, dit Giel. J'ai beaucoup d'amis. Y a plein de travail pour un homme comme toi, Jonjo. Tu peux en avoir autant que tu veux, on t'aura un nouveau passeport, tu deviendras hollandais. » Dieu merci, il avait planqué le magot, se dit Jonjo. Il avait bazardé le taxi et acheté un camping-car de quatrième main pour 2 000 livres comptant avant de quitter Londres, de traverser l'Essex et de gagner la côte et la liberté.

À Canvey, il avait attendu l'heure de son rendez-vous avec Giel Hoekstra. Il ressentait à la fois une certaine satisfaction devant son ingéniosité et une colère croissante à l'idée d'avoir été obligé d'y avoir recours. Qu'allait-il arriver à sa maison, à ses affaires ? N'y pense même pas, se dit-il, tu es libre, le reste n'est que de l'histoire ancienne. Major Tim Delaporte, tu passes en tête de la liste noire. Non, pas tout à fait en tête – la place numéro un est réservée en permanence à Adam Kindred.

Jonjo s'arrêta : il était maintenant à quelques centaines de mètres du yacht-club et du chantier, ça paraissait suffisamment calme. Il fit quitter le sentier côtier au Chien, lui ôta sa laisse puis il se fraya un chemin à travers l'épaisse végétation brune des marais salants et pénétra sur une petite plage. Il pivota sur lui-même et ne vit personne. Le Chien bondissait sur le sable, reniflait les débris ramenés par la mer et chassait les crabes, sa queue une masse d'excitation. Jonjo scruta l'autre côté de l'estuaire et aperçut la haute cheminée de la centrale électrique de Grain, sur la péninsule de Hoo. Là-bas, c'était le Kent, à un mille nautique à peine. Il retourna sur le bord herbeux de la plage et avec sa pelle mesura un rectangle dans la mince couche de galets et de coquillages, puis il se mit à creuser vite et sans difficulté dans le sol sablonneux humide, dégageant un trou de la taille d'un chien, soixante centimètres de profondeur, avec trois centimètres d'eau au fond. Il siffla Le Chien et l'entendit bientôt revenir haletant de la plage.

« Vas-y, dit-il. Entre dedans. »

Le Chien renifla les abords du trou, visiblement pas très sûr de ce nouveau jeu. Jonjo lui posa le pied sur l'arrière-train et poussa. Le Chien tomba lourdement.

« Assis, ordonna Jonjo. Assis, petit. »

Le Chien obéit.

Jonjo sortit son Glock, le maintint contre sa jambe et examina de nouveau les alentours au cas où un promeneur serait venu dans leur direction à travers les monticules bruns des salines, mais il n'y avait personne. En face, de l'autre côté de l'embouchure de Benfleet Creek, se trouvaient les rues animées de Southend et le long bras de sa jetée. Il se sentit étrangement seul, un homme et son chien à l'extrême pointe morne et marécageuse d'une petite île dans l'estuaire de la Tamise, alors que tout l'Essex, oppressivement banlieusard, s'étalait là-bas juste au-delà de l'eau, à moins d'un kilomètre.

Il regarda Le Chien et fut soudain en proie à de bizarres sensations comme si sa tête se mettait à pétiller. Il pointa le revolver sur Le Chien.

« Désolé, mon vieux, dit-il. Je t'aime, tu sais ça. »

Sa voix était devenue bizarrement enrouée et il se rendit compte qu'il pleurait. Putain ! Il partait en couilles – il n'avait plus pleuré depuis l'âge de douze ans. Il était foutu, bel et bien lessivé, trop vieux, pathétique, répugnant. Pas étonnant que Risk Averse l'ait viré. Il s'injuria – reprends-toi, espèce de nana minable, tu te dis soldat, tu n'es qu'un foutu guerrier de merde. Il pointa son revolver à hauteur de la tête du Chien. Le Chien leva les yeux vers lui, paupières clignotantes, encore un peu haletant de ses efforts, pas troublé.

Presse la détente. Lentement.

À marée haute, comme convenu, Giel Hoekstra l'attendait sur le quai de Brinkman's Wharf à Smallgains Creek, où les bateaux en visite avaient permission d'amarrer. Giel, un type trapu, baraqué, avec des cheveux longs ramassés en une petite queue-de-cheval, faisait les cent pas en fumant. Il avait grossi, Giel, depuis qu'ils s'étaient vus pour la dernière fois, se dit Jonjo, il avait un sacré bide maintenant. Ils s'embrassèrent brièvement et se tapèrent mutuellement sur l'épaule. Giel lui montra la puissante vedette amarrée au quai et sur laquelle il avait traversé la Manche : blanche, lignes nettes, deux gros blocs moteurs à l'arrière.

« On sera à Havenhoofd dans trois heures, annonça-t-il. Gentille petite marina. Pas de questions. Je suis copain avec le capitaine du port. » Il sourit : « Disons, nouveau copain.

– Je peux payer pour tout ça, dit Jonjo en lui tendant une liasse de billets. Regarde, rien que des euros.

– Pas besoin, Jonjo. » Giel feignit d'être offensé. « Hé ! Je fais ça pour toi – un jour, tu fais pareil pour Giel Hoekstra. Pas besoin, je t'en prie.

– C'est ton argent, Giel. »

Sa voix avait maintenant un ton différent. Giel prit les billets.


Dans la cabine, barre en main – Giel était descendu pisser dans les toilettes –, Jonjo jouissait du plaisir de conduire ce puissant bateau, avec son sillage blanc crème bouillonnant, loin de l'Angleterre, et vers son avenir. La vibration implacable des deux moteurs à travers le pont le confortait dans sa volonté d'atteindre son objectif, d'avancer, calme et serein, et d'arriver inéluctablement à sa destination.

Il prit une grande inspiration, exhala. Il avait sorti Le Chien du trou et raccroché la laisse à son collier avant de repartir vers le yacht-club et le chantier. Puis il avait détaché le collier (avec son nom et son adresse imprimés sur la petite pièce d'acier pendante), avait improvisé une sorte de nœud coulant avec la laisse et attaché Le Chien au grillage du chantier. Il avait donné une tape au Chien, lui avait adressé un adieu rauque et avait filé. Il avait, bien entendu, regardé par-dessus son épaule et vu Le Chien, assis sur son derrière, lécher quelque chose sur son flanc, tout à fait tranquille. Jonjo avait jeté le collier dans Smallgains Creek et repris son chemin. Un aboiement, un hurlement – était-ce trop espérer ? Quelqu'un se chargerait de ce chien dans les dix minutes, c'était ce qui se passait avec les bassets – ils étaient irrésistibles.

N'empêche, il se sentait rassuré, obscurément content de sa faiblesse ; il ne se condamnait pas, concentré sur la sensation des moteurs vrombissants, la vibration se propageant entre ses jambes, presque sexuellement excitante, d'une drôle de manière. Un objectif calme et précis. Oui, ce serait désormais sa devise maintenant qu'il était libre, libre de tout et de tous. Et son objectif calme et précis n'aurait qu'un seul propos : celui de retrouver Adam Kindred. Il avait le numéro de la plaque d'immatriculation du scooter – il avait donné 1 000 livres à ce fumier pour l'obtenir – et c'est tout ce qu'il lui fallait. C'était là la fin de Kindred : il y avait une piste maintenant – informatique et imprimée, du scooter à son propriétaire – là où il n'y en avait jamais encore eu. Quand tout se serait calmé, quand la poussière empoisonnée serait retombée, quand tout le monde l'aurait oublié, John Joseph Case reviendrait d'Amsterdam en Angleterre, secrètement, silencieusement, retrouver Adam Kindred et le tuer.

## 61

Allhallows-on-Sea, Toussaints-sur-Mer. Un bon nom pour un endroit, un endroit sur la rive du Kent, sur l'estuaire de la Tamise. Adam regarda au nord, par-dessus les quelque quinze cents mètres d'étendue d'eau, vers Canvey Island, en face, sur la rive de l'Essex. C'était un lieu qui en valait un autre, se dit-il, pour prétendre que le fleuve y finissait avant de céder à la mer. Il se tourna vers l'est et observa une invasion de nuages très hauts dans le ciel – des cirrostratus – venus du sud, illuminés par le grand soleil d'un après-midi à la fin de l'été. Ça pouvait signifier du mauvais temps, une menace d'orage… On se sentait à la lisière de l'Angleterre ici, cerné par la mer, l'Europe continentale juste au-delà de l'horizon. L'air était lumineux et vaporeux, avec juste une pointe de fraîcheur dans la brise de l'estuaire. L'automne venait, finalement ; cette année sans précédent commençait à tirer à sa fin.

Adam, Rita et Ly-on avaient laissé Allhallows-on-Sea et son immense parc d'attractions pour prendre le chemin côtier en direction d'Egypt Bay. Les grandes étendues plates des marécages du Kent, avec leurs ruisselets sinueux, leurs remblais et leurs fossés d'écoulement, se trouvaient sur leur gauche ; à droite le vaste fleuve scintillait avec un reflet nacré, tandis que derrière eux leurs ombres se projetaient avec force sur le sentier dès que le soleil perçait à travers le film haut et déchiqueté des nuages. Ils avançaient d'un pas tranquille, portant des sacs en plastique contenant leur pique-nique. Parfois Lyon s'échappait en galopant vers les petites bandes de sable et de galets pour aller ramasser quelque chose ou lancer un caillou dans l'eau. Il avait grandi et minci, songea Adam, depuis qu'il l'avait vu pour la dernière fois, sa petite bedaine avait disparu. Mais il n'était pas sûr qu'il fût plus heureux.

Quand, poussé par sa conscience, il avait décidé de se mettre à la recherche de Ly-on, Adam avait hésité à revenir au Shaft – trop risqué, trop de gens auraient pu le reconnaître – et il était donc retourné à l'église de John Christ, pensant que, de tous les lieux, c'était celui où l'on avait le mieux connu Mhouse, où l'on pouvait avoir quelques informations sur elle et ce qu'était devenu son fils. Il remit son badge, en souvenir du passé et se présenta aux bureaux de Monseigneur Yemi. Monseigneur Yemi n'était pas là, lui dit-on, Sa Grâce était retenue par une réunion chez le maire. Adam répliqua qu'il reviendrait un autre jour. Mais, alors qu'il partait, il aperçut Mrs Darling, « John 17 » en personne, en train d'ouvrir la porte pour le service religieux du soir et d'installer aussi le bureau d'accueil – quelques badges JOHN vierges étalés en éventail sur la table au cas où se pointeraient des candidats à la conversion.

Adam s'identifia : « John 1603. »

– Je me souviens de toi, dit-elle, soupçonneuse. Tu t'es fait bien beau, John.

– Vous vous rappelez Mhouse ? demanda-t-il.

– Bien sûr. Pauvre petite Mhousie. Dieu la bénisse. C'est horrible ce qui est arrivé. Horrible.

– Savez-vous ce qu'est devenu son fils, Ly-on ?

« – Ly-on va très bien, on s'occupe bien de lui. »

La nouvelle lui avait fait incroyablement plaisir. Un sentiment de soulagement l'avait traversé, si intense qu'il avait pensé avoir besoin de s'asseoir.

« Où est-il ? Le savez-vous ?

– Il est à l'orphelinat de l'Église de St John à Eltham.

– Je peux lui rendre visite ?

– Il te faut parler au directeur – mais vu que tu es un "John", je pense que ça sera OK.

– Qui est le directeur ?

– Attends… je vais te chercher une lettre avec son nom dessus. »

Elle revint avec un bloc-notes à en-tête et pointa son doigt sur le nom : Kazimierz Bednarczyk, « Directeur des Projets Spéciaux ». Adam nota la solide gravure pourpre de l'en-tête – L'ÉGLISE DE JOHN –, son remarquable logo, un soleil rayonnant, et son numéro d'enregistrement d'association caritative reconnue d'utilité publique. Plusieurs personnalités de troisième ordre figuraient sur sa liste de « parrains honoraires » : un député dévot, un animateur radio, un musicien récemment converti. L'Église de John ne restait pas inactive, pour sûr. Monseigneur Yemi avait devant lui une longue avenue de lendemains chantants.

Plus tard ce jour-là Adam appela le numéro du bloc-notes et fut informé par une aimable jeune femme qu'ils avaient bien un petit garçon à l'orphelinat d'Eltham nommé Ly-on. Ly-on Smith – personne ne savait son vrai nom, y compris le gamin lui-même, et on l'avait donc baptisé Smith en attendant une future adoption. Adam expliqua qu'il était un ami de la famille et qu'il souhaitait sortir l'enfant pour la journée, si cela était possible. Oh, oui, nous encourageons visites et sorties, lui répondit-on. Il faudrait simplement d'abord avoir une brève entrevue avec Mr Bednarczyk et puis, bien entendu, il y avait une contribution de 100 livres.

« Une contribution ?...

– Oui, c'est le tarif pour une sortie d'une journée. »

Adam avait donné son nom et pris rendez-vous pour le samedi suivant.

Ainsi, Adam et Rita avaient loué une voiture, que conduisait Rita, et ils étaient arrivés à Eltham le samedi suivant au milieu de la matinée. Adam avait dit à Rita qu'il désirait simplement revoir le gamin, voir comment il allait, s'assurer qu'il était heureux et bien soigné. C'était une excellente idée, avait déclaré Rita. Elle était toute prête à faire le chauffeur et elle avait très envie de connaître Ly-on. En chemin, ils s'étaient arrêtés dans un supermarché pour acheter nourriture et boissons – sandwiches, pâtés, œufs farcis et panés, eau, sodas, jus de fruits – et un tapis de sol, des assiettes et des gobelets en papier, des couteaux et des fourchettes en plastique. Sur une impulsion, en passant devant un magasin de jouets, deux portes à côté, Rita avait suggéré l'achat de jeux de plage : Frisbee, diabolo, des raquettes et une balle.

L'orphelinat de l'Église de John à Eltham (Adam remarqua qu'avec la prospérité nouvelle de l'Église, la mention John Christ était de plus en plus absente) occupait une grande maison victorienne dans un vaste jardin avec, en façade, un parking là où il y avait eu une pelouse. Rita déclara qu'elle attendrait dans la voiture pendant qu'Adam allait voir Mr Bednarczyk.

À l'intérieur il eut l'impression de se retrouver dans une vieille école. Relents de cuisine, linoléums, radiateurs poussiéreux et peinture écaillée. Une école pas très florissante qui aurait connu des jours meilleurs et dont le nombre d'élèves diminuait implacablement, telle était l'image qui venait à l'esprit. Par une fenêtre au fond, Adam voyait une demi-douzaine de gamins en jeans et blouson fourré vert émeraude taper dans un ballon sur un rectangle d'herbe tondue cerné par une grande haie de cyprès. Dans une pièce à l'étage, quelqu'un jouait mal d'un piano, les touches cognées lourdement se disputant les fausses notes. Une jeune femme en salopette de nylon, le visage tout rouge, descendait bruyamment l'escalier avec un seau et une serpillière.

« Je cherche Mr Bednarczyk, dit Adam.

– Dans le couloir, première à gauche. »

Adam suivit les indications et se trouva devant une porte avec une plaque en plastique : K. BEDNARCZYK. Il frappa et une voix l'invita à entrer.

Kazimierz Bednarczyk était assis à un bureau couvert de papiers et de dossiers et, derrière lui, à travers les lattes verticales couleur crème d'un store vénitien poussiéreux, Adam apercevait un bout du parking et leur voiture de location autour de laquelle Rita prenait l'air en moulinant des bras. La chevelure et la barbichette blond oxygéné n'arrivaient pas à déguiser l'homme qu'Adam connaissait sous le nom de Gavin Thrale.

Ils se dévisagèrent un instant, Thrale demeurant complètement impassible.

« Mr Belem, dit-il en tendant la main. Prenez un siège. »

Ils se serrèrent la main et Adam s'assit.

« Quels sont vos plans pour la journée ?

– J'ai pensé que nous pourrions descendre sur la côte, trouver une plage, faire un pique-nique.

– Ça paraît charmant. Ly-on devra être de retour à 18 heures.

– Pas de problème. Je comprends.

– Remplissez simplement ceci et signez – là. » Thrale poussa un formulaire à travers la table dans sa direction. « Je pense que nous pouvons vous dispenser des frais, étant donné que c'est vous.

– Merci. »

Pendant qu'Adam remplissait le formulaire, Thrale prit le téléphone, fit un numéro et s'enquit : « Est-ce que Ly-on est prêt ? Bien. Nous le verrons dans le hall. »

Ils se regardèrent.

« Comment vas-tu ? dit Adam.

– Étonnamment bien, tout bien pesé. Et toi ?

– Je vais bien.

– L'Église s'est montrée très bonne à mon égard, dit Thrale, avec circonspection. Je crois qu'on t'a offert la même opportunité.

– Oui, mais simplement pas au bon moment.

– Monseigneur Yemi est le plus accommodant des hommes.

– Un homme remarquable, on peut dire.

– Tu sais qu'il se présente à la députation ? Rotherhithe East. Comme conservateur.

– C'est décidément un homme remarquable.

– Mes amis m'appellent Kazio, annonça Thrale.

– Et moi Primo.

– Pourquoi ne pas se revoir un de ces jours, Primo ? Pour boire un verre. Discuter un peu.

– Je ne suis pas certain que ce soit une très bonne idée, Kazio.

– Oui… Tu as probablement raison. Drôle de vie, hein ? » Thrale se leva.

Ils prirent le couloir pour regagner le hall où Ly-on attendait, vêtu des mêmes jeans et blouson vert émeraude que les autres garçons.

« John ! » s'écria-t-il en voyant Adam. Il se précipita sur lui. Adam s'agenouilla et ils s'embrassèrent.

« Je savais que tu viendrais chercher Ly-on, dit-il avec un sourire épanoui. Petits, petits pois, mon pote. »

Adam se releva, très ému, tandis que Ly-on allait prendre son sac.

« Tu connaissais sa mère, je crois ?

– Oui. Elle servait parfois les repas à l'église. Tu t'en souviens probablement.

– Toute cette époque est un peu brouillée, je dois avouer, dit Thrale alors que Ly-on revenait. Bonne journée, Mr Belem.

– Merci, Mr Bednarczyk. »

Et c'est ainsi qu'Adam, Rita et Ly-on étaient partis à l'est vers Rochester et Chatham, jusqu'à ce qu'Adam voie un panneau indicateur pour Hoo Peninsula et dise : « Allons à Hoo. Ça paraît intéressant.

– Hoo, répéta Ly-on. Hou, hou, hou. »

Ils suivirent les panneaux jusqu'à celui annonçant « Allhallows-on-Sea, Plage », qu'ils dépassèrent avant d'arriver à une impasse à côté du camping pour caravanes. Ils évitèrent le camp de vacances avec ses rangées de mobil-homes, sa piscine couverte et son parc d'attractions, et garèrent la voiture là où la route goudronnée le cédait à une piste. Puis ils découvrirent que les jouets qu'ils avaient achetés – le Frisbee, les raquettes rembourrées et les balles, le yo-yo chinois – avaient disparu. Rita se souvenait d'avoir posé les sacs par terre dans la boutique mais pensait qu'Adam les avait pris pour les ranger dans le coffre. Peut-être étaient-ils encore dans le magasin, suggéra Adam – ils pourraient passer les chercher au retour, aucune importance, ils improviseraient. Ils s'emparèrent donc des sacs du pique-nique et prirent le sentier menant à Egypt Bay.

Ils repérèrent un coin au bord de la baie, étalèrent leur tapis, mangèrent leurs sandwiches et leurs pâtés, et burent leurs limonades. Adam se sentait dans une sorte de distorsion espace-temps – les marécages plats derrière lui, l'estuaire resplendissant devant et, au-delà de la masse embrumée des rives de l'Essex, Canvey Island, Maplin Sands, Foulness. Ly-on enleva ses jeans pour enfiler son caleçon de bain derrière une serviette tendue par Adam. Il alla patauger dans les grosses flaques en criant : « Rappelle-toi que tu as promis de m'apprendre à nager, John ! »

Adam examina la rive du fleuve. Un pétrolier vide, haut sur l'eau, était ancré temporairement au large, et Adam se souvint que c'était ici, après les guerres napoléoniennes, que tous les navires-prisons étaient venus mouiller, de vieux trois-ponts pourris sans mâts remplis de forçats destinés à l'Australie... l'Australie où vivaient son père, sa sœur et ses neveux. N'y pense pas. Et il se demanda ce que ç'avait été pour les condamnés de contempler tout cela, leur dernière vision de l'Angleterre, les plats rivages du Kent et les sombres Cooling Marshes, la tête remplie d'idées folles d'évasion...

« Il paraît aller bien, remarqua Rita avec un geste vers Ly-on. Il ne parle pas de sa maman.

– Ouais, dit Adam. Je l'espère. »

Rita chaussa ses lunettes noires et s'allongea pour profiter du soleil pâle mais réchauffant, tandis qu'Adam, les bras autour de ses genoux repliés, se sentait en proie à un tourbillon d'émotions. Penser aux forçats en veine de liberté et à leurs bateaux-prisons l'amena soudain à se demander si le corps de Turpin était arrivé jusqu'ici, loin en aval du fleuve.

Il avait très peu songé à Turpin depuis leur ultime rencontre et ne souffrait d'aucun remords. Il se posait parfois la question : y avait-il quelque chose de détraqué en lui qui puisse expliquer cette absence de sentiments quant à ce qu'il avait fait, comme si sa nouvelle vie et tout ce qui lui était arrivé au cours des derniers mois l'avaient changé, endurci de manière radicale ? Oui, peut-être – peut-être était-il désormais quelqu'un de différent, très différent de l'homme qu'il avait été. Mais il n'y avait aucune raison de se lamenter en ce qui concernait Turpin. Il n'imaginait pas les épouses et les enfants de Turpin se plaignant de son absence, s'interrogeant sur les raisons qui faisaient que Turpin avait brusquement disparu de leur vie. D'ailleurs, après tout, il n'avait fait que le flanquer à l'eau. Il espérait simplement que son corps était de ceux que le fleuve emportait avec lui en même temps que le reste de ses déchets, que le cadavre avait réussi à dépasser le méandre sud de l'Île aux Chiens avec ses courants contraires et ses bassins de retenue, et que la marée descendante cette nuit-là l'avait charrié au-delà de Greenwich, Woolwich, Thames Mead et Gravesend pour aller enfin le vomir dans les eaux glacées insondables de la mer du Nord. Il remonterait à la surface à un moment donné, boursouflé et décomposé, serait déposé sur une plage de galets quelque part sur Foulness Island ou l'estuaire de la Medway ou peut-être plus loin encore, sur les plages du nord de la France, de Belgique ou des Pays-Bas – mais personne ne ferait beaucoup de ramdam autour de la noyade de Vince Turpin.

Il se tourna, s'allongea à côté de Rita et l'embrassa doucement sur les lèvres.

« Tu es bien silencieuse, lui dit-il.

492

– Je réfléchissais, répliqua-t-elle en se redressant. Tu te rappelles ce meurtre dont je t'ai parlé ? Celui que j'ai découvert à Chelsea ? »

Oui, il se le rappelait, ils en avaient parlé à deux ou trois reprises, Adam ne commentait guère, se contentant d'écouter. Ça lui prouvait simplement ce qu'il avait toujours soupçonné, à savoir que les myriades de liens entre deux existences discrètes – proches, distantes, se chevauchant, se frôlant – sont là presque entièrement inconnues, inaperçues, un immense réseau invisible de l'à-peu-près, du quasiment, de ce-qui-aurait-pu-être. De temps en temps, dans la vie de tout un chacun, le réseau est entrevu, un court instant, et l'événement reconnu avec un cri d'étonnement ravi ou un frisson d'inconfort surnaturel. La corrélation compliquée des existences humaines pouvait rassurer ou troubler en égale mesure. Quand Adam s'était rendu compte que Philip Wang avait joué un rôle à la fois dans la vie de Rita et la sienne, il en avait été d'abord stupéfait mais, au fil des jours, la chose avait fini par lui paraître presque banale. Qui savait quels autres associations, affinités, liens et attaches entre eux existaient là-bas ? Qui pouvait localiser précisément nos positions respectives sur le grand réseau qui nous unissait ?

« Oui, et alors ? répliqua Adam.

– Est-ce que tu as vu ça ? »

Elle sortit une coupure de journal de son sac à main et la lui tendit.

C'était la photo d'un homme, un soldat en tenue de combat, et la légende disait qu'il s'appelait John Joseph Case, qu'il était recherché par la police pour l'assister dans son enquête sur le meurtre à Chelsea du Dr Philip Wang.

Adam examina la photo en essayant de garder une mine impassible. L'homme était plus jeune que celui qu'il connaissait – qu'il avait vu étalé, inconscient, sur les pavés de la ruelle derrière Grafton Lodge –, mais le regard agressif, le menton fuyant fendu appartenaient sans conteste à l'individu qui était à ses trousses depuis des semaines et des mois. Sale Gueule de Fripouille, l'avait baptisé Turpin.

« Et alors ? répéta Adam, circonspect.

– C'est le type que j'ai arrêté, répliqua Rita. Celui avec les deux pistolets automatiques. Celui qu'on a laissé partir.

– Oui…, dit Adam, sentant sa nuque rétrécir.

– Et maintenant, ils le recherchent pour meurtre. Ce meurtre-là. Tu ne trouves pas que c'est une étonnante coïncidence ?

– Tu devrais le leur dire, conseilla Adam. Ils le tenaient, grâce à toi, et ils l'ont laissé filer. Scandaleux. Pour moi, ça ressemble à un complot.

– Tu y vas fort. Peut-être ne devrais-je pas réveiller le chat qui dort. Je t'ai raconté ce qui était arrivé quand j'ai tenté d'aller plus loin.

– Et alors ? dit très vite Adam avant de formuler sa certitude. Écoute, c'est à toi de voir. Mais il me semble qu'on ne devrait pas laisser les gens se tirer d'erreurs pareilles. S'il est coupable, il doit être poursuivi.

– Erreurs ? Je croyais que tu avais parlé d'un complot. (Elle réfléchit un moment, sourcils froncés.) Peut-être que ça explique ce qu'il faisait à Chelsea. Peut-être que ce Wang était impliqué dans une histoire du genre secret défense…

– Peut-être. »

Ly-on arriva alors de la plage, le poing fermé autour de quelque chose. Il ouvrit à moitié sa paume pour montrer un petit crabe à demi transparent.

« C'est une araignée de mer ! s'écria-t-il. C'est moi qui l'ai attrapée. »

Adam et Rita le félicitèrent et lui suggérèrent de rejeter sa proie à l'eau. Il en fut d'accord et repartit sur la grève.

Adam réfléchissait – si ce John Joseph Case est bien l'homme qu'on recherche, alors peut-être vais-je me retrouver libre. Peut-être en fait suis-je – déjà, maintenant – libre. Je pourrai être Adam Kindred de nouveau... Il leva la tête vers les nuages en train de se rassembler lentement.

« Primo ? s'inquiéta Rita. Ça va ?

– Je pensais, c'est tout. Je rêvassais, j'imaginais des choses... »

Rita remit la photo dans son sac, se leva, s'étira et soupira : « Je ne comprends tout bonnement pas, se plaignit-elle.

– Qui peut prédire ce que sera la vie... », dit Adam, avant de regarder soudain par-dessus son épaule les marais derrière lui.

« Du calme, mon petit ! s'exclama Rita, moqueuse.

– Je ne sais pas. J'ai cru que quelqu'un nous observait.

– Ah oui. Un gros monstre prêt à surgir de la vase pour venir t'attraper – et mettre ta vie sens dessus dessous.

– C'est déjà arrivé, tu sais. »

Il lui prit les mains et l'obligea à se rasseoir près de lui. Elle s'allongea.

« Comment ça ? dit-elle. Ta vie sens dessus dessous ?

« Hé, John ! cria Ly-on de la plage. J'en ai trouvé une autre !

– Pourquoi t'appelle-t-il John ? demanda Rita en l'embrassant dans le cou.

– C'est juste un surnom qu'il m'a donné.

– Ah ouais ?

– Ouais. »

Il l'embrassa sur les lèvres, sa langue caressa ses dents, il posa sa main sur son sein. Elle approcha sa cuisse de la sienne.

« Crois-tu qu'on pourrait vivre ici ? dit-il doucement, ses lèvres sur sa gorge. Qu'en penses-tu ?

– Ici ?… Ce serait un cauchemar d'allers-retours, non ?

– Je suppose que oui. Mais il y a quelque chose dans cet endroit…

– Tu veux vivre dans une caravane ?

– Non. Non, non. Dans une maison. Je pensais qu'on pourrait acheter une petite maison à Allhallows. Un cottage. Mettre en commun nos revenus, faire un emprunt et vivre ici, sur l'estuaire.

– Mettre en commun nos revenus, faire un emprunt, acheter une maison… »

Rita recula un peu, de manière à regarder Adam droit dans les yeux.

« C'est une demande en mariage ?

– Je suppose que oui, répliqua Adam. Qu'en dis-tu ? »

Elle l'embrassa :

« Tout est possible, dit-elle. Qui peut prédire ce que sera la vie ?

– Très juste. »

Ils restèrent silencieux un moment, étendus sur le dos l'un contre l'autre, sur le côté Kent de l'estuaire de la Tamise, avec les vastes marais derrière eux. Il lui prit la main et leurs doigts s'entrelacèrent.

« Je t'aime, Rita, dit-il, doucement, conscient de son immense faiblesse face à l'énorme besoin qu'il avait d'elle.

– Et je t'aime aussi », répliqua Rita d'une voix égale.

Il sentit monter en lui un soupir de soulagement, de libération. Les mots avaient été dits très calmement, très simplement, comme si ce qu'ils ressentaient l'un pour l'autre faisait partie de la nature, était aussi évident que les marais derrière eux, le grand fleuve à leurs pieds et les nuages dans le ciel au-dessus de leurs têtes.

« Et je suis certaine que ton nom est Adam. »

Ce fut à Adam de se reculer pour la regarder.

« Qu'est-ce que tu as dit ?

– Quoi ?

– Ce que tu viens juste de dire ? »

Elle réfléchit, étonnée d'avoir à se répéter.

« J'ai dit : "Je suis certaine que nous avions ces jeux en partant."

– Ah, oui, ces jeux…

– Le Frisbee, ces raquettes, le diabolo. Je ne peux pas croire que je les ai laissés dans la boutique. Quelqu'un a dû les voler.

– Non, non, non. On était un peu pressés, la rassura Adam, essayant de gagner du temps afin de se calmer. Avec tout ce qu'on a acheté. Nourriture, boissons, gobelets, couverture de voyage. On avait des masses de sacs. On a dû les oublier…

– On vérifiera au retour.

– Oui. »

Adam se rassit lentement. Elle était sûre de trouver, se dit-il, sans lui lâcher la main. Le réseau se révélait. Et elle était une jeune femme intelligente, appartenant à la police, trop maligne et trop astucieuse pour ne pas tout découvrir un jour, un jour bientôt, et maintenant qu'ils vivaient ensemble, il y aurait, inévitablement, trop d'indices insoupçonnés révélés au cours de leurs conversations, trop d'échanges candides, trop de preuves indirectes d'une autre vie pour qu'une jeune femme intelligente ne remarque rien, n'en déduise rien, n'en tire pas de conclusion. Peut-être devrait-il simplement tout lui dire un jour, se confesser...

Il se sentit tout à coup léger, délesté, avec l'impression qu'il s'envolerait s'il lui lâchait la main. Il accueillerait avec joie ce jour, ce jour qui apporterait une fin, une conclusion d'un genre plutôt miraculeux... Il connut quelques secondes d'une euphorie fébrile, aveuglante : peut-être, avec l'aide de Rita, pourrait-il récupérer sa vie d'autrefois, redevenir Adam Kindred, quels que fussent les dangers l'attendant au tournant là-bas, redevenir Adam Kindred et obliger les nuages à rendre leur pluie. Il était tout à fait convaincu que tout irait bien maintenant, même s'il s'avouait à lui-même, simultanément, qu'il savait parfaitement qu'il était impossible que tout allât bien dans cette vie compliquée, difficile, éphémère que nous menons. Mais au moins il avait Rita et c'était tout ce qui importait vraiment : maintenant, il avait Rita. Il y aurait toujours ça, supposait-il, ça, le soleil et la mer bleue au-delà.

Un Anglais sous les tropiques
*roman*
*Balland, 1984*
*Seuil, 1995*
*et « Points », n° P10*

Comme neige au soleil
*roman*
*Balland, 1985*
*Seuil, 2003*
*et « Points », n° P35*

La Croix et la Bannière
*roman*
*Balland, 1986*
*Seuil, 2001*
*et « Points », n° P958*

Les Nouvelles Confessions
*roman*
*Seuil, 1988*
*et « Points », n° P34*

La Chasse au lézard
*nouvelles*
*Seuil, 1990*
*et « Points », n° P381*

Brazzaville Plage
*roman*
*Seuil, 1991*
*et « Points », n° P33*

L'Après-midi bleu
*roman*
*Seuil, 1994*
*et « Points », n° P235*

Le Destin de Nathalie X
*nouvelles*
*Seuil, 1996*
*et « Points », n° P480*

Armadillo
*roman*
*Seuil, 1998*
*et « Points », n° P625*

Visions fugitives
*récits*
*Seuil, 2000*
*et « Points », n° P856*
*et pour le récit intitulé* Nat Tate, *« Points », n° P1046*

À livre ouvert
Les Carnets intimes de Logan Mountstuart
*roman*
*Grand Prix des lectrices de « Elle »*
*prix Jean-Monnet*
*Seuil, 2002*
*et « Points », n° P1152*

La Femme sur la plage avec un chien
*nouvelles*
*Seuil, 2005*
*et « Points », n° P1456*

La Vie aux aguets
*roman*
*Seuil, 2007*
*et « Points », n° P1862*

L'amour fait mal
*nouvelles*
*Points, « Signatures », n° P1927, 2008*

Bambou
Chroniques d'un amateur impénitent
*Seuil, 2009*

Ce livre a été publié en poche au sein de la sélection littéraire *Brit'terature* mettant l'Angleterre à l'honneur :

*La Reine et moi*
de Sue Townsend

*Mort de Bunny Munro*
de Nick Cave

*Orages ordinaires*
de William Boyd

*Guide farfelu mais nécessaire de conversation anglaise*
de Jean-Loup Chiflet

*Nuit et Jour*
de Virginia Woolf

*Trois hommes dans un bateau*
de Jerome K. Jerome

*Ode au vent d'Ouest*
de Percy Bysshe Shelley

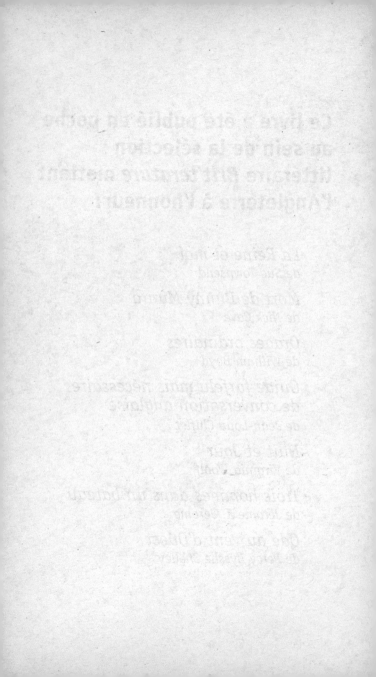

COMPOSITION : NORD COMPO MULTIMÉDIA
7 RUE DE FIVES - 59650 VILLENEUVE-D'ASCQ

CPi
BUSSIÈRE

Cet ouvrage a été imprimé en France par
CPI Bussière
à Saint-Amand-Montrond (Cher)
en mars 2011.
N° d'édition : 104457. - N° d'impression : 110102.
Dépôt légal : avril 2011.

# Éditions Points

Le catalogue complet de nos collections est sur
Le Cercle Points, ainsi que des interviews de vos
auteurs préférés, des jeux-concours, des conseils
de lecture, des extraits en avant-première…

**www.lecerclepoints.com**